大酒缸

DA　JIU　GANG

刘一达　著

北 京 联 合 出 版 公 司

图书在版编目（CIP）数据

大酒缸 / 刘一达著. — 北京：北京联合出版公司，

2014.4

ISBN 978-7-5502-2696-8

Ⅰ.①大… Ⅱ.①刘… Ⅲ.①长篇小说—中国—当代 Ⅳ.① I247.5

中国版本图书馆CIP数据核字（2014）第035699号

大 酒 缸

作　　者：刘一达
插　　图：晁　谷
责任编辑：安　庆
封面设计：宋微微

北京联合出版公司出版

（北京市西城区德外大街83号楼9层　100088）

北京山华苑印刷有限责任公司印刷　新华书店经销

字数300千字　710mm×1010mm　1/16　22.75印张

2014年4月第1版　2014年4月第1次印刷

ISBN　978-7-5502-2696-8

定价：46.00元

目 录

序　言

一达与《大酒缸》

　　刘一达，人称一达。据我所知，其笔名为达城，但不常用。一达，人如其名。做事始终如一，性格达观率真，开朗爽快，质朴无华，谦逊和善。他常自称俗人，崇尚大俗见大雅。此言令人信之，仅从其外貌可知。一达圆脸皮净，常留寸头，疏眉大眼，鼻梁高直，山根雄阔，嘴颚周正，二目炯炯有神，笑意常挂腮边。少年时，乃一漂亮小伙也。及长，体貌略发福，脸越发圆润，带有佛相。友人建一，戏言看一达，要收门票。如此，若我常与一达相近者，当出资数万人民币矣。一达之福相，蔼然近人，且能和事。一达曾写《房虫儿》《鸟虫儿》《票虫儿》，得罪市井青皮，持刀相挟，令其和颜与善貌相退。

　　一达乃京城"名记"。曾在一九九四年，被评为北京市优秀新闻工作者，一九九五年被评为首届全国"百佳"新闻工作者，一九九七年，被评为全国"报刊之星"。获此殊荣，一达当之无愧。但诸多奖赏，犹如浮名。虚荣难敌大众之口碑。一达之所以为一达，在于人缘儿极善，于公众心中树立了极佳口碑。如此，乃一达十多年辛勤耕耘之所获。他从一九九一年起在《北京晚报》主持"社会特写"专版，以后又主持"经济广角""京味报道"专版，至今已十三年矣。每周采写一整版约五千字新闻特写专稿，涉猎社会生活方方面面，多为大众所关注话题，其多篇特写专稿在社会上产生广泛影响。一名记者，长达十三年，周而复始采访写作，至今不辍，这在当今记者中，恐不多见。于此可知一达之用功与勤奋。一达作为家喻户晓之名人，恐怕与此不无关系。长达十三年的"整版"写作，使一达形成了固定读者群。看一达文章，如同北京人喝豆汁儿，几日不喝，倍有渴盼之念。读一达作品，如同北京人嚼橄榄，回味无穷，越嚼越有味，几日不嚼，心存念想矣。

一达虽负盛名，但却无官无位，据闻他连职称都不要，甘为普通记者。一达虽为布衣，并非囊中无银，但他粗衣简行，每次出门采访，均以自行车代步，或挤大巴或挤地铁，情愿与普通百姓为伍，由此可知其平民心态。

一达乃京城小胡同长大的作家和民俗学者。据一达自言，儿时也是胡同中一顽童，诸如上房偷枣，下护城河摸鱼，到城墙上摘酸枣，逮蛐蛐，群殴助威，架秧起哄，凡当年胡同孩子之游戏均染其身。稍长，家遭变故，其父打成"右派"，发配于东北，其母迫于政治压力与父离异。母心慈善良，淳朴温厚，离异时乃俊貌少妇，但虑子女之故，守寡至今，养一达及妹，可谓含辛茹苦。一达能有今日，与其母言传身教不无关系。家境遭难，一达性格始有变化，因常遭世人白眼，劣童歧视，受辱乃为常事，遂由开朗而内向，由善言而寡语，平时闭门读书，不善与人交。幸喜其外祖乃京城藏书家，家藏古籍累以数万册。"文革"时抄家，红卫兵拉走数车而不绝，焚书三日而不灭。一达在此环境，耳濡目染，打下"国学"之根底。

一达十六岁，即走上社会，由学校分到一木制品加工厂，受父"右派"株连，下窑烧木炭，名为锻炼，实为"改造"。一达随遇而安，并无怨言。踏实肯干，不以苦为苦，反以苦为乐，受到单位领导刮目，居然跻身于市级优秀青年行列，于"人大会堂"作"讲用"。由此可知一达身处逆境，凤有鸿志。一达于辛苦劳作之余，苦读中外名作，当其时，名作均被视为"禁书"。一达常以《红旗》杂志封皮包于名作之外，掩人耳目。中外名作家，一达尊崇者为俄国的托尔斯泰、高尔基，法国的福楼拜、莫泊桑，美国的马克·吐温、海明威，中国当代的老舍、梁实秋，这些名家之作，他百读不厌，每读必有心得。托尔斯泰的创作人性论及思想睿智，高尔基的人生之路和探索，福楼拜、莫泊桑创作中的严谨，风格的简约写实，马克·吐温的幽默、海明威的简洁，老舍的京味语言，梁实秋的平实率真，均在后来一达的文学创作之中有所继承与体现。

一达烧炭时，其师傅亦为"改造"对象。此等烧炭翁几乎均为老北京之"三教九流"，有古玩商、挑馄饨挑儿的、老巡警、伪军、天桥艺人等等。

这些老北京在烧炭余暇，便说古论今，抖落昔日京城轶事。一达与这些师傅相处八年，犹如上了八年学，所获甚多。一达乃有心人，师傅每讲一段子或嘴中蹦出京城俗语，他便悉心记在本上，数年之后累积十多本，于此，可知其用心用功。

一达十六岁与烧炭师傅为伍时，即潜心于北京历史文化及民俗研究，至今已近三十年矣。从一九九三年出版第一部长篇小说《故都子民》始，于今已出版中篇、长篇小说十多部，这些小说融社会、历史、人文、民俗、掌故、轶闻、政治、经济、文学、人物、故事情节于一体，注重描写小人物之心灵历程和心理活动，刻画人物性格入木三分，并以诙谐幽默、明白晓畅、通俗易懂的京腔京韵，形成了其特有的小说风格。读一达的小说，如同老北京人在讲北京的历史文化和轶闻掌故。读一达的小说，如同在与一达亲切聊天，犹如看一幅幅北京民俗风情画。有文学评论家称一达的小说是当代的"清明上河图"和"三言""二拍"，此言并不为过。

一达的小说人物对话口语性极强，且情节曲折，故事生动，富于表现力和感染力。故一达每有长篇小说问世，必有影视制作者相随。一达的纪实文学力作《人虫儿》，于一九九九年被改编为二十一集电视系列剧，在全国各地三十多家电视台播出，一炮打响，反响强烈，收视率极高。此剧红遍全国，家喻户晓，妇孺皆知。此后，一达的长篇小说《百年德性》、《再说人虫儿》、《胡同根儿》、《故都子民》、《北京爷》、《爷是大厨》等，又相继被改编为电视连续剧，名声鹊起。

一达现为中国作家协会会员，北京作协理事，北京记协理事，其著作等身，累计已出版三十多部书，约为一千二百余万字，且每部书均畅销。一达每有签名售书，读者云集。睹读者排队签名之场面，知一达在读者心目中之位置。言及京味文学，一达无疑是新世纪京味小说的领军人物也。

一达难能可贵之处，在于神闲气定，无欲无求，自甘寂寞。当今社会物欲横流，人心不古。一达乃名人，但其无名人之相，有雅士之心，抱定一个"禅"字，苦其心志而不移，劳其筋骨而不辍。一达于二十多年前步入文坛，与之同辈者，或弃文从商，或厌文从政，或抛文赋闲，于今所剩无几矣。而一达矢志不移，始终如一，不断追求探索，始有今日之成功。问其大作可如意否？答曰无，尚须努力。由此可知其仍在"路漫漫"而"求索"中。有人谑称其"老舍第二"。一达出慎言：我与老舍，乃先生与学生之分矣，如何与之比肩，切莫扼杀捧打我。于此可知其对自身不足之卓识，谦虚谨慎之品格。

　　一达性格外柔内刚，沉稳之中有豪爽，豁达之表藏冷静。豪爽者，以酒为证。一达善饮，偶或亦有贪杯之时。一达称十七岁学会喝酒。此乃一达进深山烧木炭时，为驱寒而染杯。一达言，第一次饮酒，酒为山民自酿白薯酒，性烈。其时为严冬，大雪封山，劳作一日，极乏。老乡捧出此酒，一达年少气盛，一气豪饮十多杯而不醉，由此成瘾。某年，一达应邀作崔永元主持《实话实说》栏目嘉宾，所谈话题为酒。一达为正方，侈谈饮酒之妙处。反方争辩饮酒之害处。不想反方竟被一达所折。小崔在节目临了时坦言：一达的生活离不开酒。此戏言后成掌故。每有朋友相聚，必以酒款待一达。一达每每直然昂立入席，踩云身晃而出。人们惊诧，如此豪饮者，何以写出众多佳作？

　　一达写老北京大酒缸，窃以为非他莫属。其人若置身于老北京，定为大酒缸之常客矣。《大酒缸》乃一达倾数年心血之力作。一达云：构思此长篇，始于少年。其时，住家胡同口有一小酒馆，每日酒友相聚，一把铁蚕豆，一碟小熏鱼，一盘拍黄瓜，更有穷者，一头大蒜，一枚锈铁钉，均可在此小斟畅饮。来此者均为普通劳动者，劳作一日，以酒开怀，畅所欲言，毫无顾忌，此乃真正京城爷儿们之天地也。一达常身处其中，于一角落，听这些长者举杯畅言，察颜观色以为乐事。

　　小酒馆主人为七旬长者。一达每去，以一把糖豆相待。后小酒馆主人在"文革"中，被红卫兵以皮带挞伐，悬梁自尽。罪名为解放前当过资本家，小酒馆从此销声匿迹。一达说，小酒馆之印象终生难忘。后来方知老北京大酒缸乃后来之小酒馆也。由此酝酿写作大酒缸，于今已三十年矣。一达云：写老北京大酒缸，非具有相当人生阅历，且具备相当的老北京人文历史民俗知识，才可完成。故熟烂于心，方才动笔。《大酒缸》乃京城百科全书式作品。此部长篇，一达于一九九八年动笔，今乃成，方知披阅五年也。

一达布局谋篇，确有过人之处。他将社会宏阔之背景，浓缩于大酒缸。将世态众生之繁纷，集中于大酒缸。将性格典型的三教九流人等，汇集于大酒缸。可谓工程浩繁，构思巧妙。其所塑造的夏三爷、海八爷、"荷花程"、印月、寿五爷、杨二、"马前"、浩贝勒爷等典型人物，入木三分，其面孔非脸谱化，乃生活中之典型性格也。《大酒缸》的情节，感人至深，令人过目不忘。

一达的小说，并非讲故事，寓意极深刻。《大酒缸》的妙处在于以一"酒缸"，折射出世事风云，社会百态，人生炎凉。故事之曲折生动，人物形象之鲜活典型，京味语言之丰富多彩，文化内涵和寓意之深邃，令人回味无穷。可谓继老舍先生《茶馆》之后，又一部多角度深入反映京城小人物的名作。昔有老舍先生之《茶馆》，外有法国左拉之《小酒店》，今有一达的《大酒缸》，三部作品当有异曲同工之妙处。

作品好坏，读者细品即知，非我替一达言善。始信读者阅之，定会领其神韵，于"大酒缸"之中，酌一杯老酒，咂摸其味，齿留余香也。

据一达云，《大酒缸》乃其海八爷、"荷花程"、寿五爷等人生系列"三部曲"中第一部长篇。后两部，将继续展现大酒缸人物之命运。谓此"大工程"，并未夸张。

一达写作之勤奋，常令我辈汗颜。据云，其写作《大酒缸》时，每日仅睡两三小时，次日又要骑车采访，为晚报写稿。其每以方便面充饥。夜间困极，以冷水浇头，以大头针刺手背。入夜，所住小区皆熄灯安眠，惟一达写作之室灯亮。其写作之辛苦，常人难以想象。称其写作为呕心沥血，实言也！一达眼睛畏光，难以在电脑前久视，故至今仍以圆珠笔爬格。

一达戏言：离开笔将无以为生。写作对一达来说名副其实也。一达写作极其认真，一字不苟，为写一段情节，常查阅许多资料佐证。一达笔下之社会背景，乃清末民初，他未曾亲历；一达笔下之人物，乃老北京三教九流，他未曾目睹。为把握其历史与人物真实性，所作笔记厚达数百万字。一达写作特点在反复修改，精益求精，成书之《大酒缸》三十万字，而其原稿约五十万字，删繁就简之多，可知其用心良苦。今大作付梓，一达实为读者奉献其心血也。

有人称写作为"玩文字"，又有新派小说家称写作为"玩感觉"。一达玩的乃是自己生命。当今浮躁社会，若一达如此以心血写作者能有几人？感叹之余，成此篇。遵一达嘱，是为《大酒缸》序言，诚惶诚恐也。

京城布衣余心直秉笔

癸未年冬日

《大酒缸》再版自序

  《大酒缸》是我十年前写的一部长篇小说。为什么要写这样一部小说呢？说起来，跟酒有关。

  好多年前，我曾经写过一篇聊酒的文章。存这篇文章里，我曾经斗胆直言："没喝过酒的，算不上真爷儿们。"实不相瞒，写此文之前，喝了至少半斤（瓶）"白的"所以文章带着酒味儿。不过，文章发表后，没人来找我抬杠，看来至少京城的老少爷儿们同意我的观点。

  话又说回来，不动烟和酒，白来世上走。烟可以不抽，酒却不可以不喝。我琢磨着，贪杯的人可能不多，但没喝过酒的人，也许没有。您看好喽，我说的不是好喝两口儿，而是压根儿就没喝过酒的人。

  真的，不信您去扫听，一辈子，哪怕一口红酒或啤酒，压根儿都没喝过的人，有吗？谁能找出一位来，我服谁。爱喝酒的人常说这样一个段子：老少爷儿们喝多了，谁也不服，爱谁谁，但就服（扶）墙。这回，我不扶墙了，服您。可惜，找个从来不沾酒的人，实在是难为您。

  喝酒的人都知道，要想喝透喝好喝过了瘾，绝对不能自己一个人喝。一个人喝，叫喝"寡酒"。喝"寡酒"，最容易"酒入愁肠化作相思泪"，那不是找乐儿，是找醉呢！所以京城的老少爷儿们喝酒，喜欢扎堆儿，喜欢凑热闹。三五知己，举杯小酌，喝酒能喝出最佳状态。到哪儿喝去呢？现在有酒吧，有饭馆。再往前说，有酒馆和酒铺儿。那么，再早前的老北京，人们想喝两口儿了，奔哪儿呢？这就得说到大酒缸了。

  大酒缸，可不是一个"酒缸"，它是老事年间，北京城小酒馆的代名词。像现在的美发厅跟原来的理发馆和再早的剃头棚一样，内容差不多，但称谓变了。当然，美发厅的硬件要比理发馆强多了，大酒缸跟现在的饭店和酒楼，也不可同日而语。

为什么叫大酒缸呢？因为这类酒馆确实屋里摆着一个或几个大酒缸。酒缸的大半身，是埋在屋地下的，缸里放着酒，缸上有一个大的缸盖，缸的周围摆放着小杌子或板凳。喝酒的人，要几两酒，再要两三碟小菜，围缸而坐，佐菜小酌。

通常大酒缸没有炒菜，主要备的是炸小鱼、炸小虾、小肚、酱肉、猪蹄、鸡爪、花生粘、开花豆之类的下酒菜，物美价廉有嚼头。因为到大酒缸来，目的很明确，就是来喝酒的，所以，这儿是过酒瘾、解馋的地方，不解决肚子的饥饱问题。但这种地方不拘面儿，穷人进得起，富人不丢面。

在老北京，大酒缸遍布大街小巷，就像现在卖烟酒饼干矿泉水的小卖部似的，您出门走不了几步，就能碰上大酒缸。那会儿的大酒缸，既是喝酒解馋的地方，又是平民百姓、老少爷儿门找乐子的去处。

因为，当时的大酒缸特聚人气儿，甭管是赶大车的、拉洋车的、做小买卖的、送水的、掏大粪的、捡破烂的，还是办报的、教书的、银行的职员、衙门口儿穿官衣的，有事没事儿的，都喜欢"泡"大酒缸。干吗？大家伙儿，酒杯一端，便成神仙。山南海北，天上地下，云山雾罩，一通神侃。喝到最后，没钱的穷光蛋，也变成了有钱的富翁；没家没业的流浪汉，也变成了有权有势的贝勒爷。

您可得看明白了，这是酒后的感觉。是不是单说，反正酒一进肚，想什么是什么，想要什么有什么。哪儿呢？在嘻嘻哈哈的逗闷子里呢，在恍恍惚惚的幻觉里呢。在大酒缸这种氛围里，什么忧愁烦恼，什么恩怨情仇，统统都被酒给冲没了影儿。大家伙儿无拘无束，不是推杯换盏，也没有划拳行令，而是耳挖勺熬芝麻，小鼓捣油，一口一口地小抿着，喝的都是渗酒。真是兴之所至，其乐融融，酒像精灵，让一个个跟它亲热的爷儿们，都成了自由自在的活神仙。想想吧，这是多么平和散漫的心态呀！

大概到上世纪50年代末，因为市场上的白酒供应紧张，加上当时实行的是计划经济，市民买酒得要票儿，大酒缸这才逐渐淡出京城。时过境迁，到现在，大酒缸已然彻底成为历史，"60后"和再往后的年轻人，恐怕已经不知道什么是大酒缸了。

其实，我也只赶上了大酒缸的一个尾声。但大酒缸的那种喝酒自乐的氛围，却深深地印在我的脑海里。以至于现在，朋友约我在外面找个地方谈事时，我都时常会想起老北京的大酒缸。我私下里常常想，京城要是有几个大酒缸这样的地界该多好呀！

大酒缸，绝对是北京城所独有的，它是地地道道的北京文化。我有时心里琢磨，现在有钱的人那么热衷于投资酒吧。三里屯、什刹海、日坛、蓝色港湾等等，北京有多少酒吧一条街呀！可是有谁想过，酒吧是纯粹的舶来品，是西方的洋人文化，而大酒缸则是真正的北京本土文化，却没有人来关注它，更没有人想恢复它。这让我在聊到北京文化时，经常感到脸红。

大酒缸可是在北京的地面上土生土长的，应该说它是最接地气的。当初，大酒缸退出历史舞台，是因为赶上三年困难时期，断了酒源造成的，没有别的因素。大酒缸非常适合北京人崇尚悠闲的生活状态，所以，恢复大酒缸应该是在情理之中。

可以肯定，大酒缸是出故事的地方。老北京的许多精彩的故事和奇闻逸事，都是从大酒缸传出去的。为什么我的这部长篇小说，以大酒缸为背景，就是这个原因。

当然，什么故事，我要是在这儿都说了，您就别往下看了。为了不耽误您往下看，我还是少说两句吧，您说是不是？

但愿我的这部小说，能让您认识老北京的大酒缸。当然，如果有一天，北京的街头重现了大酒缸，那我的这部小说就算没有白写。

也许是写这部长篇小说时，几乎天天喝酒，小说充满了酒味儿，所以，十年以后，再看这本书，我觉得一点儿没有过时的感觉。不知道您看了以后，是不是与我有同感？如果有，北京的大酒缸，有朝一日开张的时候，您告诉我，我一准儿请您喝两口儿。

以上是为序。

刘一达

北京 如一斋

2014年3月

第一章 夏三爷开了个大酒缸

海八爷每天晚傍晌儿，不到丁字街的"同义居"坐一会儿，就好像心口窝儿那儿扎了根刺儿，这一宿，睡觉都不踏实。他的魂儿仿佛让"同义居"给勾了去。 没辙，谁让他对夏三爷的"汾州白"喝得上了瘾呢。自然，勾着海八爷魂的除了酒，还有更深的隐情。

"同义居"是夏三爷开的大酒缸字号。离鼓楼不远。五间门脸，北房，有个后院，窗户门正经八百是一水儿的老榆木，花窗的式样是仿廊房头条一家银号的。六口粗瓷挂釉的大缸，交错地半埋在地下，每口缸都有半对拼的红漆木盖，髹漆至少刷了十遍。

老掌柜夏三爷对这红漆木盖，常爱夸口："您甭瞧它不起眼儿，这髹漆活儿，正经八百的是宫里造办处漆作卢师傅的手艺。"

一晃儿，十多年了，卢师傅早已作了古，但玩意儿却留下了。不知多少食客酒友在这木盖上，碗碟蹭，袖子磨，它愣不褪色，反倒越擦越亮。即便是酒的残迹，还有菜汤、酱油汤、醋汤，也无法浸蚀它的本色。绝了。

夏三爷每天擦这髹漆木盖时，总要眯缝着那对小眼儿多看几眼，然后咽口气，暗自惊叹：它怎么不掉色儿呢？

大缸的转遭儿摆着圆凳和方凳，柴木的，坐不了两三年，便哗啦啦了。圆凳和方凳换了好几茬儿，但这缸盖儿愣不见掉色儿。你说怪不怪吧。夏三爷解不开这闷儿。也许这才叫玩意儿！

"同义居"是大酒缸。您别以为大酒缸是一个酒缸，它实际上是老北京的小酒馆。自然，北京人之所以把酒馆叫大酒缸，是因为确实在酒馆里摆着或埋着酒缸。这可以说是北京所独有的。至今，还没听说中国哪个地方，也把酒馆叫作大酒缸的。

大酒缸

老北京的爷儿们没泡过大酒缸的人不多。那当儿，大酒缸遍布京城的大街小巷，您随便溜达到哪条胡同，一出胡同口儿，就能见到一个大酒缸。

北京爷儿们的生活离不开酒。没酒，便没了乐子。没酒，老百姓的日子就如同一碗白开水。没酒，活着还有什么意思？酒不但能活血化瘀，消愁解闷，还能给平淡生活添点儿诗意和情趣。这里渗透着的是文化。

老北京人喝酒奔大酒缸，在酒缸边上喝酒，透着一种豪气，所以有人也说这是喝"武酒"。为什么老北京人喝酒用大酒缸呢？听寿五爷说，这还是从元世祖忽必烈那儿传下来的呢。

寿五爷好说古，有一次他在"同义居"喝酒，跟叶翰林聊起了大酒缸的掌故。

"五爷，您给说说，这大酒缸是怎么回事儿？"叶翰林喝得醉么咕咚的跟他逗闲嗑儿。

"考我是吧？"寿五爷嘿然一笑，喝了一口酒，嚼了一个花生豆，说道："想当年，忽必烈铁马金戈，统一了中原。得了天下，当了皇上，他自然高兴呀，这一高兴想起酒来了。于是他要大摆筵席，请文武百官喝酒。拿什么喝呢？忽必烈心想我是皇上了，喝酒的家伙什儿不能小了呀！他下诏做一个大酒缸。您想皇上要和文武百官在一个缸里喝酒，这缸能是咱们家里盛水的缸吗？当差的官儿让工匠开采玉石，用一整块带白斑的墨玉雕了个大玉瓮。这个瓮有二尺高，周长一丈五，瓮口的径长四尺半。"

"我的天，这口缸可够大的！"叶翰林说。

"瓮的外壁刻着各样的海兽，出没于海水波涛之中，雕完之后，忽必烈把它放在了琼华岛的广寒殿中，取名'渎山大玉海'。然后盛上御酒，忽必烈与群臣痛饮。"

叶翰林问道："这大玉酒缸能盛多少酒呀？"

"多少酒？我没喝过大玉瓮的酒，不知道。据说至少能盛三十多石。"寿五爷笑道，"皇上跟群臣喝酒用酒缸，那叫气派，后来传到了民间，京城的酒馆也开始用大酒缸了。"

寿五爷说的是不是这么回事？咱们另说。不过这"渎山大玉海"确实在那儿摆着。您现在到北海团城的承光殿还能看到。

当然，皇上喝酒用玉缸，老百姓可享受不起，京城的大酒缸大多是粗瓷挂釉的，跟家里盛水的缸没什么区别。

"同义居"跟其他大酒缸一样，酒缸也是半埋在屋子当中，里头盛着酒。不过，酒友们喝酒，不从缸里直接舀，而是在柜上拿小提子盛到酒碗或酒壶里。

柜是曲尺形的，四尺多高，黑漆，漆皮已然脱落，裂了不少口子。这物件还是夏三爷的父亲留下来的。

柜台的后墙上挂着秦炳文（秦宜亭）画的一幅山水，配着这幅画，有一幅立轴，上面是姜筠（姜颖生）写的那首杜牧的名诗："清明时节雨纷纷，路上行人欲断魂。借问酒家何处有，牧童遥指杏花村。"

秦炳文与张士保（张菊如）、汪舫（汪叔明）是道光年间京城画坛"三杰"。姜筠（姜颖生）也不是俗人，他与元隽（元博生）、兴葆济（兴束生）在光绪末年号称京城的"三生"。

"同义居"能挂这二位的字画，说明夏三爷并非凡夫俗子。为什么要挂杜牧的这首诗呢？因为夏三爷是山西汾阳人，他自认为杜牧这首诗里的"杏花村"，说的是汾阳的杏花村。其实，杜牧诗里的"杏花村"并非指的是山西汾阳的杏花村。汾阳的杏花村确实有名，早在南北朝时，"汾州白"就闻名遐迩。但全国叫杏花村的地方有十九处，且都与酒有关。如山东水泊梁山黑风口有"杏村飞崖"，《水浒传》里的李逵曾在这个杏花村喝过酒。江苏徐州丰县有个杏花村，宋代的苏东坡在那儿喝过酒，留下"我是朱陈旧使君，劝农曾入杏花村"的诗。湖北麻城古镇有杏花村。古诗称道："三里桃花店，四里杏花村，村中有美酒，店里有美人。"

夏三爷不懂诗，也不会去考证杏花村的出处，只要杜牧的诗里有杏花村，他认为那就是说他老家呢。自然到大酒缸喝酒的也没人跟他较这个真儿。

只有一次，叶翰林喝高了，抬头看着这个立轴，对夏三爷道："三爷，您的酒真地道，连唐朝的大诗人都夸过您的酒呢。"

夏三爷回过头去，细看了看诗里的"杏花村"仨字，说道："敢情，杏花村是我老家。"

"同义居"的柜上有六个瓷坛，坛口是软木盖，用红绿粗布包着，坛子里盛着六样烧酒，酒名写在纸上，贴在了坛子外面。

紧挨酒坛是几个大碟子，碟子里常备着自制的酒菜，有常年不变的开花豆、煮花生米、豆儿酱、腌鸡子儿、炸河虾、拌豆腐丝、玫瑰枣、炒红果、核桃仁等。也有应时当令的，如拌粉皮儿、拌苤蓝丝、小熏鱼、香椿豆、芥茉墩儿、拍黄鲜藕、鱼冻、酥鱼等等。自制的小菜以外，泡大酒缸的主儿也可以外叫。大酒缸的门口，常年有出摊儿的，单卖羊头肉的、驴肉的、苏造肉等下酒的菜。食客想解馋，可以在摊儿上叫一份，进店当菜佐酒。

酒呢？大酒缸通常只预备烧酒。烧酒，也就是现今北京人喝的白酒。那会儿北京人把江米酒称为白酒。

老北京人喝酒认口儿。当时北京的酒分烧酒、黄酒、露酒、江米酒这四种。黄酒也叫绍兴酒，老北京单有黄酒馆，进黄酒馆的大多是在北京的南方人。地道的老北京不认黄酒，爱喝烧酒。

烧酒入口干辣，进嗓子眼有股子冲劲儿，烧心拉肠子，喝着过瘾。所以那当儿，北京人也管烧酒叫"烧刀子"或"白干"。

烧酒要有烧锅。烧锅，实际上就是现在酒厂的意思。有皇上的时候，内城不许有烧锅。烧锅都在四郊。所以老北京人按烧酒的来路，分为东南西北四路。东路的通州西集和顺义牛栏山，南路的大兴采育和宛平长辛店，西路的黑龙潭，北路的立水桥等最有名儿。但老北京人并不直接点这些烧锅的名儿，只说南路或北路。

夏三爷在酒坛子上也写着"南路烧"或"北路烧"。不过，"同义居"叫座儿的不是烧酒，而是"汾州白"。

四九城那些酒腻子之所以宗着"同义居"大酒缸，一是夏三爷自制的应时当令的下酒菜讨俏，二是他这儿的"汾州白"正宗，永远不掺水。

当年那些老食客老酒友跟夏三爷亲近，正是看中了"同义居"这一点，才每天到这儿来坐一晚上。一碗"汾州白"，一碟开花豆，一碟炸河虾，一碟豆腐丝能在这儿呆到拉灯晚儿。

那当儿，"汾州白"在京城属于难淘换的名酒。一来是因为当时京城对外埠进来的酒有限制，酒税高得惊人，能来北京不易。当时即便是京郊的"烧锅"，因为税高，那些酒贩子为了逃税，常常把酒灌到皮囊里，趁夜里关了城门，无人看守，顺着城墙爬过去，进城倒卖。二来是因为山西汾阳杏花村做的"汾州白"跟一般烧锅不同，它是用当地有名的"一把抓"高粱作原料，以大麦和豌豆制曲，清蒸两次发酵，中温制曲，地缸发酵，两次蒸馏而成。工艺比较复杂，产量有限。

"难得在这儿喝上'汾州白'。"画家"荷花程"每次来大酒缸，总是夸赞两句。

夏三爷不禁夸，尤其是能从"荷花程"嘴里讨到一个"好"字。他咂巴一下嘴说道："程爷，知道吗？这酒有'七绝'"。"哪'七绝'呀？三爷。"夏三爷掰着手指头说："您听着，我给你们念叨念叨。这头一绝是人必得其精，第二绝是粮必得其食。往下是水必得其甘，曲必得其时，器必得其洁，缸必得其湿，火必得其缓。"

老北京人能喝上这种名酒不易。为什么夏三爷开的大酒缸有"汾州白"呢？这得从老掌柜夏三爷的"山西屋子"说起。

夏三爷，大号夏凤坡，五十出头，寸头长脸，头发已有了白茬儿，寿眉很长，高鼻梁，眼睛不小，但眼皮已然往下耷拉了。由于长年跟酒做伴儿，眼眶子下面出现了肉袋，那眼袋总是红的，虽然脸上没有多少肉，但气色红润。老爷子逢人便带三分笑，笑起来，脸上的皱纹便都张开，透着几分谦和与善静。

他无冬历夏总穿着粗布大褂，袖口露着白边，大褂洗得很干净，不带补丁，显得干净利落。在大酒缸，夏三爷与伙计的区别是他肩膀头上没有手巾把儿。

夏三爷是山西汾州人，夏家在汾州算是大户，夏凤坡的爷爷夏子明十几岁便来北京学徒，后来，在前门外开了个票号。虽然在京城落了脚，但在老家也置了一份产业，盖了一套气势不小的大宅子。

夏凤坡的父亲夏瑞亭行二，因为大哥早亡，他继承了老爷子的票号，娶妻生子，在京城扎下了根儿。夏凤坡的两个哥哥是夏瑞亭的原配夫人在老家生的，后来瑞亭的原配病故，他在京城续了弦。这个续娶的夫人生了凤坡。所以夏三爷自称是"老西儿"，其实是北京人，他压根儿没在老家生活过。

老北京城做买卖的山西人很多，"晋商"的实力在当时的中国，虽比不上"徽商"、"海派"、"宁波帮"、"福建帮"等，但以精明著称。京城的银号、票号多一半是山西人开的。夏瑞亭对三少爷比较器重，夏三爷念了几年私塾，十五岁上，夏瑞亭便把他送到前门外廊房头条，一个山西老乡开的"祥生"银号学徒，想好好栽培他，预备自己老了，把自家开的银号交给他。没想到夏三爷十七岁那年，夏瑞亭得了场重病，早早儿地撂了挑子①。

大爷二爷瞄着老爷子的遗产来到京城，办完了丧事，大爷和二爷便核计起分遗产的事儿。夏三爷厚道，一看两个哥哥为父亲的遗产打得跟热窑似的，跟他俩提出自己什么也不要。大爷二爷正求之不得，夏瑞亭的银号，后来归了大爷和二爷。但从此跟三爷的异母兄弟之情也就掰了。

夏三爷则净心在"祥生"银号学徒。"祥生"的东家柴广禄看他为人本分，仁义，办事稳当，细致，出徒以后，留下了他。干了两年，连做了几笔好买卖，他当上了襄理。襄理就是经理的助手。

那当儿，他每个月拿的包银不轻，买了个小院，娶了媳妇，有了闺女。东家对他十分赏识，本想重用他，没想到赶上了八国联军攻打北京，前门外被八国联军祸害得最厉害，老商业街大栅栏一片火海，大火烧了三天三夜，几乎所有的铺子都化为灰烬，廊房头条的几家银号也被联军一把火给烧了。"祥生"也未能幸免。东家柴广禄在乱中逃生，跑回了老家。夏三爷没来得及走，在东城自己的小院担惊受怕，猫了几个月。

"庚子事变"后，"祥生"的股东们散了伙，经理也跑到上海另寻发展去了。夏三爷寒了心，不想再在钱柜上直接跟银元打交道，他拿出自己的积蓄，在鼓楼大街的街面儿，盘下五间门脸的铺面房，开了个"山西屋子"。"山西屋子"实际上就是大酒缸。

夏三爷为什么想开大酒缸呢？这跟他平时好喝两口儿有关。

夏三爷虽说不是在汾阳杏花村出生的，但夏家从明代起就以酿酒为业，夏三爷的老祖开了两个酿酒作坊。他的父亲活着的时候，老家的人每年都来北京送酒，家里的酒坛子摆得到处都是。从小守着酒缸酒坛子，夏三爷哪能酒不沾唇？在"祥生"号出徒之后，他接长不短儿地泡京城的大酒缸。但是他喝惯了那口味绵长、余香留齿的"汾州白"，再喝京城各路的"烧刀子"，自然觉得不是味儿了。

汾州离京城虽远，但他每年春节回乡探亲，总要拎几坛子"汾州白"回来，留作日常享用。赶上亲戚来京城跑买卖，人家自然也不会空着手来。

---

① 撂了挑子——北京土语，死的意思。

　　夏三爷的三大爷和四大爷在老家都有酒作坊。这"汾州白"拿到京城透着金贵，在杏花村却如喝汾河水一般。三大爷和四大爷知道夏三爷好这一口儿，别的可以商量，这个还能不管够吗？所以夏三爷家里的"汾州白"常年不断。

　　老北京人管山西人叫老西儿。往往讥笑山西人抠抠唆唆，一些歇后语常拿老西儿开涮，如老西儿拉胡琴，自顾自（吱咕吱）。老西儿喝酒，你一盅（鬃）我一盅（鬃）。

　　什么叫你一盅我一盅呢？说起这句俏皮话，还有个典故。

　　说有一天，有俩老西儿在屋里喝酒，一位北京爷在窗户外头听着，这两位你一句，我一句地嚷嚷着：你一盅呀我一盅呀。这位爷听了有一个时辰，俩老西儿还你一盅我一盅地喝着。他纳开了闷儿：两位可真是海量，一盅一盅地喝了大半天怎还不见醉呀？

　　他忍不住推开门进了屋。一见二位的阵势，他笑了个倒仰，敢情这两位一人手里拿着一根猪鬃，一边划拳一边用猪鬃往酒杯里沾一下，然后拿嘴一嘬啦，一"盅"一"盅"的，合着是这么个一鬃呀！

　　当然，这纯属于糟改山西人。夏三爷这个"老西儿"可不抠，他透着豪爽大方，而且热情好客。自然，说他是"老西儿"，也只是指他的祖籍。因为他是在北京出生，北京长大的。不过，他身上毕竟有山西人的血脉。夏三爷古道热肠，兄弟给他拿来的好酒，他平时舍不得喝，单等朋友来才拿出来共享。

　　八国联军在京城折腾了几个月，战事消停了。他把几个朋友邀到自己的小院，让夫人张氏包了两盖帘饺子，打开封着的酒坛子，夏三爷跟朋友们一起对酌起来。那酒开了封，满院子飘香。"饺子就酒，越喝越有。"他爽朗地哈哈大笑。来的都是酒友。您想经过大灾大难，劫后余生，众人免不了感叹人生，感叹国运。这一感慨，可就"何以解忧，惟有杜康"了。夏三爷跟这几个朋友开怀痛饮，从中午喝到晚上，又从晚上喝到午夜，眼瞅着三坛子"汾州白"见了底，一个一个喝得东倒西歪，酩酊大醉，还意犹未尽。

　　"赏古轩"古玩店的经理潘佩衡借着酒劲儿对夏三爷说："您这三坛子老酒，可把我们的酒虫儿给勾出来了。今儿是尽了兴，明儿找谁去？依我看，您呀，改戏吧。"

"改戏？离开银号，您说我能去什么角儿呢？"夏三爷笑道。

潘爷指了指空酒坛子，说道："您就去能让我们喝上'汾州白'的角儿。别在什么银号钱庄里刨食了，干脆扯起一面酒幌子，开个大酒缸吧。这样咱们以后喝酒不就有地方了吗？"

叶翰林在一边也撺掇说："是呀，三爷开大酒缸，再合适不过了。山西那儿有两位大爷给您供酒，您有什么急呀？您要是开大酒缸，我们得天天上那儿泡着。"

夏三爷本来就憋着改行，让这几位爷一说，心眼儿活泛了。

"好，有几位爷给我捧场，这大酒缸，我开定了！"夏三爷当下便拿定了主意。

几位爷的几句话，这才有的"同义居"。

甭瞅"同义居"是大酒缸，门口悬的那块匾是京城有名的画家"荷花程"给题的。当然了，"荷花程"也是"同义居"的常客。

"同义居"开张以后，生意就透着红火。夏三爷是银号出来的，官场和商界认识不少人，听说他改行开了大酒缸，不但那些朋友成了他这儿的常客，就是一些有头有脸的人都过来给他捧场。他呢，也是外场人，挺能张罗，小脚踢球，颇能横胡噜一气。

当然，"同义居"能拢住人，全仗着他这儿的"汾州白"，不但贪杯的主儿好这一口儿，就连左近饭馆的食客，也到"同义居"来外打酒。

夏三爷精明，凡是外打酒，在酒壶的盖上必贴上"同义居"三个字，表示此酒是"同义居"的。一来二去，"同义居"的字号远近皆知。两三年的工夫，"同义居"便跟东四牌楼的"恒和庆"，东安门的"义聚成"，后门桥的"谦益"，金鱼胡同的"同泰"等齐名，成了京城有名的大酒缸。

那会儿，京张铁路已开通，但战乱频仍，京城的酒税也高。夏三爷从汾阳往京城运私酒要冒很大的风险。好在夏三爷对官场上的事儿门儿清，用银元打通各个关节，"汾州白"能跟得上。他在自己的小院挖了一个很大的地窖，专门储酒，藏的几缸酒，足够大酒缸的食客喝一年半载的。

当然，风声紧的时候，为了接短儿，他也会来点猫腻，在酒里兑些水。不过，一般情况下，他不来这一手，他知道字号的金贵。所以，宁可吃点儿亏，也要保住信誉。

夏三爷的大酒缸雇了三个伙计，一个看灶的，这几个小伙计都是他从山西汾阳老家带过来的。看灶的这位是他拐着弯儿的一个远房侄子，也姓夏，叫夏金柱，小名柱子。

柱子二十七八岁，窄脸，细眉小绿豆眼，高鼻梁，长得并不中看，细瘦的身量，有点水蛇腰，看着挺精干。他平时少言寡语，未曾说话，先拿眼珠子量一下人，然后眨巴眨巴眼睛，来一句："那什么，您说呢？"他总是让对方把该说的话都说出来，再权衡利弊，找补一句：行，或不行。从这一点上能看出他人不大，倒有几分城府。 他来了以后，夏三爷一直把他当儿子一样看待，一来，夏三爷没儿子，身边需要一个信得过的帮手，二来，柱子的老爹在老家开着酒作坊，他们家做的酒，都进了"同义居"大酒缸，成了"同义居"的专用作坊。因为有这层关系，夏三爷自然不敢怠慢这位远房侄子。

"同义居"是五间门脸的铺子，六口大缸，坐满了人，不到五十位。平时由夏三爷和三个伙计加上柱子照应，足可以拉开栓了。

夏三爷就俩闺女，大女儿蓉芬，二十五了，已然出阁。家里就剩老婆张氏和二女儿蓉秀，她们娘儿俩手脚勤快，有时在家里鼓捣点儿下酒的小菜，每天包几盖帘饺子，拿过来应门面。

夏三爷并不想把生意做大，每天跟那些老照顾主儿们边喝边聊，就把买卖做了。他开这个大酒缸只图一乐，真想发大财，他能放着银号钱庄的差事不做，干这小本生意吗？

第二章 大酒缸的几位爷

俗话说，是福不是祸，是祸躲不过。文词儿叫："祸兮福所倚，福兮祸所伏。"意思是祸里有福，福中有祸。

夏三爷以为自己放弃了官道仕途，也躲过了险恶的商界，开个小酒馆，自给自足，大隐于市，招不着灾，惹不着祸了。哪知道祸这东西，你不找他，他找你呀。

"同义居"大酒缸刚开张的时候，来的多是做小买卖的，耍手艺的，卖苦力的引车卖浆者。这些人喝不起"汾州白"，也不愿在大酒缸耗工夫，他们喝的是"站酒"。进了大酒缸，来碗"烧刀子"，要两碟下酒菜，也不要座儿，直接站着喝，一边喝着一边聊着，一碗酒下肚，再来碗刀削面，临完找补碗面汤，一抹嘴走人。

这些食客酒友虽然进了大酒缸，便口无遮拦，神聊海哨。但说的都是市井村言，家长里短，以及生意口儿上的事，至不济逗几句闷子，说点儿暗春秽语，倒也不沾政治，招惹不了什么是非。

进入民国以后，"同义居"的生意越来越火，从上午开门到拉灯晚儿，大酒缸就没有消停的时候。北京的时局一直动荡不安，各路军阀政客相互争斗，你方唱罢我登场。民国六年，大总统黎元洪被迫解散国会，张勋率定武军"辫子兵"进京，胡乱折腾一气，逼走了黎元洪，又跟康有为等一帮人，在京拥逊帝溥仪复辟，接茬儿段祺瑞在天津马厂誓师，带兵攻进北京，赶跑了张勋，举冯国璋继任临时大总统。

没了皇上，政府成了临时的，头儿一会儿一变。人们简直弄不清这江山是谁的了。有得势的，就有失意的，有风光的，就有倒霉的。那些失意的政客，赋闲的瞧热闹的清朝政府遗老遗少，还有那些落魄的不得志的文人，呆

着没事儿便泡茶馆和大酒缸。"同义居"自然成了这些人消遣解闷,闲聊会友的地方。 您想这些人凑到一块儿,嘴能闲得住吗?心管不住舌头,嘴头子也没把门的。这些北京大爷们知道大酒缸这种地方,那些得了势,在官场上忙乎的人绝不会来。这些闲人们难得有这么一处不惹官面儿注意的乐土,碰了面,便把肚子里憋闷的各种怨气和毒火,都就着老白干一股脑儿地宣泄出来。

那当儿,"同义居"的常客有二十几位,其中老照顾主儿有寿铭山寿五爷、叶宝祯叶翰林、海宗义海八爷、画家"荷花程"、索宝堂索四爷、胡金生胡老道、潘佩衡潘爷、刘炳宸刘九爷。

这几位爷几乎每天都要在"同义居"泡到拉灯晚儿。夏三爷不打哈欠,他们舍不得离座儿。

寿铭山寿五爷的屁股最沉,他爱喝酒,而且每喝必醉,每天不喝得晃着身子出去,似乎对不住夏三爷。他喝酒"走皮",一杯酒下肚,就成了关公。自然话也就多起来。不过,他说古也好,道今也罢,聊的都是过五关斩六将,"走麦城"的事,他一句不提。

寿五爷是正黄旗,祖上也是跟着努尔哈赤打江山的一位王爷。但是后来在乾隆朝栽了跟头,爵位让乾隆爷给免了。虽然如此,后人仍在宫里当差。他爷爷当过从三品的光禄寺卿,这是专职为典礼预备筵席的差事。父亲是内务府的官员,位居四品。到了他这儿当了内务府的翎长,官居从五品。

从五品,实际上就是比六品高一点,又不够五品。按现在的官位等级说,相当于副局级,或者是处级。这是个武职闲差,用寿五爷的话说,从他爷爷那辈起,他们家就黄鼠狼下耗子,一窝儿不如一窝儿了。要不是寿家跟末代皇叔浩贝勒府沾亲,他也许连这个差事也混不上。

清朝的内务府属于中央机关,专管宫禁事务,皇家的衣食住行都由它承办,管理皇家的财务收支,掌管工程营造,考核太监、宫女,审拟上三旗的刑狱案件,权力相当大。江南织造,塞北牧场统由它管,内务府的司处众多,官员数千。在内务府当官,绝对是个肥差。

但寿五爷是武职,油水并不多。从他后来的破落情况看,确实没捞到多少好处。用他的话说,当差五年,只落下一所好房,还是他爸爸留下的。

"没赶上好时候,妈的,当了五年差,屁股还没坐稳呢,大清国就玩完啦。"他的嘴咧得像煮破了的饺子。

不过，说到当年的官爵，他压根儿不提从五品这个"从"字，只说是五品官。自然，他说多少品就是多少品，在大酒缸喝酒的人都是草民布衣，谁也没品。再者说，已然到了民国，您就是当过一品官，又有什么用呢？

"您别这么说，您身上沾着皇气儿呢，现在也活得比我们滋润。"夏三爷赔着笑脸说。

"滋润？哼，滋润的日子过去喽。"寿五爷沉着脸，喝着酒跟夏三爷说。

"五爷，瞧您说的，好赖的您是五品官呢。"夏三爷恭维道。 "敢情！"索宝堂在一旁搭了一句。 寿五爷用手背擦擦嘴角，笑道："嗯，这话我爱听。想当年，我骑着高头大马在街上走，也威风着呢。"

"是呀，县太爷不过是七品，您呢，五品，哈哈。"刘炳宸刘九爷道。刘九爷是花匠，当过醇王府的花把式，透着他见过世面，每次寿五爷抖落他在宫里当差时的那些陈芝麻烂谷子，他都随口搭音地附和几句。

"以您的面相，当不了王爷，也得当镇国将军。"胡老道眯缝着那对小眼，端详着寿五爷说。

胡老道大号胡金生，算是个人物，他二十出头就在白云观受戒，做了火居道士，蓄发梳鬏，身穿道袍，自己在家修行，研习周易。

为了谋生，他在离"同义居"不远，开了个两间门脸的小药铺，卖点儿闻药，同时为人相面占卜。他相面从不收费。您觉得算得灵，买他几盒闻药就得。

胡老道不沾酒。他来"同义居"，单为品夏三爷做的小菜和饺子，顺便坐一会儿，跟寿五爷他们扯会儿闲篇儿。

胡老道那当儿已四十出头，娶过一个老婆。小媳妇是大家闺秀，信了道教，算是他的门徒。八国联军进北京那年，他的小媳妇让日本兵给强奸了，后来投井自杀，死的那年不到二十岁。胡老道再没续弦。他收了个徒弟叫四喜，平时照应他的药铺。

寿五爷并不喜欢跟胡老道聊天，他不信神鬼。他以为自己的爷劲儿，能降得住神鬼。不过出于礼数，他对胡老道还算敬重，尤其是胡老道恭维他的时候，他总要多看胡老道几眼。在善意的眼神里，还要添上几个笑纹儿。

"胡大师抬爱了，我的面相真是那么英武吗？哦，不过嘛，要不是我们老祖当年跟着僧王爷在南方吃了败仗，末了儿，丢了爵位。哼，到我这儿还真备不住要出将入相呢。您说呢，海八爷？"

寿五爷抬起头，问身边正滋儿咂儿喝酒的海八爷。好像海八爷看过寿家的祖宗匣子，对他们寿府的家谱门儿清似的。

"敢情！老事年间，五爷的老祖就是将军了。"海八爷搭腔道。

海八爷大号海宗义，属镶蓝旗。爷爷当过外火器营的嘎伦达，也就是翼长。翼长的官位不高，但他是外火器营的最高长官，驻扎在海淀蓝靛厂一带。到海八爷父亲那儿，家道已然中落。大清国一倒，旗人断了"铁杆庄稼"，领不到钱粮，海八爷家里穷，经常揭不开锅。家里头兄弟又多，他父亲养这么多孩子费劲。不得已，只好挑了几个小的，送到本族的亲戚家代养。海八爷五岁的时候，被送到他舅舅家。

他舅舅原来是宫里禁卫军的小官，好玩儿，跑马放鹰玩鸽子，斗蛐蛐儿，玩蝈蝈，玩跤，玩票，北京爷儿们玩的东西，他一样不拉，只是不顾家。舅舅家里也不宽裕，海八爷十几岁便进了浩贝勒府当差，给浩贝勒爷侍侯马。外火器营出来的孩子，对马并不陌生，他从小喜欢马，对这份差事觉得挺可心。

那当儿，海八爷已然二十拐弯了，虽然长得一身好骨架，眉眼也还端正，为人老实厚道，但他还没混上媳妇，一个人在离"同义居"不远的胡同租了一间小房，一早一晚到浩贝勒府的马号，给浩贝勒爷遛马。

海八爷遛完了马，便算交了差。喂马驯马单有师傅。他闲着没事儿，便到"同义居"，陪着这帮老少爷们扯闲篇儿。

他的酒量不小，但他能把得住自己，每次只喝两碗，绝不超量。

当时，"同义居"还卖碗酒。碗是山西民窑烧的粗釉像黑皮子似的马蹄碗。每碗十个大子儿①，站着用这种碗喝酒，带有几分豪爽侠义之气，也有几分古韵。海八爷每天晚傍晌儿遛完马，也不换衣服，穿着短衣长裤，打着绑腿，腰间煞一根蓝布带子，晃着膀子，直奔"同义居"。走到柜前，跟夏三爷打声招呼："三爷，柜上有我喝的吧？"夏三爷从柜上端起一碗酒，递

_____

① 大子儿——当时钱的名称，一枚相当于现在的一分。

给他，嘿然一笑："早给您备着呢，爷儿们。" 海八爷接过酒碗，咕咚咕咚一仰脖儿，一口气便把碗里的酒干掉。然后，用袖子擦擦嘴角儿，冲夏三爷笑道："您给我记上账，回头见！"

夏三爷应声道："这还用说吗？爷儿们，不弄点儿小吃垫补垫补吗？"

"谢了您呐，晚上一块儿找补吧。"海八爷打了个揖，转身就走。

那当儿，他正跟乌儿衮乌爷学掼跤。乌爷是善扑营出来的，掼跤在京城有一号。手下的徒弟有几十号。

海八爷在跤场折腾到拉灯晚儿，又回到"同义居"，依然是碗酒，不过这会儿他的心踏实下来，在大酒缸前，找个凳子，要两碟小菜，安安稳稳地喝一碗酒，然后，吃一碗刀削面或拨鱼儿，这是看灶的柱子的拿手面活儿。

柱子只比海八爷大着三四岁，但从面相儿上看，却显得比他老成得多。俩人的性格不同，海八爷活泼开朗，爱说爱笑，大大咧咧，肚子里存不住东西。柱子呆板死性，三脚踹不出一个屁来。不过，海八爷对柱子总是客客气气的。俗话说，不怕红脸关公，就怕抿嘴菩萨，他知道柱子这种蔫人不好斗。

柱子的刀削面和拨鱼儿是一绝，他的手快，左手拿着醒好的面，右手拿着小鱼刀，刷刷刷，动作飞快，像是刀削萝卜，面条像柳叶似的飘到锅里。

大酒缸煮面的锅里，水总是滚开的，面煮熟后捞在碗里，加上肉汤，吃起来又有嚼头，又扛时候。

海八爷一个人挑门户，懒得开火，累了一天，在"同义居"这儿，来一碗热热乎乎的面食，对他来说，不亚于神仙过的日子。腰包鼓的时候，他在"同义居"门外的"红柜子"或"白柜子"叫两条小熏鱼、大肚儿或猪头肉，解解馋。

"红柜子"也叫"熏鱼柜子"，因为最初单卖熏鱼。为什么叫它柜子呢？所谓柜子其实就是独轮车，后来改为两轮。车上装着木制的带小格子的柜子，里头放着事先做好的下酒凉菜，有熏鱼，有猪心、猪肝、猪肺、猪头肉、猪口条、粉肠、熏鸡蛋、熏豆腐之类的。小贩推着"红柜子"到大酒缸门前，那些凉菜好像是专为在大酒缸喝酒的主儿预备的。

有人奔大酒缸，喝的是"急酒"，捎带手在门口的"红柜子"买几两猪心、猪肺或猪头肉下酒。吃完喝完，抹嘴就走。

　　"白柜子"专卖驴肉，形式跟"红柜子"大同小异。老北京人的下酒菜，并不讲究，只要佐酒的东西有嚼头，够味儿就得，但人们往往认口儿。有人下酒，一把铁蚕豆就行，有人则要见荤腥儿。正所谓"萝卜白菜，各有所爱"。

　　当然，好吃的东西谁都嚼着香，但您手里得有银子，像海八爷这样替人遛马混嚼谷的人，能见天有口酒喝就不错了。吃肉，见荤腥儿那得挑日子啦。　海八爷跟夏三爷不见外，他勤快，眼里有活儿。有时大酒缸的客人多，夏三爷和伙计忙不过来，他便搭把手，帮着张罗，打酒端菜，照应那些老酒友，他从不惜力。　夏三爷自然不让他白忙乎，有时看他白嘴喝酒，便给他端过来两碟小菜，笑着说："别白嘴喝酒呀，来尝尝我做的小菜。"　海八爷不愿意占这小便宜，笑道："三爷，您这是干吗？您以为我连要碟拌粉皮儿的钱都掏不出来吗？"　夏三爷道："这是哪儿的话呢？我是想让你尝尝鲜儿。"　"尝鲜儿可以，但您得记我的账上，白吃白喝可不行。"　"爷儿们，你这话可就说远了，这两碟小菜还叫钱吗？"　海八爷道："您这是买卖，您是主，我是客。我听说大饭庄子有敬菜这一说，还没听说大酒缸也敬菜呢。哈哈。"　海八爷笑着打了个哈哈儿，便把这话茬儿给遮了过去。　别瞧他是遛马的，但他并不想为这两碟小菜丢面儿。夏三爷能揣摸到他心里是怎么想的。

第三章 海八爷撞上了小人

说老实话，夏三爷挺喜欢海八爷的这种心气儿。爷儿们嘛，就得活着有骨气。他没儿子，大女儿蓉芬已然出了阁，姑爷是山西会馆赵胖子的二少爷，在银号做事。二女儿蓉秀说话也十九了，按说早该给她说个主儿，但大女儿出阁以后，家里能跟她妈做伴儿包饺子的只有这位二闺女了。夏三爷舍不得让她早早儿地嫁人。

夏三爷不想干不动那天再找接班的。他打过柱子的主意，柱子在山西老家订了亲，但来北京以后，他爹把这门亲给回了。跟海八爷一样，现在也耍着单儿。夏三爷曾想把二闺女给了柱子，将来"同义居"不愁没人顶门户了。但真把闺女许配给柱子，他又不放心。柱子看上去蔫蔫乎乎挺实在，在灶上刀削面拨鱼儿，在柜上照应也没得说。但是他的为人处世让夏三爷犯疑性，真把这个铺子交给他，保不齐几个月就得让他鼓捣黄了。

在这种时候，夏三爷的脑子便会想到海八爷。这小子长得不错，人又厚道又诚实，会来事儿，心也灵，但是他的毛儿还嫩，说话办事有些毛躁，年轻人嘛，且得在社会上磨砺呢。夏三爷也是从那会儿过来的，他知道品人如同品酒，越陈的酒，味儿越醇。

夏三爷十分喜欢海八爷的厚道劲儿。有一天晚上，大酒缸曲终人散，柱子和伙计也回家打歇儿了，店里只剩下夏三爷和海八爷。

夏三爷见海八爷拾掇半天，又累又乏，连打了几个哈欠，便对他说道："海子，你也回去吧。"

海八爷道："三爷，您不走，我能自己回去吗？"

夏三爷问道："天色这么晚了，你乏不乏？"

海八爷憨厚地笑道："我这么年轻，哪儿有乏不乏这一说呀，没事儿，乏点儿好，喝了酒，到家躺炕上就着，省得胡思乱想了。"

"嗯，你倒是真说实话。"夏三爷沉吟道，"不乏，今儿可是阴历十五，月色不错，你陪我喝两盅。"

"好呀，我在'同义居'，还没单跟您一块堆儿喝过酒呢。"

"是呀，平时我照应买卖，不能沾酒，今儿晚上不知怎么了，馋酒了，哈哈。"

夏三爷说着，从酒坛里打了两碗陈年的"汾州白"，那酒确实地道，顿时满屋飘香。他又从柜上端出几碟小菜，对海八爷说："今儿这酒你尝尝。"海八爷抿了一口，咂了咂舌头道："嗯，真香！"夏三爷道："平时你都喝烧刀子'碗酒'，舍不得喝好酒。唉，今儿算是我做东请你。来，动筷子，咱们喝一口。"

"谢三爷了！"海八爷喝了一大口，嚼了几个花生豆。

夏三爷端详着海八爷，问道："海子，有件事儿，我一直想问你，但总也找不到机会。"

"三爷，您说，什么事儿呢？夏三爷道："你今年多大了？""您是问我的生辰八字，我是属狗的，今年二十二了。"

"嚯，你都二十二了，嗯，我像你这么大，已然当爹了。"夏三爷啜了一口酒，沉思道。

"三爷，我可不能跟您比。您念过私塾，上过洋学堂，还在银号当过襄理。我呢，大字不识，糙人一个。"海八爷憨厚地笑道。

"是呀，你现在也是官呀，给浩贝勒爷遛马，马倌儿嘛。"

"您就别提我了。马尾巴拴豆腐，提不起来。"海八爷喝了一口酒。

"海子，你就不想再往前奔了吗？难道想遛一辈子马吗？"夏三爷问道。

"嗯，您说我能干什么？只有把子力气。"

"不想学门手艺？"

"不想，我是奴才命，祖坟上没长过出将入相的蒿子。上山砍柴，下河脱鞋，到哪儿说哪儿的话。我现在替人遛马，只想把马性弄熟了，别给浩贝勒爷误事就得。"

"你想一辈子都吃这碗饭吗？"

"我一个草民，真没想过那么多。梦里当皇上，快活一会儿是一会儿。"海八爷嘿嘿傻笑起来。

"嗯，你的俏皮话倒挺多。"夏三爷看了他一眼，笑道："好，来，喝酒！"

肚子里吞擀面杖，直来直去。这正是夏三爷喜欢海八爷的原因。

俩人喝到最后，夏三爷把想说的话又咽了回去。临分手时，他对海八爷说道："海子，人这一辈子不易。不当家不知柴米贵。本本分分，踏踏实实干好一档子事，就不枉活一生了。"

"您说的对。"海八爷道。

在做人上，海八爷跟柱子不是一路。柱子有野心，夏三爷跟他也聊过，同样的话题，柱子却透着心气儿高："三爷，我是没钱，有钱我得开个大饭庄。"夏三爷并不认为他心气儿高有什么错处，只是觉得能吃俩窝头的肚子，想吃十斤烙饼，胃口忒大了，这种贪心容易伤胃。不知是夏三爷对海八爷的好感，引起了柱子的嫉妒，还是海八爷平时对柱子，并没有像对夏三爷那么敬重，让他产生了忌恨，俩人有点儿犯相。虽然脸上没带出来，心里都暗暗较着劲儿。那天晚上收柜，海八爷帮着夏三爷拾掇碗碟，洗洗涮涮，折腾到午夜才归置利落。夏三爷看了看墙上是老式挂钟，对海八爷说："爷儿们，都这钟点儿了，今儿就别回去了。"海八爷正蹲在地上，拿铜盆洗脸，他擦了擦脸，直起腰来说："三爷，这可不行。明儿我还得起早，到贝勒府去遛马呢。"

"得，那我就不留你了，麻利儿回家歇着去吧。"夏三爷有些心里不落忍地说。"行呀，您也早点儿歇着吧。"海八爷把毛巾搭在脸盆架上，掖了掖裤裆，转身拿起了自己的小褂儿。柱子正擦大酒缸的缸盖，听着这一老一少的对话，瞥了他们一眼，咽了口气，没言声。海八爷走了以后，夏三爷在收拾柜上的家伙什儿时，发现平时扣小菜的银勺子不见了。这把勺子是纯正的白银做的，它是夏家老辈人传下来的。他听父亲说，这把勺子在他们家已用了七八代。老人传说银器可以试毒，甭管什么汤什么水，里头只要有毒物，银器往里一插，就会变色儿，所以这把银器一直跟在夏三爷的身边。"哪去了呢？"夏三爷把柜上柜下所有的家伙什儿翻了个底儿朝天，也没找到这把银勺子。

"您呀，也甭耽误这工夫了，把地刨出三尺来，也不会找到这勺子。"柱子见他急得脑袋直冒汗，说了一句。

"它能跑到哪儿去呢？"夏三爷纳着闷儿问道。

柱子拧着眉毛，挤咕了一下小眼儿说："它能跑到哪儿去？肯定是有人相中了它。"

夏三爷听出柱子的话里有话，打了个沉儿问道："你是说有人犯小吗？"

柱子一咧嘴，说道："三爷，这还用我明说吗？"

"谁呢？"夏三爷迟疑地问道。

"谁？您想想吧，谁见天在咱们'同义居'泡着呀。"

"你是说海八爷？"夏三爷瞪起了疑惑的眼睛。

柱子没好气地说："我早就看出那不是东西。俗话说，无利不起早，有利盼鸡啼。您琢磨琢磨，他一天到晚泡在这儿，图什么呀？"

"你是说他早就惦记上这把勺子了？不会吧？一把银勺子，能值几个钱。海八爷不会是那种犯小的人。"夏三爷皱着额头说。

"不会？可这把银勺子眼证儿地没了。您说咱'同义居'这些老照顾主儿，谁能干出这种事儿来？"柱子说。

夏三爷的脑子过了一遍筛子，的确像柱子说的，这些老主顾里不会有哪位爷惦记上这把勺子。当然，这也包括海八爷。但每天来"同义居"喝"碗酒"的并不是这老几位，人多眼杂，也备不住有顺手牵羊的主儿。

夏三爷沉吟道："不会是他。海八爷怎么能干出这种事儿来呢？"他不想让这把勺子破坏对海八爷留下的印象。

"得，既然您说出这话，我刚才的话算是没说。"柱子阴不搭地来了一句。

夏三爷绷起了脸："你这叫啥话？你怀疑海八爷，是不是你看见他拿这把勺子啦？"

柱子的小窄脸掠过一道阴影，沉了一下，说道："我要是没瞧见，怎么不说别人呀！真是的。"

夏三爷心里忽悠了一下：难道我看人，看走眼了？海八爷真是这种偷鸡摸狗下作的小人？不能，他要是手脚不干净，"同义居"不会只丢一把勺子。

"嘻，一把勺子，丢就丢了吧，回头再置一把就是了。"夏三爷淡然一笑，给自己吃了个宽心丸。

虽说夏三爷对海八爷没起疑，但他向来耳朵根子软，柱子说的话，他不能一点不走心。他嘴上不说什么，却对海八爷留了神，开始观察他的眼神和一举一动。

两天以后，海八爷来"同义居"喝酒，穿了一件新的蓝布短褂。柱子悄悄对夏三爷说："您瞧见没有，会变戏法吧？银勺变成短褂了。"

柱子这话的意思是海八爷把那把勺子卖了，添了件短褂。

夏三爷不以为然地笑道："你什么时候成了马王爷，长三只眼了？就跟你什么都看见了似的。"

柱子说："您没瞧见呀？一个遛马的哪儿来的钱买新衣服？"

常言说：三人成虎，千夫成锥。虽说夏三爷并不怀疑自己的眼睛，但架不住柱子总在他耳边吹冷风，一来二去的，夏三爷也觉着海八爷的眼神不对，甚至说话的表情里也藏着短儿。像是做了什么亏心事。

夏三爷对海八爷起了疑心。认定那把银勺子是海八爷给顺走了。有几次他想跟海八爷过过心，敲打敲打他：缺钱就言语，不能干这种见不得人的事。他很想知道海八爷把这把银勺高卖给了谁。不管怎么说，这勺子是祖传下来的物件，他不想让它在自己手里，就这么不明不白地没喽。但是，话到嘴边又咽了回去。打人别打脸，说话别揭短。夏三爷觉得该给海八爷留个整脸。

这天，海八爷遛完了马，身上还没落汗，便来到了"同义居"。

"三爷，我的那碗酒，您给我预备着吧？"海八爷大大咧咧地说。

"瞧你说的，你喝的酒，什么时候来能没有呢？"夏三爷看了他一眼，笑道。

"得活，谢您啦！"海八爷走到柜台前，绰起一碗酒，正要仰脖把它喝下去。寿五爷喊了一嗓子："嘿，你个小猴儿崽子，想叼爷爷的手呀！"

敢情寿五爷正逗笼子里的画眉，那只画眉啄了他的手一下，他嚷起来。

这一嗓子让海八爷吃了一惊，他扭过脸想瞧瞧是怎么回事，就在这一刹那间，他的手一松，"叭唧"一声，连碗带酒都交给了土地爷，碗摔成了碎片。

"嘿，这是怎么话儿说的？喝酒还能失手，这碗酒真不该我喝呀！"海八爷撇了撇嘴说道。

"嗐，摔了个碗，值不得大惊小怪的。碎碎（岁岁）平安嘛。"夏三爷十分豁达地笑道。

"三爷，您可别这么说，这碗不是一般的碗，它是喝酒的碗。唉，我怎么能把它瓶了呢？"海八爷蹲下把碎碗碴儿拾了起来。他好像犯了什么大错儿，脸憋得通红，嘴里不停地叨唠着。"海子，别拿这当回子事，一个粗瓷碗还不够我的一碗'汾州白'的钱。干吗这么过意不去呢？"夏三爷从柜子底下又拿出一个碗，给海八爷盛上了酒，递过去。

"别别，三爷，这个碗我一定得赔您。"海八爷的脸上流露出十二分的歉意，好像他欠了夏三爷多少人情。

他一仰脖，把碗里的酒喝掉，撂下这句话，臊眉耷眼地走了。

夏三爷没想到，第二天海八爷奔了山货铺，一气儿买了十个挂釉的大碗，用细麻绳打着捆，拎着来到"同义居"。

"三爷，我给您赔不是来了。"海八爷把碗往柜上一放，笑呵呵地说。

"海子，这是怎么话儿说的呢？不是告诉你，瓶个碗甭往心里去，你怎么还……？"夏三爷的脸有些挂不住了。

"嗐，总在您这儿喝酒，您就留着用吧。"海八爷憨厚地笑道。

"瓶了我一个碗，你倒好，买了十个，真呐。"夏三爷打开捆儿，数了数，啧啧了两声。

"算我认罚吧。下回长记性。"海八爷大大咧咧地说，"三爷，我的酒呢？"

夏三爷给他打了一碗酒，逗了他一句："你砸银号去了？哪儿来的这么多钱呀？透着你出手大方是吧？"

因为有丢银勺子那个碴口儿，夏三爷瞅他出手这么爽快，心里有点儿犯了疑。

海八爷端起碗，喝了一大口酒，抹了抹嘴角，得意地说："哎，算您说着了，这程子我手里还真不秀气。浩贝勒爷新淘换了一匹马。这匹马，葛，难伺候，见人就撒欢儿尥蹶儿，谁也降服不了。嘿，到我手里，让我给调教了一番，毛儿顺了。浩贝勒爷一高兴，开了恩，赏了我一个挺结实的'红包'。这回喝酒有本钱了。"

"行呀，爷儿们，合着你，不光会遛马，还能驯马。"夏三爷道。

"这您就抬举我啦。我哪儿有这两下子呀！您知道呀，浩贝勒爷玩马，在京城可是有一号，他从小就练骑马射箭，多烈性的马，他都不怵。玩，他能飞身上马，倒立，倒骑，玩飘儿，玩马术。还会相马，是驮马、耕马、骑马，几岁口，一眼便能看出来。您猜怎么着，为学骑马，这位爷跑法国的骑兵学校还跟洋人讨教过。您也许听说过他养的五匹名马。"

夏三爷道："嗯，听人念叨过，两匹驾辕拉车的马，一匹叫'菊花青'，一匹叫'画眉眼'，对不对？"

"这五匹名马，两匹是拉车的，一匹是他夫人骑的，那两匹是他自己骑的。一匹叫'小兔子'，另一匹叫'紫燕子'。浩贝勒爷最喜欢这两匹名马。这些马都是贝勒爷自己驯出来的。他府上专有侍候马的把式，我不过是遛马的。"

"你也不软。"夏三爷说。

海八爷喝了一口酒，说道："浩贝勒爷不但能驯马，他相马，那可真有一套绝活。您知道吗？跟我关系不错的那匹名马'紫燕子'，是他在德胜门捡的。"

"捡的？贝勒爷大街上捡马？这可听着新鲜。"夏三爷道。

"真事儿。我可没跟您这儿说海话。当时这匹马骨瘦如柴，病病殃殃，卧在路边，找不着本主，也不知是哪位爷扔在那儿的。过路的人瞅见'紫燕子'突然嘶鸣起来，叫声那叫一个惨。浩贝勒爷赶紧勒缰，从马上跳下来，看了看那匹病马。嘿，他一眼就相上了它，别瞧它是一匹病马，但种儿好。他让跟他出行的随从找这匹马的本主儿。一个挑挑儿卖菜的小贩说，这匹马已然在这儿卧了好几天了，上哪儿找本主儿去？浩贝勒爷说话了，啊，敢情它在这儿专门候着我呢！他拍了拍那匹病马，说：得，你在这儿受委屈了，跟我回府吧。嘿，他把这匹病马给牵回了王爷府。您别瞧它是匹病马，到了王爷府却成了贵客，让兽医每天调养，拿上等的草料伺候着，再加上贝勒爷见天调驯，'紫燕子'成了贝勒爷最得意的坐骑。英国府的一位洋人看中了这匹马，想拿一辆汽车跟贝勒爷换。"

"他换了吗？"夏三爷问道。

"换？您琢磨琢磨他能换吗？别说一辆轿子车了，就是给他十座城，他也不会换呀。您知道吗，马通人性。这匹'紫燕子'，每回见着贝勒爷，它的俩耳朵都竖起来，摇着尾巴，打着响鼻儿，对它的恩人那叫一个亲。咱不说别的马，单说这匹'紫燕子'，您就知道浩贝勒爷相马和驯马的功夫了。"

夏三爷又给海八爷盛了一碗酒，问道："那这回这马怎么轮到你调驯了？"

海八爷喝了一口酒，说道："这是一匹伊犁马，原本是四匹，是袁大总统进贡给庆王爷府的，没想到这匹一色青的伊犁马难伺候。浩贝勒爷知道了，说你侍候不了，我替你养着吧。给了人家一幅画，就把这匹马牵回来了。嘿，这匹马那叫一个烈，浩贝勒爷调教了几天，也没把它的毛儿摩挲顺溜。那天，我到贝勒府遛马。浩贝勒爷说，你呀，今天替我遛遛这匹马吧。他让喂马的鲁爷牵出这匹马。我一接手，就觉得它难侍候。怎么见得呢？那毛都立着，蹄子一点儿不老实。但贝勒爷说话了，我不能不接着。头一天遛，这匹马就给了我一点颜色，出了城，它就刨蹦儿，我一松手，脱了缰，追出十多里地去。没把我累死，才把它制服。俗话说，没吃过猪肉，还没瞧见过猪跑吗？见天遛马。看贝勒爷驯马，我多少懂点马性。马跟人似的，再烈的马，只要您顺着它，捧它，它也服气。遛了两天，我就摸到了它的脾气，把它降服了。敢情这匹马爱听曲子，京剧、大鼓都爱听，它一犯性，我就哼哼几句戏词儿，嘿，它就老实了。浩贝勒爷问我，你怎么把它给驯服的，我把这里的故事由儿一说。他乐了。逗了句闷子：合着它是'票友'。您知道呀，浩贝勒爷是有名的京戏'票友'呀。"

夏三爷接过话茬儿道："嗯，他还不是一般的'票友'，文武昆乱不当，特别是'猴戏'，得说是一绝。听说他能演整出的《蟠桃会》。我听过他的戏，《水帘洞》里孙悟空的跟头，翻得让人眼花缭乱。"

海八爷道："您还没听过他反串的《贵妃醉酒》呢。哼，也挺叫座儿呢。我把这匹马爱听戏的事一说，您想，他能不高兴吗？'嗯，让它跟我学戏吧。'他乐得前仰后合。临完，赏了我一个挺结实的红包儿。"

"你这赏钱得来不易，留着自己花吧，干吗在我这儿破费呢。"夏三爷看了看那摞碗，笑道。

"嗐，钱这东西，谁花不是花呀。这摞碗留在'同义居'，也算是有我点儿念想。"海八爷把碗里的酒一口喝干，咧着嘴笑着说。

这档子事，说起来算不了什么，却让夏三爷五内俱热。

品一个人，得由小看大。他觉得柱子对海八爷的疑性是扯臊。以海八爷的性格，他会偷"同义居"一把勺子吗？

事隔不久，证实了夏三爷的话。这天，夏三爷到前门外王广福斜街的山西汾州会馆拜会老乡。走到宣武门外大街，碰上了"赏古轩"古玩店的老掌柜潘佩衡。

"三爷，老没见了。到我的铺子坐一会儿。"潘佩衡跟夏三爷打揖寒喧道。

"噢，潘爷，是有日子没见了。您老好呀！"夏三爷赶紧笑着给潘佩衡请安。

"您瞧，我空着手到您这来，可真是短礼了。"

"咱俩还讲那些老礼吗？"

"是，是，跟您我不客气。"夏三爷一边寒暄，一边跟潘老爷子进了古玩店。潘佩衡五十多岁，个子不高，人精瘦，背微驼，留着长髯，所以相貌上透着老苍，其实他比夏三爷大不了几岁。潘佩衡跟京城有名的画家程伯龙是至交，程伯龙画荷花是一绝，人称"荷花程"，也是"同义居"的常客，接长不短地跟潘佩衡泡大酒缸。

"赏古轩"是五间开通的门脸房，坐东朝西，迎门是个硬木的八仙桌，两边是太师椅，挂着清乾隆年间王杰写的一幅对联："书千卷酒一樽胸中浩气频潇洒　月半窗琴几曲天际浮云任去留"笔法遒劲有力，苍古浑厚。铺子里挂着许多字画，沿墙的博古架上摆着玉器、瓷器、陶器、青铜器、佛像、牙雕、文房四宝等古董，角落里摆放着许多乱七八糟的旧货。

潘佩衡讲义气，穷困潦倒的主儿，只要家里有旧物，拿到他这儿，他全留下，给的价儿比那些夹着包袱皮儿下街"打小鼓儿的"还高，所以他的古玩店简直成了杂货铺。不过，那些喜欢中国古董的洋人倒爱光顾"赏古轩"，古玩这一行，有时候越杂越能淘换到好玩意儿。

"坐吧，三爷。"潘佩衡把夏三爷让到太师椅上，招呼二儿子潘久如上茶。

潘久如二十出头，长得白白净净，浓眉大眼，规规矩矩，在洋学堂念了几年书，娶妻生子后，跟父亲一起照应古玩铺。

他给夏三爷沏了杯上好的"香片"，端上桌，父亲的朋友在，没有他说话的地方。他跟夏三爷寒暄了几句，转身照应买卖去了。

"二少爷真出息了。几年没见，长成七尺汉子了。"夏三爷望着潘久如的背影说。

潘佩衡捋着长髯道："看怎么说了，二十三了，还不该立门户吗？他的心气不低，在洋学堂念了几年书，心也野了，非要出国留学。我已经把老大久安送到英国，再供他留洋，我哪儿有那么厚实的家底？我说话也老了，铺子得有人照应不是。死说活说，我让他跟我一块儿干了。前年娶的媳妇，现在他已当爹了。心总算踏实下来了。"

夏三爷道："跟您在一起，他自然会长学问。依我看，比出国留洋更实用。"

"是呀，可现在的年轻人，跟咱们这垡儿想得不一样。"潘佩衡迟疑了一下，说道："三爷，咱们别紧溜儿说他了。上次答应你的画儿画得了，今儿您带回去吧。"

"太好了！想不到潘爷还惦记着这事儿。"夏三爷笑道。

"那是那是，我应下的事，怎能不办呢。只是三爷别见笑就是了。"潘佩衡爽朗地笑起来，让店里的伙计从博古架上，把两轴字画拿过来。

潘佩衡展开画轴，这是一幅《醉卧图》，画的是唐朝诗人李白依着酒坛的醉状。笔墨苍拙纵逸，平朴含蓄，挥洒自如，有徐清藤、八大山人的大写意之气韵。

"潘爷真是妙笔，画得实在太传神了！"夏三爷啧啧赞叹道。 潘佩衡让伙计把画卷好，微微一笑，说道："三爷，这幅画值两壶'汾州白'不？"

"瞧您说的，两缸酒你也不会换呀！"

"您再瞧瞧这幅对联，这是我自撰的，挂在大酒缸合适不？"

潘佩衡打开一个画轴，只见一幅对联，上联写道："三杯开怀言笑尽兴才知豪性难改"，下联是："两盏问醉衣冠不整方显古风犹存"。

"妙，真是神来之笔！您的墨宝可给我那大酒缸生辉了。"夏三爷不禁击掌叫道。

潘佩衡让伙计把对联卷好，说道："拿回去慢慢品吧，别见笑就行。"

"潘爷过谦了，您的墨宝像我那儿的'汾州白'，越品越有味儿。"

两人喝着茶，聊了一会儿字画，潘爷捻着长髯说道："三爷，我今儿请您来，可不光是为了送您字画。"

"怎么，您找我还有别的事儿？"夏三爷迟疑了一下，问道。

"是呀，我原本想到'同义居'，跟你念叨念叨这事儿，但您那儿平时人多眼杂，不便说话。巧了，今儿在街面儿上碰上了您。"

"什么事呢？让您这么费神。"夏三爷纳着闷问道。

"您等等，我先让您看两样东西。"潘爷起身走到立柜那儿，拉开抽屉，从里头拿出一把锡壶和一把银勺，递给夏三爷，说道："三爷，这两样东西您认识吧？"

夏三爷接过一看，不禁愣住了，这正是"同义居"丢的那把银勺。锡壶也是他家祖传下来的玩意儿。

"潘爷，这东西怎么跑到您这儿来了？"他惊诧地问道。

潘佩衡淡然一笑道："三爷，您瞧准了这玩意儿是不是您的？"

夏三爷又仔细看了看那把勺子和锡壶，说道："没错儿，是我家祖上传下来的。您瞧上面的款识快磨没了，可细看还能瞅出来呀！"

潘佩衡道："是呀，这上边'汾州夏记'四个字帮了我的忙。我觉得不会走眼嘛。"

"潘爷，这是怎么档子事呢？"

"唉，说来也是无巧不成书。你们汾州会馆有个厨子姓李，叫李七，这个人您应该知道吧？"

"知道，您说的是脸上有麻子的那个厨子麻七吧？"

"应该是他。"潘爷掀开碗盖，喝了一口茶，说道："麻七跟久如的关系不错，平常日子接长不短儿地到'赏古轩'坐一坐，扯会儿闲篇儿。那天这位麻七揣着这两件东西让我过眼。我一看不是什么值钱的玩意儿，不想收。我说，你怎么什么东西都往我这儿拿呀，我这儿可不是收旧货的摊儿。他央告我说，都知道您为人局气，要不是为乡亲凑回家的盘缠，不会拿着这东西找您。我说这东西不是你的吧？他说这是给浩贝勒爷遛马的海八爷卖给他的。我问他多少钱收的，他不肯说。自然这里头的事儿不便深问，您知道呀，这是古玩行的规矩。朋友之间救急吧，我没打愣儿，就把这两样东西收下了。"

"您给了他多少钱？"夏三爷问道。

"给了他三十五块大洋。甭我明说，您知道这纯是送人情。三爷，这两样东西能值几个钱，您应该比我清楚。"

"是呀，三十五块大洋！哈哈，能买十把这勺子。"夏三爷嘿然笑道。

潘爷沉了一下，拿起那把勺子，说道："什么事儿就怕琢磨。麻七拿了钱走了以后，我把这把银勺留神看了看，发现了这个款识'汾州夏记'。我猛然想到了你，夏三爷。不用说了，这把勺子是'同义居'的。麻七说勺子是海八爷卖给他的。海八爷，我在'同义居'见过。难道说这勺子让海八爷犯了小吗？我心里犯起了嘀咕。"

"您以为这真是海八爷犯小吗？潘爷，以您对海八爷的了解，他能干出这种事来吗？"夏三爷把心提拉到了嗓子眼，问道。潘爷沉吟道："是呀，我也这么琢磨。为了解开这个闷儿，转过天，我让伙计把麻七叫到店里。刚开始问他，他还躲躲闪闪，支支吾吾，后来，我绷起了脸，他见我真要究真儿，心里含糊了，泄了底。敢情这银勺和锡壶是您大酒缸看灶的柱子给他的。您也许知道，麻七和柱子是拜把子兄弟。至于他头天说给老乡回家凑盘缠，不过是在我面前虚晃一枪。"

"啊？闹了半天，是柱子使的鬼！"夏三爷惊诧道。

"可说的是呢，我琢磨着这里头备不住有什么故事由儿，怕将来你对海八爷产生误会。所以，想把这茬儿跟三爷你念叨念叨。"潘爷淡然一笑。

"您没跟麻七再说什么吗？"夏三爷问道。

"一把勺子一个壶，小事儿一桩，我能跟他说什么？把事儿弄明白，我就让他走了。现在这两样东西，我物归原主。三爷，'同义居'的事，我不便深问，只想把实情告诉您。"

"谢潘爷了。"夏三爷站起来拱了拱手，说道："您瞧，这事儿闹的，让您搭进去三十五块大洋。"潘爷道："钱倒是小事，我怕您错看了人。"夏三爷点头称是："潘爷说得对，您让我明白了许多事。"俩人又聊了几句闲篇儿，夏三爷拿着字画揣着银勺锡壶走了。银勺子的事儿终于水落石出，夏三爷心里有了底数。他没想到柱子会给海八爷脚下使绊儿，从大面儿上，他也看不出来柱子和海八爷之间有什么茬口儿。人心叵测，真是知人知面不知心。

他不想为这么点小事伤神。回到"同义居"，夏三爷把银勺和锡壶藏了起来，没再跟任何人提这事儿。好像醇香的酒里发现了一只死苍蝇，他把它捞出来扔在地上。

夏三爷算得上是一位爷，他并没因为柱子犯小，给他什么颜色。虽说他心里已经对柱子安了簧，但是脸上却一点没挂出相儿来，大面儿上依然把他当那么回事。这得说夏三爷心里的功夫。

不过，通过这档子事，他对海八爷多了几分敬重。他喜欢海八爷为人处事的那种实在劲儿。盘算着如果自己干不动那天，把"同义居"交给海八爷照应，心里会踏实一些。由这儿又想到了蓉秀的婚事。从他这儿说，很想把闺女许配给海八爷。他是看破红尘的人，并不想让女儿攀高枝儿，但不知蓉秀能不能看上海八爷。

其实，夏三爷多虑了，海八爷已然暗恋上了秀儿。不过俩人还心照不宣，不到火候不揭锅。

第四章　百灵演义"绝活"

寿五爷泡大酒缸，离不开两样东西，一个是鸟笼子，一个是大烟袋锅。这两样"装备"，如同这位爷摆"旗谱儿"的道具。

那鸟笼子，据他说是当年宫里的玩意儿，信不信由你。不过，那鸟笼的确地道，笼条是一水儿的老竹劈儿，那漆治绝了，一看就知是宫里造办处漆作的手艺。笼底是地道的紫檀，木头是本色，又黑又亮，泛着光儿。笼子的抓钩是纯正的黄铜，而盖板却是白银的，最乍眼的是鸟食罐，那是康熙年间的官窑名瓷"郎窑红"。"郎红"在那当儿不亚于钧瓷，而郎窑的鸟食罐更是绝品。

有位玩瓷的爷，相上了寿五爷的这个鸟食罐，想用四匹好马的一挂大车跟他换，他愣没理这个茬儿。 寿五爷的大烟袋也正经是样玩意儿，珍妃竹的烟袋杆儿，有一尺多长，嘴儿是翠的，那翠的水头儿极佳，湛青碧绿，烟袋锅是黄铜的，让他擦得锃亮。

寿五爷的鸟笼子平时带着罩，那罩是锦缎做的，金丝压边，透着富贵。寿五爷出门，左手拎着鸟笼子，右手拿着大烟袋，晃着膀子，走着山步，爷的派头那叫足。

寿五爷进了"同义居"，夏三爷甭管多忙，也是一溜儿小跑。"呦，五爷来了。您赏脸，您赏光。"夏三爷嘴里念叨着，把寿五爷的鸟笼子接过来，放在墙边的条案上。 那些泡大酒缸的"熟脸儿"，一个个也都站起来，跟寿五爷打招呼："五爷来了！" 花把式刘炳宸打揖道："五爷，您快坐下，大酒缸有了您，才有乐儿。"

"喝着，诸位喝着！"寿五爷的眉毛向上一挑，把手一挥，像个神气实足的将军。

智禄壬月放願芸灵之
慈寿五年生保聚谷

通常寿五爷是在茶馆会完鸟，才到"同义居"喝酒。他喜欢这儿的"汾州白"，也对夏三爷做的下酒菜吃着对口儿。

寿五爷的鸟笼子不在大酒缸起罩。大酒缸喝酒的人多嘴杂，他怕笼子里的"百灵"脏口儿。

他玩的这只"百灵"是净口儿，"十三套"玩意儿，不但次序不乱，而且中间不偷懒遗漏或胡乱重复。只有在茶馆会鸟时，才显出它的本事。

鸟儿是寿五爷的心尖子。别人只能看或只能听，谁动，他跟谁瞪眼。夏三爷知道寿五爷的脾气，所以单给那宝贝鸟笼子预备了地方。

那天，寿五爷在茶馆会百灵，他侍候的那只百灵，在百十只鸟鸣中争得了"班头"，心里十分得意。

老北京在茶馆会百灵，那可真是一景儿。那当儿，东西南北城专有会百灵的茶馆。所谓"会"，就是玩百灵的主儿拎着鸟笼子，相约到茶馆聚齐儿，然后起罩，听它鸣叫，比谁的百灵押音的口儿纯正。说白喽就是百灵鸟的唱歌大赛。

会百灵的茶馆规矩很大，一般只许有净口儿百灵的主儿进来，您要是手里拎着画眉或靛颏，那是万万进不来的。想瞧稀罕，只能把您的笼罩扣上，站在窗户外头听。

会百灵时，茶馆非常肃静，谁也不准咳嗽一声。茶馆的正中摆着一张八仙桌，四周是长条桌围成一圈，上面放着扣罩的笼子。笼子如同百灵鸟的房子，落了罩，里面漆黑，此时百灵两耳不闻窗外事，就是扔炸弹，它也不会吭一声。起了罩子，如同黑夜过去，突然天明，百灵在主人的逗弄下，自然要引吭高歌。

起了罩的百灵笼子放在八仙桌上，那桌子如同舞台，百灵独唱时，诸位爷依墙而坐，侧耳倾听，大气儿都不敢出。

会百灵就是让百灵一只一只地独唱，然后大伙品评。"人以鸟尊"，哪位爷的百灵唱得好，押得口儿正，音儿全，就成了"班头"。鸟儿成了"班头"，主人自然会被会鸟儿的爷儿们捧成了神仙。

那天，寿五爷的百灵露了脸，押的"十三套"，口净音脆，技压群芳。众人交口称赞，寿五爷的脸上如沐春风。按会鸟儿的规矩，谁的鸟儿当了"班头"，不但当天的茶份儿免了，这一礼拜的茶都白饶。

但让众人一捧，寿五爷的爷劲上来了，从口袋里摸出一把银元，往桌上一拍，嚷道："今儿大伙的茶份儿都记我账上，这钱你们拿着，吃顿火锅子够了吧！"

"谢五爷赏脸！""让五爷破费了。""好，我们替五爷这只百灵喝杯庆功酒！"诸位爷慌忙站起来，作揖的作揖，打礼的打礼，叫好的叫好儿。嚷声一片。

您别以为寿五爷家底儿有多厚实，寿府当年确实宅门不低，您想在内务府为官，能"瘦"得了吗？但大清国一倒，断了"铁杆庄稼"，寿五爷又大手大脚，照样挥霍，那些家底儿已然让寿五爷抖落得差不多了，佣人和老妈子辞了，鸟把式花把式也给开了。只剩下管家和两个护院的。

头二年，寿五爷就开始卖房子卖地。寿家在颐和园东边有十几亩祖上留下来的稻田，也让寿五爷给卖了。寿五爷拍在桌上的钱，是他给瑞蚨祥绸布店结账的。一高兴，让他撒了巴掌，抖落出去。穷，还得愣撑着面儿。昔日的排场不能不讲，什么叫耗财买脸呀！这就是寿五爷的爷劲儿。

寿五爷在高兴的时候馋酒，但他觉得跟这些会鸟儿的爷在酒桌上掺和，掉自己的身价，不如自己找地儿单喝。他见把大爷劲儿做足了，朗然大笑几声，嚷道："好啦好啦，爷就不陪你们乐和了。你们接着玩吧。"

说完，他哼了一声，拎着鸟笼子，晃着膀子出了茶馆。他的欢喜劲儿还没过去，一转脸奔了"同义居"，他想借着酒劲儿再风光一下。

夏三爷的眼"毒"，从寿五爷的眼神里看出他的酒兴。替他把鸟笼子安顿好，转身赔笑道："五爷出门净选好日子，今儿又碰上什么喜兴事儿了？"

寿五爷在大酒缸边坐下，用手提拉了一下湖绸大褂的袖口，把头一扬，咳嗽了两声，撒了撒嗓子，高声笑道："爷爷我今儿来了个碰头彩，哈哈，笼子里的这只百灵，当了'班头'。知道吗？今儿会鸟儿的主儿来了多少人？"他脸上的得意劲儿，不亚于当年康熙爷平定三藩。

刘炳宸凑过来问道："少说也有五十个笼儿吧？"

他手里也养着两只百灵，会百灵的场面他熟。

"五十？爷儿们，你说少喽，我看小起码得一百多笼子。"寿五爷扫量了大伙一眼，得意地说。

"过百啦！嚄，这阵势可不小。"夏三爷接过话茬儿说。

寿五爷把嘴一撇，说道："看怎么说了。"

其实他说话不把门了，他也不想想那茶馆能有多大地界，一百多个鸟笼子，往哪儿摆呀？不过，这些酒友们都知道寿五爷的嘴能跑火车，谁也不去跟他抬这个杠。

在旁边的大酒缸边喝酒边聊的"荷花程"伸过耳朵，听了几句，忍不住扭过脸来说道："行呀，五爷！能在一百多只百灵里当'班头'，您这只鸟，简直是神鸟儿了！"

寿五爷从腰里解下烟荷包，捏了一撮烟叶子，塞在烟袋锅里，用"火镰"点着，巴咂了两口，从嘴里喷出一团烟雾，笑道："神鸟儿？还真让您说着了，还真是一只神鸟儿。"

刘炳宸恭维道："五爷的玩意儿能俗吗？给您只雏儿，您玩吗？"

"那倒是。"寿五爷说。

"敢情！"索宝堂也搭了一句音儿。

夏三爷张罗道："五爷，今儿喝哪口儿？"

寿五爷又抽了口烟，说道："我喝哪口儿，这还用问吗？到您这儿干吗来啦？还不是冲着那口'汾州白'吗？"

"是啦爷，我这就给您端去。"夏三爷应声道。

说着话，夏三爷把一壶"汾州白"端了过来。因为寿五爷是老主顾，酒壶酒杯都长年在大酒缸备着，东西是寿五爷自己的。

下酒菜是寿五爷爱吃的老几样：豆豉豆腐、虾米豆、豆儿酱、煮花生米、辣白菜、酥鱼。他今儿透着高兴，又在大酒缸门口的"白柜子"叫了半斤酱驴肉。

掌"白柜子"的李二告诉他："五爷，您尝口儿吧，这是南苑来的活驴下的锅，俗称'活驴香肉'。"

寿五爷尝了两块，那味儿确实地道。他一边嚼着一边说："用你告诉我吗？驴肉我还没吃过？嗯，'天上有龙肉，地下有驴肉'，这话真是一点不假。"

寿五爷吃美了，一高兴，又让李二切了一斤，让那些酒友们分享。自然，他的慷慨，又让大伙儿念了他几声好儿。

几杯"汾州白"下肚，寿五爷又说起了他的那只百灵，刚才的话茬儿让他意犹未尽。　刘炳宸凑过来说道："五爷，您这只百灵拜的谁呀？"　寿五爷笑道："还得说炳宸是门里人，您瞧他说的都是槛儿话，拜的谁？你二大爷'鸟儿张'。"　刘炳宸笑了，说道："我琢磨着是他么。老爷子手里有只'百口净'，算的上是京城百灵'十三套'的祖爷爷了。对不对，五爷？"

寿五爷喝了一口酒，嗯了一声："这事儿瞒不了你。哼。"

"鸟儿张"是京城有名儿的鸟把式，大号张寿臣，因为驯鸟有一绝，人称"鸟儿张"。早年间他在宫里给老佛爷慈禧太后驯过鸟。从宫里出来以后，京城大宅门玩鸟儿的，仰慕他的大号，常请这位鸟把式调驯鸟儿。他驯画眉、百灵是一绝，尤其是百灵押口儿"十三套"。　那会儿"鸟儿张"已然奔七十了，刘炳宸的父亲叫刘子义，是京城有名的花把式，绰号"牡丹刘"，跟"鸟儿张"是磕头拜把子兄弟。"鸟儿张"比"牡丹刘"大两岁，拜帖的兄弟中行二，"牡丹刘"行三。所以刘炳宸要管"鸟儿张"叫二大爷。　刘炳宸知道"鸟儿张"曾给寿府当过鸟把式，自然清楚寿五爷的那只百灵鸟是"鸟儿张"给驯出来的。　棚匠索宝堂喝得醉么咕咚地探过身子问道："五爷，这百灵也有拜师一说吗？"

寿五爷咧了咧嘴，说道："敢情！您以为这鸟儿生下来就会押音呢？"

索宝堂方头大脸，高鼻阔口，说话齉鼻儿，嘿嘿笑了笑，说道："那什么，五爷，养鸟儿我可是棒槌，您说说怎么个拜师学艺法。"

寿五爷笑道："说说，您得给我备多少束脩呀。"

束脩，就是干肉，古代人给教师爷的学费。自然，寿五爷说这话是"卖坎儿"。

"瞧您说的，那什么，我给您束脩干吗？请您吃炸酱面！"

寿五爷哈哈笑起来，说道："留着你的炸酱面吧。跟你这么说吧，百灵拜师，也跟人似的行拜师礼，'三节两寿'不可怠慢懂吗？你问问'鸟儿张'，他在我们家当把式的时候，我五爷有失仪的时候没有？"

索宝堂点头笑道："那还用问吗？五爷的礼大。您的百灵师傅是谁呢？"

刘炳宸捅了索宝堂一下，说道："刚才五爷不是说了吗？'百口净'呀，'鸟儿张'养的。你呀，少搭茬儿，听五爷说吧。"

索宝堂拧了一下眉毛，笑道："得得，算我多嘴，五爷，我认罚一杯酒。"说着，他把杯里的酒一口干掉。

寿五爷咳嗽了一声，说道："为什么那百灵叫'百口净'呢？因为它会的玩意儿多，哪一口儿都那么干净。百灵的雏鸟就怕脏口，要想学'十三套'，必须得跟老百灵学，用我们的行话叫'排'。知道唱戏的'科班'吧？学戏，一招一式那都是'排'出来的，百灵的'十三套'玩意儿也如是，也是一口儿一口儿这么学出来的。"索宝堂忍不住叫道："嚄，这得下多大工夫呀？"寿五爷道："下多大工夫？这您得问'鸟儿张'去。这老爷子五更天便拎着鸟笼子奔小树林遛去了，天亮之前必须回府，白天，把笼子放在专门预备下的空水缸里，盖上盖儿，闷口儿，每天什么时候让它鸣叫，押口儿都有规矩，由着性儿不灵。如此这般，两年，那套活儿才能'排'出来，三年才能叫顺溜了，一气儿下来。"

"嗬，要不您的百灵能当'班头'呢？功夫，嘿，功夫在这儿摆着呢。"刘炳宸不失时机地恭维了一句。

"荷花程"没养过鸟儿，听到这儿，扭过脸来，问道："你们聊了半天，功夫功夫的，这功夫在哪儿呢？"刘炳宸一抖大褂，站了起来，扬了扬手说："功夫？功夫就是'十三套'玩意儿，百灵叫出来不但声音像那么回事，而且口儿得正，没有任何杂音。"寿五爷一梗脖子，说道："刘爷，你给大伙说说这'十三套'玩意儿。"刘炳宸扯着大嗓门说道："想听，我就给您念叨念叨，这'十三套'，头一套活儿叫'麻雀闹林'，也就是学麻雀叫唤。二套活儿是'母鸡嘎蛋'，学母鸡下蛋时的咯咯声。接下来是'猫叫'、'狗叫'、'沙燕'、'喜鹊叫'、'红子叫'、'油葫芦叫'、'鹰叫'，再接着是'小车轴的响声'、'水梢铃的响声'、'苇扎子'的叫声，最后是'虎伯劳'的叫声。对不对，五爷？"

寿五爷点了点头，说道："行，到底是门里人，一口气把它说了出来，没打锛儿。"

"荷花程"在"同义居"泡了大半天，几碗"汾州白"进了肚，这会儿已然身子有些发飘，随口说道："五爷，听他说的这么热闹，能不能让我们开开眼呀？"

寿五爷把脸一沉，说道："怎么着，想在这儿听'十三套'吗？"

"荷花程"道："是啊，您让我们见识一下'班头'的绝技如何？"
"在这儿？"

"对，就在这大酒缸。"

"不行。这地方哪儿是百灵放音的地界？你呀，真是个棒槌，懂不懂规矩呀？"寿五爷犹豫了一下，摆了摆手。

刘炳宸接过话茬儿，说道："五爷说的在行，这地方人多嘴杂，回头让百灵脏了口儿，您可担待不起。"

"荷花程"是个杠头，他想办的事，变着方儿也要把它办成。

他淡然一笑，说道："五爷，您怕大伙儿说话不是，只要您垫下话，我看谁敢言声？借着您的余兴，您就让这只百灵给我们唱俩口儿，既然这小家伙当了'班头'，我们也饱饱耳福嘛。"

"是呀，那什么，五爷，您就让我们开开眼。"索宝堂在一旁敲了一下锣边儿。

"荷花程"转过身对夏三爷道："三爷，辛苦您了，先在门口儿撩撩高儿，谁来了，挡挡驾，让屋里肃静着点儿。怎么样？五爷，咱们的'班头'可以露脸了吧？"

"将我？对不对？干吗？你们这是将我？"寿五爷突然绷起了脸，把酒杯往酒缸的木盖上一摔。

"别价呀，五爷，您……"夏三爷见寿五爷瞪起了眼珠子，赶紧颠儿颠儿地跑过来，赔着笑脸打圆场："您消消气儿，这几位爷没别的意思。馋，听您刚才那么一说，把胃口都吊起来了，您说咱北京人不是爱瞧个稀罕吗？过去皇上起驾，老百姓都想瞧一眼这皇上长得什么样。如今您的百灵当了'班头'，大伙儿也想饱饱眼福。别说他们了，连我都想一睹它的芳容呢。五爷您别见怪。"

"哈哈哈。"寿五爷猛然大笑起来，他这一笑，把大伙笑毛了。

"五爷，您这是……？"夏三爷不知所措地问道。

"好你个夏老西儿，你也想听我的百灵'十三套'？"

"对呀，五爷的玩意儿，瞧着过瘾呀！"

寿五爷一拍巴掌，戳腔道："你觉得过瘾？"

"是呀，'十三套'绝活，五爷能在我这大酒缸露，您这不是赏我的脸吗？"

"好，既然你说出这话，爷今儿就破一回例，让你们见识一下什么叫净口'十三套'！"

寿五爷喝了一口酒，对刘炳宸说："刘爷，起罩！"

"是五爷，我给您伺候着。"

刘炳宸哪敢冒冒失失地起罩呀？把寿五爷的百灵给惊着，他可担待不起。他走过去，加着小心，把鸟笼子拎起来，转身递给了寿五爷。

夏三爷把柱子叫过来，让他到门口挡驾。然后扯着嗓子冲屋里喝酒的人喊了一声："诸位老少爷儿们，都肃静着点儿，今儿五爷赏脸，让咱们见识一下百灵'十三套'绝活。"

"是喽！谢五爷开恩。"众人纷纷撂下手里的酒碗、筷子，应声道。

寿五爷拿眼转遭儿扫了一眼，见众人都眼巴巴地瞪着他，不敢出声，这才轻轻起了罩。

大酒缸内顿时鸦雀无声，平时放开嗓门神吹海哨的酒友们，此刻都屏住了呼吸，大气儿都不敢出了，屋里出奇的安静。

起了罩，百灵在笼子里跳了起来，蹿到杠上，喝了口水，拿眼瞄着寿五爷，啾啾叫了两声，那是百灵的本声。

寿五爷翘起嘴冲着那鸟哨了几声，只见那鸟扬翅在笼子里飞了两圈儿，然后回到杠子上，定了定神，啾啾了两声，啄了两下杠子，抬起头来，好像出征之前，领兵打仗的将军拿眼巡视整装待发的部队，又像是京戏演员在舞台上"起范儿"[1]。此时，酒馆内静得一根针掉在地上都能听得见。

就在人们打愣儿的刹那间，猛然听到一只麻雀从树上飞到檐下的鸣叫声，那声音让人想到隆冬雪霁，黎明时分，天色泛白，麻雀在树枝上唱晓，清寂之中，让人凭添几缕生机。几声鸣叫之后，只听三四声麻雀的呼应，随后是叽叽喳喳之声，成群麻雀飞落树林，啾啾啾，响成一片，就像您置身于丛林之中，雀儿在您头上欢蹦乱跳地雀跃。"麻雀闹林"，实在让人惊叹。

"荷花程"坐在那儿心里直纳闷儿，一只百灵怎么能学出几十只麻雀的

---

① 起范儿——京剧术语。演员在做规范动作之前的找窍门的准备动作。

叫声？索宝堂也惊得目瞪口呆，这只百灵简直神了，庙会撂地的口技演员也没这小家伙学得像。

众人拢神静气地倾听，忽闻咯咯嗒，咯咯嗒之音，悠长绵远，母鸡下过蛋后的鸣啼。人们正打愣间，传来猫叫狗叫之声，那猫叫高低紧缓，抑扬顿挫，苍老娇媚，细听竟能分辨出雌雄。接下来是沙燕呢喃，柔婉轻啼，喜鹊登枝的脆音，那声音婉约之中有几分柔意，似乎是雌雄对唱，此起彼伏，相互调情。

再听下去，是红子掠空的啼啁，音调悠然飘逸，苍鹰展翅，缓缓翱翔时发出清唳，那声音让人感到苍鹰傲视群禽的一种霸气和凌空俯瞰时的那种悠然，带有几分冷峭。这之后，是油葫芦的叫声，清脆恬耳，仿佛秋后的夜晚，那虫儿在草丛之中向空清啼。

最绝的是水车轴的吱吱扭扭之声。老年间的北京没有自来水，人们用水都取自于井水。京城的地下水的水质不好，喝着发苦发涩，打十口井，能有一口甜水就不错，这口甜水井就被打井的人当了买卖。俗称"井窝子"。谁用水得交钱。老百姓过日子谁不用水呢？家家户户都离不开水，所以专有挨门挨户送水的。送水的北京人称之为"水三儿"。"水三儿"推的是独轮车，车上装备着特别的木头水箱。水车走起来发出吱扭吱扭的声音，这声音算得上是京城独有。百灵"十三套"里就有这一套音儿。

寿五爷的这只净口儿的百灵，不但能押出水车轴发出的吱扭吱扭之声，绝的是由远而近，大家侧耳倾听，仿佛推水的水车从胡同口走过来，吱吱扭扭，越来越近，很快就到了您家门口。细听，还发出了门轴声。您打完了水，水车又由近到远，尾音悠长，最后余音绕耳。

绝了！这只百灵是怎么押的口儿呢？"荷花程"不禁暗自称道。

接下来还有苇扎子的百啭和虎伯劳乍林，那只百灵仿佛在京城的胡同里兜了大圈儿，阅尽百姓烟火，又飞回到野外的树林中。

正当它抖翅，继续鸣唱，人们屏气凝神，竖耳倾听之际，大酒缸的门开了，横着膀子闯进一位爷来。

"嘬，诸位爷都在这儿玩呢！"进来这位爷高音大嗓地来了一句。

他这一嗓子，如同寒夜星空下的一潭沉寂的池水，扔进了一块石头，您想那动静能小得了吗？那只百灵正要引吭高歌，受此惊吓，扑腾着翅膀在笼子里乱撞。诸位听"十三套"的大爷们，也吃了一惊，把目光投向进来的这位爷。

寿五爷的脸色陡然剧变，猛地一拍酒缸的缸盖，腾地站了起来。

刘炳宸在裉节儿上，抖了个机灵，麻利儿站起来，走过去护住了笼子，把罩子落上了。 谁呢，敢在这时候进来搅局？

第五章 寿五爷大闹"同义居"

推门进来的这位爷叫钱宝亭，京师防务处的侦探，也就是便衣巡警。京城防务处是京城警察署的下设机构。老北京人管他们这些人叫"雷子"。 在这儿跟您交代一句：清代的北京叫京师，民国初年仍延用这个地名。不过，北京这个地名是明代起的，老百姓说话很难改口，衙门标的地名是京师，百姓说到自己生活的这座城市，仍叫北京。

"雷子"跟那些街面上维持治安的巡警有所区别，他们一般不穿官衣，混迹于百姓之中，不露真相。他们在茶馆酒肆也跟一般人一样，神说海聊，但心里头却张着神，发现谁可疑，便会瞄上谁，谁要是让他瞄上，那可就鳔胶粘季鸟儿，跑不了啦。

这些人会跟踪到底，到一定时候，由巡警出面，一举拿下。知道的对他们留着心眼儿，不知道的往往会成为他们的囊中之物，俎上鱼肉。

钱宝亭三十出头，瘦高个儿，长方脸，尖下巴，小眯眼，大蒜头鼻子，唇上留着两撇小胡子，戴着一副黑框眼镜，这眼镜纯是为了装门面，遇到事时，他便把它摘下来。他平时穿一件青绸大褂，褂子上挂着怀表的金链子，外表看像个做买卖的商人。但是他的脸上带着一股冷森森的阴气。他不苟言笑，即便是笑，也是干巴巴地咧咧嘴，您从他脸上找不到笑意。那双小眼，瞪起来的时候，眼珠子像两颗贼亮的玻璃球，又像是两口深潭，高深莫测。

他骨子里的凶悍、奸诈与残暴，都含在这对小眼睛里了。这对小眼睛被那副黑框眼镜遮掩着，躲在了后头，加上他总是冷着脸，常常让人琢磨不出他是干什么的。但是一旦他暴怒起来，便会露出凶狠的本相。那是一团让您一时躲闪不及的烈火。

钱宝亭的爸爸叫钱诚信，最早是打小鼓儿下街的，后来当了"跑城的"。

在老北京，"跑城的"买卖比较特殊，他自己没铺子，但是对古玩杂项多少懂点儿，眼皮子宽，接触的面广。这头儿，甭管政界、商界、军界都认识不少有头有脸的人；那头儿，他又认识不少开铺子的古玩商，他去那中间搭桥的。古玩铺什么货走俏，他可以找下家，趸货。政界、商界、军界、大宅门想出手什么东西，他也能替您找上家。他中间吃喜儿。喜儿是谢仪，说白喽就是回扣。

钱宝亭哥儿仨，他行二，人称钱二，绰号"马前"，他弟弟钱宝义，绰号"马后"。姓钱，为什么绰号叫"马前"、"马后"呢？这里头有点儿典故。

敢情马前马后本是梨园行的术语。角儿们登台演出，有时为了赶场，想加快速度，赶紧收场，就得压缩时间，这就叫马前。演出时，后面的角儿还没到，为了等他，得在唱词、念白和动作的掌握上放慢速度，把时间抻长，叫马后。

钱诚信是"跑城的"，官面上认识人多，托人弄钱，把二儿子钱宝亭弄进了警察厅当差。钱二当了"雷子"，钱三不能再干这个了。钱诚信想好好儿栽培这个老三，让钱三进了洋学堂，毕业以后没正经事儿干，当了"帮闲"。这哥儿俩差一岁，模样儿长得差不多，有点儿像"双棒儿"①，而且"马后"常找"马前"出面儿平事儿。俩人在官面儿上逢场作戏时，一个唱"红脸"，一个唱"白脸"，所以人送外号"马前"、"马后"。

"马前"是"同义居"大酒缸的常客，夏三爷知道他的底儿，平时来了，对他格外加着小心。

今儿"马前"在城防营务处刚办利落一个案子，抓了两个"革命党"，受到上司的一通儿褒奖，他心里头十分得意，奔了大酒缸，想喝两口儿。

"马前"来到"同义居"门口，被柱子给拦住了："钱二爷留步，您稍绷会儿再进吧。"

"马前"一愣，戳腔道："干吗？里头闹鬼呢？"

"大白天儿，闹哪门子鬼呀！寿五爷他们在里头听百灵押音儿呢。您这会儿进去，让百灵脏了口儿，小的我可担待不起。"柱子嘿嘿一笑说。

"他玩他的百灵，我喝我的酒，碍着他什么啦？""马前"瞪起小眼

---

① 双棒儿——北京土语，双胞胎的意思。

睛，愠怒道。

"您别起急，给我个面儿。我们当家的让我在这儿候客，我不能不听他的。您稍等片刻，里头马上就完事儿。"

"蝎子跑到刺猬身上，咋着（蛰）？等？我说小二，你跟谁说这话呢？""马前"动了气。

这不是要出娄子吗？"马前"是什么鸟儿呀？没缝儿，他还憋着下蛆呢，你拦谁也别拦他呀。

柱子似乎非要顶这个"雷"："二爷喂，您别让我担不是。掌柜的有话，这会儿什么人也不能进，真，您就……"

"什么人也不能进？他这买卖还想不想开啦？"

"马前"哪管那些，抬腿就往里闯。柱子一把将他拉住："别别，二爷，您多担待，求您了，稍等片刻。"

"马前"火了，怒道："你小子怎么这么啰嗦呢？边儿去！"一抬手把柱子推了个趔趄，晃着膀子进了大酒缸。

他那一嗓子，如同打了一声雷，大酒缸内立马儿哗然。

"小猴儿崽子，你这儿闯丧来啦！"寿五爷火冒三丈，绰起缸盖上的一个酒碗朝地上摔去，"叭"的一声，那碗摔成了碎片。

诸位爷吃了一惊，面面相觑，但马上都意识到要出事儿，顿时大酒缸内是一片骚乱。

"五爷！五爷息怒，都是熟人，您何必……"夏三爷急忙跑过来，赔着笑脸劝道。

"马前"没料到寿五爷会一见面儿就翻脸，他能怵这阵势吗？您想他是干吗的。

他转过身，摘了眼镜，那双小眼闪着贼光，直视着寿五爷，冷笑一声："呦嗬，寿五爷，您的百灵没脏口儿，您的口儿可不大干净呀？怎么啦？见着我这么大的气儿？"

这种居高临下的劲头儿，如同往油锅里扔了块炭火，让寿五爷腾地站了起来："你个猴儿崽子，眼瞎了吗？爷爷在这儿干什么，你没瞅见吗？"

"马前"好像成心想跟寿五爷逗逗咳嗽，嘻皮笑脸地说道："寿五爷，您玩您的鸟儿，我到这儿喝酒，碍着您哪根筋了？" 他似乎根本没把寿五爷放在眼里，一转身，对夏三爷道："三爷，给我打两碗'汾州白'，我先润润嗓子。" "马前"这句话把夏三爷给干在那儿了。 "马前"是干什么的，夏三爷心里明镜似的，这位爷谁敢得罪？可这会儿寿五爷的枪已然拉开了栓。那头依了"马前"，这头就得得罪寿五爷。寿五爷是"同义居"的老照顾主儿，在这种时候，他应该替他撑面儿才是。 夏三爷眼珠一转，抖了个机灵。他把柱子叫过来，不冷不热地把他数落了几句，掬掇他不会来事儿："让你在门口撂高儿，你是干吗吃的，嗯？你告诉钱二爷，寿五爷在里头已然把百灵笼子起了罩，正唱'十三套'呢，钱二爷能这么冒失地进来吗？你呀，怎么淘炼，也淘炼不出来。还愣着什么，麻利儿的，快给钱二爷打酒去！"

柱子这回没犯傻，心里明白这是夏三爷说给寿五爷听呢。

他看了看寿五爷，又扭头瞅了瞅"马前"，又瞅了瞅寿五爷，耷拉着脑袋，吭吭叽叽地说了一句："对不住了二爷，全是我的错儿，两位爷多包涵。"说完，转身到柜上去盛酒。

"十三套"让"马前"给搅了局。寿五爷觉得自己栽了面儿，哪能就这么善罢甘休？他扭脸看到刘炳宸已然把鸟笼子落了罩，放回条案上，心里稍稍稳了稳。但这口气卡在心口窝儿，不让它出来，他似乎觉得再没面儿来"同义居"喝酒了。

"等等，你先等等再喝。"寿五爷冲着"马前"喊道。

"呦嚯，五爷，您这是干吗呀？想不让我在这儿喝酒？" "马前"阴冷着脸，梗了梗脖子说道。

"今儿这酒，你还真是喝不成了。"寿五爷把脸一沉说道。

"干吗？您想……？"

"不干吗？我的百灵'十三套'绝活儿还没演完呢，知道吗？你，给我出去！"

"出去，您让我？"

"甭跟你爷爷废话，出去！哪儿凉快哪儿呆着去，这儿没你的地界！"寿五爷的两眼瞪得像灯泡，逼视着"马前"。

"嘚，看来你这把老骨头是有点痒痒了。" "马前"把手里的筷子往缸盖上一摔，腾地站了起来，眉毛拧了拧，小眼射出一道凶光。

刘炳宸见"马"踩了"车",立刻凑到了五爷身边,压低嗓门说:"五爷,得了,您让他说两句软话,给他一个台阶得了。知道吗,他是这个。"刘炳宸伸出食指和中指,并到一起比划了一下,悄声说:"着恼了他,咱惹不起。"

"是呀,五爷,您就别跟他较劲了!"又过来几个酒友打圆场。

寿五爷突然哈哈冷笑了几声,甩着怒腔道:"他?他干什么的我管不着。他爸爸干什么的,我还不知道吗?打小鼓儿的,当年到我们家收活儿,狗咬过他。你问问他,他爸爸夹着包袱皮儿到了寿府,是什么穷酸相。为了讨到一个玉如意,他爸爸吃过狗食。兔子跑到磨房里,充什么大耳朵驴?我玩的时候,你还穿开裆裤呢,这会儿人五人六的,跑我这儿挡横?姥姥!"

俗话说,当着矬人不能说短话。"马前"就怕人说他们家那点底儿。他听到这儿,噌地蹿了房檐子。

"寿五爷,我看您是活糊涂了,大清国早就玩儿完了,现如今已经是民国了,没有您抖份儿的地方了。您牛,您是爷,可您头上的顶戴花翎呢?您的绿呢官轿呢?您的俸禄呢?这些东西,您只能嘴上说说,过过嘴瘾了。您有什么可抖份儿的?别说您了,小皇上怎么样?如今晚儿不也是苍龙遇难不如狗,凤凰落架不如鸡吗?你以为你是谁呀!"

"马前"的话像一把小刀子,直剜寿五爷的心口窝儿。

"好你个小猴儿崽子,你竟敢有辱皇上?"寿五爷不禁暴跳如雷。

"皇上?皇上早没了。现在宫里的皇上,在我眼里还是皇上吗?明告诉你,我压根不拿眼映他!不单我,谁还拿他当回事?""马前"撇了撇嘴说。

"妈的,小人得势便猖狂呀!你敢贬皇上!"寿五爷腾地跳起来,冲到"马前"跟前,不由分说,"叭叭",照着他的脸,左右开弓,扇了两个大嘴巴。

"嚄,你个老妹妹的,胆敢动手打我!""马前"绰起缸上的酒杯,往下一摔,退了两步,照着寿五爷的胸口就是一拳,

寿五爷被打了个趔趄,身子晃了晃,随手拿起那杆长烟袋朝"马前"打去,"马前"一闪身,躲了过去。寿五爷年轻时也练过玩意儿,打架不怵阵。这会儿更是不论秧子了,举着烟袋照着"马前"又抡下去。"马前"玩过跤,哪能吃这亏,腾地一转身,飞起一脚,将寿五爷手里的烟袋踢飞。寿五爷随手绰起一个酒碗,朝"马前"砸过去。"马前"年轻气盛,当然也

不示弱，顺手拿起一个碟子，连碟子上的菜一起砍了过去，不偏不倚，正砸在寿五爷的脸上，一点儿没糟践，给寿五爷玩了个满脸花。大酒缸里立刻大乱。诸位爷一时被这阵势弄得慌了神。您想大酒缸有多大地界，这二位爷又扔酒杯，又飞碟子的，树林子里要大刀拉不开场面呀。"同义居"里乱了营。

"诸位爷都别愣着呀，赶紧上手把二位爷拉住呀！嗐，您说这是哪一出呢？"夏三爷喊了一嗓子。

大伙纷纷上前，索宝堂抱住了"马前"，刘炳宸按住了寿五爷。到这当口，这两位爷已然上满了弦，三个五个人还真拦不住他们。

寿五爷拧了拧身子，从刘炳宸的手里挣绷出来，绰起板凳又要开打。"马前"把索宝堂推到一边，也顺手绰起一条板凳，举了起来。眼瞅着双方要大战一场，猛听得大酒缸外一声断喝："二位爷住手！"

众人吃了一惊，回身望去，只见海八爷大步流星地走了进来。

夏三爷眼前一亮，长出了一口气，心说：哎呀，救兵来了！

"马前"愣了一下，举起板凳正要抢，海八爷一个箭步走过去，抓住了他的手："二爷，您别……"

话音未落，寿五爷手里的板凳飞了过来。海八爷猛地一回身，往起一纵，手疾眼快，一翻腕子，那条板凳稳稳地被他接住，攥在了手里。

"五爷，别再打了。您要是觉得还出不了这口气，干脆给我几下吧！"海八爷笑着对寿五爷说。

"你……你个猴儿崽子，怎么来的这么是时候呢？打你？我他妈打你干什么？"寿五爷余怒未息地甩着高腔。

夏三爷和刘炳宸趁势，走到寿五爷面前，拦的拦，劝的劝。

海八爷见稳住了寿五爷，转过身来对付"马前"。

"二爷，别把这儿当成练武场子。您不打算在大酒缸'闷得儿蜜'①了？您不想喝'汾州白'，我可舍不得不喝。"

---

① 闷得儿蜜——老北京土话，也可写成闷得儿密，"得儿"要连起来念。有多层意思。1. 为了保密而默不做声的状态；2. 窃窃私语；3. 吞没；4. 独自享用；5. 一个人吃软柿子。这里的意思是独自在大酒缸喝酒。

"马前"跟海八爷都在乌八爷的跤场练过跤，说起来，俩人算是拉过蔓儿的朋友。

海八爷的话，"马前"不能不听。他摸了摸自己的脸，撇了撇嘴，说道："兄弟，你说这话可亏心，不是我拔闯，是五爷有意跟我过不去。"

海八爷冲"马前"挤咕了一下眼睛，有意挑了一个高音，说道："穿针要看鼻儿，买马要看蹄儿。五爷能跟你过不去？五爷是什么肚量呀？你消消气，找个地方，回头咱俩喝一杯。"

常言道：会说的说圆了，不会说的说翻了。海八爷确实会来事儿，又转过身去对寿五爷抱拳打揖道："五爷，我这儿替钱二爷给您赔不是了。和尚不亲帽儿亲。您的肚子宽绰，大人不计小人过，抬抬手得了。"

寿五爷拧着眉毛，拍老腔儿道："吃了三天素，就能上西天。想什么呢？我今儿就想让人知道大清国倒了，大清国的爷没倒。他个小妹妹儿的，吃了豹子胆，敢贬皇上！"

海八爷笑道："您瞧您说的，谁倒，您也倒不了。您到什么时候也是爷。"

寿五爷爱听这句话，嘿然一笑，不冷不热地给了海八爷一句："你个猴儿崽子倒会说呢。"

海八爷连哄带劝地说："得，五爷，今儿全是我的不是。回头我认罚三碗'烧刀子'。您先坐。"

他抹回头又凑到"马前"身边，拍了拍他的肩膀，赔着笑脸道："二爷，咱俩可有日子没见了，来，喝两碗，压压惊。"

"马前"心里窝着一口气，寿五爷给他的那两个大嘴巴，下手太狠，他的驴脸多了几道血印子。

栽面儿，由打他进警察厅当差，他没受过这种委屈。但今儿这阵势，却让他吃了个哑巴亏。寿五爷虽然虎落平阳，早就没了势，但他的身体里毕竟有皇族的骨血，甭瞧"马前"敢大马金刀地骂大清国，但对寿五爷这样的皇族遗老遗少，并不敢动真张儿。别说他了，就连北洋政府的大总统们，见了皇上，照样得敬三分。小皇上过生日，那帮政府官员也得照样送寿礼。他跟寿五爷叫板归叫板。寿五爷打了他，他还真不敢把寿五爷怎么样。犯三青子？那是土混混儿和痞子干的。"马前"是在世面上混的人，官场上的事儿，他多少知道一些，他弄不清寿五爷跟官府有什么枝蔓儿。所以他不敢在大酒缸恋战。

海八爷来的正是时候，"马前"巴不得找个台阶走呢。

"你的酒量，跟我喝，行吗？""马前"咧了咧嘴，就坡下驴地对海八爷道。

海八爷随口说道："瞧您说的？咱哥儿俩又不是没喝过酒。您忘了上次咱们在'德义居'，一连喝了八大碗，放倒了四个兄弟。二爷是英雄海量呀！来吧，'汾州白'喝着不过瘾，咱们还来'烧刀子'！"

他转过身冲柱子喊道："柱子，劳您驾，给我们哥儿俩来两碗'烧刀子'！"

"马前"点了点头说："对路，喝，还得喝'烧刀子'！"

酒端上来以后，海八爷和"马前"也不就菜，举起酒碗，互敬了一下，一饮而尽。

"再来两碗！"俩人一连喝了三碗。

"马前"似乎找回点面子来，抹了抹嘴，起身告辞："八爷，你接着喝吧，我还有公务，咱们后会有期。"

夏三爷见这位"事非兜"要走，赶紧过来送"神"，他打揖道："二爷，都在世面上混，不容易，有什么照应不周的，请您多担待。"

"马前"三碗酒下肚，脸红得如猪肝，带着三分醉意，朝大酒缸的人们扫了一眼，嘿然一笑，不冷不热地说道："人在山外觉山小，鸟在山中觉山深。没事儿，咱们骑驴看账本，走着瞧吧。得，兄弟告辞了！"

"马前"撂下这句话，头也不回地走了。众人心里明白，他这句话是说给寿五爷听的。

"扯臊！人人头上有块天。八月十五云遮月，正月十五雪打灯。我他妈且活呢，走着瞧！"寿五爷望着"马前"的背影，七个不服八个不份儿地高声说道。

"五爷，您小声点儿，留神让他听见。"刘炳宸捅了寿五爷一下。

"听见？我这话就是说给他听的！"寿五爷戗腔道。

众人见"马前"走了，一个个又都活泛起来。

这个说："妈爷子，惊出我一身冷汗，这二位爷要真打起来，收不了场，可有热闹了。"

那个道："生姜断不了辣气，谁能想到'马前'如今也敢在寿五爷面前抖起份儿来了？"

这个说："你可别小瞧他，萝卜虽小，长在了背（辈儿）上，他可是'雷子'，雷要是响起来了得吗？"

那个道："是呀，明枪好躲，暗箭难防。"

寿五爷听了大家伙儿的议论，不以为然。他想起了扇"马前"的那两个嘴巴。突然哈哈大笑："你们都别嚼了，说说，爷抽他那俩嘴巴脆不脆？"

刘炳宸恭维道："敢情！也就是五爷敢在他脸上留手印。他'马前'再豪横，家伙点儿一响，人在戏外边呢。哈哈。"

海八爷凑过来，说道："五爷是谁呀？'马前'这小子真是不长眼，敢在五爷面前拔尊，不抽他等着什么？"

寿五爷瞪了海八爷一眼，淡然一笑道："你个猴儿崽子，掉了把儿的茶壶，就剩下一个嘴儿了。嗯，行！甘草能和百药。我看你倒能应付各种场面呢。"

海八爷打揖道："五爷您过奖了。我这不是打个圆场，送'神'，腾出地方，陪您喝酒嘛！"

夏三爷对海八爷道："今儿还多亏了你，圆了这个场。"

海八爷道："您别这么说呀！我今儿是赶上了。"

夏三爷朝他会意地一笑，扭脸招呼柱子："来吧，把家伙什儿归置归置，让诸位爷痛痛快快地接茬儿喝。"

"是了您呐。"柱子和海八爷闻声，不敢怠慢，赶紧动手，摆凳子，挪桌子，拾掇地面上被打碎的碎碗碴儿。

柱子眼尖，在墙角发现了寿五爷的大烟袋。

"五爷，拿着您的家伙什儿。"他把烟袋捡起来，转身递给了寿五爷。

寿五爷接过大烟袋，嘿嘿一笑说："诸位，你们瞧见了吧，别以为爷光用它抽烟，裉节儿上它还能护身呢。哈哈。"

夏三爷随声附和道："敢情！防身？您耍起来还真像那么回子事儿。"

"当然，想当年，这烟袋……"寿五爷说到这儿，看了看那大烟袋，猛然愣住了，敢情这大烟袋只剩下烟袋杆和烟袋锅，烟袋嘴没了。

寿五爷陡然色变，失声叫道："嘿，这烟袋嘴哪去了？"

夏三爷见寿五爷的烟袋嘴没了，心里咯噔一下。他知道这翡翠烟嘴非同一般，在"同义居"丢了，那可不是玩的。

"它怎么会没了呢？你们赶紧张神给五爷找找，看烟嘴是不是掉在哪儿了。"夏三爷对柱子和海八爷说。

大酒缸里喝酒的主儿见寿五爷的翡翠烟袋嘴没了，纷纷站起来，四处寻找。

您想"同义居"不过五间门脸房，屁股大的地儿，找个东西还费事吗？可是二十多号人恨不能把地面儿上抠出缝儿来，上上下下找了一个六够，也没找到这个翡翠烟袋嘴。

夏三爷心里嘀咕道："马前"一直在他眼皮底下，他不会动这烟袋嘴。烟袋嘴是箍在烟袋杆上的，"马前"没机会把它捋下来。这烟袋嘴哪儿去了呢？夏三爷纳了闷儿。

第六章　翡翠烟嘴不翼而飞

却说大酒缸的酒友见寿五爷的翡翠烟袋嘴不翼而飞，一个个都傻了眼，瓜田李下，都在大酒缸喝酒，丢了东西，谁不怕吃瓜络儿？怕被人起疑，呆了一会儿，一个个都抖落大褂短衫，声明那烟袋嘴没在自己身上。

夏三爷笑道："诸位爷都是'同义居'的常客，对五爷都要敬三分，谁会跟五爷犯小呀！"

叶翰林接过话茬儿道："是这话。我估摸着是刚才五爷的劲儿使得猛了点儿，那烟袋嘴秃噜了，保不齐飞到哪儿，再找找看。"

海八爷道："五爷，您先别急，在夏三爷这儿还能丢东西吗？"

寿五爷沉着脸，拧着眉毛说："急是不急。但这物件真要是没了，等于从我身上剜走一块肉。你们知道这翡翠烟袋嘴的来历吗？"

海八爷道："没听您念叨呀，怎么，这里头还有典有故？"

寿五爷撇了撇嘴，说道："那是，明告诉你们，这烟袋嘴是慈禧老佛爷用的物件。"

索宝堂瞪起眼珠子："啊？它是老佛爷的宝贝？"

寿五爷道："我能跟你们炸庙吗？它真是老佛爷的心爱之物"。

海八爷啧啧了两声，说道："那五爷得把这段儿给我们说说。"

叶翰林道："是呀，老佛爷手里的物件，怎么到了五爷手里了？"

寿五爷瞪了海八爷一眼，说道："说它干吗？今天我气儿不顺，不说了。"

夏三爷："别价呀，您在我这儿喝酒，喝出气儿不顺来，那不是骂我呢么？您再喝壶酒，我们大伙儿也给您压压惊，回头您再说古。"

"对，得给五爷压压惊。三爷，把您的好酒拿出来，今儿让五爷喝个痛快。"海八爷笑道。

寿五爷见众人捧他，刚才的气消了一半，又喝了两杯酒，心里的气全没了。

他撇了撇嗓子，说道："既然你们爱听我说古，我就跟你们聊聊这翡翠烟袋嘴的来历。原本老佛爷抽旱烟用的烟袋，那嘴是白玉的。她听人说用白玉烟嘴养人。后来袁世凯接管定武军，在天津小站编练新建陆军。有一天，老佛爷在宫里召见袁世凯，姓袁的为讨老佛爷的欢心，说女人抽旱烟得用翡翠的烟嘴。没过几天，便把这个翡翠烟嘴进贡给老佛爷。老佛爷对这个烟袋嘴喜欢得了不得了，闷了的时候，就让太监点一锅子烟。抽烟还倒在其次，主要是叼着这翡翠烟嘴，她觉着好玩儿。这真是烟不离嘴，嘴儿不离口。后来，怎么到了我这儿？"

"是啊，老佛爷的心爱之物，怎么到了五爷手里呢？"海八爷搭腔问道。

寿五爷道："这得说是天意。我问问你们，谁知道老佛爷的封号？"

叶翰林将了将长胡子说："五爷，她的封号是不是慈禧端佑皇太后？"

寿五爷摆了摆手道："你说少了，老佛爷的封号一共十六个字：慈禧端佑康颐昭豫庄诚寿恭钦献崇熙皇太后。慈禧和端佑是她最初的封号，以后，她每遇到吉祥事，都要加个封号，同治登基，她加个封号，光绪大婚，她加个封号，还有她四十、五十、六十岁大寿，也加封号，这十六个字的封号就是这么来的。"

"五爷真是好记性，老佛爷这么多封号，您愣一口气都能说出来，不打锛儿。"叶翰林啧啧了两声。

索宝堂在后边跟了一句："敢情！"

寿五爷得意地笑了笑，说道："她加一个封号，自然就要庆贺一番。老佛爷好听戏。我们老爷子是京城的'名票'。武生，拜过俞润仙和杨月楼。《钱笼山》、《挑滑车》、《恶虎村》是他的拿手好戏，《闹天宫》里的美猴王，那是他的绝活儿，连杨小楼都佩服他。那年，老佛爷办六十三岁寿典，在颐和园的德和园大戏楼，按前三天后五天的礼数，演了八天大戏。我们老爷子客串的猴戏《安天会》，把老佛爷哄乐了。头天是杨小楼的《铁笼山》，那当儿杨月楼已死，他儿子杨小楼已然挑大梁，当了清宫的'内廷供奉'，成了角儿。我们老爷子折腾半天没'下海'，是'票友'。老佛爷一看我们老爷子的功夫不次于杨小楼呀。《安天会》都下场了，又让他加演了一折《伐子都》，这《伐子都》是最吃武功的戏。二三十岁小伙子演都费劲。我们老爷子那当儿已然小五十了。"

"快五十了，敢演《伐子都》？行，您家老爷子功夫确实不软。"刘炳宸啧啧道。

"嘻，逗能！他的脾气是人来疯。别捧他，谁一捧他，他就找不着东南西北了。而那天捧他的不是别人，是老佛爷！您想他能不卖力气吗？这么说吧，他把看家的本事都拿出来了。他知道老佛爷最喜欢武功戏，自然想在她面前露一手。嗷，那天他可玩大发了，'前桥'、'后桥'、'倒插虎①'、'小翻'一个接着一个，台下的老佛爷看得眼花缭乱，一个劲儿地拍巴掌，叫好儿。老佛爷在台下一叫好儿，娄子出来了。怎么呢？我们老爷子来了劲儿，《伐子都》最后一场，有个'云里翻'，从三张桌子上往起前跳后翻，翻的时候，两脚跳起来，腾空向后翻一圈儿。您琢磨吃功夫不？我们老爷子前头已然演了一场《安天会》的猴儿戏，够累了，加上年纪不饶人，从三张桌子上往后翻，一下失了手，'云里翻'成了楼下翻，从戏楼上翻了下去……"

叶翰林惊诧道："妈爷子！那戏楼不低呢！"

"是呀，这个斤斗翻的，实实着着地摔在了地上。"

"后来呢？"大伙儿惊问。

"仗着我们老爷子身体灵便，没伤着筋骨。可那也不是玩的，您琢磨琢磨一个大活人从一丈多高摔下来，那是什么劲头儿？当时把老佛爷吓呆了。我们老爷子躺在地上，半天没动窝儿，但他脑子还清醒着。心说这是老佛爷的寿典，如果真躺在这儿起不来，那不是给老佛爷添堵吗？想到这儿，嘿，他一咬牙，一翻身起来了，抖了个机灵，走到老佛爷面前，行了个大礼，现编了一句台词：'今儿老佛爷六十三大寿，奴才子都祝老佛爷万寿无疆！'老佛爷被他这句话，给逗乐了。她心里还不明白吗，这是我们老爷子忍痛逢

---

① 前桥、后桥、倒插虎——戏曲毯子功的术语，属于翻斤斗的动作，后头的"云里翻"也是这一类术语。

场作戏。她一高兴，站起来说道：'免礼免礼，赶快回后台卸装吧。'我们老爷子还礼：'谢老佛爷！'刚要转身，老佛爷动了恻隐之心，问道：'奴才这会儿最想什么？'我们老爷子说了实话：'我最想抽口烟。'其实，他说的是想抽口大烟。老佛爷一高兴，随手把身边的那个大烟袋锅拿了起来，让太监递给我们老爷子：'拿着，抽去吧！'我们老爷子赶紧跪下了，说道：'谢老佛爷恩赐。'这根翡翠烟嘴的大烟袋就到了我们老爷子手里。"

"哎呀，这烟袋可是你们老爷子拿命换来的。"叶翰林说道。

寿五爷说道："这话不假。甭瞧我们老爷子在老佛爷面前逞能，摔成那样，还愣扛着，回到家可就拉拉胯了，整歇了一年多，下不了炕啦。打那儿以后再没登过台。"

"可真够悬的。也就是你们老爷子有功夫。换了我，这个跟头早就听蛐蛐儿叫去了。"刘炳宸说。

"是呀，临完，老佛爷赏了我们老爷子一百两银子。"寿五爷说道。

"老佛爷没赏他个花翎？"叶翰林巴咂着嘴笑道。

寿五爷嘿嘿笑道："在这之前已然赏了。那当儿，我们老爷子已经是内务府的四品官员了。四品，内务府的总管大臣可才是二品。"

叶翰林捻着胡须道："嗯，爵位不低喽。我熬了几十年，才混了个翰林院的典籍。嗐，归齐才从八品，哈哈。"

"荷花程"朝他冷笑道："你那个官还能提吗？你怎么能跟寿五爷比呢？"

寿五爷道："我们老爷子为老佛爷张罗过多少大事呀！哼，他临死都觉得老佛爷亏待了他。可惜呀，他生不逢时。"

叶翰林问道："这是怎么话儿说的呢？"

寿五爷道："老佛爷的六十大寿是我们老爷子张罗的。"

"是吗？那可是举国的大礼呀！"叶翰林说道。

寿五爷喝了一口酒，说道："当时老佛爷心气儿正高，想照康熙和乾隆两位皇上的皇太后祝寿的大礼办，银子都拨下来了，谁知赶上了中法之战，没办成。光绪十八年，她六十大寿，又准备大办寿典，任命礼亲王世铎为'万寿大典'的总办，我们老爷子操办，那排场大啦。从紫禁城的东华门一直到颐和园，四十多里路，设了六十段'点景'，每处'点景'都要建造龙棚、经坛、戏台、牌楼、亭座。六十段一共搭龙棚十八座，彩棚、灯棚、松棚十五座，戏台二十二座，经坛十六座，经楼四座，灯楼四座，'点景'罩子门两座，经棚十八座，'点景'四十六座，音乐楼六十七对，灯游廊一百二十段，灯彩影壁十七座，牌楼一百一十座。每段派官员、茶役、士兵三十八人，僧人、乐师二十九人。每个景儿得用银四万两，六十个景儿共用白银二百四十万两。这些活儿，都是我们老爷子监工。" 索宝堂接过话茬儿说："没错儿，五爷，我那当儿正学徒，跟着我师傅还搭了几个龙棚呢。可是……呕，这么大响动，最后怎么'黄了'？" 寿五爷说道："那年是甲午年，中日海军开了战，北洋水师全军覆没。您想老佛爷的寿典还能这么大办吗？没辙，干的半不落落，全停了。后来，老佛爷下了一道诏，庆寿典礼在宫中举行。饶是这样，也花了一千多万两白银。""荷花程"感慨道："嗯，老佛爷拨给北洋水师的作战经费可才三百万两银子。她可真是宁可国破，不可不乐呀。"寿五爷不以为然地撇撇嘴说："为什么叫她老佛爷呢？"叶翰林道："这么说五爷府上，当年为筹办老佛爷的六十大寿的庆典，把老佛爷给哄高兴了？"

寿五爷道："是这话。虽说后来大典没办成，可我们老爷子却升了官。"

"荷花程"在一边找补了一句："自然，也没少发财吧？哈哈。"

寿五爷一听这话，觉得不是味儿，板起脸来说："发财？发什么财？皇恩浩荡，当年大清国就是我们家的，我们吃它点儿，喝它点儿，那还不是应该的？"

"对对，您说的对，大清国不是你们家的，您家老爷子也不会这么敢花钱呀！""荷花程"说。

寿五爷没听出他的话里有话，猛然想起他的翡翠烟袋嘴："哎，怎么说着说着，绕到老佛爷那儿去了？"

刘炳宸道："这翡翠烟袋嘴，不是老佛爷赐给您家老爷子的吗？"

寿五爷道："是这话，正是老佛爷赏给我们老爷子的，这烟袋嘴才成了我们家的看家宝贝。要不，我怎么见天带着它呢。嗯，你们这些猴儿崽子说说看，这物件要在我手里把它弄没了，我是不是愧对祖上的恩德呀？"

说到这儿，寿五爷瞄了一眼夏三爷。

　　说老实话，到这会儿，夏三爷的汗都快下来了。寿五爷越往下说，他的心里越扑腾。

　　在寿五爷说"典"的空档儿，他跟柱子和海八爷又可着大酒缸转遭儿找了一遍，还是没有见到那烟袋嘴的影儿。

　　"这可怎么办呢？"夏三爷急得直搓手，脑门子上渗出了细碎的汗珠儿。

　　"谁呢？下手这么快？"柱子皱着眉头嘀咕着。

　　海八爷低声说："找不着，就是找不着。现在没工夫琢磨谁拿了，咱们得先把寿五爷给对付过去。"

　　夏三爷叹了口气，压低嗓门说："对付？怎么对付？没听他说吗，这烟袋是老佛爷赐给他们家老爷子的。咱们上哪儿淘换去？"

　　海八爷眨了眨眼，对夏三爷说："您是不是急糊涂了？配原样的物件，那是没地方淘换。您先找个烟袋嘴，先让他用着呀。"

　　"嘿，还是你心眼儿多。"夏三爷猛然省悟道。

　　寿五爷过够了嘴瘾，脸上的神色平和下来。他喝了一大口酒，转过身对夏三爷道："那烟袋嘴到底找到没有？"

　　夏三爷道："回五爷的话，连犄角旮旯儿都找遍了，那……那什么，没找着呀。"

　　"没找着，就算了。我是你这儿的常客，不会为难你。好东西谁都喜欢，嗯，谁用不是用呀，嗯？你说是不是？"

　　夏三爷耷拉着脑袋说："五爷，您别说这话呀，东西在我这儿没的，就得算我的。您看这么办行不，我家里也有个翡翠烟袋嘴，它是……您先用着。"

　　寿五爷沉下脸来，说道："怎么？看这意思，你想赔我一个对不对？"

　　夏三爷道："赔？我可不敢这么说，您的烟袋嘴是老佛爷用过的，哦，算是御品吧，我上哪儿淘换去？我是怕耽误您用。话说回来了，这物件没的蹊跷，回头我们再找找，兴许，还能找到。"

　　寿五爷突然哈哈大笑起来，说道："能找着，那物件算你的。吃到嘴里的东西还能吐出来，我从来不信这个。即便它吐出来也脏了。我刚才讲这翡翠烟袋嘴的来历，可不是给这烟袋嘴加码儿，让你赔我一个，我只是告诉你们这烟袋嘴不是俗物。没别的意思。不是我吓唬你，真让你赔，我就要丢的这个，你拿的出来吗？嗯？哈哈，算了吧。世上的万事万物，对我来说都是过眼云烟，东西再好，也带不到棺材里去。我们家比这值钱的东西有得是，现在还剩几件？没啦，好玩意儿都让我折腾没了。牌桌、饭桌、酒桌，那上头扔的都是玩意儿呀！哈哈，好玩意儿都让我换酒喝了。哈哈。三爷，别为这么个烟袋嘴熬头了。来，陪我喝酒吧。"

寿五爷越说这话，夏三爷心里越不安。他让柱子给寿五爷的酒壶里添了酒。搓着手笑道："五爷，您要是这样，我的买卖干脆别做了。让您在我这儿留下点儿不是，我睡觉都不踏实。我不能让您拿着秃烟袋杆从我这儿走，您要是看得起我，就让海八爷到我的小院，把那老烟袋嘴拿来，您先用着。"

海八爷凑过来，笑道："是呀，夏三爷说的对，五爷要是离开了烟袋，那多闷得慌呀。我跑一趟，给您拿去。"

寿五爷斜么仂儿地看了海八爷一眼，戳腔道："干吗？你们俩一唱一和的戳我的脸呢？丢了烟袋嘴怕我讹你们吗？哪儿的事情呀？我说了，一个烟袋嘴没了就没了。你们要是再拿它说事儿，可就是给我添堵了。"

海八爷抖了个机灵，笑道："五爷，您听我说，三爷的意思并不是想赔五爷个烟袋嘴，五爷家里的玩意儿多，还缺这么个烟袋嘴吗？他是说家里有个老烟袋嘴搁着也是搁着，正好您现在这个烟袋不是缺个烟嘴吗，他是想拿过来，让您先玩着。"

叶翰林在一边沉不住气了，敲了一下锣边："是呀，五爷的气度这么大，还在乎一个烟袋嘴吗？不过，夏三爷也是古道热肠，五爷就赏他个面儿吧。"

海八爷见叶翰林帮腔，赶紧就坡下驴。他给夏三爷使了个眼色，对寿五爷道："得，五爷，您先喝着，我这就给您拿那老烟袋嘴儿去。"

没等寿五爷搭茬儿，他便跟大酒缸喝酒的酒友们拱拱手，扭脸走了。

寿五爷沉了一下，转身看了看大伙儿，骂了一句："这小猴儿崽子！"

海八爷出了大酒缸，直奔夏三爷住的小院。夏三爷的小院，在鼓楼东边的寿比胡同。

北京的胡同名都有讲儿，什么叫寿比？世上没这东西呀。敢情这是个谐音，明朝的时候，这条胡同叫臭皮胡同，因为当时这条胡同有两家熟皮作坊，加工熟皮的味儿不好闻，人们觉得它臭，胡同由此得名。这条胡同拐了几道弯，东段叫肃宁府，因为明代官宦魏忠贤的侄子肃宁伯魏良卿的府邸在此而得名。臭皮这名儿挺难听，人们叫着叫着改了口，到了清朝，"臭皮"就改"寿比"了。

夏三爷住的这所小院，据说是当年肃宁府后花园的一部分，院子不大，但比较规矩，正房三间，左右各有一间耳房，东西厢房各两间，南房，也叫倒座房五间。

老北京的四合院都有讲儿，所谓的规矩，是说院子的中线，必须正房压着。而中线不能正南正北，要稍偏一个角度，叫抢阴或抢阳多少。大门按"八卦七政大游年"的歌诀，设在院子的东南角。这个位置在八卦中属巽位。老北京的四合院大多是"坎宅巽位"，但也有不规矩的院子。

老北京四合院的大门也有讲儿，一般分为：王府大门、广亮大门、金柱大门、如意门、随墙门等。王府大门和广亮大门，过去都属于王爷和有一定官品人家的住宅。大门檐柱上端的雀替三幅云是有官品的标志，老北京人所说的大宅门就是指这种门。

夏三爷的小院，院门是金柱大门，进深较浅，不设山柱，门口立于前金柱的位置，北京的普通四合院常用这种门，门板刷黑漆，上面刻着一副俗对："向阳门第春长在，积善人家庆有余"。一进门，是一座影壁，须弥座儿、筒瓦屋檐、屋脊、蝎子尾俱全，影壁心上加砖雕，刻着莲花、牡丹，影壁心上刻着两个大字：鸿禧。院里种着石榴树和四季海棠。

正是夏天，院子正中搭了凉棚，影壁后面摆着一个大鱼缸，正房前有两个小花池，池子里种着一些花草，红的黄的，开得正妍。

小院原本是夏三爷在银号做事时，经理给二姨太太置的产业。八国联军攻打北京那年，银号的经理带着姨太太回了太原，以后又去上海发展，小院闲置无用，夏三爷花了二十两银子，把它买了过来。夏三爷的大闺女蓉芬出阁以后，老两口带着二闺女蓉秀住这么多房，显得有些旷，但夏三爷不愿出租，吃"瓦片儿"。他嫌人多闹得慌。他把东厢房堆了杂物，老两口住正房，蓉秀住西厢房，南房五间也当了堆杂物的"堆房"。平时小院非常清静。

海八爷进院时，夏三爷的夫人张氏正在院里的凉棚下，支了张桌子，剁馅包饺子。

"呦，海子来啦，什么急事呀，跑得这汗脖子四流的。"张氏放下手里的活儿，擦了擦手，张罗着给海八爷递过一条手巾，转身又要给他沏茶。

海八爷接过手巾擦了擦脸上的汗，喘了口气说："三娘，您甭张罗，我坐不住。"

"坐不住，也得喝口水呀，这大热天的。"

海八爷笑道："要说喝水，我还真有点儿渴了。您甭管，我自己来吧。"

他走到房檐下的大水缸前，拿起缸盖上的葫芦瓢，舀了半瓢水，一扬脖，咕咚咕咚灌下去。

张氏抻掇道："这孩子，哪能这么喝？留神激着。"

海八爷一口气把瓢里的水喝干，用袖子擦了擦嘴，笑道："没事儿，这么喝着痛快。三娘，又包什么馅儿的饺子呢？"

"嗯，有茴香、有西葫芦、有扁豆、有茄子……怎么？你还没吃饭吗？先给你煮一盘儿？"

"不不，都什么钟点了，我还没吃？我坐不住，真的。"

"你每次来都这么忙忙叨叨的，坐不住也得先给我坐下。"张氏随手绰起一个马扎儿，让海八爷坐下，随后扭脸冲着西厢房喊了声："秀儿，你海八哥来了，出来，给他切块瓜吃。"

"哎，我知道了，这就来。"秀儿在屋里答应着，小嗓子透着清脆。

秀儿是蓉秀的小名，她正在屋里做针线活儿，听母亲吆喝，麻利儿出了屋。"呦，海八爷来了。"她轻声叫道，小脸刷地红了。

那当儿，秀刚十九岁，出落得像是一朵含羞带露的水仙，皮肤微黑而细润，鹅蛋形的脸，弯弯的黛眉，眉下嵌着一双泉水般纯净的眼睛。那双眼不大，但很水灵，闪动着含蓄和柔和的光亮，鼻子和嘴唇的轮廓周正而纤秀，光滑圆润的下巴颏，表现出几分任性。她的模样不难看，但有一样缺憾，说话结巴，所以她平时话不多。

她梳着一条大辫子，刘海齐整。嘴边隐约挂着一丝笑意。她上身穿着淡青色杭绸小褂，衬出圆软的乳峰和小细腰，下身穿着粗布长裤，一双礼服呢的布鞋衬出她的大脚。

当时，城里的妇女已然不时兴裹脚，但礼数大的老式家庭，女孩子从小裹脚的风习并没改变，一些老人仍然以女性的"三寸金莲"为美。秀儿和姐姐都没裹脚。

夏三爷没儿子，他拿两个闺女当儿子养。俩闺女十来岁时，他把叶翰林请到家里教"专馆"，学了《三字经》《百家姓》，又学《论语》《中庸》，秀儿和姐姐都识文断字。夏三爷思想比较开化，当然，他不会让俩闺女裹脚。

海八爷爱看这双大脚。这双脚常让他想起自己的母亲。他是旗人。在旗的妇女没有裹脚这一说。他从小就看惯了女人的大脚。

"二姑奶奶，在屋里忙啥呢？"海八爷有点儿抹不丢①地问道。

他也搞不清楚，为什么每次见到秀儿都拘着。他接长不短儿地到这个小院来串门，认识秀儿不是一天两天了，但总是放不开，特别是秀儿见到他脸红的时候，他就更不知道两个胳膊往哪儿放了，甚至说话，舌头都有点儿不利落。

海八爷见了秀儿说话不利落，秀儿说话更不利落。"我给我我我爹缝个汗褟儿。"秀儿嗫嚅道。

"缝，缝汗褟儿，你还会做针线活儿？"海八爷笑道。

秀儿微微一笑说："我我，学着做呗，那什么，八爷，吃吃块瓜吧。"她说着，转过身，从天棚下的一个大木桶里，捞出一个西瓜。

"别，别，我马上就走，坐不住，别麻烦了。"海八爷摆了摆手说。

"吃吧，刚刚刚买的瓜，薄皮脆沙瓤儿，甜着呢。"秀儿抱着西瓜进了屋。

海八爷笑着对张氏道："三娘，您干吗总这么客气，我又不是外人。"

"谁把你当外人了。大热天的，三娘让你吃块瓜，解解暑气，这叫客气吗？"张氏递给海八爷一把蒲扇，笑着说。

秀儿端着一个瓦盆，里头是切好的西瓜，从屋里走出来，对海八爷说："八爷，瓜切得了，吃吃吃一块吧。"

---

① 抹不丢——北京土话，不好意思或难为情的意思。

"得，谢谢二姑奶奶，您瞧我这是赶嘴来了。"海八爷拿起一块瓜，不好意思地笑着，咬了一口："嗯，这瓜，口儿够甜的。"

张氏看着他吃西瓜的狼虎劲儿笑了："好吃，就多吃几块。海子，你这会儿上三娘这儿来，是不是有什么事呀？"

海八爷三口两口把手里的西瓜吃完，一抹嘴，说道："嗯，是有事儿。三娘，三爷让我来……哦，是这么回事，咱家里有没有一个老辈子传下来的一个大烟袋锅子？那烟袋嘴是翠的。"

"大烟袋锅儿？那嘴是翠的？我没理会有这东西呀？"张氏皱着眉头，想了想说。

海八爷说："您给找找。三爷说有。他不会记错了吧？"

"好好，我进屋翻翻，你先吃瓜。"张氏移动着"三寸金莲"回了屋。

秀儿眨了眨那双水灵灵的眼睛，又递给海八爷一块西瓜，轻声问道："八爷，我爹怎怎怎么想起大烟袋锅来了？大酒缸那儿没没没出什么事儿吧？"

海八爷觉着秀儿的那双眼睛射出的光，是那么地勾人，他不敢正眼对着这含蓄又充满柔情的目光，忙把头低下，随手拿起蒲扇，说道："没事儿，三爷不过是想起家里有这么个玩意儿，让我帮他拿过去。你放心吧，大酒缸不会有事儿。"

秀儿轻声说："八爷，大酒缸的事儿净净净麻烦你了。哦，你再吃吃吃块瓜吧。"

海八爷在马扎儿上挪了挪身子，两眼盯着秀儿的那双大脚，喃喃道："秀儿，你这话说远了，这不是我应该干的吗？"

"八爷，你……"秀儿本想说几句感激的话，但话到嘴边又咽了回去。

海八爷抬起头，看了秀儿一眼，他从秀儿的眼神里，揣摸出她想说什么。他本想说两句得体的话，但一碰秀儿的眼睛，心里就乱了章儿，平时能说会道的他，居然变得拙嘴笨腮了。

"那什么，秀儿，你能骑马吗？"不知是动了哪根筋，他憋了半天，冒出这么一句话。

秀儿脸红了，扑哧一笑说："骑骑骑马？我连骑骑骑驴都不敢。头年，我跟我娘去妙妙峰山拜娘娘，骑骑小毛驴上山，哎呀，可吓吓死我了。"

"赶明儿我教你骑马吧。"

"嗯。"秀儿点了点头。

海八爷笑道:"我骑的可不是一般的马……"

俩人正聊着,张氏从屋里走出来,笑着说:"哎呀,海子,我把几个柜子都翻遍了,哪有什么大烟袋锅呀?你想想,秀儿她爹压根儿不抽烟,我们老公公婆婆也不抽那东西,家里怎么会有烟袋锅呢?"

海八爷愣了一下,挠了挠脑袋,问道:"三娘,您都找遍了吗?"

"可不是吗?要是找着喽,我能不给你吗?你回去问问秀儿她爹,是不是记错了?这老头子,上了岁数,记性怎么这么不好呢?"

海八爷一听这话,脑子绕了几个弯儿,猛然明白这是夏三爷逢场作戏,让他到家里拿烟袋嘴,不过是打个圆场,给寿五爷撑个脸面。

他想了想,对张氏和秀儿说:"八成是三爷记错了,没有也不碍的,我回去跟他言语一声。" 张氏见海八爷要走,拿起一块西瓜说:"海子,再吃块瓜走吧。"

"不价了,我还得赶紧回大酒缸,跟夏三爷交待一下。得,三娘,二姑奶奶,我告辞了。"海八爷撂下手里的蒲扇,跟这娘儿俩打了个招呼,起身告辞。

离开小院的时候,秀儿把他送到大门口。"八爷,你你你什么时候还还来呀?"她垂下眼帘,羞赧地拉着自己的衣襟下摆说。

"这还不方便。你要想让我来,我就过来。"海八爷涨红了脸说。"我有有有话要对你说。"秀儿嗫嚅道。"我腾出空儿就过来看你。"海八爷抹不丢地说。"那什么,海八哥,我给你画画画了一幅画儿。"秀儿回头看看母亲已经进了院,慌忙从怀里掏出一个白绫子手帕,递给了海八爷。

海八爷展开那个手帕,只见雪白的手帕上画着几片大荷叶,叶子中间有两朵荷花,其中一朵荷花上落着一只蜻蜓。

"哎哟,这是你画的吗?画得真好!你跟谁学画儿呢?"

"哦,是叶先生教我的,画得不好,但是是是个心意,你你收下吧。""好好,谢谢你,秀儿。" 海八爷把手帕叠好,掖在怀里。抬起头,看了秀儿一眼。秀儿正含情脉脉地看着他,那双眼像是燃烧的小火炭,海八爷被"火炭"烫了一下,赶紧把目光移开。

俩人不敢多呆,男女授受不亲,胡同里人来人往,让人瞧见不合适。海八爷匆匆跟秀儿分了手。

一连几天，海八爷被这"小火炭"烤着，心里痒痒的慌。他是个糙人，不懂什么缠绵悱恻的爱意，但他能从秀儿的眼神里品出那么点意思来。

秀儿为什么给他一块手帕？这点儿心意，他还看不出来吗？手帕表达的是一种情呀！没人的时候，他便把手帕拿出来细细地看。

这手帕上的荷花，使他以前对秀儿的迷蒙的爱意清晰起来了。

海八爷当下还不想被那荷花手帕分心，尽管"小火炭"让他周身的血液奔涌，弄得身上发涨，但他没忘夏三爷说的那个翡翠烟袋嘴。

他走过鼓楼，溜达到后门桥。那当儿，这一带是京城北城比较热闹的一个地界。老北京有句顺口溜："要买东西不犯难，东单西四鼓楼前。"鼓楼前商家铺户一个挨着一个，街面儿上熙熙攘攘，市声嘈杂。

一个挑挑儿的小贩拦住了海八爷："大兄弟，来个香瓜儿，解解渴吧。我这是旱香瓜儿，另个味儿。"

海八爷看了看他的挑子，朝他摆了摆手。他哪有心思吃香瓜呀？

此时，他心里乱成一锅粥了。怎么回大酒缸跟夏三爷交差呢？难道夏三爷打发他出来，就是让他绕个弯儿，空着手回去吗？不会。想到这会儿，他已然悟出夏三爷的心气儿，让他到家里取烟袋锅儿，不过是个遮说，在寿五爷面前虚晃一枪。寿五爷的翡翠烟袋嘴，就这么不明不白地在大酒缸没了，他如果不当着众人说赔寿五爷一个烟袋嘴，这大酒缸今后还怎么开呢？

"哎呀，我怎这么糊涂呢？夏三爷是让我出来，帮他踅摸一个翡翠烟袋嘴呀！"海八爷想到这儿，不禁一拍大腿失声叫起来。

上哪儿找这么一个翡翠烟袋嘴呢？海八爷这下发了愁。

这烟袋嘴是翡翠的，不是玻璃的，他虽然不懂翡翠是怎么回事，但知道这东西是值钱的玩意儿，备不住把他这个大活人卖喽，还不值这翡翠烟袋嘴。

海八爷正在街面儿上转腰子，猛听有人喊他："嗨，这不是海八爷吗？"

他回头一看，只见潘佩衡和胡金生胡老道笑吟吟地走过来。

"呦，二位爷，这是奔哪儿呀？"海八爷赶紧跟他俩打招呼。

潘佩衡穿着竹布大褂，戴着礼帽，打量着海八爷笑道："嗨，巧劲儿，我到烟袋斜街的'宝文斋'办点儿事，一出门碰上了胡道士，他是从广福观里出来，我正有事找他呢，你说巧不巧吧。怎么，你今儿怎这么闲在，跑到这儿溜达来了？"

"哪儿呀，我这儿找辙呢。"海八爷憨厚地笑了笑。

"找什么辙呢？又断了顿儿是吗？"潘爷笑着问。

"您是说我找饭辙呀？不不不，饭辙，我还能对付。潘爷，我要找的这个辙还就在您这儿，得，您先跟胡道士忙你们的事儿。我打个愣儿，到您的铺子看您。"海八爷笑着说。

真是天随人愿。海八爷看到潘佩衡，不禁心里暗自叫好：哎呀，我的佛爷桌子！可找到救星了。潘爷是玩古玩的，找他淘换个烟袋嘴还用费那么大的劲儿吗？

"好呀，不过，我先得赴个饭局，你估摸时间吧，我在铺子候着你。得，咱们回头见。"

潘佩衡跟海八爷打了个招呼分手，转身叫了两辆洋车："照顾你个买卖，走，'同和居'。"他吆喝了一声，和胡老道一人坐一辆走了。

第七章 潘佩衡翡翠送人情

海八爷掐着钟点儿，溜达到后门桥，一抬脑袋，看见了路西的"合义斋"灌肠铺，勾起了肚子里的馋虫。

那会儿，后门桥"合义斋"的灌肠、前门"都一处"的烧卖、鲜鱼口"会仙居"的炒肝、"穆家寨"的炒疙瘩，四家老字号齐名，是京城有名的小吃。

炸灌肠是京城很普通的小吃，庙会上的灌肠摊儿很多。但海八爷喜欢吃"合义斋"的灌肠。这儿的灌肠片儿薄，用铁铛煎的时候放的油多，煎的工夫长，外焦里嫩，蘸着蒜汁，吃着有嚼头。

掌柜的会做生意，煎灌肠之外，还有十几样家常小炒，夏天有荷叶粥，生意十分兴隆。

海八爷跟"合义斋"的掌柜的是熟人。打过招呼，掌柜的给他端过一碟刚煎好的灌肠："吃吧，爷儿们，爱吃再来一份儿。"

海八爷憨厚地笑了笑："我是带着馋虫来的，一份儿不解馋。"他一气儿吃了两碟灌肠，喝了两碗荷叶粥。

掌柜的好聊，也接长不短儿地到"同义居"喝碗老酒。

海八爷问了问他的生意。掌柜的指了指马路对面的"福兴居"，这是在"合义斋"之后开的一家灌肠铺。

掌柜的对海八爷道："后门桥的炸灌肠不是我一家了，那儿的生意也不错。"

海八爷说："京城的买卖地儿扎堆儿。但是人们恋旧，吃顺儿了口儿，不愿换地儿。"

掌柜的爱听海八爷这句话，笑道："得，八爷，我敬您一碟灌肠吧。谢谢您这老照顾主儿捧我。"

海八爷摆摆手，打了个哈哈儿："您怎么也跟大饭庄学呀？人家敬菜，您敬灌肠。得了，我已然两碟进了肚，再吃，我成灌肠了。"

俩人聊了一会儿生意口儿上的事，海八爷估摸着潘佩衡该回去了，便起身告辞，奔了潘爷的古玩铺。

潘佩衡在"赏古轩"古玩铺候着海八爷。海八爷一进门，他便单刀直入："我就料定你会来找我。你先别说呢，我问问你，是不是为寿五爷的翡翠烟袋嘴的事儿？"

"呦，您可真成了能掐会算的诸葛孔明了？潘爷，您怎么会号住了我的脉呢？"海八爷惊愕道。

潘佩衡给海八爷让了个座，叫伙计给他沏茶，转回身笑着说："咱北京的四九城，就这么巴掌大的地界儿，您能找到不透风的墙吗？刚才我在'同和居'会客，席面儿上的人已然把寿五爷在大酒缸会百灵，丢了翡翠烟袋嘴的事儿当成了逗科儿笑料。"

"是是，潘爷，您可有程子没去大酒缸了。"海八爷斜么戗儿地看了潘佩衡一眼。

潘爷笑道："您别看我人不在大酒缸，大酒缸的事儿却门儿清。方才在街面儿上，你说到我这儿找辙，这不是明告诉我，想在我的铺子淘换个翡翠物件吗？"

海八爷暗自佩服潘爷的精明。他跟潘爷的五兄潘佩玉的儿子潘雄是撂跤的朋友。潘爷的底儿他门儿清。

潘爷是直隶河间人，他的祖辈当过武状元。潘佩衡的父亲开过玉作，家里兄弟多，日子不好过。潘爷十二岁就被他爸爸送到前门外大街的珠宝市"炉房"学徒。

"炉房"，是清朝北京化银子的作坊。那当儿，银子是通用货币，人们有碎银，便到"炉房"化零为整。化银子要用坩埚，将散银熔化以后，铸成大小元宝。后来，"炉房"逐渐演变成代存和放贷银子的店铺。

早年间，珠宝市的炉房一家挨一家，大小炉房有二十六家。所以京城有珠宝市"二十六家炉房"一说，这二十六家"炉房"虽然是私人开的，但是它与钱庄、金店、银号都有交往，并且在皇宫的户部备了案，所以人们称它们为"官炉房"。您别小瞧它，清末，二十六家"炉房"左右着京城金融市场的行情，买卖地儿大小店铺在开业前，往往先到珠宝市看一眼银、钱比价的水牌子。

民国以后，市面上大多使用"袁大头"，也就是银元，炉房才慢慢地消失。这二十六家的字号是：聚丰、聚增、聚泰、万聚、聚义、万丰、万兴、宝兴、德丰、裕丰、源丰、德顺、增茂、复聚、益泰源、同元祥、全聚厚、宝丰成、祥瑞兴、谦和瑞、恒盛、恒康、宝元祥、增盛、聚盛源、裕兴源。潘爷当年学徒的铺子，字号是"全聚厚"。

潘爷聪明，出徒后在"全聚厚"干了两年，他看出炉房这行要走下坡路，赶紧转舵，跳槽。这时节，他认识了廊坊二条"聚珍阁"古玩铺的老东家，改行进了古玩行。

"聚珍阁"是专做珠宝钻翠生意的，主要经营翎管、朝珠、顶珠、扳指、带钩、带扣、帽正、烟嘴、烟壶、图章、别子，以及女士身上佩戴的宝石、翡翠、珍珠、碧玺、珊瑚、钻戒、钻坠、耳环、手镯、扁簪、脖链等。老东家姓李名宗五，是京城有名的古董商。

潘佩衡跟李宗五学徒，主要做军政要人、贵妇商贾、银行界、梨园界名人的珠宝钻翠买卖。李宗五走货专吃北京和山西。因为北京的官宦多，山西的财主多。

潘爷跟李宗五学了三年徒，具备了识货的好眼力，加上他为人本分，赚钱多少都交柜上，不入私囊，受到李宗五的赏识，让他单跑山西这条线。

为什么山西的财主多呢？相传明末闯王李自成打进北京，在武英殿没坐几天皇帝宝座，便被清军打败，带着金银辎重，退到山西。李自成后来战死，但那些金银财宝却留在了山西，山西人利用这些巨资开设了"票号"。当然，这只是传说。不过山西是中国最早开设"票号"和银号的省份，这倒是实情。

清末民初，山西人设的票号和银号遍及各省。您想"票号"是靠汇款和存放款为主，存款的利息很少，放款则是高利贷，甭多了，开两年"票号"，就能当个小财主。

潘佩衡在"炉房"学徒时，就结识了许多山西人，夏三爷就是他在那会儿交上的朋友。

俗话说多个朋友，多条路。潘爷跑山西憋宝，主要走太原、太谷、祁县、平遥、介休这条线。因为这些地方的财主多。他交际广，人又精明，脾气随和，一来二去的，他摸透了老西儿们的性格，只要到了谁家憋宝，往那儿一坐，没有一袋烟的工夫，就知道谁家是不是等着用钱，想出手家里的宝贝。

您会问了，莫非他长着三只眼吗？哪儿的事儿呀！他长着耳朵呢，敢情他能从财主家房顶上的响动，揣摸出主人的心态。北京人都知道老西儿会算计，但人往往有聪明反被聪明误的时候。靠开"票号"和银号发了财的老西儿，最担心子孙能不能守住这些财。掂算来掂算去，这些土财主想出一个主意，要想让儿孙守住财，先得拴住他们，别让他们到处招惹是非。

怎么才能把他们的心拴住呢？让他们抽大烟。这些财主琢磨着人只要有了大烟瘾，心就踏实了。他们哪儿知道大烟的厉害？您想自从世界上有了大烟，古往今来，有多少人把家底儿都抽完了。

不过，这么一来，可让潘佩衡这样的古玩商找到了发财的机会。您想这些富家子弟，大烟瘾要是上来，手头没钱，什么都敢卖呀。还有一样，让大烟瘾降服着他，多好的东西，给钱就得。潘爷对朋友说，他奔山西"捡漏儿"。其实这哪儿是"捡漏儿"呀，说白喽是捡宝。

山西的大财主家盖的宅子都非常讲究，有些老宅院不逊于北京的大宅门。那当儿，一些老宅的房子都糊顶棚，有钱的人家，顶棚一年糊一次。败了家的那就另说了，有的多年也不重糊。

潘佩衡从顶棚的新旧上就能判断出家底儿的薄厚。再有一般的顶棚都有耗子，抽大烟的主儿，长年在屋里烟熏火燎的，弄得顶棚上的老鼠也有了大烟瘾。老鼠过足了烟瘾，就会在顶棚上兴奋地乱跑，那些没有大烟瘾的耗子，一般白天不出来，只有夜里才闹腾呢。所以潘佩衡到了谁家，往那儿一坐，先看顶棚新旧，然后再听上面的耗子有没有动静。没有动静，那这家主人肯定是等着用钱买大烟过瘾呢。于是他便开始撒网捞"鱼"。

从这儿，您就能看出潘爷的精明来了。他在山西跑了四五年，淘到的珠宝翠玉不计其数。后来，"聚珍阁"有点搁不下他了。他自己另立了字号，开了"赏古轩"。

当下，海八爷见潘佩衡一下捅破了窗户纸，他也不便再绕弯了，竹筒倒豆子，把寿五爷在"同义居"丢了翡翠烟袋嘴的事儿，原原本本地说了一遍，潘爷听了以后，沉了一会儿，不紧不慢地说道："寿五爷的烟袋嘴，那可是件好玩意儿。一点不假，那是当年西太后用过的。"

"您见过那烟袋嘴吗？"海八爷问道。

"怎么能没见过呢？不瞒你说，现在的寿五爷，已然不是当年的寿五爷了。"潘爷叹了一口气，沉吟道："寿府，当年那是多大的家业呀！完喽！全让他们坐吃山空喽。现在是驴粪蛋，表面光。唉，只剩下一个空壳了。寿五爷没短了找我。他出手的好玩意儿不少，但我就相中了他的这个翡翠烟袋嘴。头些日子，我还问他出手不出手？他说不出，还留着它换棺材板呢。想不到就这么不明不白地没了。"

"是呀，大家伙儿都挺纳闷儿，它怎么会没了呢？"

"没了就没了吧，大不了赔他一个。"潘爷打了个沉儿，脸上露出宽厚的笑意。 海八爷一听这话，腾地从椅子上站起来，高声说道："潘爷，我正是为这碴儿来求您的。"

"求我？哈哈，我跟夏三爷之间，还用这个'求'字吗？海子，你知道我跟夏三爷是什么关系吗？"

"你们之间……呦，我……"海八爷愣了一下说道："我还真不知道。"

潘爷端起盖碗，喝了一口茶，沉思道："这么跟你说吧，没有夏三爷，就没我的今天。"

"您这话是从何说起呢？"海八爷惑然不解地问道。

"唉，夏三爷，好人呀！仁义，真是仁义呀！"潘爷感叹道："我那年到山西太谷走货。在离太谷不远的东观，一个姓孟的财主家，花了五百多现洋，买了二十多件翠件和玉件。姓孟的老家儿①在北京有银号，但少爷在老家却染上了大烟瘾，抽得一贫如洗。知道我来收活儿，少爷拿出了箱子底儿。买卖成交以后，我把物件装进一个皮箱赶紧走。天下着大雪，而且已是傍晚，我雇了辆骡车，要赶到太原，第二天早晨坐火车回北京。谁能想到赶

---

① 老家儿——北方方言，即父母长辈的意思。这个词儿北京人常用，读时必须儿化韵，快说，往往成了"老尖儿"。

车的跟贼勾着呢。我进孟家之前，就让贼盯上了。虽说我到山西走货，一般都扮成教书先生，但还是让贼跟了梢儿。车走到半道，我就让贼给绑了票，皮箱子自然成了他们的囊中物。五个贼，下手非常快，把我五花大绑，蒙上眼睛，关到一个小黑屋。大雪纷飞，天寒地冻，我像是进了地狱。真呀，海子，当时我已然断了活着回北京的念想。"

"后来呢？"海八爷急切地问道。

"后来，贼要我的通信地址和联系人。那年，我的老二久如刚出生，媳妇正在月子里。我不敢惊动她，也不想惊动柜上，怕掌柜的知道了，疑惑我其中有诈，砸了我的饭碗。思来想去，我想到了夏三爷。那当儿，我虽然还跟他不熟，但他的为人我知道，他又是山西人，我认准了他有主意能救我。贼派了俩人到北京找夏三爷，开口就要五千大洋，两天不给，就要撕票。夏三爷真够朋友，当时就答应了他们。救人要紧，他先让贼保住我的命。然后奔了山西会馆，他在北京的山西朋友太多了。不过，他知道绑匪的厉害，稍有闪失，就会出娄子，所以没惊动更多的人。夏三爷精明，他哪儿立时找这五千块大洋去？他跟朋友借了一千块大洋，冒着雪，跟贼派来的人奔了山西，在太谷县城打尖儿，他在旅馆里让人把太谷县的县长请来。敢情他跟县长是朋友，县长请他到饭庄接风，他把贼也带上了，推杯换盏，透着亲热，但没露一句绑票的事儿。其实，他是在演戏，让贼人知道他的身份。临了，他跟贼摊了牌，这事儿，他不想惊动官府，惊动的话，把贼捉拿归案，易如反掌。他对贼人说，兄弟们在江湖上行走也不容易，你们绑的是我的兄弟，不看僧面看佛面，咱们私下了结，交个朋友吧。多了，我也没有，我拿出这一千块钱，让兄弟们回家好好儿过个年。他的这番话，还真把那些贼说动了，黑道上的人讲义气，知道他的身份，又见他说出这话，当时就给他跪下了。前脚把钱收下，后脚就把我放了。大概是这些贼被夏三爷的义气感化了，放我的时候，把那个皮箱子又给了我。他们哪儿知道皮箱子里的货，何止值五千块大洋呀！海子，你看我说得对不对，夏三爷是我救命恩人呀！"海八爷听到这儿，释然一笑："潘爷，合着您的人头是用一千块大洋买回来的。"

"哈哈，从那儿起，我跟夏三爷便成了知己朋友。"潘佩衡笑道："海子，夏三爷的事，就是我的事儿，他要赔寿五爷的烟袋嘴，我已然给他预备下了。"　海八爷听了一惊："什么？您手里有现成的？"　潘佩衡站起身，指了指铺子里的博古架，说道："你看我这儿什么物件没有呀，可是选好的玩意儿，你不能看这些杂项。哦。海子，我可是在'聚珍阁'出的徒，珠宝翠玉我玩了几十年，你说手里能没点儿存货吗？"

"是呀，要不我怎么找您要辙呢。"海八爷说道。

潘佩衡转身从抽屉里拿出一个翡翠烟袋嘴，用手揉了几揉，看了看，递给海八爷说："海子，您上眼，这个烟袋嘴跟寿五爷的比，怎么样？"

海八爷接过烟袋嘴看了看，澄清碧绿，光滑润泽。他又用手掂了掂，惊叹道："嗯，不赖，冷不丁一瞅，跟寿五爷丢的那个没两样。"

潘佩衡招呼伙计用白瓷碗，盛了一碗水，让海八爷把那个烟袋嘴放进去，那碗水顿时被翡翠烟袋嘴映衬得碧绿了。

"怎么样？海子，见过这么好的翠吗？"潘佩衡端详着海八爷问道。

海八爷啧啧了两声，笑道："别说，还真没见过。翡翠这东西可真绝了，它怎么能把水都给照绿了呢？玩翠，我是棒槌，这上头真的不懂眼。"

潘佩衡从碗里捞出那个翡翠烟袋嘴，拿干布擦了擦，放在手里把玩着说道："要不它怎么那么值钱呢。"

海八爷问道："它值多少银子呀？"

潘佩衡笑道："珠宝这东西没价儿。春秋战国的时候，一块和氏璧能换十五座城。元大德时，一粒红宝石能值十四万两银子。西太后手里的一个翡翠西瓜，估价五百万两银子。"

"五百万两银子！潘爷，您别吓着我，这翡翠真就那么值钱吗？"

"当然是啦。世上的任何物件，以稀为贵，这东西少呀。能产翡翠的地方，只有缅甸的勐拱一带山区。大约明末清初，当地人才撒开巴掌开采。以前，人们并不认识翡翠，虽然断断续续能从河床子里捞出一块半块的翡翠，但管它叫绿玉。"

"那后来干吗管它叫翡翠呢？"海八爷不解地问道。

潘爷说："翡翠原本是鸟名儿。有一种翡翠鸟儿，长得很好看，公的是红色儿的叫翡，母的是绿色儿的叫翠。后来缅甸产的这种硬玉传到了中国，因为这种硬玉也是两种色，所以人们就把红色儿的叫翡，绿色儿的叫翠了。不过红的很少，到后来干脆把绿色儿的都说成翡翠了。"

"嘿，这里头这么大学问呢。"海八爷说。

潘爷捋了捋胡子，笑道："你以为珠宝翠玉这行这么好干呢？甭说别的，单说翡翠的色儿，就有几十种，有硬绿、浅绿、酽绿、鬼绿、黄阳绿、宝石绿、玻璃绿、鹦哥毛绿、白雅堂、罗锅绿、江水绿、菠菜瓜皮绿、豆青绿、葱心绿、蛤蟆绿、浅水绿、点子绿、油青、紫罗兰、白地儿俏儿、韭菜花拌豆腐……"

"有小葱拌酱没有呀？哈哈，怎这么多色儿呀！"海八爷打了个哈哈儿说道。

"还烙饼摊鸡蛋呢。你这小子，就知道吃。"

"这么多名儿，您记得过来吗？"

"这些名儿都是古玩行里的人多年品翠品出来的，外行人看不出来。其实这些名儿不是瞎叫的，都有讲儿，比方说硬绿，是说这种绿的色儿过硬，经得住考验，您在灯底下看是这个色儿，白天看还是这个色儿，阴凉地方看是这个色儿，太阳底下看还是这个色儿。鬼绿呢，它灯下看，非常好看，水头足，可是白天看，就浅了一色，拿到太阳地儿，那色儿就更浅了。放在白纸上看，是绿的，若是放在紫绒上看，却是灰的。""合着这色儿来回变？""要不怎么叫鬼绿呢。""潘爷，您说的水头儿是怎么回事？难道这翡翠是从水里出来的吗？"

潘佩衡笑了。他看了看手里的翡翠烟袋嘴，笑道："从水里出来？哈哈，你当它是鱼呢？水头儿是我们古玩行的行话。说白点儿，水头儿就是翠透亮不透亮，有没有润气儿。你看这个烟袋嘴，水头儿就足，瞅着跟一汪水似的。翡翠怕干，不论什么翠件，在水里泡两天，拿出来就显得光滑润泽，有水头儿，离开水，两三天又恢复了原样，所以精明的主儿想出手翠件，先在水里泡两天。"

海八爷听得直拨拉脑袋，叹息道："嚄，这里头的功夫深了。"

潘爷笑道："是呀，我也只是这么跟你一说，真要让你过眼，你才会知道翡翠的奥妙无穷。比如说一个翠件，除了看水头儿，还得看'地儿'，看它有没有'绺'。光翡翠的'地儿'就有几十种。得，我别跟你这儿啰嗦啦，说深了，你也听不懂。这件玩意儿你拿回去，交给夏三爷。由他给寿五爷送去。玩意儿你看了，对得起寿五爷。"

潘佩衡把手里的翡翠烟袋嘴交给海八爷。

"潘爷，那这……这物件，您是不是得说个价儿呀。"海八爷迟疑了一下说道。

"说价儿？哈哈，我们老哥儿俩之间哪有什么价儿不价儿，你以为我这儿是做买卖吗？你把东西给他就是了。但有一样，你一定得告诉他，千万别跟任何人说这物件是从我手里出来的。包括寿五爷，也别说这物件是我的。记住没有？夏三爷不是当着众人说，他爷爷传下来一个烟袋嘴吗？好，就照这个意思说。"

海八爷一时没弄明白，这里有什么忌讳，但见潘爷说出这话，他不便深问，依着他的意思，点头道："您放心吧，我会把您说的这话，告诉夏三爷。"

"我琢磨着他会懂我的心气儿。"潘佩衡拍了拍海八爷的肩膀。

海八爷讨好地笑了笑，说道："今儿在您这儿我可开了眼，长了多少辨翠的学问呀。有意思。潘爷，您干脆收我当徒弟吧。"

潘佩衡笑道："你小子又打哈哈儿，我收你当徒弟，浩贝勒爷不找我算账呀？夏三爷也不干呀。'同义居'还指望着你帮他张罗呢。你呀，还是踏踏实实遛马吧，那活儿没两下子也干不了。"

海八爷跟潘佩衡逗了一句："您瞧，根节儿上您又往后退，得，屎壳郎进花园，不是这里的虫儿，我还是卖我的力气吧。"

"不是我不收你，爷儿们，土地爷吃窝头，享不起大贡献。我这庙太小了。"潘爷跟海八爷过了几句哈哈儿，海八爷起身告辞。

海八爷从"赏古轩"出来，已是掌灯时分。回到"同义居"，寿五爷那帮老酒友早已各自打道回府。大酒缸又上来一拨儿新的客人。

这拨人多是做小买卖的，拉脚的，扛大个儿的，拉洋车的，送水的，耍手艺卖苦力的爷儿们。到了灯晚儿，这些人收了摊儿，下了工，溜达到大酒缸，喝二两"烧刀子"解解乏。有的点两碟小菜，有的干脆直接白嘴喝，大酒缸透着热闹。

海八爷跟几个老熟人打过招呼，拉着夏三爷直接奔了后院。夏三爷告诉他寿五爷的那个烟袋嘴到了儿也没找到。

海八爷把潘佩衡送的烟袋嘴拿了出来，又把前后经过讲了一遍。

自然，夏三爷看到这个烟袋嘴很高兴，话里话外流露出对潘爷的感激之情。

海八爷说："三爷，我可是打了自己的脸。潘爷嘱咐我半天，让我别告诉您，这个翡翠烟嘴是他的，我跟您不能隔心，可全抖落出来了。"

夏三爷沉吟道："潘爷是买卖地上的人，他知道欠着我的人情，怕我知道了又往回找。嗯，他也是好人呀！得，他的这份情我领了。你放心，我在他面前，不会把你卖喽。"

夏三爷拿到这个翡翠烟嘴，想立马儿给寿五爷送去，但是看看，天色已晚，他决定明天再去寿府。

海八爷抖了个机灵，把刚从潘爷那儿趸来的学问卖弄了一下，让夏三爷现找了个白瓷碗，把那烟袋嘴泡上了。

夏三爷说："你小子出的是什么幺蛾子？怎么翡翠还要用水泡呀？"

"三爷，这叫先'养'后放。逗吧？我从潘爷那儿学来的。"海八爷笑道。

夏三爷给海八爷打了两碗酒，上了几碟小菜，俩人又聊了一会儿，海八爷才回家。

第二天一早，夏三爷从碗里捞出那个翡翠烟袋嘴，细细把玩了一番。太阳已经升起来，他拿着烟袋嘴冲着太阳照了照，翡翠碧绿。他不懂翡翠，但他相信自己的老朋友潘佩衡。潘爷手里的玩意儿错不了。

夏三爷是重脸面的人，他不想为了一个翡翠烟袋嘴，让人嚼舌头根儿。这个烟袋嘴不赔给寿五爷，他这辈子都会落下一块"心病"。现在抓到了药方，他得赶快除去这块"心病"。想到这儿，他换了一件大褂，揣着烟袋嘴，奔了寿府。

寿五爷早早儿地起来，刷了牙漱了口，吃了早点，在院子里的藤萝架下摆弄他的百灵。这只鸟确实透着灵，头天在大酒缸那么大的响动，愣没把它惊着。

夏三爷进了院，见寿五爷一边给百灵喂食，一边嘴里叨唠着跟它过话。他跟寿五爷打了揖，没敢言声，站在一边看着。

约摸过了一袋烟的工夫，寿五爷才拎起鸟笼子，落了罩，挂在藤萝架上，转过身跟夏三爷打招呼："三爷，您是贵客呀。今儿怎这么早班儿呀？"

　　夏三爷拱了拱手，笑道："我怕耽误五爷抽旱烟，给您送烟袋嘴来了。"

　　说着，他从怀里掏出那个翡翠烟袋嘴，递过去。

　　寿五爷看也不看，哈哈笑了两声。"你们呀，拿起棒槌就穿线，有这么认真（纫针）的吗？我不是告诉你们了吗？那烟袋嘴丢了就丢了，你们怎还这么气迷心呢？嗯，拿来，就放在那儿吧。"寿五爷回身指了指藤萝架下的石桌。

　　"嘻，这烟袋嘴是我爷爷留下来的。我也不抽烟，搁着也是搁着。您对付着先用着吧。"夏三爷把烟袋嘴放在了石桌上。

　　"坐下呀，在我这儿呆一会儿。"寿五爷张罗着让管家给夏三爷沏茶。

　　夏三爷摆了摆手说："五爷，您甭劳神，我坐不住，铺子还等着我去照应呢。"

　　"得，你忙，我就不留你了。"寿五爷嘿然笑了笑，打了个沉儿道："你说这世界上的事儿怎么这么怪呢？啊？那烟袋嘴会好模奂样儿地没了。哈哈，我回到家还琢磨这事儿，是不是老佛爷在阴间想抽旱烟了，把这东西又给要了回去？嗯？哈哈哈。"

　　"五爷，您可真能琢磨。"夏三爷随声附和地跟着笑了起来。

　　俩人又扯了几声闲篇儿，夏三爷起身告辞，快走出大院门，又被管家给叫了回去。

　　寿五爷站在正房的台阶上，亮着大嗓门对夏三爷说："三爷，你轻易不到我这儿来，我别让您空着手走呀！"

　　"呦，五爷，您这就见外了。"夏三爷道。

　　"去，把我柜子里的那件美国皮猴儿拿过来。"寿五爷对管家说。

　　"是啦您呐。"管家迟疑了一下，答应着进了屋。不一会儿，拎着一件皮猴儿出来，交给了寿五爷。

　　寿五爷把皮猴儿抖落抖落，递给夏三爷说："拿着，我看胖瘦你穿着合适。"

　　夏三爷接过皮猴儿，有点难为情地说："五爷，倒背手作揖，您这算哪一礼呀？这东西这么贵重，我可受用不起。"

　　寿五爷一摆手说："这是什么话？你怎么会受用不起？我让你拿着，你就拿着。"

美国皮猴儿，是美国军官穿的一种便装，面料是加麻的棉纺硬布，里子是水獭或旱獭，缝着许多兜，带帽子，皮猴儿上有不少拉锁，这种皮猴儿非常贵重。甭别的，单说衣服开身的大拉锁就值十几块现大洋。

美国皮猴儿和自行车这两样洋货，是民国初年京城富家子弟夸财斗富的两样儿时髦的玩意儿。夏三爷没想到寿五爷会给他这么重的礼。

"五爷，我这岁数和身份，穿美国皮猴儿？您这不是烧我吗？"夏三爷不好意思地说。

"让你拿着就拿着。五爷我今儿高兴。怎么你嫌它小气吗？"寿五爷挑起了眉毛说道。

"不不，我是觉得这礼太重了。"

"什么礼不礼的，谁穿不是穿呀！得，你走吧，我不送了。"寿五爷朝他一摆手，转身回了屋。

夏三爷知道寿五爷的脾气，不再争执，拎着皮猴儿回了大酒缸。路上，他心里琢磨着，这件皮猴儿该送给海八爷。他从心眼里喜欢这小伙子。

海八爷回到家，一宿没睡踏实觉。夜里起来好几次，点上煤油灯，打开秀儿送给他的那个手帕，细品那两朵荷花。看着看着，他眼前便浮现出秀儿的笑模样。秀儿脸上的神情里藏着东西，她的柔情，像是她画的质朴的荷花。她笑得是那么得体，那么含蓄。 他是糙人，不懂得荷花的情趣和浪漫，他长这么大，没有感受过这种柔情。秀儿的眼神像是把他的魂给勾了过去。他是有血有肉的壮小伙子，他身上的肌肉一疙瘩一块，紧紧绷绷的，一想到荷花蕴含着秀儿的真情和爱意，他周身的血液就会奔涌，心也跟着突突直跳。 荷花虽好，但他不敢轻易动手去掐她。礼义纲常管束着他。海八爷知道秀儿是夏三爷的眼珠子，也是她妈的贴身小棉袄。夏三爷不说话，他不敢对秀儿有非分之想。但他是发自内心地喜欢秀儿。他从秀儿的眼神里，也看出了秀儿对他的好感。要是这辈子能娶了秀儿，那是多大的造化呀！他是实在人，在情感上也没那么多卿卿我我。一杆子扎到底，讨个好媳妇过上好日子，再有一个俩个大胖小子，这辈子就是世界上最滋润的人了。但是话又说回来，秀儿真能看得上他吗？她的模样儿长得那么俊秀，又知书达礼。他呢，一个遛马的马倌儿，房无一间，地无一垄，是个穷光蛋，秀儿能跟他？即便是秀儿喜欢他，夏三爷和夏三奶奶能干吗？把个宝贝闺女嫁给一个遛马的，老两口儿就这么心甘情愿？ 这一宿，海八爷在炕上思来想去地翻烙饼，几乎没合眼，直到天亮，他也没想明白。

鼓楼的更夫敲了五更鼓，他便下了炕，洗了把脸，在胡同口的烧饼摊儿，买了两个烧饼，顾不上吃，揣在怀里，便一口气奔了浩贝勒爷的马号。他要赶在开城门之后，头一个牵着马出城。

安定门外五里地有一大片草地，草长得十分茂盛，地界也开阔。驯马的师爷说，让马吃带露水的草好消化。他弄不懂这里的名堂，一切都听驯马师的。

马跟海八爷已经成了朋友，它们通灵性，似乎能体会出海八爷的喜怒哀乐。它们很听话，海八爷让它们干什么，它们就乖乖地干什么。海八爷闷了的时候，一边看着它们吃草，一边跟它们聊天。长年在草地上放马，也造就了海八爷豁达开朗的性格。

海八爷松了缰绳，让两匹马自由自在地在草地上撒欢。他脱了小褂，伸展四肢，活动活动筋骨，打两套拳，然后找个小土坡坐下，吃他买的烧饼。

干吃烧饼，有点儿噎得慌。离这片草地不远有片瓜地，附近有口甜水井。他跟看瓜的老爷子混熟了，有时到他那儿从井里打一筲水，咕咚咕咚喝下去。有时，那老爷子从瓜地里摘个瓜，拿刀切开，让他解渴。

填饱了肚子，他便伸个懒腰，仰面躺在草地上。闻着草香，听着虫鸣，看着澄净的天空浮动的白云，他的心也变得澄净了，人世间的一切忧愁烦恼，都随着天上的白云飘走了。

但是，自打秀儿给了他那个荷花手帕，他的心里多了个影子，也多了几分美妙的幻想。他望着天上游动的白云，仿佛是看那个白手帕，心里想着秀儿。噢，要是这个时候，秀儿在他身边该多好呀！

他心里闷得发慌。从草地上爬起来，走到马的身边，这匹马叫"紫燕子"，正在悠闲地低头吃草，看到他过来，摇了摇尾巴，侧过脸，把脸依偎在他的身上。

他轻轻地摩挲着"紫燕子"的鬃毛，跟它说了一些想跟秀儿说，又不好意思说的话，那马打着响鼻，晃动着尾巴，好像是听懂了他说的是什么。

"唉，'燕儿'，你听懂什么呀？你不懂我的心事呀！"他叹了口气，拍了拍"紫燕子"的脖子

天已大亮，太阳已然晃眼。海八爷看了看天儿，嘴里哼着戏词，把两匹马吆喝过来，拉上缰绳，往城里溜达。他不懂京戏，只是瞎哼哼，过过嘴瘾。

海八爷牵着马，来到浩贝勒爷在胡同西口对面的大院。这里原来是王府的后花园，地界不小，后来荒芜颓败，被浩贝勒爷辟为骑马驯马的地方。

驯马师鲁爷从海八爷手里接过缰绳，在马身上拍了拍，对海八爷说："你今儿愣会儿再走。""有事儿，鲁爷？""嗯，有事儿。"鲁爷哼了一声。 鲁爷的本名叫鲁噶巴松，是蒙古人。汉语说得不利落。所以您问他什么，他只是哼哈地简单说两句。

鲁爷三十出头，方头大脸，身材高大，非常壮实，性情之中有几分剽悍。他原本在蒙古草原放牧，是草原有名的骑手。有一年，浩贝勒爷到蒙古选马，发现鲁爷不但是出色的骑手，相马驯马也有一套绝活儿，便把他收到自己的门下，当了驯马师。

跟鲁爷一块儿驯马的师傅关二爷，对海八爷说："兄弟，浩贝勒爷要跟洋人赛马，让咱们跟着去。"

"我这个遛马的也有份儿吗？"海八爷问道。

"没份儿，鲁爷能让你留下别走？贝勒爷要样儿，凡是去的，每人都给置身行头。你等着吧，待会儿绸布庄来人给咱们量尺寸。"关二爷说道。

海八爷笑道："锅盖上画鼻子，好大的面子呀，得嘞，这回咱也跟浩贝勒爷出息出息。"

浩贝勒爷是皇上的近亲，不到三十岁就受赏一等宝星勋章，当上了军咨大臣，后来还被民国大总统徐世昌授了个将军的头衔。虽然这不过是个虚名，但说明他的势力不减当年。浩贝勒爷曾经出国考察过军事，所以跟英、美、德、意、日等驻华使节的关系密切。

这些洋人中也有不少好玩马的主儿，得知浩贝勒手里有几匹名马，而且在京城玩马有一号，便由英国人史密斯出面，跟他赛一场。

浩贝勒那年三十出头，爷劲儿正冲，听到洋人要跟他赛马，一下来了精神头儿，当下就跟史密斯商定了时间、地点和赛马的规矩。

　　洋人赛马的规矩很多，照史密斯的主意，这次赛马要按英国的规矩办。浩贝勒爷满口答应下来。依他的心气儿是想在洋人面前露一手。大清国自打"甲午海战"以后，净受洋人欺负了。在他看来，没有洋人入侵，大清国也完不了。

　　别瞧他经常跟这些洋人走动，心里对他们却恨之入骨。这回赛马，他憋着在洋人面前抖抖威风，为了体现皇家的威仪，他决定从驯马师到遛马的海八爷都出场，站脚助威，而且，从头到脚穿一水儿的赛马服。

　　海八爷哪儿知道浩贝勒爷赛马的意图，甭管怎么回事，先落身体面的行头穿。他长这么大没做过像样的衣服。

　　裁缝挨着个儿给这帮马倌儿们量体裁衣。海八爷让裁缝量完了尺寸，跟人家逗了句闷子："就做一身呀？冬天穿的不管啦？"

　　裁缝是个老头儿，打量着他，笑道："管呀，只要您掏银子，做多少身都行。"

　　"得了，做多了，我没地方搁，有一身穿，够了。"海八爷打着哈哈儿说。

　　海八爷折腾到半晌午了，才赶到大酒缸。此时，上午就来泡大酒缸的那拨闲人们已然走得差不多了。他朝屋里扫了一眼，见"荷花程"和叶翰林围着大酒缸，嚼着花生豆，喝着"汾州白"，在小声嘀咕什么。

　　他走过去，打了个招呼："二位爷，还没喝痛快呢？"

　　"荷花程"聊得正入境，被海八爷打断，他猛然抬起头，看了海八爷一眼，说道："哦，还没聊痛快，你今儿可是晚班呀。"

　　海八爷大大咧咧地笑道："嗯，有点事儿耽误了。"

　　"荷花程"嚼了个花生豆，笑道："耽误什么，也别耽误了喝酒呀，来吧爷儿们，先喝一杯。"他从酒壶里倒了一杯酒。

　　"谢了程爷，您二位接着聊，我别误了您的正事。"海八爷打了个揖，笑道："我喘口气，再喝。"

　　"我们这儿哪有什么正事呀？"叶翰林随口说道。他的脸喝得红扑扑的，像是猪肝。

　　"哎，海八爷，听到什么新闻没有？""荷花程"似乎更关心时局。

　　海八爷往前凑了凑，压低嗓门说："新闻？您见天看报，比我知道的多呀！我听说徐世昌大总统要辞职了。"

叶翰林笑道："你这都是哪年的皇历了？黎元洪当大总统都好几个月了。哈哈。"

"得，我这刚出锅的窝窝头，又撂陈了。对时局我是越来越糊涂。您二位爷聊吧。"

海八爷过了句哈哈儿，扭脸要奔柜上。在他转身的时候，被凳子绊了一下，没留神，腰里的那块荷花手帕掉在了地上。"荷花程"眼尖，猫腰把它拾起来，笑道："呦，海八爷，如今身上也染上脂粉气了。出门还带块手帕。"

没等海八爷回身，叶翰林把手帕接了过去，说道："我瞧瞧，这手帕不像是海八爷的吧。"说着，他把手帕展开，笑了笑："哦，这上头还画着两朵荷花呢！"

"荷花？我瞧瞧。""荷花程"欠身接过手帕，看了看。

这两位爷弄得海八爷一时有点儿抹不丢的。

"二位爷别拿我打镲了。"他一把将手帕夺了过来。扭脸看了看正在柜上忙着的夏三爷，赶紧把手帕叠好，放回衣裳的口袋里。

"荷花程"诡秘地一笑说："怎么，海八爷的这块手帕还有什么故事由儿吗？"

海八爷往前凑了凑，咽了一口气，悄声道："不瞒二位爷说，这里确有典故，可在这儿不便说。程爷多包涵。改日我到您府上细聊。"

"荷花程"是急性子，听海八爷给他拴了个"扣儿"，忙说："干吗？还想抻着我是吧？甭改天了，你要是今儿得空儿，我在家里候着你。"

海八爷想了想说："行，我耽误您一会儿时间。程爷，弄不好这档子事儿还得请您替我拿主意呢。"

"荷花程"跟叶翰林会意地笑了笑，对海八爷说："好，咱们一言为定。"

夏三爷觉得心里堵得慌。海八爷从他脸上的神色，看出他心口窝儿扎着一根刺儿。尽管他的脸上依然挂着笑纹，但海八爷知道这种笑意是勉强挤出来的，是有意让人看的。夏三爷不想让人看出他内心的烦恼。

海八爷不愿给夏三爷再添堵，打了几句哈哈，喝了两碗"烧刀子"，又吃了一海碗柱子做的刀削面，便找了个借口走了。他不愿在"同义居"多呆，除了有夏三爷的缘故，也懒得看柱子的冷脸子。"得了，别在这儿起腻了。"他走的时候心里说。 夏三爷琢磨了好几宿，也没解开这个扣儿：寿五爷的烟袋嘴怎么会突然一下没了呢？谁下手这么快呢？他把当时在场的人挨个过了一遍筛子，末了儿也拿不准是谁干的。除非天桥变戏法的"快手刘"有这本事，能在人们打愣儿的时候，从烟袋杆上撸下那个翡翠烟袋嘴。他相信在场的那些人，谁也没有"快手刘"的功夫。

上午，潘佩衡来大酒缸坐了一会儿。他跟潘爷念叨了好几遍。

"算啦，别去琢磨它了，不是已然赔了寿五爷一个翡翠烟袋嘴了吗？你又没丢面子。"潘爷淡然一笑说。

夏三爷拧着眉毛问潘爷："你帮我琢磨琢磨谁会犯小？"

潘爷笑道："我怎么能知道呢？不过，这事儿早晚得水落石出。他要是觉得东西好，绝对在手里存不住。北京的古玩行您还不知道，有件好东西露头，谁都能知道。您放心，纸里包不住火，寿五爷的那个翡翠烟袋嘴，许多人都盯着呢。"

潘爷掰开了揉碎了，劝了夏三爷半天。

夏三爷的脑子还是转不过弯儿来，不光是舍脸，搭出一个烟袋嘴的事儿。他总觉得这事不明不白的，心里硌硬得慌。

柱子一口咬定是海八爷干的，他并不知道赔寿五爷的那个翡翠烟袋嘴，是海八爷从潘爷那儿找的。

"跑不出是他。您甭琢磨了。我敢对天起誓，那烟嘴是海八爷给顺走了。"柱子的嘴快咧到了腮帮子上。

假如没有丢银勺子那档子事，柱子说的话，夏三爷会往心里去。但那把银勺子让夏三爷知道了柱子的为人。

他瞪了柱子一眼："冲天发誓，你瞧见他拿了吗？"

柱子阴不搭地说："除了他，还能有谁呢？我还不知道他？他眼下正攒钱找媳妇，罗锅儿上山，钱（前）紧。"

夏三爷绷起脸，戗腔道："钱紧，就去顺手牵羊吗？你不是也缺钱花吗？照这么说，我是不是也怀疑你偷了寿五爷的烟袋嘴呀？嗯？海八爷是大酒缸的老主顾，抬头不见低头见，你平时也跟他处得不错，怎么能这么背后拿舌头卷人呢？"

这几句话，把柱子给噎得够呛。刮大风吃炒面，他没法开口了。

寿五爷的翡翠烟袋嘴成了一个谜，这个谜底直到几十年以后才揭开，不过那时夏三爷这茬人大都已作古了。他到死也没弄明白，这烟袋嘴怎么没的。

第八章 清风阁"荷花程"遇印月

"荷花程"大号程伯龙，字静虚，自号冰壶，又号道痴。文人墨客的姓名又是字又是号的，跟一般草民相比忒乱得慌。画坛的朋友叫他伯龙，那些官面上的人见了他，则呼其号，叫他冰壶。到了大酒缸，人们就省事了，直接叫他绰号"荷花程"。

"荷花程"在大酒缸的常客中，算得上一个人物。在夏三爷的眼里，他和叶翰林都属于雅士，能到大酒缸喝酒，是给他撑面。

"荷花程"住家在鼓楼东大街南边的黑芝麻胡同。这是一条老胡同。听这胡同名儿，您会以为它跟黑芝麻有关，其实不然。在明朝的时候，这条胡同叫何纸马胡同。

为什么叫这么个地名儿呢？敢情明朝的时候，宗教盛行，人们迷信死后要到阴间生活，过日子得有车马，腿儿着不行。所以人死了以后，入葬之前要烧纸人纸马。这些东西俗称"冥活"。当时这条胡同糊纸人纸马的"冥活"作坊有二十多家，其中有个姓何的开了一家"七巧斋"作坊，糊的纸马跟真马似的，在京城很有名，所以把这条胡同叫"何纸马"。

那会儿的胡同儿也没有标志牌，叫什么名儿都是约定俗成，以口相传，叫着叫着，到了清代，"何纸马"就变成了"黑芝麻"。老北京这种以谐音讹传的胡同名儿很多。

这条胡同的大宅门不少，光绪年间的内务府大臣奎俊的宅子就在这条胡同。奎俊跟寿五爷的父亲是同僚，但爵位比他高。"荷花程"的宅子离奎俊府不远，是一个比较规矩的四合院。

院子不大，却种满了花草树木。"荷花程"是画家，喜欢花草是他的天性。他特地把花把式刘炳宸请来鼓捣这些植物。

刘炳宸是行家，给他淘换到许多稀罕的树种，其中一株紫玉兰是京西潭柘寺的种儿。院子里除了常见的月季、杜鹃、扶桑、茉莉、茶花、西府海棠、栀子、桂花、倒挂金钟等木本花卉，还有铁丝蕨、观音座蕨、六月雪、万年青、银王亮丝草、龟背竹、喜林芋、金边凤、孔雀竹芋、玫瑰竹芋、鸭跖草等从南边引进来的观叶植物。刘炳宸拾掇花草非常上心，把小院子弄得像个小花园。进了院子，满目芬芳，幽香扑鼻。

"荷花程"祖籍湖北公安，跟晚明散文"公安派"的袁中郎是同乡。他对袁中郎的文章和人品极为推崇，八岁时写的文章，让私塾先生拍案叫绝，称他是奇才。他十岁进京，当时他父亲在翰林院任编修，官居五品。

他做过举人，本想考进士，走仕途，但光绪三十一年废除了科举，他断了当官的念想。老父亲在八国联军攻打北京时，连忧带吓，一命呜呼，生前并没有什么产业，只给他留下一所小院。三个姐姐已经出阁成家。"荷花程"不求功名，看破红尘，躲进小院成"一统"，以卖画为生。

清末的北京画坛，除了同光年间的秦炳文、张士保、汪昉和光绪末年的"三生"：姜颖生、元博生、兴棐生以外，几乎没有出过什么大画家。直到民国初年，北京再度成为文化中心，各地画家来此卖画求生，画坛才活跃起来。其中有名的画家有来自浙江的金城（金北楼）、陈年（陈静山），江西的陈衡恪（陈师曾）、王云（王梦白），安徽的萧谦中，湖南的萧俊贤（厔泉）、齐白石等人，再后来又有溥雪斋、溥心畬、于非闇、刘奎龄、俞明、陈少梅等大家。诸家不论在山水人物画，还是在花鸟写意上，力排清中叶以来"四王"末流纤弱的画风，自出新意，形成雍容雄奇，内敛野逸的北派风格。

"荷花程"跟姜筠学过画，又与金城、陈年是好友，他的画名虽不大，但功力不俗，尤其是"红花墨叶"的写意画，得法于柴龚贤，得笔法于石浩，得章法于瞿梅清。皴染兼具，雄浑奇异，苍劲秀润，巧拙并施，惊为奇笔。

奇笔归奇笔，那当儿画家在琉璃厂、隆福寺挂笔单，收入甚微。吃笔墨这碗饭，真应了老古玩铺的那句话："半年不开张，开张吃半年。"

不过，金城当了国会议员和国务院秘书以后，除倡立"古物陈列所"（故宫博物院前身）外，还创办了中国画学研究会。金城惜才，见"荷花程"贫困潦倒，为了接济他，让他隔三差五到那儿作画讲学，得点儿润笔费和报酬。

"荷花程"的原配夫人早已病故，留下一个儿子，名字叫道生，那当儿刚九岁。"荷花程"跟原配夫人属于门当户对，两小无猜的"娃娃亲"。夫人生前，二人感情深厚，所以夫人去世后，他一直没续弦，自然这里也有贫困的原因。

原本雇了个老妈子照看儿子，后来，他结识了印月，印月仰慕他的人品和画风，心甘情愿，到他家侍候他的生活和照顾孩子。他便把老妈子给辞了。

说起"荷花程"和印月的缘分还有一段缠绵悱恻的故事。印月是"荷花程"给起的名字，她原来的艺名叫"雪花飘"。是前门外"八大胡同"清吟小班"清风阁"的妓女。

老北京的妓院分着等级，清吟小班属级别最高的。这儿的妓女一般都是色艺双全，会诗书棋画，也能吹拉弹唱，可谓多才多艺。妓女多是从小调教。

老鸨为了调教这些妓女，算是煞费苦心。派人从江南一带连拐带买一些八九岁长得顺眼的小女孩，弄到北京以后，找专人授艺，从小就让她们接受艺术熏陶，长到十六七岁，便开始接客。

"雪花飘"祖籍江苏丹阳，她压根儿不知自己的生身父母，只记得有个养父姓陈，是丹阳县城卖烧饼的，因为脸上有麻子，又卖芝麻烧饼，人称"麻二"。

"麻二"穷，长得又寒碜，混到快五十了，还没有找到媳妇，他住在县城边上，两间土屋，一间支灶烙烧饼当门脸，另一间自己住。平时烙好烧饼，便挑着挑儿下街吆喝卖。卖完了，在城里的小酒馆，喝得醉么咕咚地回家。

那天，他喝了酒，带着几分醉意，挑着空挑儿，晃晃悠悠地往家走，走到河边，猛然听见"呜哇呜哇"的婴儿啼哭声。

他放下挑子，闻声寻去，夜色朦胧，只见树丛中，有个襁褓。他抱起来，打开一看是个一岁多的女婴。

"麻二"嘿嘿一乐：这是老天爷看我娶不上媳妇，恩赐给我的孩子呀！

"麻二"把孩子抱回家发了愁。天上掉下一个娃儿，让我给捡着了，好事是好事，可怎么养活她呀？好在街坊四邻挺善良，见"麻二"捡了个孩子，不会喂养，这家女人抱去奶两天，那家女人抱去喂两天，不知不觉地愣把这孩子喂大了。

孩子两岁的时候，长得天真可爱，在"麻二"隔壁开店的裁缝，给她起了个名儿叫陈天凤，意思是从天上飞下来的凤凰。

自从有了天凤，"麻二"的生活有了亮光，日子也有了奔头，劳累一天，晚上逗逗孩子，奔五十的人了，他才享受到一点天伦之乐。

谁想到"麻二"的命薄，天凤五岁的时候，他得了一场大病，求医问药，也不见好。"麻二"卧床不起。隔壁的裁缝看天凤没人照看，便把她接到自己家住。

正在这时，"清风阁"的老鸨冯四奶奶放出风说要添新丁，人贩子马五得到信儿，立马儿坐火车奔了江南，来买孩子。

马五他们在江南都有"眼"，只要他一来，那些"眼"就知道自己发财的机会到了。"麻二"的邻居中有个游手好闲的无赖叫阿喜，就是马五的一个"眼"。

阿喜早就瞄上了天凤，得知马五来了，"麻二"又病在家中，他找到了下手的机会。两块芝麻糖，就把天凤从裁缝家骗出来，蒙上眼睛，堵上嘴，夜里送到了马五那儿，马五给了阿喜十块大洋。转过天，坐火车回北京，以二百块大洋，把天凤卖到了"清风阁"。

"麻二"没了天凤，急火攻心，一口气没上来，死在床上。他到死也不知道女儿是怎么丢的。裁缝两口子觉得对不住"麻二"，跟街坊们一起把"麻二"的后事办了，夫妻二人离开了丹阳，到镇江另谋生计去了。这些事天凤都不知道了。

天凤和另外几个女孩被冯四奶奶养在深闺，习文弄墨，弹琴学画，长到十五六岁，出落得亭亭玉立，皮肤白皙，冰肌玉肤，明眸皓齿，貌若天仙。冯四奶奶给她起了个芳名叫"雪花飘"。

自然，冯四奶奶不会拿她当花瓶，得用她当"摇钱树"。经过一番调教，"雪花飘"开始接客。那年她不到十六岁。

当然，她对自己的生辰八字永远是糊涂的。当年"麻二"把她从河边的树棵里捡回家，也搞不清她是一岁还是两岁。

"雪花飘"在"清风阁"飘进来的可不是雪花，而是像雪花似的大洋。她的皮肤和容貌，她的聪明伶俐，她的多才多艺，她的善解人意和温柔妩媚的笑容，很快使她成为"清风阁"挂头牌的名妓。即便在当时的"八大胡同"也红得发紫。

一晃儿六七年，"雪花飘"在"清风阁"接了多少客，她也记不清了。这些嫖客有政客、军阀，有商人富贾，也有文人雅士。都是有头有脸的人。她也搞不明白，这些人为什么在她身上这么舍得花钱？好像是偿还风流债，不在她身上扔钱，心里难受。

当然，这些钱都进了冯四奶奶的腰包，她落下点金银首饰，还得掖着藏着。

让她能记一辈子的是头一次接客，她战战兢兢，被一个自称是国会议员的爷破了瓜。冯四奶奶自然没便宜了那位爷。他在"清风阁"跟"雪花飘"泡了两天，扔进去两千多块大洋。后来她才弄清楚，那位爷压根儿不是什么议员，而是一个广东商人。

"荷花程"到"清风阁"嫖妓纯属于偶然。原配夫人去世后，他独自带着儿子，日子过得苦寂沉闷，再加上时局不稳，战事不断，他心里没着没落的。为了排遣苦闷，他成了"同义居"的常客。每天到大酒缸坐一会儿，以酒解愁，再跟诸位爷山南海北地聊些闲篇儿，他的心里才觉得敞亮一些。

当时，"荷花程"在京城画坛已小有名气。北洋政府国务院的秘书乔本舒，在琉璃厂看上了"荷花程"画的荷花，时逢北洋政府国务卿徐世昌的一个姨太太要过生日，这位姨太太素喜荷花，乔本舒为了拍马屁，想让"荷花程"单画一幅荷花图，送给这位姨太太当寿礼。没想到在"荷花程"这儿吃了闭门羹。

画店的掌柜的拐弯抹角儿找到了"马前"的弟弟"马后"，让"马后"找"荷花程"讨画儿。"马后"在街面儿上跟各界都熟，应了这个差，当了说客。

"马后"跟"荷花程"把实情一说，"荷花程"蹿了房檐子。[①]

您别看"荷花程"穷困潦倒。但他的骨头不软，不为五斗米折腰。本来他的荷花图已画了一半，听说乔本舒要他的画儿，是送给徐世昌的姨太太，他一生气，愣把画了一半的画儿给撕了，连同画笔也给撅断了。

---

① 蹿了房檐子——北京土话，气急了发火的意思。

敢情当时袁世凯正密谋恢复帝制，想当"洪宪"皇上，举国的正义之士，为老袁此举义愤填膺。世人皆知徐世昌是老袁的铁杆幕僚。"荷花程"岂能为几百块大洋的润笔费而毁了自己的名声？

"荷花程"虽然心里不情愿给乔本舒画画儿，但嘴上不能明说，他把"马后"拉到书房，苦笑道："钱爷看过孙过庭的《书谱》吗？"

"考我是吧？我不懂书又不懂画，看这个干吗？""马后"咧了咧嘴说。

"荷花程"道："孙过庭在《书谱》上论书有'五乖五合'之说，何谓'五合'？用大白话说就是心情愉快，天气和润，好纸、好笔、好墨，好的环境，引出的写字绘画兴趣，是为'五合'，反之则为'五乖'，我现在心情不好，正是'五乖'的时候，写不出来画不出来。"

"马后"说道："您给乔爷画也'五乖'吗？"

"荷花程"道："别说他了，皇上二大爷来，我'五乖'着，也不画。你明告诉他吧。"

"马后"见他撅了画笔，又说出这话，眼直了。没辙，他只好把见到的听到的告诉了画店掌柜的。

乔本舒没料到"荷花程"会有这一出。他已然跟徐世昌的仆人露出口风，要送姨太太荷花图。"荷花程"撅了画笔，这不让他坐蜡吗？

他的同僚见乔本舒动了气，劝他说，京城画画儿的高手并不是"荷花程"一人，他不画，可以找别人画嘛。偏偏乔本舒是气迷心，非要叫这个板。

他对同僚说："别的画家画得再好，我也不要，我就要程伯龙画的。"

敢情乔本舒跟叶翰林有几面之交，他拎着两个蒲包来找叶翰林，把这事跟叶翰林说了。叶翰林知道"荷花程"的脾气，本不想管乔本舒的事儿，但经不住乔本舒的几句好话。

他想了想，画家的画儿，给谁不是画儿呀？能挣到钱是真的。便对乔本舒说："这事儿你就交给我吧。画儿画得了，你给他打个结实点儿的包就是了。"

乔本舒说："这还用您说吗？只要他肯画，我多少钱都出。"

叶翰林扭脸儿拎着两瓶老酒，奔了黑芝麻胡同，去找"荷花程"。

他知道要讨"荷花程"的画儿，得拿"杜康"说话。"荷花程"喝了酒，画出的画儿透着神韵。

叶翰林见了"荷花程"，装作压根儿不知道乔本舒求画儿的碴儿。"荷花程"跟他磨叨这事儿，他还顺着他说，这么做就对了。

绕了几个弯儿，叶翰林说有位老先生从广东来北京，仰慕他的大名，欲求一张墨宝。"荷花程"一听从广东来的人求画，二话没说就应了。

几天以后，叶翰林和"荷花程"在大酒缸见了面，"荷花程"借着酒劲儿，把画好的荷花图交给叶翰林。

叶翰林打开一看，只见八尺整纸上，笔势飞扬，墨荷之中，几株不蔓不枝的莲花，亭亭玉立，水中有几只青蛙，或游或跳，栩栩如生。荷叶之上有两只红蜻蜓，翩翩展翼，生动有趣。此画笔法纯熟，烘染细微，寓意画外，深得八大与虚谷的写意妙法。

画外的留白处，有一首小诗作题识：半脱莲房露芙蓉，绿荷深处有蛙声。只应偶染阑台上，独见濯清映日红。道痴醉意写。

"妙手！真！妙手！"叶翰林击掌叫道。

夏三爷和大酒缸的那帮酒友也看了啧啧称赞："真不愧叫您'荷花程'！"

"荷花程"听了不以为然地一笑置之。

这幅荷花图自然经叶翰林之手，到了乔本舒那儿。

"荷花程"的这幅荷花图，让乔本舒在徐世昌姨太太那儿露了脸。乔本舒借机谄媚，意在让这位姨太太替他在徐大人那儿吹吹枕边风，谋求一个司长的肥缺。

这幅荷花图讨得了姨太太的欢心，她果然替乔本舒在徐大人面前美言了几句，徐世昌对这位姨太太宠爱有加，百依百顺，自然不便拂其动意。

两个礼拜后，乔本舒抛出的石头终于有了回音儿，那幅"荷花图"换来一缕祥光，徐大人的姨太太没白费唾沫，一道旨令下来，乔本舒荣升了司长。后来这道祥光变幻成祥云，徐世昌当上临时大总统以后，乔本舒又跟着沾了光，当上了一个部的次长。

乔本舒是安徽人，在洋学堂读过书，还留过洋，但他的精力没花在做学问上，也对当时的革命风潮不感兴趣。而是混迹官场，四处钻营。其实，他没什么背景，不过是一介书生，但是他二十多岁，就把官场上的那点儿事看明白了，他把这归纳为八个字：吃吃喝喝，吹吹拍拍。仗着溜须拍马，八面玲珑，他居然在官场上一马平川。

乔本舒升迁以后，自然春风得意，这让他想到了那幅荷花图带来的好运。想到荷花图，自然也就想到了"荷花程"。

他是气迷心，有意想跟"荷花程"逗逗闷子，尽管他压根儿没见过"荷花程"，但对他一直耿耿于怀，很想在他面前抖抖份儿。

他这会儿已然是民国政府的司长了。他不信"荷花程"对司长也不买账。

乔本舒不会去直接请"荷花程"，他到叶宅搬兵，塞给叶翰林一个红包，由他出面在东兴楼摆了一桌席。席间，乔本舒没露自己的真容，只说是政府的司长，没想到"荷花程"并不拿正眼看他。

敬酒的时候，"荷花程"干不龇咧地来了一句："司长？黎元洪来了，又怎么样？爷，照样是爷！"

乔本舒被噎了个倒仰。干瞪两眼，说不出话来。

叶翰林见乔本舒下不来台了，赶紧救场，嘿然一笑说："程先生的性格直率，您也许不知道，京城画界有两位爷，程先生是一位，另一位画猴儿的王梦白也是一位，直，真直，喝了酒敢面指人非，不留情面，这才叫爷性呢，乔先生多包涵。"

乔本舒就坡下驴道："我就喜欢跟程先生这样的爷打交道。好性格，中国政界就缺程先生这样血气方刚的人！我愿跟程先生交个朋友。"

话说到这儿，"荷花程"才跟乔本舒碰了酒杯。

这顿酒席吃得挺不痛快，乔本舒心里窝了一口气，想接着跟"荷花程"逗逗咳嗽。酒足饭饱，他提议请诸位到"八大胡同"耍耍。

"荷花程"先打了退堂鼓。年轻时，他自诩风流，是秦楼楚馆烟花柳巷的常客。成家以后，他变得规矩了，很少到这种地方来。自从夫人去世，他对女色已失去了兴趣，宁愿守节，品味孤寂。

叶翰林喜欢热闹，生拉硬扯让"荷花程"开面儿，陪诸位玩一遭。

"荷花程"见再推辞，扫大家的兴，最后只好缴械投降，舍脸屈尊，跟诸位坐着洋车奔了"清风阁"。

民国初年，北京的"八大胡同"是官僚政客们支应门面，娱乐遣兴之地，官僚们密谋什么事，商人们撮和什么买卖，除了酒桌、牌桌、戏园子、澡塘子，就得说"八大胡同"的"清吟小班"了。

乔本舒是在官场上混的人，自然是这儿的常客。一年前，他跟"清风阁"的"雪花飘"就成了相好的。凡有嫖局，必带人到"清风阁"。 那天，乔本舒憋着冒坏，有意跟"荷花程"过不去，事先跟"清风阁"的老鸨冯四奶奶捏鼓好了，把"清风阁"接客的长得最寒碜的一个丫头，"配"给了"荷花程"，他自然有"雪花飘"陪着。偏偏"雪花飘"在这之前跟乔本舒争风吃醋闹了点儿别扭，有意跟他拧着来，执意要陪"荷花程"。 当着诸位爷的面儿，乔本舒不好跟"雪花飘"翻车，也不想破了妓院的规矩。结果弄巧成拙，只好让贤。该着"荷花程"能在"清风阁"结识"雪花飘"。

"荷花程"并不想在"清风阁"独占花魁。这些年，他忧国忧民忧家，整天泡大酒缸，久不近女色，再有姿色的勾栏之女，也让他提不起精神来。到这儿来，不过是应应场面而已。所以进了"雪花飘"的"秀房"，他一直奔拉着脸，沉默不语。这种忧郁的神情，在"清风阁"的嫖客中，难得一见，反而让"雪花飘"感到亲切。

"雪花飘"最初不明白为什么"荷花程"沉着脸，不给她点情面，及至后来他把内心的苦闷吐露出来，才知道"荷花程"的与众不同。

"程先生是画家。哎呀，我最敬佩的就是画家。""雪花飘"带着惊羡的目光，看着"荷花程"说。

"为什么呢？你也喜欢画画儿吗？""荷花程"问她。

"是呀，我喜欢画，但我的画儿拿不出手呀！"

"你画什么画儿？山水人物，还是花鸟？""荷花程"一谈起画儿来，脸上有了神采。

俩人聊起了画画儿，越聊越有兴致，聊了一通宵，"荷花程"居然忘了这是在妓院，他甚至没碰"雪花飘"一个手指头。

乔本舒觉得"荷花程"是个怪人。把"雪花飘"让给"荷花程"，他自然有几分醋意，虽然冯四奶奶让"清风阁"的新宠"白牡丹"陪着他，但他一直心猿意马。

半夜，他拥着"白牡丹"同入罗帏，还想着"雪花飘"。于是他把站院子的"茶壶"①侯七叫过来，让他去"雪花飘"的房子蹲墙根儿，看她跟"荷花程"在干什么。侯七在窗根儿听了一会儿，回来告诉他，俩人坐在那儿嗑瓜子聊天呢。

"妈的，我掏银子，给他找漂亮小姐，他怎么会跑到这儿聊天来了？"乔本舒骂道。

他跟"白牡丹"耍了一会儿，又把侯七叫过来，塞给他两枚银圆："去，看看他俩在干什么？"

约摸过了一袋烟的工夫，侯七回来递话："俩人还在那儿嗑瓜子聊天呢。"

乔本舒纳了闷儿："是不是这位'荷花程'干活儿没本钱呀？"快到天亮了，他又把侯七叫过来："去，看看他俩现在干什么呢？"

过了二十多分钟，侯七颠儿颠儿回来说："俩人还聊呢！"

乔本舒诧异地问道："你没听见他们聊什么吗？"

侯七说："听见了，他们好像在聊荷花和牡丹。"

乔本舒一听这话，忍不住乐了："哈哈，老牛吃不了嫩草了，这老家伙的玩意儿确实不灵了。我呀，唱戏的拿马鞭，走人吧。"

乔本舒一问侯七，叶翰林那帮人已经过够了瘾，打道回府。他脑子转了两转，冒了坏水。他打发了"白牡丹"，让人叫冯四奶奶过来，把大家伙的账结清，唯独剩下了"荷花程"的账不结。他让侯七叫了辆洋车，乐不滋儿地回了家。

"荷花程"跟"雪花飘"聊到天亮，兴阑意倦，寻思着天下没有不散的筵席，跟"雪花飘"再聊得来，终有一别，他预备打道回府。

跟侯七一打听，敢情乔本舒他们已走，他的账还没结，他一下傻了眼。因为他出门是赴饭局，身上没带着钱。

"雪花飘"看出他的难色，悄悄对他说："程先生，不用着急，拿我的钱结账吧。"

"荷花程"绷起脸说："这怎么行？天底下哪儿有这种事？买身的让卖身的替他付账。你这不是打我的脸吗？"

---

① 茶壶——老北京妓院里的差役。

"雪花飘"一听这话，小嘴噘了起来，带着几分怨气说："唉，世上的男人真是不可捉摸。程先生，你我倾吐衷肠，谈了一夜，相见恨晚。虽然您有'柳下惠'之风，没碰我的身子，但您真把我当成了卖身的了吗？"

"荷花程"没想到她会说出这话，迟疑道："你的意思是……？"

"雪花飘"叹了一口气说："程先生，我非常佩服您的人品，也仰慕您的画名。我虽然坠入风尘，身贱气短，但我从小爱画画儿，求师若渴，先生如果看得起我，能收下我做个学生吗？"说完，她"咕咚"给"荷花程"跪下了。

"荷花程"愣住了，慌忙道："收你当学生？这……？"

"雪花飘"不容他把话说完，"咣咣咣"磕了三个响头："先生，受贱身一拜。"

"荷花程"赶紧把她扶起来，说道："能在烟花柳巷结识你，算我三生有幸。你这么喜欢画画儿，我自然愿意教你。不过……"

"不过什么？难道您看不起我吗？"

"不不不，不是这个意思。你是'清风阁'的名花，是冯四奶奶的掌上明珠，我收你当学生，你娘不会生怨吗？"

"程先生，您这话可就说远了。我理解您的心思。只要您肯答应我当您的学生，我会跟我娘说的。"

话已然说到这份儿上，"荷花程"没了退身步，动了慈悲。

"雪花飘"机灵，怕"荷花程"事后反悔，当下让侯七端来一壶老酒和几碟下酒菜，给"荷花程"行了拜师礼。

"荷花程"按老规矩，给"雪花飘"起了名字，叫印月。

"这名真好听，它有什么讲儿吗？""雪花飘"冲"荷花程"甜甜地一笑，问道。

"当然。""荷花程"沉吟道："雪花飘落在地上，一片洁白，印着天上的一弯冷月。"

"老师，这名字儿太有诗意了！好好，我以后就叫印月。"

二人举杯对酌，一壶酒很快见了底儿。末了儿，印月猫腰掀开床下的一块方砖。

敢情这是一个暗道机关，砖下有一个箱子，这是她暗藏私房钱的地方。

她从里面摸出一把银元，数了数有一百多块钱，交给了"荷花程"，让他去冯四奶奶那里结账。

"荷花程"带着几分醉意，跟印月依依不舍地分了手。临别时，二人商定，"荷花程"每礼拜到"清风阁"来一次，教印月画画儿。

"荷花程"感念印月的真情，果然言而有信，没有爽约。每个星期带着文房四宝，到"清风阁"跟印月会面。

由于印月学画儿并不耽误接客，再加上有侯七的监视，每次"荷花程"来，二人研墨挥毫，切磋画艺，并没有狎昵之举。"清风阁"的冯四奶奶并没在意。

光阴荏苒，日月如梭，转眼半年过去。忽然有一天，印月向"荷花程"吐露了实情。敢情有位姓曹的交通部次长由乔本舒带着来"清风阁"，那位次长一眼看上了她。由乔本舒出面，跟冯四奶奶合计好，欲出重金赎她的身子，当曹次长的三姨太。

曹次长是袁世凯的红人，行伍出身，长得五短身材，肥头大耳，腆着大肚子，酒气熏熏，出言粗俗，举止鲁莽，印月想起他就恶心，怎么能屈身当他的姨太太？

"老师，您无论如何得搭救我。"印月眼泪汪汪，扑腾给"荷花程"跪下了。

"荷花程"心里又乱了营，沉默半天，把印月扶起来，低声说："我怎么救你呢？"

印月把房门关严，悄声说："老师，您先下手为强，把我从'清风阁'赎出去。"

"荷花程"听了一愣："我把你……？印月，我不是不希望你从良，可赎你这金身玉体得需要多少银子呀？再说，那位乔本舒的势力，咱们惹得起吗？"

印月压低嗓门说："老师，我早就过腻了卖身的日子，不瞒您说，我当初要拜您为师，就有让您搭救我跳出红尘的念头。我知道您不会要我，我也不会有这种奢望，常言道，有缘千里来相会，无缘对面不相识。我能认识老师，是我一生的缘分，今生今世，我愿永远跟您在一起，在您身边侍候您。我不求任何名分，只求您搭救我离开这鬼地方，我会一生都报答您的恩情。"

说到这儿，她泪如泉涌，感动得"荷花程"也掉了泪。

沉默了一会儿，"荷花程"问道："你让我搭救你，你有什么好主意吗？"

印月破啼为笑，轻挑黛眉，说道："我想让老师带我私奔，您看行不行？"

"私奔？这……？""荷花程"一听这俩字，把心提拉起来。

印月掩嘴笑道："瞧把您给吓的，老师是我救命恩人，我怎么能让您往阴沟里走呢？"

"不不，我是说私奔……我们干吗要私奔呢？""荷花程"连忙遮掩道。

印月说道："老师，我是跟您说着玩呢，您别当真。私奔干什么？我有个主意，您花大钱把我赎出去。"

"要花多少银元呢？""荷花程"被印月说懵了。

印月不假思索地说："乔本舒出五百块大洋，您就出六百块大洋，他出两千块大洋，您就出两千一百块，反正要比他高。"

"两千一百块大洋？印月，我上哪儿找这么多钱去？"

"老师，您别急，听我慢慢说给您，我在'清风阁'，不到十六岁破身，就开始接客。您应该知道，我在这儿很得宠，点我的都是高官大贾，他们不在乎金钱，也舍得在我身上扔钱，每次接客，他们除了交柜上的钱，还短不了要送我一些零花钱和金银首饰，这么多年，我偷着摸着攒了一些私房钱，我想这笔钱，除了用来赎身，出去以后，还能够几年的生活挑费。"

"荷花程"笑道："看来你早就存着这心眼儿呢。"

印月道："是啊，我一直在等着这种机会，真是苍天不负有心人，让我终于遇上了您。"

"荷花程"听了这话，恍然大悟。不过，他觉得在印月面前，自己的脑子不够使了。"赎身？我怎么跟你娘说呢？"

印月在他耳边，把自己盘算好的赎身之计，一步一步该怎么走，都跟"荷花程"说了出来。"荷花程"暗暗佩服印月的聪明机智。转过天，"荷花程"带着皮箱来到"清风阁"，印月趁身边没旁人的机会，打开床下的暗道，把存的钱和金银首饰，装进"荷花程"带来的大皮箱里，让他拿走。

紧接着，印月开始装病，又咳嗽又喘，两天滴米不进，也没接客，急得冯四奶奶团团转，只好让人陪印月去前门外的慧民医院看病。 原来，慧民医院的院长刘本初跟印月是老相识。印月暗地里塞给他一个"红包"，刘本初会意，诊断印月得了"痨病"。

那会儿痨病属于不治之症。老鸨得知印月得了此病，心里打起小算盘，这么多年，印月给"清风阁"挣的钱无数，她当年投的本钱，早就赚了回来。现在这棵"摇钱树"要倒，她觉得也没什么可惜。她不想因为给印月治病往里搭钱。

乔本舒从侯七嘴里得知印月不接客的原因是得了痨病。马上跟那位曹次长吐露了实情。曹次长被印月的美貌弄得神魂颠倒，巴不得早一天纳印月为妾，但知道印月染上了痨病，也只好作罢。

"'雪花飘'得了痨病，唉，自古红颜多薄命，就让她'飘'落吧。"乔本舒本想狗舔屁股沟，巴结一下这位次长，见印月得了不治之症，也无可奈何地叹息了半天。

正在这根节儿上，"荷花程"拿着火候，拎着皮箱子来找冯四奶奶，提出怜香惜玉，要赎印月。您想冯四奶奶的心眼有多多呀，她哪儿能轻易让"摇钱树"出手？尽管她心里知道这朵名花眼看要凋零。

"荷花程"不愿意跟她斗心眼儿，老鸨出多高的价儿，他也要把印月赎出来。最后老鸨卖了半天关子，要了"荷花程"两千多块大洋。

"荷花程"按印月事先定的计，跟老鸨提出不准对外人说是他赎的，冯四奶奶答应照办。

一手钱一手"货"。在"荷花程"把印月带回家的几天后，"荷花程"买通了一个小报记者，编出一段绯闻，说甘肃督军手下的一个师长，在"清风阁"，迷上了"雪花飘"，出重金将其赎身，带回兰州为妻。哪知"雪花飘"思乡心切，水土不服，走到半路，便大病不起，该师长大人宠爱有加，宁愿当护花使者，将弱不禁风的"雪花飘"送进医院。不想，"雪花飘"在医院被当地的一伙土匪劫走，雪花"飘"落何处至今下落不明。

这条新闻以"某师长挟妓出京，雪花飘扑朔迷离"为题登在小报上。这自然成了京城百姓茶余饭后的谈资。有替"雪花飘"感到惋惜的，有对那位痴情好色的师长表示嘲弄的，有对这段风花雪月咀嚼有味的，有对烟花柳巷的轶事嗤之以鼻的。总之，说什么的都有。

　　"荷花程"看了这篇"报道"，不禁为印月设计的这出"双簧"，拍案叫绝。这出戏，他在大酒缸一直没露，直到两年后，人们已经将"雪花飘"忘得一干二净了，他才跟朋友说了实话。

第九章 行酒令印月吐衷肠

印月在"荷花程"的小院隐居了两年多，一直没敢出门。自从把她接到小院，"荷花程"按照印月的意思，把老妈子辞了，由她照看"荷花程"的儿子。印月除做些家务，一心一意跟"荷花程"学画，因为有原来的底子，两年下来，她的画艺有了很大的起色。有时"荷花程"案头有应酬之作，短不了由她代笔。

"荷花程"跟她事先有约，印月到他这儿居住，既非妻又非妾，他们之间只以师生相称。"荷花程"单把南房三间腾出来，让印月住着。

尽管印月不无嫁给"荷花程"的想法，但"荷花程"以为他比印月的年龄大近三十岁，岁数上不般配，他不想耽误她的前程。

最主要的是"荷花程"对死去的发妻感情太深。自从发妻离开人世，他坐禅修身，大彻大悟，已然断了近女色的念想，何况他已然五十出头，生理上的欲望与激情也燃烧得差不多了。

他更看重的是与印月的缘分与情义。以他的人生阅历，他以为能在浑浊的烟花柳巷碰上印月这样好的女子实在难得。印月的绘画天赋很高，如果能把她培养出来，也算是此生没有虚度。

"荷花程"的想法和举止，在外人看来简直是不可思议。家里守着这么貌美的女子，怎么能安魂守舍，坐怀不乱呢？即便是"荷花程"守身如玉，风流已去，印月是从"八大胡同"出来的"窑姐"，她又正当年，能安分守己、自甘寂寞吗？

头一个在脑子里打问号的是"荷花程"的朋友叶翰林。

"赎了身，自然要从良。从良嘛，你总得给人家一个名分。何必呢，你苦了自己，也苦了人家。"叶翰林劝"荷花程"。

　　"怎么？想喝喜酒了？""荷花程"笑着问道。

　　"是啊，我不光想喝喜酒，还想喝'冬瓜汤'①。"

　　"你呀，等着吧，人生哪儿那么多喜酒可喝？我看咱们还是先喝口宽心酒去吧。""荷花程"不愿意把自己内心的苦衷都抖落出来，打了个哈哈儿，拉着叶翰林奔了"同义居"。到了大酒缸，他们自然就转了话题。

　　"荷花程"爱交际，他住的小院接长不短要来朋友。朋友瞧见印月，短不了要问这问那。最初，"荷花程"还躲躲闪闪，后来印月跟大伙都混熟了，"荷花程"再闪烁其词，也难自圆其说。弄得他常常挂不住脸。

　　他琢磨着印月在他身边，难免不让外人心里犯疑性。姑娘大了自然要嫁人，印月总守着自己也不是个事儿，应该张罗着替她说个主儿。

　　没想到他把这层意思跟印月一说，印月跟他急赤白脸地哭了："老师，您要是不打算让我在这儿住，就直说，何必这么绕弯儿呢？我要是想嫁人，还用您劳神吗？您呀，死了这份心吧，我这辈子谁也不嫁，我会一心一意守在您身边，侍候您。"

　　"荷花程"把印月当成自己的孩子看待。他淡然一笑说："印月，你别说这种傻话了。万一有一天，我死了呢？"

　　印月说："先生，您怎么能说这种不吉利的话呢？您要是'百年'了，那我就出家，到庙里当姑子。"

　　"荷花程"从印月的眼神里，品到了她的爱意，这种爱意是醇厚的，是真诚的，没有一点邪味儿，像刚开缸的陈年老酒。

　　他发现自从印月离开烟花柳巷，跟他在一起生活，脸上有了笑模样，眉眼比原先舒展了，脸上也有了水气儿，皮肤更加白皙细嫩，看上去也更妩媚动人，像一朵绿盈盈刚刚绽放的莲花。

　　但她毕竟二十五了。那当儿女人二十五岁还嫁不出去，算是老姑娘了。"荷花程"不希望她老，但岁月不饶人，女子的青春年华，转瞬即逝。他心里琢磨着要趁印月年轻，赶紧给她找个主儿。印月越爱他，他心里越不安。他觉得要对得起她才是。

---

　　① 冬瓜汤——当媒人的意思。因为老北京保媒成婚后，男女双方要给媒人送礼，这礼俗称喝冬瓜汤，故有此说。

　　夏三爷没儿子，他一直拿二闺女蓉秀，当儿子养。虽说她的性格没有阳刚之气，而且说话也结巴，平时少言寡语，但是夏三爷却一直用心栽培她。大酒缸的客人，有引车卖浆者，也有落魄的文人，夏三爷在这些文人墨客里，相中了叶翰林。

　　大清国倒了以后，叶翰林也败了势，断了钱粮。他一无技，二无能，又看不起经商为贩的，只好靠卖文谋生，到大宅门给他们的子女教"专馆"。夏三爷为了让蓉秀有出息，也把叶翰林请到家里，教她习字作文。

　　叶翰林跟"荷花程"走得近。文人嘛，短不了要附庸风雅，他也研磨挥毫，试着跟"荷花程"比划几下，当然他画的画儿，跟人家"荷花程"没法往一块儿挂。但他敢教学生。

　　蓉秀跟他学了多年，画出的荷花像牡丹，画出的荷叶像白菜帮子，蓉秀碍着面子不好意思说什么。

　　"先生，您教我画的这荷花叶，怎怎么像那……"蓉秀一着急就结巴，那那了半天，末了来了句："像那那洗脸盆盆盆呀！"

　　"嗯，这是洋荷花，知道吗？英国种儿。"叶翰林也觉得画的这荷叶不怎么着，但他不能在学生这儿栽面儿，现抓了一个词儿：英国荷花。

　　英国荷花也不能跟脸盆似的。这不是误人子弟吗？那会儿教"专馆"的先生都这样，不懂装懂，不会装会，反正他说什么，学生就跟着哼哼哈哈地点头。

　　话是这么说，事后，叶翰林心里犯起了嘀咕，每个月拿着束脩，夏三爷礼大，给的钱不少，不能这么对付蓉秀呀，既然她喜欢学画画儿，干脆单给她找个能画的教吧。

　　他脑瓜一转，想到了印月。印月跟"荷花程"学了两年多，画艺不俗，而且跟蓉秀的岁数差不多。当然，他琢磨着蓉秀跟印月学画画儿，不会收学费。自然，蓉秀如果投到"荷花程"的门下，再好不过了。但蓉秀的画艺太浅，"荷花程"不会收她当弟子。跟印月学最合适。于是，他把蓉秀带到了"荷花程"的小院，跟印月见了面。

　　俩人一聊，挺投缘。印月有言在先，她不会当秀儿的老师，她们在一起，只是共同切磋画艺。秀儿长这么大一直在家里闷着，巴不得有个人说说话。学不学画倒还在其次，她更看重利用学画的机会，跟印月聊聊天。

自打秀儿跟印月相识，她成了"荷花程"小院的常客。夏三爷的闺女嘛，"荷花程"也拿她当自己的闺女相待。

这一天，京城狂风大作，暴雨倾盆。老北京的房子就怕老天爷变脸，一下雨，十房九漏。下水道又不灵，雨水哗哗往院里灌，大风挟着大雨，把"荷花程"的小院院墙催塌了一截。 雨过天晴之后，"荷花程"奔大酒缸，去找海八爷。敢情海八爷不光会遛马，还能拿得起来的得说是泥瓦活儿。

"八爷，能不能腾出空儿来，受累看看我的房子。""荷花程"提前把海八爷的酒份儿给付了账，对他笑道。

海八爷把碗里的酒一口喝干，撂下酒碗，问道："怎么茬儿？程爷的房子又漏了？" "可不是吗？院墙也塌了。" "嘿，您瞧这事闹的，这回可是雷公劈豆腐，专拣软的欺。得，您在家候着我吧，我说话就带人过去，给您拾掇拾掇。" 海八爷从大酒缸出来，直接奔了鼓楼边儿上的一家大茶馆，在那儿等活儿的瓦匠、木匠还没散。他挑了两个瓦匠，又招呼了两个小工，带着家伙什儿，来到了"荷花程"的小院。 海八爷带着这帮人和泥垒砖，三下五除二，先砌墙，后上房，抹灰堵漏儿，到晚傍晌儿，活儿就干利落了。

"荷花程"给瓦匠和小工付了工钱，打发他们走了以后，要单请海八爷。

"您这可就见外了，跟我，您还这么客气吗？留着您的钱喝酒吧，我这人吃不了大席面儿，您给我准备一碗炸酱面就齐活儿。"海八爷大大咧咧地笑道。

"荷花程"知道海八爷的脾气，他说不去，您就拿八人抬的大轿，也抬不动他。

"得，既然不把你当外人，那咱们就家里吃。想吃炸酱面不是吗？让您尝尝我的学生印月的手艺，小碗干炸，加黄瓜、青豆码儿，保您吃了，会觉得不比外面的馆子差。"

"嘿，地道！耳朵眼里钻蝎子，就这么着（蛰）了！"海八爷一拍巴掌，说了句俏皮话。

那天，印月下厨掌灶，炒了几样家常小菜，让"荷花程"和海八爷下酒。

也许是南方人的天性，平时，印月和老师学画之余，经常琢磨吃。所以她炒的菜挺是味儿。

海八爷吃了几筷子，连连啧啧称赞，弄得印月有些不好意思。

那当儿，北京人的规矩大，家里来了客人，女人不能上桌。印月在端盘上菜时，跟海八爷搭了几句话。

海八爷在这之前，在"荷花程"的小院里，见过印月几次，但有礼数管束着，他一直没敢正眼看过印月。今儿俩人一搭话，他拿眼多瞟了印月几眼，不禁为她的娉婷美貌所惊羡。

您想印月是从"清吟小班"出来的，她的一颦一笑，妩媚动人，那墨玉似的眸子一转，似乎带着小钩，海八爷不由自主地多看了她几眼。印月的笑意里，似乎带着几分让人难以捉摸的韵味儿。

"八爷您辛苦一天了，多吃菜，回头尝尝我做的炸酱面。"印月落落大方地拿起筷子，给海八爷往碟子里搛菜。

"得，谢您了，我自己来吧。"海八爷的脸腾地红了。

他虽说是粗鲁人，平时大大咧咧，对什么事都满不在乎，可是碰上印月的眼神，他一时心里乱了章儿，那眼神像是一条线，栓上了他，真是撩拨人意。

其实，印月并没有别的意思，她只是觉得海八爷为老师的房子忙了一天，他人又是那么实实在在，她应该表示点儿感激之情。

海八爷也没有什么邪念。他并不知道印月和"荷花程"是什么关系，但印月毕竟是"荷花程"的人，他怎么敢对她有非分之想。再说，他长这么大压根儿不懂调情。他是肚子里存不住东西的爽快人，不会量肠子①。

但印月跟海八爷眉眼之间的那种微妙动静，却让"荷花程"看在眼里，他虽然嘴上没流露出什么，心里却打翻了天平。

酒喝到七成，"荷花程"把印月叫到桌前，倒了一杯就说："印月，来，你敬海八爷一杯酒。"

印月没明白"荷花程"是什么意思，但老师发话了，她不能不听。

"好吧，我敬海八爷一杯。"她对海八爷嫣然一笑，拿起酒杯跟海八爷

---

① 量肠子——北京土话，心里琢磨某人心术的意思。

碰了一下，一饮而尽。海八爷的脸又红了。

"谢谢印月姑娘。"他低着头说。

"该上炸酱面了吧？我想海八爷的肚子早就叫唤了。""荷花程"笑道。

"是，我这就给八爷下面去，锅早就开了。您是吃锅儿挑呀，还是吃过水面？"海八爷打了个愣儿，笑道："天儿热，我还是吃过水面吧。""好啦，我这就给您上来。"印月说着，转身进了厨房。老北京人吃面条儿，特别讲究。锅儿挑，就是面条煮熟之后，从锅里捞出来，盛到碗里，浇上"浇头"，拌上菜码儿直接吃。过水面，则是面条煮熟之后，过一下水。拌面的东西俗称"浇头"，通常"浇头"有两种。一种是打卤，一种是炸酱。单说炸酱，现在京城的老北京炸酱面馆，炸酱只有一种，一般都自称是小碗干炸。其实，老年间，京城百姓吃面条拌的炸酱有十几种，比如荤炸酱、素炸酱、虾米皮炸酱、炸虾酱、炸卤虾酱、老虎酱、秦椒酱等等。

秦椒酱也叫"三样酱"，有香菜、秦椒和大葱，切碎放在碗里，加些黄酱和酱油，再加点香油拌匀。拌面条或当小菜下饭，味道鲜香。单有一段《太平歌词》夸这"三样酱"："小香菜，嫩又鲜，辣秦椒正当年，葱儿不论老或少，切成末儿加酱拌，着些香油更地道，三样酱拌上面，赛过西餐和大宴。"

当然，一般老北京人吃的炸酱是肉丁加葱姜末，小碗干炸。您别瞧炸酱简单，真炸好了也不易，它吃工夫，肉丁要肥瘦搭配，刀功要好，切得均匀，炸的时候，还得讲究火候。酱放在锅里要一点点兑水，火不能太旺，炸出来不但色泽好，有香味儿，上面还得浮着一层油。老北京人有话："炸好一锅酱，要学三年徒。"

印月从小就进了"清吟小班"，饭来张口，衣来伸手，哪儿会炒菜做饭呀？炒菜做饭，擀面条，包饺子，炸酱，是她到了"荷花程"的小院以后，跟老师学的。

面条煮熟后，印月给海八爷盛了一海碗。海八爷是真饿了，浇上炸酱和菜码儿，甩开腮帮子，一会儿的工夫，一海碗炸酱面进了肚。

印月在一旁看着海八爷吃饭的狼虎劲儿，逗得掩嘴直笑。

"八爷，我炸的酱好吃吗？"印月笑着问道。

"嗯，好吃！香，真香。比我在二荤馆吃的炸酱可香多了。"海八爷撂下海碗，用袖子擦了擦嘴说。"好吃，就再来一碗。""荷花程"笑道。

"是呀，八爷，再来一碗吧。"印月张罗道。"行行，再来一碗，把明儿的饭量也饶到里头了。"海八爷嘿然一笑说。

印月又下了一锅面条，海八爷一气儿吃了两大海碗。

"再来一碗吧？"印月笑道。

海八爷打了个饱嗝，咧咧嘴，说道："别来了。再吃，我这肚子可就能开面馆了。"

印月笑道："那也得来碗面汤，溜溜缝儿呀。原汤化原食嘛。"

海八爷看了她一眼，说道："得，那就溜溜缝儿吧。今儿这顿饭吃得真痛快，谢谢印月姑娘的招待。"

海八爷又找补了一碗面汤。几个人有说有笑，又聊了一会儿闲篇儿，海八爷才起身告辞。临走时，"荷花程"非要塞给海八爷一个红包，作谢仪。

海八爷嗔怪道："程爷，您这不是寒碜我吗？这包我能拿吗？您赶紧收回去。"

"您瞧，您忙乎一天了，哪儿能让您空着手回去？"

"我这手是空的，肚子可是鼓的。"海八爷逗了句闷子："留着您的包儿，回头咱们到大酒缸喝酒吧。"

"好吧，你呀，净干这让我心里头不落忍的事儿。""荷花程"把红包放回自己的口袋，一直把海八爷送到胡同口。由打这次海八爷跟印月搭上话，"荷花程"的脑子便上了弦。他猛然觉得海八爷跟印月如果能成婚倒挺般配。别瞧他是文人墨客，但他并不看重有文墨的人。文人墨客弄点子风流韵事行，真搭帮过日子，还得找像海八爷这样靠得住的人。

他想得比较实际，也挺长远。印月毕竟是堕入风尘的女子，而且年龄也大了，大宅门的子弟未准看得上她。海八爷光棍一根，无牵无挂，虽说没文化，但他懂礼数，有外场，体格强壮，人品上没的可挑，正直善良，也有本事，印月嫁给他，虽说相貌上吃点亏，但这辈子会活得更踏实。挑水的娶个卖茶的，正对路。当然"荷花程"掖着点儿私心。当年印月和他一起作局，跳出红尘的事，一直是他的一块心病。印月在"清风阁"接过的客人那么多，虽说时过境迁，人们已把她忘得差不多了，但是像乔本舒这样的人，不会把她忘干净，一旦被人识出她的庐山真面目，恐怕会招来一些麻烦。假如印月嫁给海八爷，这种麻烦就好对付了。

"荷花程"似乎从印月的眉眼传情之中，看出她对海八爷的好感。当然，这只能说是"荷花程"脑子里转悠出来的"鸳鸯谱"。他并不知道印月心里是怎么想的，也不知道海八爷有没有意。

其实，"荷花程"是拿着山石当玉石，看走了眼。这世上，"月下老人"哪儿那么好当呀？

"荷花程"有意又把海八爷请到家里，应名儿是求他帮忙拾掇院子，实际上是让他跟印月见面。他在一边察言观色，看这两人有没有亲近的举动。

结果让他有些失望。印月虽然对海八爷依然是那么热情，但她一举一动都那么得体，把握着分寸。

海八爷呢，似乎在有意回避印月，除了几句应酬和寒暄，从不多说话。而且他在印月面前永远显得抹不丢的，好像印月的眼神里有根刺，看一眼，就会被扎着似的。

"荷花程"沉不住气了，有心试探一下印月的心气儿。他憋着给印月上上弦。

这天，叶翰林拎着十几只天津胜芳镇的大螃蟹，来找"荷花程"求画儿。

"程爷，鹤年堂的老掌柜早就跟我说，求您一幅墨宝。今儿一大早，让伙计拎着螃蟹来了，说是朋友刚送来的，您瞧，可都活着呢。"叶翰林从网兜里拿起一只爪子乱动的螃蟹，笑着对"荷花程"说。

"荷花程"笑了笑，说道："要画儿就直说得了，怎么，还想拿螃蟹跟我换呀？"

"嗐，人家可不是这意思。让我给您送几只螃蟹尝尝鲜儿，没提画儿的事。求墨宝是老早就说了，我没好意思跟您张口，他这一送螃蟹，我想起这茬儿来。"

"得，他送我几只活螃蟹，我送他几只纸螃蟹。"

叶翰林见"荷花程"就要挥毫泼墨，会意地一笑说："您这纸螃蟹可比活螃蟹值钱。"

说话之间，"荷花程"在画案上铺上一张熟宣，大笔一挥，刷刷刷几笔，几片墨荷叶便展现在纸上。转眼之间，两朵莲花出现在眼前。

"妙,您把荷花画活了嘿!"叶翰林连连赞叹,誉美之辞还没唠啵完,"荷花程"换了一支笔,在叶翰林打愣儿的工夫,荷叶下两只螃蟹爬出了水面。

"活了,活了! 这两只螃蟹画活了!"叶翰林击掌叫道。

"活了? 那还叫画儿吗? 要是画什么,什么就是活的,我还至于这么穷吗? 您呀,捧人都不会。画画儿贵在神似,妙在写意。懂吗? 得,拿去吧。"

"好好,我替鹤年堂老掌柜谢谢您啦。"

叶翰林喝着茶,跟"荷花程"聊了几句闲篇,拿着画儿,起身告辞。

"荷花程"送走了叶翰林,看了看他拿来的螃蟹,勾起了肚子里的馋虫。

他让印月拿大木盆,放上清水,把螃蟹洗干净,放到盆里养着,让它排尽肠腹的污秽。

临到傍晚,"荷花程"手里摇着扇子,乐不叽儿地对印月说:"很久没见过这么肥的蟹了,今儿,咱们可以美美地吃上一顿。"

印月正跟"荷花程"的儿子道生,蹲在地上戏弄盆里的螃蟹。

她仰起头问道:"先生,这螃蟹怎么个吃法呢?"

"荷花程"笑道:"怎么吃? 当然是用嘴吃了。"

印月站起来,抿嘴笑道:"谁还不知道用嘴吃呀! 先生真会胳肢人,我是问您怎么把它做熟了?"

"荷花程"道:"我先考考你,你知道这螃蟹有许多封号吗?"

印月轻挑黛眉,笑道:"螃蟹还有封号? 我不知道。"

"我告诉你吧,它又名叫'无肠公子',封号有'拥剑'、'横行介士'、'执火',又叫'千人控'。"

"哈哈,它的封号还真是不少呢。"印月笑道。

"是啊,历代的文人墨客最爱吃蟹。当然了,它确实好吃。唐代的诗人称他是'四方之味,当许第一'。清代的李渔好吃善烹,说:'蟹之为物至美。'京城的饭庄做螃蟹最好的当属前门外打磨厂的正阳楼。几年前,我跟几个朋友在正阳楼吃了顿蟹宴。啊,它那儿的清蒸螃蟹,做得太地道了。我跟那儿的厨子学了几招,来吧,这就让你尝尝鲜儿。"

说着话,他让印月捅炉子上锅。火上来之后,锅里放上冷水,然后把洗干净的螃蟹,放入屉内。

印月问道:"先生,为什么不用热水上屉呀?"

"荷花程"笑道:"这你就不明白了,煮螃蟹最怕热水入锅,用热水煮熟的螃蟹,蟹爪准掉。"

印月点点头道:"哦,煮螃蟹还有这么多讲儿呢。"

"荷花程"道:"清蒸螃蟹的做法很简单,蒸二十来分钟,看蟹壳变红就熟了。主要是蘸的汁有讲儿,要将鲜姜切成细丝,兑上醋,加点酱油和糖,煮熟的螃蟹沾着这种汁儿,吃起来那叫一个鲜。"

"哎呀,先生说得我口水都快出来了。"印月笑道。

"荷花程"看螃蟹该起屉了,把儿子道生叫过来,掏出一块大洋,让他到"同义居"打两壶"汾州白"。

那年,道生已长到十二岁,正在一所教会办的学堂念书。他虽然从小没了母亲,但"荷花程"对他管教很严。印月来了以后,跟他相处也很融洽,关系很好。这孩子非常懂事理,大人的事一点儿不掺和,从学堂回到家,便闷头在屋里看书,练字。

一会儿工夫,道生打酒回来。印月把饭菜单给他盛出来,又从笼屉里拿出两只螃蟹,给他端到屋里。然后,在藤萝架下,支上小桌,摆上方凳,端上小菜,温上酒。拿出几只熟蟹,与"荷花程"同桌对酌。

"荷花程"今儿透着高兴,印月斟上酒,他先跟印月干了一杯。吃了两个蟹腿,又喝了两盅酒,他拿起一只蟹腿,边嚼边说:"这蟹可真肥呀!嗯,好吃,够味儿。印月,吃过这么鲜肥的蟹肉吗?"

印月抬起头,想了想,笑道:"嗯,吃过,那还是在'清风阁',陪着一位客人吃饭,他也不知从哪个大饭庄,叫了几只清蒸螃蟹,吃得挺过瘾。不过,那次差点儿没要了我的命。"

"荷花程"问道:"怎么回事?" 印月道:"我刚吃了螃蟹,客人又拿出几个大柿子。那柿子个儿很大,黄里透红,特别喜兴,我嘴馋,就吃了一个。没想到,柿子和螃蟹相克,[①]不能一块吃,弄得我上吐下泻,差点儿

---

① 柿子和螃蟹相克——柿子中含有鞣酸,螃蟹里含有很高的蛋白质,二者到胃里会立刻凝固,结成硬块,轻者呕吐腹泻,重者会丧命。所以蟹肉与柿子禁忌同食,隔一段时间也不行。

没被折腾死。打那儿以后，我再不敢吃柿子了。"

"荷花程"笑道："你怎么能一遭被蛇咬，十年怕井绳呢？吃还是要吃的，只是不能贪嘴。来吧，多吃点儿，我今儿不会让你接茬儿吃柿子的。这个节气，柿子还是青稞愣呢。"说着，他剥开一个蟹壳，递给印月。

"哦，这只蟹的黄儿真多！"印月叫道。

"好吃吗？""荷花程"问道。

"好吃，真香！"印月吃了一口蟹黄，啧啧道。

"荷花程"放下筷子，看了看天幕上那轮皓洁的明月，感叹道："今天的月亮真圆呀！哦，今天是十五呀，离八月节还差一个月。良辰美景，美味珍馐。印月，我们别光喝酒，白居易有诗：'闲征酒令穷经史。'咱们行个酒令吧。"

印月笑道："好呀，'千里相从文字饮，不辞费尽杖头钱'。好久没跟先生行酒令对酌了。不过，您可别出难题，有意罚我酒喝。"

"荷花程"笑道："你这么聪明，什么酒令能难得住你呢？怕是我要被你罚醉了呢。"

酒令是古人劝酒助兴的一种乐儿。古人喝酒讲究当筵赋歌，即席唱饮。到了汉代，这种"对酒当歌"逐渐形成了对酒当令。酒令有猜拳、骰子、牌、筹子、口头文字等形式。

老北京人喝酒行令，多属文人雅士之举，一般老百姓在大酒缸喝酒，很少行令，撑死了猜猜拳。因为酒令也是一种文化，肚子里没点墨水，玩不了这玩意儿。

"荷花程"平日在大酒缸喝酒，很少跟人行酒令。只是回到家里，闲来无事，跟印月对酌时，玩一玩酒令。一来是一种消遣，二来他借行酒令，让印月多学一些古诗词。

这一招儿果然见效，开始"荷花程"出个令牌，印月常常对不上来。对不上来，自然要被罚酒。她不能老去那挨罚的，于是就得多看书，记下不少诗词名句。

印月喜欢跟"荷花程"喝酒时对酒令。她想了想问道："先生，还是您出题吧，咱们行什么酒令呢？"

"荷花程"沉吟道："明儿是'立秋'，咱俩行诗令吧。每人吟诗一句或两句，但要以'秋'字为第一个字，谁说不上来，罚酒一杯。"

印月斟满两杯酒，说道："好，先生，您先说。"

"荷花程"沉思了一下说："我吟'秋山春雨闲吟处，倚遍江南寺寺楼'。"

印月道："哦，您吟的是杜牧的诗。前头两句是'十载飘然绳检外，樽前自献自为酬'。"

印月的脑瓜好，记忆力非常强，《全唐诗》能背下不少来。

"荷花程"道："你就别解释了，咱们往下对酒令吧。"

印月微微一笑道："好，我对'秋风吹不尽，总是玉关情'。"

荷花程对："秋阴不散霜飞晚，留得枯荷听雨声。"

印月对："秋风万里芙蓉国，暮雨千家薜荔村。"

"秋草独寻人去后，寒林空见日斜时。"

"秋风不相待，先至洛阳城。"

"荷花程"想了想对："秋风吹渭水，落叶满长安。"

印月笑道："先至洛阳城，落叶满长安。这倒很像是一幅对联呢。我接着行令：'银烛树前长似昼，露桃花里不知秋'。"

"荷花程"突然击掌笑道："哈，印月要喝罚酒了。"

印月微蹙额头，轻声问道："怎么？我要喝罚酒？"

"荷花程"道："咱们行的诗令是以'秋'字打头，你刚才吟的这两句诗，'秋'字在最后。你说该不该罚酒一杯？"

印月猛然醒悟道："嘻，我怎么把这个规矩忘了呢？我认罚一杯。"说着，她把杯里的酒喝掉。

"荷花程"笑着说："咱们接着对，你先说。"

印月想了想说："我对'晓月暂飞高树里，秋河隔在数峰西'。怎么样，先生？这最后一句是以'秋'字打头吧？"

"荷花程"笑了笑说道："嗯，这是韩翃的七绝《宿石邑山中》的后两句，前头两句写得也很好：'浮云不共此山齐，山霭苍苍望转迷'。"

印月翘起朱唇，轻轻笑道："我不觉得这诗境有多好，又是'浮云'，又是'山霭'，还'望转迷'，忽明忽暗，缥缥纱纱的，多让人绕得慌呀？我喜欢那些清清爽爽，明白畅晓的诗。"

"荷花程"沉吟道："这种诗意才有情致呢。"

印月道："先生，我们先别论诗了，接着行酒令吧。"

"荷花程"道："好，我对'无数塞鸿飞不度，秋风卷入小单于'。"

印月笑道："您吟的秋诗可是越来越凉了。哦，简直有点肃杀之气了。好，我对'暮云空碛时驱马，秋日平原好射雕'。"

"荷花程"道："这两句诗对得妙。我对'秋坟鬼唱鲍家诗，恨血千年土中碧'。"

印月听了，脸上掠过一丝阴影，站起来，说道："先生，您怎么吟出李贺的这两句诗？太伤感了。"

"荷花程"怔了一下，说道："这首诗的名字就叫《秋来》嘛。"

印月没接过话茬儿，用低沉的语调说："是呀，秋来……他写得好让人感到凄凉呀，'桐风惊心壮士苦，衰灯络纬啼寒素。谁看青简一编书，不遣花虫粉空蠹？思牵今夜肠应直，两冷香魂吊书客。秋坟鬼唱鲍家诗，恨血千年土中碧。'唉，吃蟹酌酒，赏月吟诗，行酒令，这本是高兴的事，怎么吟着吟着都'秋坟鬼唱'了？不行，不能再吟诗行令了，再吟下去，我的眼泪就掉下来了。"

"荷花程"没想到这两句诗，会勾起印月的心事。触景生情，他也觉出有几分凄苦，不禁五内俱热，两行老泪在眼眶里打起转来。沉默了一会儿，"荷花程"凝视着印月说道："看来我该认罚一杯了。"他一仰脖，把杯里的酒喝干，沉吟道："今儿晚上的诗令就到此吧，咱们说点高兴的事儿。"

印月抬头看了看天上的星月，长叹一口气，说："是呀，先生，我们说点别的吧。秋天离冬天太近了，何况节气也没到呢。"

"荷花程"听出她的话外音，感叹一声，说道："印月，秋景秋色也是非常诱人的。你看李商隐的这首七绝写得多好：'竹坞无尘水槛清，相思迢递隔重城，秋阴不散霜飞晚，留得枯荷听雨声。'我非常喜欢这首诗，它简直就是我心境的写照呀！"

印月给"荷花程"斟了一杯酒，莞尔一笑，说道："您怎能把自己比作'枯荷'呢？五十多岁，正是生命的收获季节呀。"

"荷花程"喝了一口酒，苦涩地笑道："收获？唉，我都不知道这个

'获'①字该怎么写？我收获什么呢？唉，我已到'知天命'的岁数了。秋后的蚂蚱，没几天蹦头儿了。"

印月沉下脸道："先生，您今儿不是挺高兴嘛，怎么净说点子丧气话呢？拣喜兴话说吧。"

"荷花程"径自笑了起来，给印月倒了一杯酒，说道："好好，咱俩先干一杯，然后跟你说说我的心事。"

俩人举起酒杯，碰了一下，把酒喝掉。

印月的脸喝得红扑扑的，眨着大眼睛，直视着"荷花程"，笑道："先生要跟我说什么心事呢？"

"荷花程"吃了一筷子菜，迟疑了片刻，不紧不慢地说："印月，你我虽然一直以师生相称，但我始终把你当亲人相待。按说我不该在你面前拍老腔儿，可有些话，我又不能不说。"

印月道："先生，你说吧，我听着呢。"

"荷花程"若有所思地笑了笑，说道："你觉得海八爷这人如何？"

印月不假思索地说道："海八爷？他挺不错呀！人很实在，也那么能干，我看他是挺好的棒小伙儿。"

"荷花程"笑道："嗯，看来我的眼里没揉沙子。印月，你跟我说实话，你是不是对他有意？"

印月已然知道程先生话里有话，但她故意揣着明白使糊涂："有意？有什么意？"

"荷花程"打了个沉儿，说道："你没明白我的意思，我跟海八爷认识有几年了，他虽说给浩贝勒爷遛马，干的是粗鲁活儿，但人品没挑儿，我琢磨着你跟他挺般配，如果你有意，我愿意给你们俩搭个鹊桥。"

印月咯咯笑了起来，说道："先生，您是不是觉得您的学生老了，丑了，怕她嫁不出去啦？"

"荷花程"被印月说得有点儿难为情，连忙说："我可不是这意思。"

印月笑道："那您干吗总想往外打发我？先生，我已经跟您说过，这辈子我谁也不嫁。说出去的话，泼出去的水。您就死了这份心吧。您的好意我

---

① 获——获与祸同音，所以"荷花程"故有此语。

能领会，海八爷也是挺不错的人。按我的贱身，嫁给他，不能说有多抱屈。可是我已然诅咒发誓，请您相信我，我不会嫁任何人，这辈子就守在您身边。”

“荷花程”凝视着她说道：“印月，你真是太任性了。我……”

印月猛然小脸阴上来，媚眼倒竖，噘起小嘴，站起来，说道：“您别再往下说了，人怕伤心，树怕剥皮。我为人做事，向来是敢恨敢爱，宁撞金钟一下，不打铙板三千。您要再说，我就要找根绳儿上吊了。”

“荷花程”知道印月的性情，见她说出这话，再不敢拿小“刀”戳她的心了。

第十章 "荷花程"吃炒肝戏说姻缘

印月是见过世面的女子，甭瞧她有时爱使小性儿，其实她的心缝儿很宽。

由打那天晚上"荷花程"跟她给海八爷提亲，让这个学生跟老师差点儿红了脸以后，"荷花程"断了当"月老儿"的念想。但印月却对海八爷的婚事上了心。

她觉得既然海八爷的人品和人缘那么让人没挑儿，就该替他张罗个不错的姑娘，她憋着给海八爷说亲，这姑娘不是别人，就是蓉秀。

秀儿性情温柔贤惠，规规矩矩，老实巴交，自从跟印月学画画儿，她俩成了能过心的朋友。

甭瞧秀儿因为说话结巴，平时少言寡语，但是，在印月这儿，她的话透着多，而且肚子里不存东西。印月从秀儿的话里话外，影影绰绰地觉出她对海八爷的好感。

印月是风月场上出来的，男人和女人之间那点事儿，她看得透透儿的了。有两次，海八爷到"荷花程"的小院拾掇门窗，正赶上秀儿跟她学画儿，印月留神观察，觉得俩人将来搭帮过日子，再般配不过了。她想成全这俩人的秦晋之好。

不过，印月的心眼多，什么事儿，她不到火候儿不揭锅。她觉着世上的好事得多磨，着急吃不了热豆腐。婚姻是一种缘分，是水到渠成瓜熟蒂落的事儿。正由于印月惦记着替秀儿做媒，所以在海八爷面前，显得落落大方，透着热情。

在印月看来，这是成人之美的事，可是，她这儿一跟海八爷走得近了点儿，使原本简单的事，变得微妙起来。

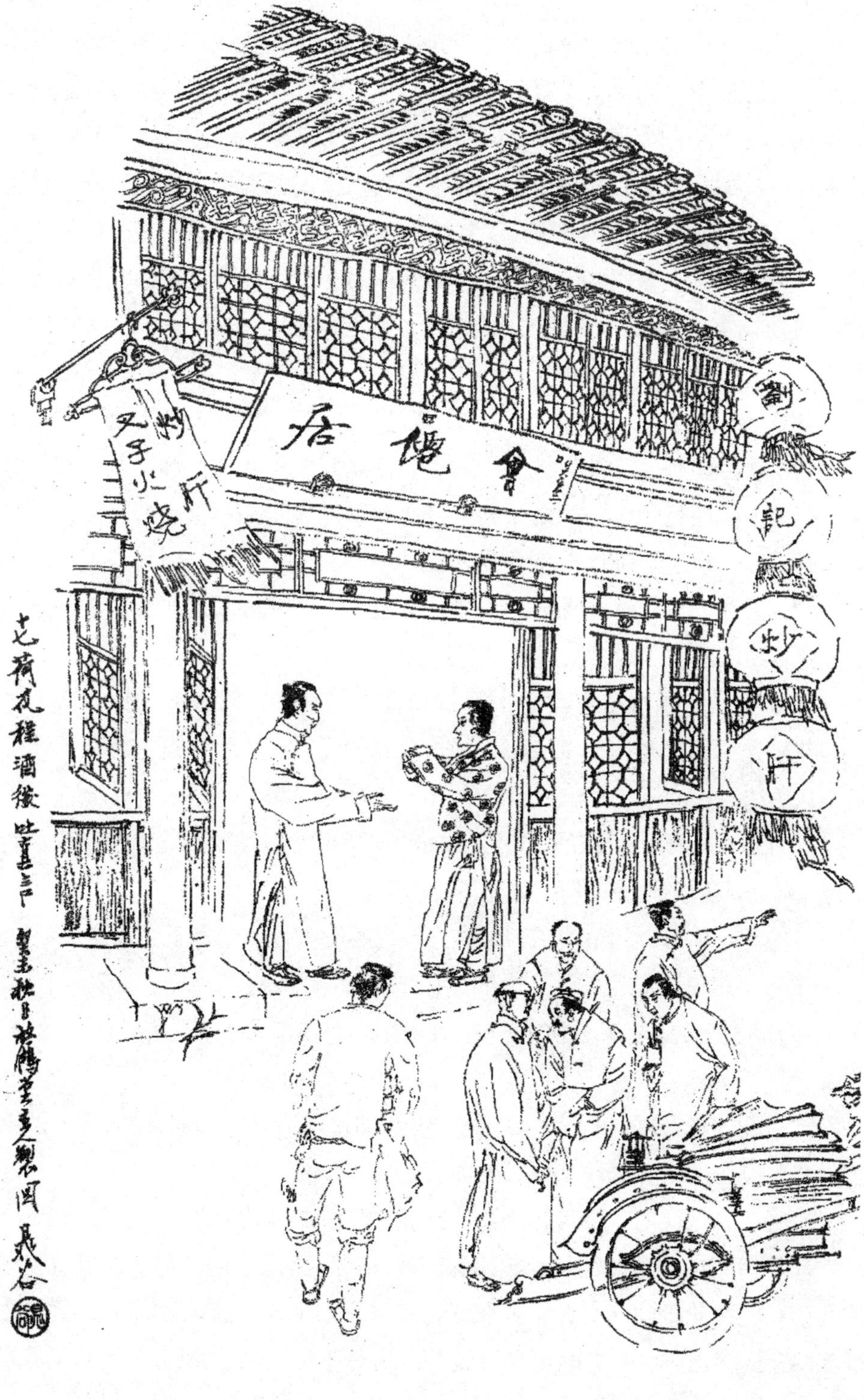
會僊居
炒肝

不说海八爷那儿心里乱了章儿。秀儿这儿却闹起了误会。她以为印月在跟海八爷暗送秋波呢。"荷花程"那儿也起了疑性，他一时把不准印月的脉了，上次他跟印月提亲，结果弄得俩人心里别扭好几天，现在印月却主动跟海八爷套近乎，他以为印月回心转意了呢。

秀儿没那么多心眼，她以为印月暗中喜欢上海八爷，所以在印月面前，总夸海八爷。她这一夸，印月反以为她爱上了海八爷。

这天，秀儿在家里画了幅荷花，来找印月指教。印月觉得她画得过于稚嫩，便在画案上铺上一张"迁安宣"，拿起一管"中锋"，教她一些基本功。

其实，"侧锋"、"逆锋"、"拖笔"、"皴擦"、"点簇"等画国画的基本功，印月已不知教她多少遍了，但画画儿得有悟性和灵气。秀儿绣花、织毛活手还算巧，一到画画儿上，那双手就显得拙了。一些技法，她总也掌握不好。画出的荷叶，像团墨疙瘩。

"印月姐，你干干干脆再再画画一张吧。"秀儿心里起了急。她一急，说话就更结巴了。

"好吧。"印月很有耐心，重新拿过一张宣纸，给她演示："秀儿，画荷花要先用大羊毫提斗调淡墨，画出荷花的卷叶。你看，这笔要用活，然后，再蘸浓一点的墨，画出正面的叶子。"

印月边说边画，荷花的卷叶与正面叶子留出空白。紧接着，她用大兰竹笔调上中等墨色，趁湿，勾出翻卷荷叶的筋。

"秀儿，你看，用笔要活，要虚，墨色不能太重，线条不要太实。"

"嗯，我我知知道了。"秀儿点了点头说。

印月随手又从笔架上换了一管大兰竹笔，在砚台上调出浅墨色，勾出花蕾。

"秀儿，记住喽，行笔一定要有变化，有提有顿，花瓣儿尖的地方要画实一些，根儿这儿要虚，里面的花筋也要虚。"

"嗯，我记住了。"秀儿这会儿比谁都明白，自己动笔画，就糊涂了。

印月用大兰竹笔，纯熟地调出深一些的墨，画出叶柄，花柄，扭过脸对秀儿说："这儿很吃功夫，你要注意，水分不要太多，行笔要有力，留神几根茎的穿插变化，画茎上的点要用焦墨，疏密有致。" "嗯。"秀儿又点了点头。　印月换了支笔染花蕾，先用淡花青把花反衬出来，接着用淡草绿提一下花瓣的根，用淡曙红略染一下花瓣的尖儿，最后换笔，用淡青色点一下叶茎根部的水塘，末了儿又画了几条小鱼。这幅荷花图就出来了。这真是会者不难，难者不会。秀儿端视着印月只用了几笔就画出的荷花，啧啧叹道："印月姐，画得真真好。"

印月把画好的画儿拿起来，品了品，微微一笑说："你看，这有什么难的？只要你肯下功夫，一定会比我画得好。可是咱们要赶上我的老师，那可早着呢。别看我在你面前，敢卖《三字经》，在我老师面前，我可就没有说话的地方了。"

"那那是，程先生，是大画家嘛。"秀儿点点头说。

俩人聊了一会儿绘画的技巧，秀儿见印月的兴致颇高，从兜里掏出一方白手帕，对印月说："印月姐，你在在在这上画幅荷花图吧。"

印月接过手帕，看了看，笑道："香帕上画荷花！秀儿，这可是定情的物呀，你打算送给谁呢？"

蓉秀的脸腾地红了，支支吾吾地说道："送送……那那那什么，你就就……"

"送我舅？哈哈，我哪儿有舅呀。你呀。"

"不不，我是说你就就画吧。"秀儿赶紧解释，越解释越结巴，逗得印月前仰后合。

"好啦，秀儿，你就别解释了，既然张口了，我怎么能让你的手帕白着拿回去呢？好吧，我给你画两朵荷花，凑个趣儿吧。"

印月笑着即兴挥毫，在秀儿的手帕上画了一幅荷花图。这就是秀儿送给海八爷的那个荷花图手帕。

为什么秀儿要把这个手帕送给海八爷呢？甭瞧秀儿平时蔫蔫乎乎，不多说不少道的，眼里却不揉沙子，她在跟印月学画时，影影绰绰觉乎着印月对海八爷挺关照，她以为海八爷暗中喜欢上了印月，看印月犹抱琵琶半遮面，躲躲闪闪的意思，她以为印月抹不开面子捅破这张窗户纸呢。所以她想借这个荷花图手帕，跟海八爷把这件事说开，成全他和印月的亲事。

没想到那天海八爷到她家，屁股上像长着刺儿，她光把手帕给了海八爷，还没顾上跟他多说几句话，海八爷就走了。这么一来，反倒让海八爷误会了，他以为这是秀儿给他的念物呢。当然，拿秀儿跟印月相比，他更喜欢秀儿。他知道自己吃几碗干饭。印月好是好，他高攀不上。

印月在书房往手帕上画荷花图时，正好"荷花程"进屋拿东西，他看了看那幅荷花图，随便问了句。见印月支支吾吾，没再多说话，他转身走了。

海八爷在大酒缸，没留神把手帕掉在了地上，让"荷花程"看见了，他一眼便认出这是印月画的。

印月画的手帕，到了海八爷手里，这还用问吗？一准是印月把这手帕当成了定情物，私下给了海八爷。"荷花程"暗忖，保不齐印月听他一撺掇，对海八爷有了意，但碍着他的面子，不好意思明说，实际上背后跟海八爷已然拉了蔓儿。

想到这儿，"荷花程"心中暗喜，既然海八爷已经把手帕接了过去，他应该借着这个茬儿，再添一把火，把他俩的亲事促成了，也算了了自己一块心病。所以，他特意把海八爷约到家里，打算跟他单聊。

海八爷没有爽约，把手头儿的事忙利落，便直接奔了"荷花程"的小院。

"荷花程"正在院里猫着腰摆弄花儿，见海八爷来了，他直起腰，笑着打招呼："八爷，刚还念叨你呢。嘿，说曹操，曹操就到。"

海八爷笑道："念叨我？嗨，我有什么可念叨的呢？程爷，您的茉莉可该上肥了，回头我给您找点儿马掌来，您拿水泡几天，浇上。""呦嗬，你又成花把式了。怎么？养花，你也行呀？""荷花程"说道。海八爷笑了笑，说："嗨，我哪称得上花把式呀？见多了，多少懂一点儿。"

"快，屋里坐吧。""荷花程"放下手里的家伙什儿，张罗着说。

"程爷，我坐不住，您甭照应我，我坐不住。"海八爷摆了摆手说。

"荷花程"道："怎么？来了就想走？那哪儿行呀，你先坐一会儿，喝杯茶。回头我请你吃炒肝。"

"炒肝？程爷馋这口儿了？"

"可不是吗。"

"嘿，我也有日子没品这一口儿了，得，谢程爷赏脸。"海八爷道。

"你瞧，我留不住你，炒肝却能把你拉过去。八爷，你呀，跟我一样，亏什么也不亏嘴。""荷花程"笑了笑，转过身招呼印月，给海八爷沏茶。

俩人喝了两杯茶，扯了几句闲篇儿，"荷花程"出门叫了两辆洋车，一前一后，奔了前门外鲜鱼口的"会仙居"。

说起这"会仙居"，它这儿的炒肝四九城闻名。炒肝是北京小吃，说是炒肝，其实肝没多少。炒肝并不要功夫。先把鲜肥的猪肠用碱和盐水浸泡揉搓，再用清水加醋洗净，去掉肠子的腥臭味以后上锅煮，火是先武后文，锅上盖一个比锅小一圈的锅盖，以防跑油。肠子烂了以后，切成五分长的"顶针儿段"。然后再把鲜猪肝用斜刀片成柳叶状的条儿，上锅炒，加大料、生蒜、黄酱，炒好以后备用。另外，熬出一锅口蘑汤备用。

炒肝得"炒"，怎么炒呢？先把汤煮得滚开，然后把切好的熟肠段放进去，再搁炒好的蒜酱、葱花、姜末和口蘑汤，之后再把切好的生肝条放入汤锅中，紧跟着勾芡，最后洒上一些砸好的蒜泥，这炒肝算是做好了。所以这"炒肝"听起来是"炒"出来的肝，实际上是煮出来的肥肠。

为什么叫炒肝呢？这里还有个典故，跟"荷花程"有那么点儿关系。原来"会仙居"最早也是一个大酒缸，当初由一位叫刘永奎的北京人经营，后来刘永奎染上了大烟瘾，把铺子让给小舅子刘喜贵经营。刘喜贵仨儿子，老大刘宝忠，老二刘宝奎在"勤行"学过徒，孩子们长大以后，刘喜贵让了位。

这哥仨掌管"会仙居"以后，仿照旁边"广来永"白水汤羊铺的路子，专营白水杂碎汤和叉子火烧。他们做的叉子火烧，用盐水和面，压成一个个厚薄均匀的面团，先用饼铛烙一会儿，然后用铁叉子把火烧叉住，放进炉里烘烤，出炉的火烧外焦里嫩，咸淡可口，又有嚼头，挺受大众欢迎。

那当儿，"荷花程"常跟老朋友杨曼青到"华乐"和"广和"戏园子听戏，赶上晚场，这俩人路过"会仙居"，来碗白水杂碎汤，再找补一个叉子火烧，算是一顿夜宵。

有一天，"荷花程"和杨曼青听了戏，来到"会仙居"，一人要了一碗白水杂碎汤，刘家老大刘宝忠过来跟杨曼青闲聊："杨先生，您吃着这汤口儿正吗？"

杨曼青是报馆的记者，喜欢研究北京的风土民俗，为人直率豪爽。他从嘴里吐出一块嚼不烂的肺头，咧咧嘴道："实不相瞒，您这杂碎汤，我真不敢恭维。"刘宝忠笑道："杨先生说的是。这杂碎汤，我们哥儿仨琢磨好长时间了，想不出好辙来，您见多识广，给我们开个方。"

"荷花程"在一边说道："是呀，既然刘家大爷求到您这儿了，您好琢磨吃，就给他出个主意吧。"

杨曼青皱着眉头想了想，一拍巴掌说："有了，我出的这个主意管保让'会仙居'出名。你呀干脆把这嚼着费劲的心肺从白水杂碎汤中去掉。"

刘宝忠说："那不成烩肝肠了吗？"

杨曼青击掌道："对！就是烩肝肠！你只留下肝和肠，汤里勾上芡，把汤做得味浓一些。但有一样，不能叫这名儿。" "那叫什么呢？" 杨曼青想了想说："我给你起个名儿，叫炒肝吧。" "炒肝？这名儿……？" "嘿嘿，高就高在这名儿上了。"荷花程"击掌道。 杨曼青说："别人会问你怎么叫炒肝呢？你就直说，这肝拿油上锅炒过。等你做出来，我回头在报上写篇文章，捧捧你们，嘿，你们就瞧好吧。"

刘宝忠心有灵犀，高声叫道："妙！多谢杨先生指教。等我做好了，一定请您来品尝。"

这就是老北京有名的小吃炒肝的来历。后来，杨曼青果真在报上发表了一篇专门介绍"会仙居"炒肝的文章，之后，他又写了一本专门介绍京城独家买卖的书，里头又介绍了一番"会仙居"，"稠浓汁里煮肥肠，一声过市炒肝香"。如此一来，"会仙居"九城闻名。老北京人慢慢吃上了口儿，直到现在，炒肝仍是北京人喜欢吃的一道小吃。

后来刘氏哥儿仨的生意越来越火，从一间平房的门脸，发展到两层楼房，到了二十世纪三十年代，远香馆饭庄的厨子洪瑞和天桥卖大饼的沙玉福二人又在"会仙居"的斜对面开了个"天兴居"炒肝铺，沙、洪二位会经营，很快在京城出了名，两家炒肝店展开竞争，到后来北京解放，公私合营时两个老字号合二为一了，当然这是后话了。

当下，"荷花程"和海八爷来到了"会仙居"。掌柜的刘宝忠正往外送客，老远看见了"荷花程"。他跟"荷花程"算是老熟人，赶紧笑容可掬地打着招呼："呦，程爷，您可是稀客呀，有日子没过来品我这儿的炒肝了。快，里边请。"

"荷花程"看了看厅堂里捧着碗大块朵颐的食客，笑道："刘爷的生意真是越来越红火了，'会仙居'真成了会仙居了。"

"那还不托您跟杨先生的福吗？杨先生大笔一挥，四九城的人都知道这儿的炒肝了。来，您二位上楼吧。"刘宝忠张罗道。

"嗬，又新起了个二楼。行！行！""荷花程"一边啧啧赞叹，一边拉着海八爷上了二楼。

落座之后，刘掌柜让伙计给"荷花程"上了几盘凉菜和一壶烧酒。

"二位先喝口儿，回头再给您上炒肝和烧饼。"刘掌柜笑着说。

"得，刘爷，您忙您的。我们先慢慢喝着。""荷花程"冲他摆了摆手。

"是啦，程爷，您需要添什么菜，尽管吩咐，我到前头照应一下。"刘宝忠嘿然一笑，转身出去了。

海八爷愣了一下，笑着问道："程爷，您今儿怎么改地方了？喝酒，咱还得去'同义居'呀。"

"怎么，嫌我不照顾夏三爷的买卖了是吧？"

"不，我是说喝酒在咱们自己的铺子喝，那多自在呀。"

"荷花程"笑了，打了个沉儿道："我今儿约你出来，是想跟你二两棉花，单谈（弹）。不想让外人知道，你这么机灵的主儿，这点儿意思还没看出来吗？"海八爷挤咕了一下小眼，嘿然一笑说："嗜，您一个劲儿地说要吃炒肝，弄得我拿着旗杆进门，一时转不过弯儿来了。合着您要单独给我把脉。好，我跟您是万丈棉花一张弓，有的可谈（弹）。"

"荷花程"瞪了他一眼，说道："你小子，嘴里净是俏皮话。嗯，你是属窗户纸的，一点就破。来，动筷子，咱们先喝一杯。"

"谢程爷抬爱。"海八爷端起酒杯，一仰脖，干掉，撩了一箸子菜，有滋有味地嚼着。

"荷花程"放下酒杯，问道："知道我找你说什么事儿吗？"

"知道？程爷，知道我还能让您点拨吗？真。"海八爷撇了撇嘴说。

"得，我明白你是直肠子，也别跟你绕来绕去了。八爷，知道你手里的那方荷花手帕是谁给你的吗？"

"荷花手帕？"海八爷愣了一下，说道："是秀儿给我的。夏三爷的二闺女蓉秀呀！"

"荷花程"道："我知道是秀儿给你的，可她只不过是转了一道手，那荷花是我的学生印月画的。"

"啊？是印月……？程先生，让您这么一说，我怎么糊涂了？"

"人生难得糊涂呀，哈哈。八爷，你说呢？"

"程先生，您可别这么称呼我，在您面前，我永远是学生，您就叫我海子吧。"

"你我之间，不在乎名分。别看我比你多识几个字，能画几笔，但我从没在你面前拔尊的意思。"

"那是，先生的为人还用多说吗？您身上可没文人墨客酸文假醋的味儿。真，您身上一点文虚子劲儿找不出来，跟我们这些穷人说得来，这正是您让人敬重的地方。"

"因为我本来也是一个穷人嘛。哈哈。""荷花程"径自笑起来。

沉了一下，他喟然长叹说："穷人是世上最富有的人，也是最快乐的人。小穷则小乐，大穷则大乐。宗少文云：'吾已知富不如贫，贵不如贱。'始以为矫谈，会乃信之。往曾与黄平倩言：但看长安街夜半时，古庙冷铺中，乞儿丐僧翩翩如雷吼，而白髭老贵人，拥锦下帏，乞一合眼而不可得，则宗少文之言验矣……"

海八爷被这之乎者也的弄得一头雾水，挤咕挤咕眼笑道："程先生，您学问忒大，这话什么意思呢？"

"荷花程"道："我刚才说的是我的同乡袁宏道袁中郎说的一段话，他是晚明的才子，怀才不遇，却豁达自乐，深山水之奥，结当来之缘，种花赋诗，随口即讴，寻人生至乐。他认为人穷不足为忧，穷有穷的快乐。宗少文是南朝宋代的隐士，说富人不如穷人，贵者不如贱者。一开始袁宏道不信，后来他悟出其中的真理，他来到北京，看到在古庙和铺子里寻找安身之所的那些乞丐、叫花子，夜里倒头就睡，睡得那么香甜安详，而那些富人虽有高床锦被，却被失眠症所折磨。这时他才相信富不如贫，贵不如贱的道理。"

海八爷嘿然一笑道："照他这么说，穷人得认命，永远安贫乐道了？那人还有什么奔头呢？我可没他那么高的修行，我做梦都想当富人。谁跟享福有仇呀？哈哈。"

"荷花程"沉吟道："八爷说的是实话。来，喝酒。"

"喝，我敬先生一杯。"海八爷端起酒杯，一饮而尽。

"痛快，再来一杯。""荷花程"又举起了酒杯"我真喜欢你的这种豪气。"

海八爷又跟"荷花程"干了一杯，抹抹嘴说："我是糙人，您别见怪。"

"荷花程"说："你说的没错，袁宏道有言：人生一世，真乐有五，不可不知，目极世间之色，耳极世间之声，身极世间之鲜，口极世间之谈，一快活也。堂前列鼎，堂后度曲，宾客满席，男女交舄，烛气熏天，珠翠委地，金钱不足，继以田土，二快活也。箧中藏万卷书，书皆珍异。宅畔置一馆，馆中约真正同心友十余人，人中立一识见极高，如司马迁、罗贯中、关汉卿者为主，分曹部署，各成一书，远文唐宋酸儒之陋，近完一代未竟之篇，三快活也。千金买一舟，舟中置鼓吹一部，妓妾数人，游闲数人，泛家浮宅，不知老之将至，四快活也。然人生受用至此，不及十年，家资田地荡尽矣。然后一身狼狈，朝不谋夕，托钵歌妓之院，分餐孤老之盘，往来乡亲，恬不知耻，五快活也。"

海八爷笑道："先生说的这些快活，有一快活还没说到。"

"哪件快活事？你说说看。"

"放马郊外，不知人有七情六欲。归来在大酒缸，一醉方休，天为老大，人为老二，不知天高地厚，爱谁是谁。没心没肺，胡吃闷睡。您说这是不是一大快活也？"

"妙哉！八爷的悟性确实很高，这确是一大快活。"

海八爷自斟自饮了一杯酒，笑道："还有一大快活，有学问不去当官，置一所小院，养几棵树，种几盆花，闲来作诗作画，闷来以酒为伴，大智若愚，不问花开花落。心平气和，只知春暖秋凉。朋友来了沏茶倒水，朋友走了倒水沏茶。您说这是不是一大快活也？"

"妙！妙！想不到八爷能出口成章，把你我的心境描绘得如此出神入画。哈哈。来。我跟你再喝一杯。"

"程先生实在是过讲了，我哪会做什么文章呀？糙人一个，真，大字不识的白丁。"

"世上的妙语皆出自村夫野老，人只有无牵挂，才能把事情看透，真是世事洞明皆学问，人情练达即文章。八爷，你比那些酸文假醋的文人强百倍。"

"您这不是烧我吗？我这两下子，狗肉上不了大席面，怎么能跟您这样的文人相比呢。"

"不，你的为人处世实在让我佩服。甭看我从小读四书五经，我还真看不起那些文人墨客。八爷，不跟你绕圈子，我今天请你出来，只想问你一句话，你觉得印月这姑娘如何？"

"印月？当然不错了。要才有才，要貌有貌，要人品有人品，像她这样的女子，打着灯笼都没地儿找去。"海八爷用真诚的口气说。

"你说的这是真心话吗？""荷花程"直视着海八爷问道。

"程先生，这还能是假话吗？"

"八爷，既然你看上了印月姑娘，印月对你也有意，我想做你俩的大媒，你看如何？"

"什么？程先生，您……？"海八爷吃了一惊，忍不住叫起来。

"怎么？你不愿意吗？""荷花程"笑道。

"程先生，您可真会逗闷子。哈哈。"海八爷似乎明白过味儿来，突然笑起来。

"荷花程"一本正经道："八爷，你别笑，我说的是真心话。"

"啊？您……程先生，您让我娶印月？这怎么可能呢？"

"怎么不可能呢？印月是我的学生，常言道：一日为师，终生为父。我可以当她半个家，她听我的。真，只要你有意。""程先生，这……这……我这不是燕子垒窝，专找高门楼飞吗？您可别……我怎么配得上印月姑娘呢？先生，您别拿我打镲了。"

"八爷，常言道：出门看天色，炒菜看火候。我寻思着你配得上印月，印月当然也配得上你。印月跟我几年了。我这把年纪，不能总让她陪着我。不瞒你说，我心里一直惦记着给她找个好主儿。找什么样的主儿呢？找个当官的，我怕靠不住，找个文人墨客，她未必能喜欢。你呢，虽说肚子里没文墨，但有本事，人也好。她如果跟了你，这辈子也有了依托，我也算了了一桩心愿。我见你手里拿着印月画的荷花手帕，我觉得这事有门儿，所以才敢跟你打开天窗说亮话。""荷花程"不紧不慢地说。

海八爷有一百个心眼，也不会想到"荷花程"约他出来是说这档子事，他简直有点儿发懵。沉了一会儿，他说道："程先生，您看走眼了，真，我已然跟您说了，那手帕是秀儿给我的。"

"秀儿？你喜欢秀儿？""荷花程"瞪大眼睛问道。

海八爷道："您知道夏三爷一直把我当儿子看待，秀儿对我也挺好……程先生，我知道自己是什么坯子，也知道自己吃几碗干饭。我怎么能对印月姑娘有非分之想呢？活这么大，我没吃过猪肉，还没见过猪跑吗？虽说印月是您的学生，她跟您也总是先生长先生短的，但我觉乎着她心里只有您，不会有第二个人。她跟您是攥着沙肝，揪着连贴儿。真，您可别伤她的心。"

"八爷，这正是我的一块心病。我总觉得这样下去，会把她给耽误了，对不住她。"

"程先生，您以为把她嫁出去，就对得住她吗？您呀，真是的。"

"我……唉，八爷，我们刚才聊了半天了，你应该知道我的心气儿，大穷大乐也，我不能因为我穷，也让她跟我……"

"您让她嫁我，我也是穷人呀！既然您认为大穷是大乐，小穷是小乐，您何不让印月陪着您一起快快乐乐地活着呢？程先生，您别错打主意了，一切随缘吧。我看您跟她是一个葫芦锯俩瓢，天生一对。要说当媒人，是不是这个角儿该我去呀。"

"荷花程"扑哧乐了："你小子这张嘴好厉害呀，合着我说了半天，把自己给饶进去了。做媒，能轮到你吗？嗯？"

海八爷笑道："我这不是没事儿嗑瓜子，闲打牙吗。俗话说，穿针要看鼻儿，买马要看蹄儿。给您当媒人？倒背手作揖，没有这一理（礼）呀。"

"荷花程"端起酒杯喝了一口，吃了一箸子菜，沉吟道："别跟我这儿闲打牙了。我问你，你是不是对秀姑娘有意了？"

海八爷咧了咧嘴，不好意思地笑道："剃头挑子，一头热。我还不知道她心里是怎么寻思的？程先生是不是想替我撮合这门亲事呀？"

"荷花程"嗔怪道："你这个鬼小子，合着早就心里有了人。唉，我刚才说的话收回吧。你放心，只要你真心想娶秀姑娘，夏三爷那儿我还说得上话。"

"那我得先谢谢程先生。"海八爷发现"荷花程"的脸上流露出不悦之色，赶紧站起身，作了一个揖。

他的心眼多，生怕"荷花程"再接着这个话茬儿往下续，自己言多语失，备不住哪句话会让老爷子挂不住脸，想赶紧换个话题。正嘀咕不知该说点什么呢，"会仙居"的二爷刘宝奎推门进来了。

刘宝奎长得方头大脸，个儿比他哥哥高半头，看上去身体很结实，他穿着大褂，一看便知刚从外头回来。

"程爷，知道您过来，我得来给您请安。"刘宝奎笑着双手抱拳，打揖道。

他从小练武，学的是"形意"，身上带着几分江湖气。

"都是老熟人了，何必这么客气呢？""荷花程"站起来，很得体地微笑说。

"这位爷是……？"刘宝奎打量着海八爷，笑着问。

"噢，这是我的朋友海八爷，浩贝勒府的马倌儿。""荷花程"接过话茬儿，把海八爷介绍给刘宝奎。

"海八爷，久闻大名，今儿难得一见。"刘宝奎对海八爷抱拳拱手道。

"幸会，幸会。我是北城的根儿，您的大号，我也听说过。"海八爷站起来笑道。

"二位爷坐吧，到了这儿就如同到了家，甭客气。"刘宝奎谦和地礼让道。

"呦，这菜怎么还没动呢？不合口？得，再给二位爷添俩菜。"他低头看了看桌上的菜碟，转身把伙计叫来，又叫了四道凉菜。

"不是菜不对口儿，我们刚才光顾聊天，还没来得及动筷子呢。"海八爷笑道。

"刚才没动筷子，现在动吧，来，我陪二位爷喝一杯。"刘宝奎豪爽地说。

"好呀，程先生在上，咱哥俩敬他一杯。"海八爷随手给刘宝奎斟满一杯酒。仨人站起来，举杯碰了一下，各自干掉。

刘宝奎放下酒杯，看了海八爷一眼，笑着问道："八爷是乌爷跤场上的高手，这我早有耳闻，敢问您一句，听说浩贝勒爷要跟洋人赛马，日子定规下了吗？"

海八爷愣了一下，说道："噢？浩贝勒爷赛马的事儿，您也知道了？"

"嗐，四九城的老少爷们谁不知道呀。这事已然嚷嚷动了。"刘宝奎笑道。

"嗻，看来这是个热闹儿。不瞒您说，赛马的日子我还不知道。不过，赛马那天，您得过去捧个人场。"海八爷笑着说。

"那是一定。说起来这也是咱北京爷儿们露脸的机会。"刘宝奎爱聊，接着跟海八爷谈起赛马来，听得出来，他对赛马挺在行。

"荷花程"对赛马不感兴趣，也不懂马，所以插不上话。他似乎还想着海八爷的婚事，抽不冷子冒出一句："八爷，对秀儿的事，你可得上心，那手帕备不住是她给你的定情物呢。"

"是，先生放心，我知道该怎么办。"海八爷转身朝"荷花程"笑了笑。他怕冷落了"荷花程"，又陪他喝了一杯酒。

"荷花程"叹了一口气，说道："常言说，别为青枣去操心，到了时候自然红。这话一点不假，一切都随缘吧。" 刘宝奎看这二位酒喝得差不多了，张罗着让伙计上炒肝和叉子火烧，为了讨好"荷花程"，他还让伙计出门到"月盛斋"叫了两斤酱羊肉。 仨人有说有笑，吃得挺开心。海八爷肚量大，一气儿吃了两碗炒肝，外加三个叉子火烧卷酱羊肉。

"怎么样，您吃顺口儿了没有？再来一碗如何？"刘宝奎看着海八爷，笑着问道。

"别来了，再来这肚皮可该撑破了。"海八爷抹了抹嘴，憨厚地笑道。

"二爷，今儿这顿饭记我的账上。""荷花程"看吃得差不多了，对刘宝奎说。

"哎哟嗨，程先生这不是打我脸呢么？您到我这儿吃炒肝，还用结账吗？请都请不来您呢。"刘宝奎急赤白脸地说。

"荷花程"笑道："怎么，打算让我吃白食呀？这是哪儿的事情呀！"刘宝奎道："没有您和杨先生，就没有'会仙居'的炒肝。您到这儿吃两碗炒肝，我还跟您算账，您说我还是人吗？您到这儿来，可千万别提这个钱字。您要是觉得不落忍，赶明儿得空，我讨您一幅'荷花'，您没瞧见吗，这新起的二楼，墙面四白落地，给您的'荷花'留着地方呢。"

"合着，你在这儿等着我呢。""荷花程"扑哧乐了："好吧，既然你张口了，我不会让你等着着急。"

"那我先谢谢程先生了。"刘宝奎赶紧抖了个机灵说。

刘宝忠和刘宝奎兄弟把"荷花程"和海八爷送到门外，刘宝忠早早儿把洋车给他俩叫下，在门口等着了。车钱已事先给了车夫。

两位爷临上车，刘宝奎把海八爷拉到一边，悄声说道："八爷，你刚才跟程先生说的秀儿，是不是'同义居'大酒缸夏掌柜的二姑奶奶？"

"是呀，你认识她？"海八爷纳着闷儿地问道。

刘宝奎压低嗓门说："我不认识她，但听说过。"

"你听谁说的？"

"夏三爷的徒弟柱子。"

"你认识柱子？"

"敢情，您别忘了我在'勤行'学过徒。几年前，柱子也在外头学过灶上的功夫。有句话，不知我当讲不当讲？""你说吧，不碍的。""算我今儿多说话，不过，我今儿见着八爷，知道你是个爽快人，咱哥儿俩挺投脾气。这句话不说，我觉得对不住你。"

"哎呀，老哥，你怎这么絮叨呢，说吧，我这人什么事儿，都拿得起来放得下。"

"我跟您端实底儿吧，二姑奶奶，她……我听柱子说，他俩早就有一腿了，二姑奶奶已然是他的人啦。"

"啊？"海八爷听到这儿，如五雷轰顶，眼前一黑。

不过，他是有外场的人，脸上的不快神情在眨目眼之间便没了影儿。

"是吗？有这事儿？行啦，我知道了。多谢二爷的好意，我跟秀儿……哦，夏三爷是我的师父，他的闺女，我总该照应才是，你说呢？没什么，她跟柱子好，如果是真心实意，我不会说什么。好事。"海八爷拿出每临大事有静气，处事不惊的劲头，他扭脸看了一眼已然上车的"荷花程"，漠然一笑说。

"八爷，我没别的意思。"刘宝奎道。

"我知道，你是好意。得，咱们浩贝勒爷赛马时见。"海八爷笑着，转身上了洋车，陪"荷花程"打道回府。 柱子会跟秀儿有一腿，她是柱子的人啦？真会有这码事儿？宝奎的这句话，让海八爷的心里推倒了五味瓶。

第十一章 赌胜局贝勒爷祭祖马

浩贝勒爷那年三十出头，长脸，瘦高个儿，长得眉清目秀，十分英俊。举止言谈，有几分书生气。他的长相和身段在舞台上扮旦角儿，没挑儿，但他偏偏爱花脸和武生。花脸，他跟钱金福学过；武生，他拜过杨小楼。从这一点，可以看出他外秀内刚的性格。

浩贝勒爷迷上骑马，跟他父亲有关，他父亲在清末的王公大臣中，算是能领兵打仗的名将，只可惜没赶上好时候，大清国的气数已尽，他有天大的本事，也无法扭转乾坤。不过，他的骑术却影响了最小的儿子。浩贝勒爷从小就学会了骑马。

说起玩马，浩贝勒爷称得上是大玩家，玩到什么份上呢？他能拿一所三十多间房的宅子，跟人换一匹纯种儿的良马。玩，他不但能驾驭各种烈马，纵驰飞奔，还能飞身上马，在马上演马术。四九城一提起玩马，没有不知道这位浩贝勒爷的。

自然大凡玩马的主儿都喜欢在众人面前露一手，浩贝勒爷也不例外。那当儿，他正血气方刚，尽管大清国已倒台，但溥仪还在紫禁城当逊帝。享受着民国政府的优待条件，他跟溥仪是亲戚，自然也跟着沾了光。饿瘦的骆驼比马大，他依然保持着昔日的威仪。当然，这只是大面上的威风，从内心来讲，他的底气已经难比当年了。正因为如此，他想借跟洋人赛马的机会抖抖份儿，让人们知道大清国倒了，他身上的皇家血脉和遗风还存在。所以英国府的商务参赞史密斯到府上见他时，没说几句话，他便当场拍了板："好，赛马的事就这么定了。规矩按英国人的走。"

史密斯的岁数跟浩贝勒爷差不多，大个儿，蓝眼珠儿，大鼻子，留着两撇八字胡，穿着笔挺的西装，透着几分英武和强壮。

他是中国通。二十多岁大学毕业，就在东南亚国家经商，后来投奔他一个本家兄弟，到了北京。他这个本家兄弟在八国联军打北京时，就在英国府里当差，闹义和团时，差点儿没要了他的小命。

不过，受了一番惊吓，他倒得了升迁。把史密斯调到了自己身边。一主不能有二仆，史密斯来了以后，他便去了日本。

史密斯在英国府当的这个商务参赞可以说是个闲差。那当儿，中国的出口贸易有限，他这个参赞，几乎没商可参，这给了他更多的了解京城风土人情的机会。

他没用两年，便学会了汉语，平时跟北京的商人打交道，不用翻译。由于他在京城的地面上熟，在东交民巷各国驻华使馆也经常溜达，所以有时他张罗一些事，倒能一呼百应。

他这次张罗跟浩贝勒爷赛马，除了带有几分娱乐，也有借机扬威的意思。民国初年，中国的政局不稳，军阀割据的局面使内战不断，西方列强自然想从中捞到好处。史密斯张罗洋人与浩贝勒爷赛马，自然有叫板抖份儿的意思，但这只是表面上的事。

其实，史密斯更深层的动意是拍大使的马屁，他的本家兄弟走了，留下的位子一直空着，他琢磨这个位子已然有日子了，自然他想着方地讨好大使。

这位大使五十多岁，甭瞧头发都白了，却老翁牵猴子，玩心不减。他别的不好，单好骑马。小时侯，家里有个大牧场，五六岁时，他就在马背上玩飘儿。年轻时，在赛马俱乐部当过骑师，要不是后来当兵打仗，上大学深造，当了外交官，他也许会跟赛马打一辈子交道。

到了北京，他愣从英国带来两匹好马，没事儿便骑着到郊外兜风过过瘾。北京的地面就那么大，一来二去的，他知道了浩贝勒爷。

因为玩马的人大都会相马，他几次到郊外骑马兜风，看见海八爷遛的马十分威风，让他惊羡不已。他让史密斯一打听，才知道这马是浩贝勒爷的。

他本想直接跟浩贝勒爷提出赛马的事儿，但又怕自己的这两匹马不是个儿。当然他也拘着面子，堂堂的英国外交官，万一栽在浩贝勒爷手下，那可是有损国威的事。

大使嘛，脑子里转悠的事挺多。但人不怕见到什么，就怕琢磨什么。

他脑子里一直惦记着这个碴口儿，偏偏西班牙驻华大使馆的官员瑞尔也好玩马，新近从澳洲运来几匹名马，他挑了一匹，遛了两个月，觉得这匹马奔跑速度极快，一般的马难以相匹。这才让史密斯出面张罗赛马的事。

史密斯知道浩贝勒爷属于新派人物，他二十多岁作为官费生，到法国的骑兵学校进修，这期间考察过英国的军事，对英国的国情并不陌生。

史密斯在浩贝勒爷面前拿出英国绅士的派头，有意把赛马的事说成有一搭没一搭。

"这只是民间的游戏，不带任何官方色彩。阁下不必考虑得那么周全。"史密斯挤咕了一下蓝眼珠儿，对浩贝勒爷淡然一笑说。

"是这么档子事。不过，既然是比赛，总得有规矩吧。要不怎么能分出输赢来呢？您说呢？"浩贝勒却对跟洋人赛马挺当回子事，一板一眼地说。

他那当儿虽然没有实权，但他看史密斯拿派，他也得端着点儿架子。

"是是，按我们英国人赛马的规矩，怕阁下难以找到很好的场地。"史密斯不软不硬地将了浩贝勒爷一军。

"哈哈，场地嘛，当然啦，您要找跟伦敦相仿的标准赛马场，是费点儿事。但是总得让马跑起来呀，找这种场子，我还能办到。"

"那好，阁下去找场地，我回去起草赛程，两天以后，我们再交换意见。你看如何？"史密斯用外交辞令说道。

"好，就这么定了！"浩贝勒爷站起身，笑着对史密斯说。

其实，在什么地方赛马，怎么个赛法，他心里早就有了谱儿，只不过在洋人面前，他得拿一手。他想让洋人知道，他这个贝勒爷不是只挂着个虚名。

原来，浩贝勒爷在德胜门外早就辟出一个有上百亩地的跑马场。这个跑马场原本是皇家禁卫军的驯马用地，后来荒了，浩贝勒爷常跟京城玩马的那些少爷秧子，到这儿驯马、赛马。

浩贝勒爷跟洋人赛马的时候，还没走"背"字。虽说最威风的时候已然过去，但元气还在。主荣奴显，能跟着浩贝勒爷一块赛马，海八爷也多少沾着几分威风。

当时浩贝勒爷的马号又进来十几匹骏马。除了驾车的四匹以外，剩下的六七匹马，都是这位爷骑着玩的。伺候这些马的有两个驯马师和海八爷。有时遛马的人手不够，驯马师鲁爷便让他的侄子额巴搭把手。额巴也是内蒙古人，十二三岁，在马背上长大的，遛马跟玩似的。

鲁爷大面上是个糙人，心却比较细。因为浩贝勒爷要赛马，所以特意叮告海八爷每天多遛一会儿。

"没说的，鲁爷，要想马儿跑得好，就得让马儿多吃草。这我还不懂吗？"海八爷拍了拍他的肩膀说。

"对，对，那什么……马得多喂。"鲁爷嘿嘿笑了笑。

他说话向来是笨木匠，就一句（锯）。

"俗话说，弄花一年，看花一日。鲁爷，这次浩贝勒爷赛马，可该您露一手了。"海八爷牵着马，进了马号，笑着对鲁爷说。

"那是，那是，我们都要露一手。"鲁爷接过缰绳，蒲扇似的大手在马肚子上摸了摸，咧嘴笑了笑。

"呦嗬，海八爷回来啦？"另一位驯马师关二笑着跟海八爷打招呼。关二大号关庆霖，在旗，原来是清宫禁卫军马队的小头目，三十出头，个子不高，身材灵巧轻盈，长得很秀气。由于骑马的技术出众，禁卫军解散后，被浩贝勒爷留在了身边。他不仅能驯马，还是很出色的骑师。

"二爷，有什么吩咐吗？"海八爷笑着问。

"十四爷早起传下话，你手底下的活儿弄利落了，爷要见你。"关二看了看海八爷，说道。

海八爷笑道："十四爷召见我？嘿，大姑娘上轿，头一回。不会有什么事吧？"

关二道："你问我呢？十四爷找你说事儿，我怎么会知道？兄弟，我后脑勺儿可没长眼。你麻利儿去吧。"

"就我这身行头去府里见十四爷？护院的不把我打出来。"海八爷苦笑了一下说。

关二瞪了他一眼，说道："你哪儿那么多话呀？十四爷，你又不是没接触过，他能挑你的眼吗？真是的。快过去吧。"

"得嘞，我也在十四爷那儿借点仙气儿。"海八爷诙谐地挤咕了一下眼睛，转身走了。

您甭瞧海八爷见天给浩贝勒爷遛马，但他跟浩贝勒爷见面的时候并不多。平时，他遛马主要跟鲁爷和关二打交道。他不知道在浩贝勒爷的脑子里他占不占地方。

头年冬天，京城天降大雪，浩贝勒爷豪兴大发，约了几位王爷到承德东北四百里外的木兰围场打猎。把他和关二也带去了。浩贝勒爷一共带去了三匹坐骑，这三匹骏马，他轮番骑。

谁也想不到浩贝勒爷骑着他最喜欢的一匹名马"画眉眼"，在追一头梅花鹿时，犯了性子，这匹马发了几声鸣叫，猛然跃起，把浩贝勒爷差点甩到鞍下。

眼看着那头鹿越跑越远。浩贝勒爷心里起急，正要发怒。这时海八爷骑着那匹"紫燕子"，紧随他身后，看到浩贝勒爷要出闪失，海八爷急中生智，一勒马缰，从"紫燕子"身上跳下来，奔跑上前，扶住了浩贝勒爷，让他换骑"紫燕子"，接着追那头鹿。他转过身，去驯服那匹"画眉眼"。

让人难以置信的是"画眉眼"见了海八爷立马儿毛顺了。海八爷拍了拍马背，飞身骑上"画眉眼"，接茬儿去追赶浩贝勒爷。此时，浩贝勒爷骑着"紫燕子"，已将那头逃窜的梅花鹿射中。海八爷在裉节儿露的这两下子，让浩贝勒爷大加赞赏。临完，赏了他十两银子。

常言道：路遥知马力，日久见人心。甭瞧浩贝勒爷在外场爱摆王爷的派头，但他对手下人却很随和。虽说他跟海八爷见面不多，可每次见了他，总是挺客气地打招呼。

浩贝勒爷找我有什么事呢？这种单独召见，对海八爷来说还是头一回。海八爷心里纳着闷儿，进了王府。

王府的大门洞两侧仿照大内，设立了回事处，过了这排房子，是一座"乾清门"式的"银安殿"，再往里走，是浩贝勒爷自己设计的院子，正殿九间，西屋是饭厅，东屋是两位格格的卧室，往南是府内浩贝勒爷会客的客厅，这个院子非常宽敞，靠墙摆着几十盆大小不一的鱼缸。

海八爷进来时，浩贝勒爷穿着马褂，正给缸里的龙睛鱼喂食，旁边站着一位白头发的鱼把式，右手拎着水桶，左手拿着抄子，毕恭毕敬地帮他侍候这些鱼。

浩贝勒爷好玩。虽说府里雇了一些把式，但他玩什么都要自己动手，他觉得只有自己动手，这才叫玩，也才有乐趣。

"十四爷，奴才这厢有礼了。"海八爷离着老远，便屈腿给浩贝勒爷请安。

十四爷，是浩贝勒爷的家人和仆人对他的尊称。

关于爷的称呼，这儿得跟您多说几句。老北京的男人见了面往往以爷相称，这种称呼来自满族人的称谓。满族人管父亲叫"阿玛"，管母亲叫"额娘"，管祖父叫"达达"，管祖母叫"太太"。汉族人管祖父叫"爷"。但"爷"在满族人的称呼里不是祖父，而是对男性的尊称。奶奶也不是祖母的意思，是对女性的尊称。《清宫遗闻》里说："旗人男称爷，女称奶，乃极尊贵之称。"

满族人的称谓与汉族人不同，汉族以姓相称，满族人多以名字的第一字相称。当然，满族人的称谓里，等级观念比较强，同样称爷，却有不同的叫法，比如海八爷，是给王爷遛马的，身份比较低，旗人见了面，一般人叫他海子。假如他是有点头脸的人物，才叫他海八爷，要是他当了官，如州官或县官，则叫他海老爷。他的官位是知府，得叫他海大老爷。他要是道台，就得叫他海大人。如果他当了大学士、军机大臣，则称呼海中堂。

清朝是满族人执政，满汉文化逐渐相融，所以汉族人也把"爷"的称谓借用过来，对男性称爷。不过，民间对爷的称谓并没那么严格的等级观念。姓张就叫张爷，姓李行二就叫李二爷。

浩贝勒爷出过洋，属新派人物，他不喜欢人们叫他贝勒爷，他在家行十四，所以人们一般称他为十四爷。当下，浩贝勒爷见海八爷给他请安，把手里的鱼食都扔到鱼缸里，看了他一眼，摆了摆手道："嗯，海子来啦。好，平身吧。"

"谢十四爷恩典。"海八爷站起来，恭敬地说了一句。

"马都喂饱了？"浩贝勒爷问道。

"是。奴才回十四爷的话，马都喂饱了。"

海八爷在浩贝勒爷面前，不敢多说一句话。甭瞧他多么有外场，见什么人说什么话，但他揣摸不透浩贝勒爷的脾气，生怕哪句话，把这位贝勒爷招翻了，砸了他的饭碗。

"嗯，今儿没喝酒吧？没喝，身上没带着味儿嘛。来吧，到书房来吧。"浩贝勒爷接过管家老张递过来的手巾把儿，净了净手，迈着云步，走进他的书房。海八爷屁颠儿屁颠儿地跟着进了屋。

旗人的规矩大，主和奴，等级有别，海八爷老老实实地站在了一边。浩贝勒爷坐在圈椅上，哼了一声，说道："海子，跟洋人赛马的事，你知道了吧？"

"回十四爷的话。奴才知道了。"

"嗯，我找你来，是想问问你那匹'画眉眼'这程子牙口怎么样？"

"这……"海八爷被浩贝勒爷给问愣了，他的脑子飞快地转了几个弯儿，怎么也想不明白这位贝勒爷为什么问他这个。因为浩贝勒爷对他的马再熟悉不过了，每天不到马号看看这些马，他夜里睡觉都不踏实。"画眉眼"的牙口如何，他还不知道吗？他为什么问我这个呢？

"嗯，你天天遛马，'画眉眼'怎么样，心里该有谱儿呀。是不是？"浩贝勒爷又紧了一板。

"我看它牙口不错，只是比起'紫燕子'显得蹄子发沉了"。"画眉眼"和"紫燕子"是浩贝勒爷最喜欢的两匹良马。

"蹄子发沉？你是说它不那么灵便了吗？哈哈，它上了岁数，是不是？"

"也许是吧。"

"好你个猴儿崽子，嗯，眼力'毒'呀！它确实跟了我五六年啦。"浩贝勒爷随手拿起桌上的茶碗，呷了一口茶，沉吟道："老马识途。马跟人一样，并不见得上了岁数就跑不起来了，'画眉眼'是匹良马，还不到上不了阵的地步。人老精，马老猾，兔子老了不好拿。对不对呢？嗯？"海八爷没听明白他说的是什么意思，只能随声附和地点点头："十四爷说得对。"

"嗯，我说什么啦，你就说我对？怎么，你也学会溜须拍马啦？哈哈，海子，做人要有骨气，你可别学那一套。"浩贝勒爷沉下脸，站起来，在书房里踱了几步，突然一回身，说道："要跟洋人赛马了，你们可要给我精神点儿。""是，十四爷，您看我没不精神吧？"海八爷笑了笑道。"嗯，有精神头就好，这程子要少喝酒，知道吗？"浩贝勒爷若有所思地说："跟洋人赛马之前，我要祭祖马，让这匹'画眉眼'当祭祖马如何？"

"这……这得看您的意思。"海八爷嗫嚅道。

"看我的意思？我叫你来干什么？你天天遛马，马性不赖，我问你呢。"浩贝勒爷直视着他说。

"祭祖马得挑刚劲出色的烈马，我看'画眉眼'行。不过，它当了祭祖马，可就上不了赛场了。"海八爷琢磨了一下说。

"嗯，言之有理，我这次赛马，不想让'画眉眼'上。知道吗？"

"是，十四爷，奴才明白了。"海八爷答道。

"好啦，你回去吧。"浩贝勒爷似乎对海八爷的话很受听，朝他挥了挥手。

这位爷当过教官，说话办事讲究干巴利落脆。

海八爷应了一声，打了揖，准备转身出门。浩贝勒爷又把他叫住了。"慢，你告诉关二他们，明天上午到马神庙祭马。"他冲海八爷微微一笑说。

"是，十四爷。"海八爷应声道。

祭祖马是满族人传承先世养马的一种习俗。满族的先人，久居山林，生活起居离不开马，驰骋疆场更少不了马，可以说他们是"马背上"的民族。在长期的养马、驯马、用马的过程中，自然形成了对马的崇拜，祭祖马就是一种祭祀仪式，这种仪式由关外带到关内，一直延续到清末民初。

老北京的庙多，土地庙、火神庙、关帝庙，遍地都是。那当儿的京城，有一步三庙之说。这些庙里有不少是马神庙。不但一般的在旗人要祭马神，就连皇上在祭堂子①的时候也有祭马之俗。当时，每年春秋两季举行马祭。皇上祭马神的仪式在紫禁城西北角的马神庙进行。

浩贝勒爷爱马，当然对祭祖马当回事儿。但是由打鸦片战争以后，中国内忧外患，朝野动荡不安，连正常的祭天祭祖都很难进行，更别说祭马了。这回跟洋人赛马，浩贝勒爷突然想到了祭祖马。一是要告慰祖先，二是想借祖先之灵，给自己作劲。

说老实话，甭瞧浩贝勒爷敢在洋人面前拍胸脯，透着自己底气实足，大话说出去了。其实，他对这次赛马的输赢心里没底。

浩贝勒爷爱玩马，京城人玩马跟口外②不同，口外人养马驯马以打猎为主。京城人养马驯马玩马，除了拿马当交通工具，就是赛马。您说您养的马

---

① 祭堂子——是满族皇帝、皇子、贝勒的祭礼活动，堂子一般是两座相对的神殿。一座是方形的建在北面，朝南向，叫祭神殿。一座是圆形的建在南面，朝北向，叫拜天圆殿，也叫迎神殿。拜堂子的祭礼很多，新年的第一天，或皇上出征凯旋都要拜堂。此外还有月祭、杆祭、浴佛祭、马祭等等。

② 口外——老北京人常说的一个词，即张家口外的意思。张家口外就是塞外，也就是长城以北地区，那会儿交通不发达，人们总以为口外不论从气候和风俗都与口内不同，所以常以口内口外作比较。

好，行，咱们拉出来遛遛，看谁跑得快，您忘了北京人常说的那句话了：是骡子是马，拉出来遛遛。

浩贝勒爷经常跟人赛马，他认为自己养的马在京城得拔头份儿，他是贝勒爷，连宫里的逊帝见了他都敬三分，您想他能怵谁？但是跟洋人赛马，这还是头一遭。赢了，他就是在洋人面前拔尊，输了，他的面子也就栽了。

当然，不论从哪个方面说，他都不想栽面儿，所以说，他祭祖马，多少有点借"祖"扬威的意思，换句话说，算是讨个吉利。因祭祖马的仪式必须要挑选一匹好马当祖马，而且要牵着马进庙，拜神，所以浩贝勒爷让熟悉马性的海八爷来伺候。

第二天，浩贝勒爷换上行头，让海八爷牵着马，关爷、鲁爷陪着，来到了马神庙。

那当儿，马神庙已荒芜不堪，因长年没人来，院里长满了杂草。庙内的佛爷板和供桌落了厚厚一层尘土。鲁爷和关爷带着几个仆人先行一步，打开庙门，拔草除尘，把庙宇拾掇了一番。

"画眉眼"就认海八爷。在海八爷跟前，永远是那么温顺听话，服服帖帖。浩贝勒爷让海八爷将顺马的长鬃长尾，然后在马的乌志骨上放两盅高粱老酒，点燃。

"好，把它请进去吧。"浩贝勒爷把酒盅拿掉，对海八爷说。

海八爷把马牵进庙里，让它头对着佛爷板，喝黄酒、熏达紫香，请祖先"验中"。这匹马便成了祖马。祖马死后要埋在祖先的墓旁。

浩贝勒爷拜过马神，心里似乎踏实一些。回到贝勒府，老管家把一封公函交给他。他打开一看，是史密斯派人送过来的公文，上面写着赛马的时间和比赛规程，以及裁判名单。

"哈哈，洋人向我下战书了。"浩贝勒爷把公函交给老管家。

"十四爷，您有什么吩咐？"老管家问道。

浩贝勒爷想了想说："你回个文，把赛马的地方写上，给英国府的史密斯送去。德胜门外的那个驯马场，赛马的地方就定在那儿了。"

"是，十四爷。"老管家打了个千儿，转身走了。

浩贝勒爷打了个沉儿，扭过脸冲旁边站着的仆人说："让关二和海子备马，我要去德胜门外驯马场。"

"嘛。"仆人应了一声，到马号去招呼人。

浩贝勒爷换上行头，穿上马裤，蹬上马靴，骑着"紫燕子"，带着海八爷、鲁爷和关二等人奔了德胜门外。

快到中午了，海八爷才从德胜门外驯马场回到浩贝勒府。把马牵到马号，手底下的活儿弄利落了，已到了饭口儿。他跟正喂马的鲁爷和关二打了声招呼，大步流星地奔了"同义居"。

正是饭口儿，大酒缸内八月的核桃，满人（仁）。喝酒的，吃饭的，山南海北聊天的，扯着嗓子逗闷子的，叽叽喳喳谈生意的，人声嘈杂，热闹异常。

夏三爷穿着大褂，正和三个肩膀头搭着手巾把儿的伙计，张罗客人，一侧脸，瞅见了海八爷，赶紧笑着跟他打招呼："呦嗬，海子，今儿怎么晚班了？"

"嘻，刚从德胜门外回来。"海八爷笑道。

"去德胜门外？干吗？逮蛐蛐去了？"夏三爷笑了笑说。

"嘻，我哪儿有闲心逮蛐蛐呀！跟浩贝勒爷到德胜门外，看赛马的场子去啦。三爷，有沏得的茶吗？我来一碗。嗓子眼叫水啦。" 夏三爷走到柜台前，拿起大茶壶，倒了一碗茶，递给他。 "怎么，浩贝勒爷跟洋人赛马的日子定了？"夏三爷问道。 "可不是嘛，场子都选好了。"海八爷端起茶碗，咕咚咕咚喝干。自己拿起茶壶，又倒了一碗喝了。

"呦，浩贝勒爷跟洋人赛马，这么说，海八爷要露一手啦。"索宝堂正跟刘炳宸喝酒聊天，伸过一耳朵，听到这儿，搭了话茬儿。

"嗨，露一手？您别养济院里烧锅，拿穷人开涮了。咱是力巴头儿，磨道的驴，听喝儿。哪儿有露一手的时候？"海八爷转过身来，跟他打了个哈哈儿。

"嘿，别这么说呀，海子，浩贝勒爷赛马能离得开你这个马倌儿？来嘿，过来喝杯酒。"刘炳宸笑着冲海八爷打招呼。

"您二位喝着，我先帮夏三爷照应一下。"海八爷见大酒缸这会儿喝酒的主儿挺多，夏三爷忙得有点儿掰不开镊子，赶紧搭把手，帮他张罗。

通常中午到大酒缸喝酒的主儿，多是卖苦大力的。也有推车的，挑担的，拎筐的小贩。这些人有的自带干粮，到大酒缸喝碗老酒，解解乏。有的要两碟小菜，喝碗老酒，再来碗面条，就算一顿。

因为忙着奔嚼裹儿，舍不得把工夫搭在大酒缸。所以，他们一般连坐都不坐，就站着喝，站着吃。吃完喝完，一抹嘴走人。这钟点儿，泡大酒缸的酒腻子不多。再忙，也是热天下大雨，就一阵。

海八爷跟街面儿上的这些三教九流大都半熟脸儿，一边给他们打酒，一边跟他们扯几句闲篇儿。

洋车夫杨二要了一碗"烧刀子"，从怀里掏出一个脏兮兮的布包，拿出一个窝窝头，又从怀里摸出一头大蒜，剥开蒜皮，咬了一口窝头，就着蒜瓣，喝着酒。

海八爷在一边看着他吃得有滋有味儿。笑道："我说二哥，今儿中午，又一头大蒜一碗酒对付了？这回二哥可真成了'大头''了。

"大头"是杨二的外号，他身量长得瘦长，透着他的冬瓜脑袋有些大。他跟海八爷是跤场上的拜帖兄弟，杨二比海八爷大着十来岁，所以海八爷见了他叫二哥。

杨二嘿然一笑道："嗐，我是窝头脑袋，窝头命，真让我吃七个碟八个碗，我这肚子还受不了啦。头年嘿，元隆号布庄掌柜的二少爷办喜事，原来东兴楼的二灶李麻子跑大棚[1]，我凑了个份子，在席面上开了荤，甩开腮帮子吃了一顿。您猜怎么着，猴儿拉稀，坏了肠子，跑了三天肚，差点儿没把我折腾死。"

"您这叫吃顶了。哈哈，平常肚子太素，冷不丁招呼两碗肉，谁也受不了。"海八爷笑道。

"可说是的呢。"杨二咬了一口窝头说："我要有顿顿吃肉的命，还满大街拉车奔命吗？爷儿们，我今年都三十四了。"

"三十四，正当年。"在杨二身边站着喝酒的"茄子李"搭腔道。

"正当年？那得分干什么，干拉脚的这行，有句话：十七八，力不全，二十七八，正当年，三十七八，就玩儿完。搁陈了的西瓜娄啦。老婆和仨孩子张嘴吃饭，我现在是小鸡吃豌豆，强努。唉。"杨二咧着嘴，把堵嗓子眼

---

① 跑大棚——老北京"勤行"的厨师分两种，一种是在饭庄、二荤馆掌灶的。另一种是专为平民百姓办红白喜事掌灶的。因办红白喜事要搭棚支灶，所以叫跑大棚。

的窝头咽下去。　海八爷看他干吃窝头，有点儿噎得慌，说道："二哥，我给你添碟小菜吧。"

"别别，我将就着吧。"杨二摆了摆手。

"就条黄瓜下酒吧。我的筐里还剩下几条。""茄子李"说道。他是推车下街卖菜的小贩，因为种的茄子个儿大，籽儿少，人称"茄子李"。

他人很随和，跟杨二是老熟人，他转身到门外，从小车上的筐里拎出两条黄瓜来，用小褂的下摆擦了擦，递给杨二。

"得，您既然拿来，我就不客气了。今儿沾您点儿光。"杨二接过黄瓜，擦也不擦，咔哧就来了一口。

海八爷说道："拿起就吃，你也不洗洗？"　"没事儿，黄瓜下架以后，我在护城河洗过了。""茄子李"说。

"嗯，秋黄瓜，挺脆声。"杨二又咬了一口黄瓜，笑道："别说，今儿还真有点儿叫渴。您猜怎么着，上午跑了三趟法国医院。"

"怎么？拉伤兵？"海八爷随口问道。

"嗨，别提了，学生又闹事儿了，妈的，那些巡警和丘八，也真够狠的，当当当，照着那些学生开了枪，您说学生赤手空拳的，哪儿对付得了枪子儿呀？伤了十几号。"杨二回头朝大酒缸内看了一眼，亮起大嗓门，骂道："什么世道？那些学生也是当爹当妈的身上掉下来的肉，巡警真下得去手。"

"哎，'大头'是不是喝高了，又神哨呢？"夏三爷听了一耳朵，慌忙跑过来，给海八爷使了个眼色。

海八爷拉了杨二一下，压低嗓门对他说："爷爷，您少说两句吧，留神闪了舌头。还想不想让我们的买卖开下去了。瞧见那儿贴的告示没有。"

他指了指屋里柱子上贴的一张告示，那上面写着："莫谈国事。"

杨二嘿嘿一笑，撇了撇嘴说："我是鲁正恩[①]。哪儿认识字呀！"

"茄子李"凑到他跟前说道："那上面写着'莫谈国事'，您呀，别犯忌，砸了夏三爷的饭碗，咱可没地儿喝酒去了。"

杨二咧子轰轰地说："嗨，您瞧我这破屁股嘴，没有把门的。得，咱什

---

① 鲁正恩——老北京土话，粗鲁人的意思。

么也别说了。今儿算我他妈倒霉，跑了三趟活儿，一个大子儿也没挣着。临完，那个'雷子''马前'告我说，这叫尽义务。您说这叫什么事儿？你们开枪打学生，让我拉车上医院，这叫他妈什么义务？哪儿的事情呀？"

"茄子李"苦不叽儿地笑道："小碗吃饭，靠天（添）。您呀，认命吧。"

夏三爷见杨二嘴里还在嘚啵学潮的事儿，咳嗽了一声。

"二哥，你怎么成了杂面条儿，帘子棍儿①了？咱聊点儿别的好不好？"海八爷道。"聊什么，你说吧？" "二哥，听说你们家老大在蟠桃宫'走会'②，从架子上摔下去了？"海八爷忙在杨二碗里添了一两酒，拿别的话，把刚才的话给岔开了。

"嘿，我们家大爷净玩悬的。"杨二说起他的兄弟。

海八爷跟杨二和"茄子李"聊了一会儿"走会"的事儿。杨二因为一上午没挣着钱，不敢贪杯，也不敢再侃下去了，把碗里的酒喝干，打了个招呼，匆匆走了。"茄子李"也随后撂下酒碗，赶回家鼓捣他的菜园子。

海八爷里里外外地帮着夏三爷紧张罗，饭口儿过去了，大酒缸的热闹劲儿消停下来，他才想起该照顾自己的肚子了。

夏三爷看他忙得脑门子上见了汗，有些不落忍地说："海子，快坐下喝口儿酒吧。"

海八爷笑道："浩贝勒爷要跟洋人赛马了，马号的事我得勤去照应，还是少喝两口儿吧。"

"那你就先吃点儿什么。"夏三爷说。

"行，我来碗刀削面，嗯，说老实话，这肚子早就开始唱《空城计》了。"海八爷说。

"柱子，给海八爷削碗面条！"夏三爷朝柜台里边吆喝了一嗓子。

柱子穿着汗褟儿，手里拿着小刀，正在刷刷地往锅里削面条。滚开的汤锅蒸腾着热气。他斜么戗儿地扫了一眼海八爷，哼了一声。

海八爷进了大酒缸一直手忙脚乱地张罗，没顾上搭理柱子。这会儿瞅见他，猛然想起"会仙居"的刘二爷说的他跟秀儿有一腿那个碴口儿，心里骤

---

① 帘子棍——老北京土话，形容性情急躁，爱发牢骚的人。
② 走会——会，指民间花会。走会就是参加民间花会表演。

然一紧，但他把牙咬碎了，吞在肚子里，脸上并没有挂出相来。

“柱子兄弟，劳您驾，让您受累了。”海八爷冲柱子笑了笑说。

“我没您累。烤煳了的烧饼，放在碗里放在盘子里都一个味儿。”柱子驴脸呱嗒地说。

嘿，这小子说的这是什么话？锔盆的戴眼镜，找碴儿呢。海八爷心里骂道。

海八爷这会儿没心思跟他量肠子，明知他拿话烧人，却装作没听出来，笑道：“嗐，人要是饿了，可不管什么味儿了。能填饱肚子就得，你说呢？”

柱子把煮熟的面捞出来，盛到一个海碗里，递给海八爷说道：“卤在边儿上，口重口轻，您自己来吧。”

海八爷接过碗，自己浇上卤，跟柱子打了个哈哈儿：“得活，有您这碗刀削面，今儿一天都饿不着了。”

柱子看了他一眼，没言声，但脸上却滑过一道阴影。

一大碗刀削面进了肚，又找补了俩烧饼，海八爷喝着面汤，溜溜缝儿，跟夏三爷扯了几句闲篇儿。

夏三爷看看大酒缸的食客走得差不多了，对海八爷道：“爷儿们，下午得空儿不？没什么事儿，陪我上澡堂子泡会儿去。”

海八爷一听这话，心里便明白夏三爷有体己的话要跟他说，点了点头道：“怎么，您想干净干净？好，我跟您泡会儿去。”

夏三爷吩咐柱子照应门面，拉着海八爷奔了东安门东边的“汇泉堂”澡堂子。

汇泉堂的掌柜的李云亭，是“同义居”大酒缸的常客，河北定兴人，五十来岁，方头大脸，酒糟鼻子，一对小眯眼，笑起来那眉眼和鼻子像两根线栓着一个染红的蒜头。他穿着大褂，手里拎着块手巾，见了夏三爷和海八爷，点着头，哈着腰，乐不叽地打招呼：“二位爷，来得正好，池子里水今儿刚换的，快着里头来吧。”

李云亭一口的定兴腔，音柔字绵，尾音儿化韵，只是听着有点儿怯口。

老北京的生意口儿，山南海北，哪儿的人都有，虽然身在皇都，但乡音难改。老北京人做生意，往往以省份来分行当，也就是说哪儿的人做哪一行的买卖。比如说，开银号的多是山西人，开布庄和肉铺的多是山东人，开茶叶铺和当铺的多是安徽人，当老妈子的多是河北三河人，老北京开煤铺和澡堂子的几乎都是河北定兴人。

您会问了，煤铺和澡堂子，一个是抓土攘烟儿，又黑又脏的活计，一个是找干净的地方，定兴人怎么干起这两个行当？哎，世界上的事儿有黑就得有白，正因为开煤铺脏，伙计们得见天净身，所以定兴人想到了开澡堂子。

老北京做买卖爱扎堆儿，而且一个地方的人把着一个行当。为什么会有这种现象？主要是因为早年间，一个地方的人在京城某个行当站住脚，其他乡亲也会投奔到他这儿来，来了又干不了别的。这个乡亲在这个行当蹚出一条道来，他自然也奔这条道上闯，以后招徒弟，也自然是招本乡的人，时间一长，这一行当就被某个地方的人所垄断了，一旦形成了势力，别的地方的人很难往这行里蹚。

李云亭原本是开煤铺的，后来跟几个兄弟合股开了"汇泉堂"，因为他能张罗事，那几个兄弟让他到这儿来支应门面。

"李爷，还有位子吧？"夏三爷朝李云亭拱了拱手笑着问道。

"瞧您说的，您来了还能没位子吗？"李云亭一边说，一边冲里头的伙计吆喝道："两位！"

伙计颠儿颠儿地跑过来，一边上手巾把儿，一边应声道："二位爷，里头请。"

夏三爷和海八爷被伙计领着进了大堂，里头是一个个连柜的小床，两个床一个隔断，对床摆着一个小茶桌，这是老北京澡堂子典型的格局。

李云亭殷勤地对夏三爷道："二位爷先泡着，我回头再过来。"

夏三爷冲他摆了摆手说："您忙您的吧，都是熟人，甭客气。"

夏三爷和海八爷脱了衣裳，围着毛巾，穿上木跐拉板儿，奔了腾着热气的浴池。

中午时分，池子里泡着的客人不多。夏三爷喜欢泡热水澡，捡最热的池子，跳进去，海八爷也陪着下去了。

老北京人泡热水澡是一种最大的享受，光着身子在热水里泡得大汗淋漓，皮肤通红，全身的血脉畅通，骨骼松弛。在热气蒸腾之中，飘飘欲仙，仿佛入了神境。

夏三爷和海八爷泡了一个时辰，让搓澡的师傅，去了去身上的油和泥，修了修脚，然后又下池子泡了一会儿，再打上胰子淋浴，觉得身上的皮肉松快了，血脉顺畅了，这才走回大堂，往小床上一歪，伸了伸腿。

"嚄，这叫舒坦，澡堂子里泡一天，如同当回活神仙。这话一点儿不假。"海八爷用手搓了搓红扑扑的脸，咧了咧嘴笑道。

"这就成神仙了？嗯，照你这么说，这神仙好当呀。哈哈。"夏三爷笑了起来。

茶房①笑容可掬地走过来，问道："二位爷，来壶什么茶？"

"沏壶香片。"夏三爷欠了欠身，说道。

两人一边喝着茶，一边打开了话匣子。

海八爷倚着床帮，侧过身来，对夏三爷道："三爷，您把我拉到澡堂子，是不是有什么事由儿呀？"

夏三爷打了个沉儿道："怎么？你把着我的脉呢？"

"甭把脉，您的眼神早告诉我了，您心里有事儿。"

"海子，还是你眼'毒'。怎么说呢，说有事儿，也没什么大事儿，说没事儿，也有点儿事儿。"

"瞧您说的。您呀，甭抱着葫芦不开瓢了，有什么事儿就直说吧。"

夏三爷直起身来，喝了口茶，沉吟道："缸里点灯，照里不照外。这程子，你净忙乎着浩贝勒爷赛马的事了，街面上的动静，你大概不知道吧？"

"我还真没理会，您说说什么事由儿呢？"

"'同义居'斜对面有个卖切糕的你知道吧？"

"您是说'切糕杨'吗？那怎么能不知道呢。"

"唉，二郎庙坐个孙大圣，是那个庙，不是那个神了。'切糕杨'的铺子，让'马前'钱宝亭给盯上了。要改换门庭了。"

"'马前'？呦，这是怎么个碴口儿？"

"'马前'出了一百块现大洋，已然把这铺子盘下来，预备开大酒缸呢。"

"什么？'马前'要开大酒缸？这不是拿着大刀进关爷庙，冲着咱们来

---

① 茶房——老北京旅店、车站、澡堂子、妓院里端茶倒水的服务员。

的吗？"

"是呀，我琢磨着这回有戏唱了。当然，屎壳郎进花园，他不是这儿的虫儿。'马前'不会自己干，他找了个帮手。这人，你认识。东四牌楼开井窝子的宋麻子。"

"他呀！我太认识他了。这小子到哪儿，给哪儿哪乱，外号宋大麻烦。他的那点儿脓水只能添麻烦。"

"你还没明戏吗？他是想给'同义居'找麻烦。"

"我觉乎着'马前'是打着这个主意呢。"

夏三爷叹了一口气道："那还用说吗？生姜短不了辣气。海子，这是我的一块心病呀。"

海八爷打了个沉，说道："三爷，甭怕，酒好不怕巷子深，我就不信一个'马前'，一个宋大麻烦，开的大酒缸，能馇了咱们的行。他们那两下子，开十个大酒缸，也顶不上一个'同义居'，不信，咱们就骑驴看账本，走着瞧。"

夏三爷打断他的话，说道："海子，你还没看出来吗？醉翁之意不在酒。'马前'这小子打着别的主意呢。他真开买卖，我倒不犯嘀咕，北京人做买卖讲究扎堆儿。可我思谋着，这小子憋着别的屁，我们不能不防着点儿。"

"三爷，脚正不怕鞋歪，咱们做咱们的买卖，他开他的店，莫非他敢……？他要真敢玩坏嘎嘎，我这儿擎着他呢。"海八爷冷笑道。

夏三爷沉吟道："大明大摆地犯葛，我想他不会。但这年头，明枪好躲，暗箭难防。咱们不能不多个心眼儿。"

海八爷道："三爷，我明白您的意思了。"

两人正说着，李云亭笑吟吟地走过来，"二位爷，泡舒坦没有？"

海八爷道："到您这儿来，能不跟舒坦就伴儿吗？"

李云亭笑道："二位爷要是喝了来，泡着，会更舒坦。"

海八爷道："这叫出了大酒缸奔澡堂子，里外一块涮。"

夏三爷道："别涮了，再涮，成羊肉片儿了。"

仨人聊了几句闲篇儿，海八爷看了看墙上的挂钟，说道："三爷，咱们别聊了，可该活动着了。"

夏三爷道："可说的是呢，该打道回府了。"

二人下了床，打开柜子，穿衣裳。

李云亭对海八爷道："八爷，浩贝勒爷跟洋人赛马定规的哪天呀？"

海八爷道："瞎子磨刀，快了。李爷，到时候，您得去捧场呀。"　李云亭笑了笑说："那是，跟洋人赛马难得一见，我必得去看看。过瘾，忒过瘾了。你不上场吧？"

海八爷扑哧笑了："您可真敢说，上场？浩贝勒爷在，哪儿就轮到我了。不过，贝勒爷骑的马，可是我遛出来的。您看他骑着，也就想到了我。"　这句话把夏三爷和李云亭给逗乐了。　李云亭道："对对，八爷真会说话。"　他笑着，把夏三爷和海八爷送到"汇泉堂"门外。　"三爷，我得到马号去照个面儿。"海八爷跟夏三爷分手告别。　"海子，这程子你要当心自己的身子骨。"夏三爷关照了一句。　"三爷，您放心吧，我的身子骨，您还不知道，跟小牛犊子似的，没的说。"海八爷想了想，说道："赛马那天，您告诉秀儿一声，让她过去给我捧捧场。"

"怎么，想找站脚助威的？"夏三爷站定了身子，用一种难以捉摸的眼神，凝视着他，笑道："你怎么不亲自跟秀儿说呢，嗯？这是好事儿呀，还让她爹递话呀？

海八爷挠了挠脑袋，憨厚地笑了笑，说道："得，让您挑理了，按说是该我上门去请她，这程子不是忙吗。"

夏三爷会意地点了点头，说道："你呀，海子，心眼儿那么多，怎么在这上头一阵一阵儿地犯怵呢？得了，我告诉她吧。"

"您说话比我管事不是。"海八爷心照不宣地笑了笑。

第十二章 "紫燕子"赛马场露脸

浩贝勒爷似乎赌着一口气，大面上看，跟洋人赛马，不过是随便拉出来玩玩，过把瘾。其实，他心里较着劲儿。这次赛马只能赢，不能输。

海八爷看出了这位爷的心气儿。不过，他跟关二和鲁爷心里都没底。因为洋人爱出幺蛾子，谁也不知道把马拉出来，洋人到底是什么玩法。

民间赛马，早在中国的西周时期就有了，《史记》中已有这方面的记载。咱们老祖宗玩马的花样比较多，除了"择旷野，纵辔而驰，以角胜负"以外，还有"驭技"，也就是驾马车的技术。"驭技"被视为"六艺"之一。到了唐代出现了马戏、马术、马球等马上游戏。宋代还有"马伎"。各民族有不同的马上游戏，如叼羊、飞马拾银、骑射等等。

京城的赛马盛行于元代，因为"元起朔方，俗善骑射"。通常赛马分跑马和走马两种：跑马主要比速度和耐力，规定赛程，以谁先到终点为胜。走马，比的是看谁走得快，走得稳当，看谁的马姿势优美。浩贝勒爷跟洋人赛的是跑马，也就是看谁的马跑得快。

这位浩贝勒爷跟其他王爷不同。拿赛马来说，搁别的王爷头上，不见得亲自出场，让手下的骑师出阵，他坐在看台上，拿眼瞄着，出场的马胜了，他接受众人的捧喝。马输了，他也有退身步，拿着劲儿，数落几句骑师，也能打个圆场。浩贝勒爷则要亲自上阵，输赢他都是爷。他觉得这才叫真正的玩马。

自然，他也怕自己失手，马再通人性，它也是马，难免有马失前蹄的时候。所以，他得尽量做到万无一失。赛马的场地和时间定下来之后，由关二和鲁爷、海八爷陪着，他把自己养的几匹马都骑到赛马场跑了几圈儿。

浩贝勒爷要面儿，赛马场得像赛马场，虽说这本来是一个废弃荒芜的驯马场，但也不能太没样儿。他让贝勒府的总管找人拔草除尘，清了场子，又找棚匠索四索宝堂的铺子派人搭了个临时看台和茶棚，茶棚是供看赛马的贵宾临时歇脚喝茶的地方。浩贝勒爷想得挺周到。

索宝堂铺子里的棚匠干活儿麻利，这点儿活一天就干完了，除了搭茶棚，在看台之上又支了个罩棚。

浩贝勒爷瞧了瞧场子和看台，觉得还算体面，赏了索宝堂一百块现大洋。

赛马那天，海八爷天不亮就到了马号，关二和鲁爷比他来得还早。鲁爷把订做好的上装和黄坎肩，递给海八爷，让他穿上。

"行吗？鲁爷。穿上这行头像是戏班跑龙套的。"海八爷穿上这身行头，跟鲁爷逗了句闷子。

"别……逗了。看好你的马吧。"鲁爷拉了拉马的肚带，瞪了他一眼。

"鲁爷，今儿上什么鞍子？"关二侧过脸来问鲁爷。

"还用问吗？上赛马鞍。我昨儿不是告诉你了吗？"鲁爷说。

"得嘞，听您的。"关二应声道。他把浩贝勒爷平时坐的马鞍子放在一边，给马配上了赛马鞍，这种马鞍小而轻，后鞍桥比较平，鞍子紧贴马身，鞍翼较小，坐着，身体往前倾。

"这鞍子是老贝勒爷传下来的。"关二拿起马鞍看了看。

"用不用给十四爷备马刺①呀？"海八爷问道。

"那还用问吗？不过，十四爷自己会备的，用不着咱们操心。"关二说道。

这几位爷在马号忙乎到天亮，府内的总管传下话来："今儿赛马，十四爷赏给每位一顿早点，谁也别抢，每人一份儿。" 府内的仆人把餐匣摆上了桌。 这顿早点可够丰盛的，一人两个大白面馒头，一碗炖肉外加俩油条，一碗豆浆。

"鲁爷，咱的中午饭都有了。"海八爷嚼着馒头说。

"我说，你哪儿那么多话呀？嗯？"关二捅了他一下。

---

① 马刺——骑马的马具，附于骑手的马靴后跟上的钝圆头铁针或小齿轮。骑马时，用它来驱赶马和加强脚扶助的效果。过去军人的马靴上都附带着马刺。

海八爷笑了笑说："我怕你们心里发毛，给你们松松弦儿。"

"毛什么？这又不是真刀真枪跟鬼子玩命。"关二咧了咧嘴，咬了一口馒头。

"别……别逗贫了，麻利儿吃吧，别误事儿。"鲁爷拿出老大哥的劲头儿，瞪了他们一眼。他说话过不去三句。

这三位爷狼吞虎咽地把桌上的东西送到肚子里，站起来，给马戴上嚼子，准备牵马起驾。

"哈哈，猴儿崽子们，准备齐了没？"随着一阵哈哈的朗声大笑，浩贝勒爷走出来。

今儿，这位爷的穿着打扮透着利落，上身是马蹄袖的袍子，外头罩着黄马褂，下身是藏青色的缎子裤，足蹬长统大马靴，马靴上带着锃光瓦亮的马刺。

浩贝勒爷的这身行头，只有驯马、赛马的时候才穿。他二十多岁就被皇上着赏了黄马褂，授以重任。黄马褂那当儿可不是什么人都能穿的。

马蹄袖的袍褂是旗人老祖宗那儿传下来的服饰，汉人叫旗袍，满人称"衣介"。通常旗人穿的袍褂是衣皆连裳，老事年间，人们把上衣称为衣，下边穿的叫作裳。旗人穿的袍褂，是圆领、窄袖、捻襟、左衽，四面开楔，带扣襻的。

为什么要四面开楔，还带扣襻儿？主要是为骑马射箭方便。在狭窄的袖口上接一个半月形的袖头，形状像马蹄，俗称马蹄袖，平时挽起来，冬天打猎或打仗时把它放下来，盖在手背上非常利落，又能御寒护手背。这种袖子也叫箭袖，满语叫"哇哈"，这种带箭袖的袍褂，后来成了清代的朝服，大臣们拜见皇上行礼，或者大臣们之间行礼，必须先把箭袖弹下来，然后再跪拜。

顺便说一句，浩贝勒爷身上穿的马褂，也是满族人特有的服装，后来也成为汉人的便装。马褂是在旗袍外面套一件长到肚脐的对襟短褂，骑在马上既方便，又自如，还能遮风挡寒。因为旗人最初穿着它是为了骑射或骑马打仗时方便，所以管它叫"马褂儿"。"马褂儿"在清初是八旗士兵的军装，到清代，却成了满汉合一的"礼服"，老北京人在正式的场合才穿它。

再跟您啰嗦一句，马褂儿分有袖的和没袖的两种。有袖的叫马褂儿；没袖的叫马夹，也就是北京人说的坎肩儿。现在马夹已成了北方人春秋常穿的服装，有些年轻人恐怕并不知道它的来历。

闲话少叙，却说浩贝勒爷走到海八爷和鲁爷、关二面前，上下打量了他们一番，笑道："嗯，你们这几个猴儿崽子，今儿穿戴得还像是个人似的，在洋人面前，你们都给我精神点儿，知道吗？"海八爷他们连忙点头道："是，十四爷，奴才懂了。"浩贝勒爷从上衣口袋里摸出金壳怀表，看了看，说道："时辰不早了，上马吧。"鲁爷应声道："是，十四爷。"海八爷转身进了马号，把浩贝勒爷的爱马"紫燕子"牵出来。浩贝勒爷走到马前，拍了拍它的颈部，又用手梳理了几下它的鬃毛，接着看了看马鞍，拉了拉额缰和肚带，对鲁爷笑道："嗯，你们几个伺候得不错。"

那马似乎也领会了主人的意图，摇了摇尾巴，把头倚在浩贝勒爷身上。浩贝勒爷满意地笑了，拉起了缰绳。鲁爷看出他要上马，赶紧过去要扶他一把。浩贝勒爷笑道："干吗？我还没老呢。"说着话，抬起左脚，伸进马蹬，右腿一纵，飞身跳上了马。

"走，都给我骑上！"浩贝勒爷两手拉住缰绳，双腿往马身上一扣，那马昂起头打了个响鼻，迈步走到了街上。鲁爷冲海八爷和关二使了个眼色，说道："还愣着什么，赶紧跟上！"

这三位爷一人牵出一匹马来，飞身上马，跟随着浩贝勒爷奔了德胜门外。

北京的老百姓爱看热闹，看见浩贝勒爷骑着高头大马，带着人神气十足地走在大街面上，那眼神能不追过来吗？这个问："二爷，今儿浩贝勒爷骑着大马这是奔哪儿呀？"那个说："奔哪儿，你不知道嘛，十四爷今儿要跟洋人赛马。""呦，这是哪一出呀？""哪一出？较劲儿呗。""在哪儿赛呀？""德胜门外老驯马场。""那可有乐子看了，咱们得瞜瞜去。""走吧，还渗着什么？麻利儿跟着走呀！"这几位放下手里的活儿，跟着马队奔了德胜门外。

一传十，十传百，北京的闲人多，平时，无事还生非呢，今儿有事，那还不跟着哄吗？呼啦啦，一袋烟的工夫，浩贝勒爷的马队后头，跟过几百号人。

这阵势是在浩贝勒爷的预想之中的。本来巡警队的队长杨胖子合计着要给他派十几个巡警护驾，被浩贝勒爷给拦住了："用不着你们多此一举，我这是跟洋人随便玩玩，不必经官动府，搞那么大的动静干吗？"

杨胖子见浩贝勒爷说出这话，不敢张罗了。不过，他留了个心眼儿，不怕一万，就怕万一，背着浩贝勒爷，在赛马场内外布了几个巡警。

浩贝勒爷骑着马在前头走，海八爷紧随其后。说老实话，此时此刻，他骑着名马，穿着新制服和马夹，跟游行似的走在街上，看到的是人们赞赏惊羡的眼神，听到的是人们恭维的话，他心里有几分得意。

出息，长这么大，他头一回咂摸出这俩字的滋味。这会儿，他特想能见到两个人，一个是秀儿，他想让秀儿见识一下他骑在马上的威风劲儿。另一个是柱子，他很想让自己的仇人知道他有多大的亮儿。哼，这小子，狗眼看人低，要是这会儿他能见到我骑着名马的威风劲儿，量他也不敢在我面前抖份儿了。

他骑着马，挺着胸脯，神气活现地在人群中扫视，快走到赛马场了，他也没瞧见想见到的这两个人。唉，也许他们不会来吧？他心里暗忖。

浩贝勒爷骑着马到赛马场的时候，场子里外已然围满了人，有男的有女的，有老的有少的，有拉车为贩的，有当官为宦的，有卖水卖面的，有卖茶叶煮鸡蛋的。

怎么卖吃的喝的也来了？这些小贩想借这热闹劲儿，抓挠俩钱。场子外头人头攒动，暴土扬尘，像是在这儿开了庙会。停车场上有洋车，有马车，有汽车，有自行车，简直像是一个各种车辆展览会。

怎么一下来了这么多人？原来一家小报的记者事先得着赛马的信儿，在报上给描了几笔，记者的笔下难免有些渲染，这一煽乎，京城的百姓坐不住了。不但北城的老百姓来瞧热闹，连南城的市民也老早地跑过来。

浩贝勒爷礼大，事先给几位亲朋好友和平时一块玩马的爷发了帖子。

他没想到，会来这么多瞧热闹的人。多亏赵胖子多了个心眼，派了几个巡警来维持秩序，不然这些人能把场子给搅和乱了。

正当人们熙熙攘攘往场子里涌的时候，不知谁喊了一声："快闪开，浩贝勒爷来了！"众人一听这话，纷纷向后闪，腾出一条通道，让浩贝勒爷的马队进场。

贝勒府的管家老张正在场子里张罗，见浩贝勒爷来了，慌忙跑过来，打了个千道："十四爷，您瞧，这儿快成人粥了。快赶上过灯节了。"

"哈哈，这么多人来给爷捧场，好哇！"浩贝勒爷骑在马上，往四周扫了几眼笑着说。

"我怕，唉，想不到会来这么多人，别再出点儿什么事？"老张嘬了个牙花子，急走两步，要扶浩贝勒爷下马。

"怕什么？有什么可怕的？我又没跟谁过不去。人多，热闹。我还就喜欢这热闹劲儿！"浩贝勒爷松开缰绳，飞身下马，把"紫燕子"交给了海八爷。

"洋人还没到吗？"浩贝勒爷问老张。

"回十四爷的话，他们还没来。"老张答道。

"嗯，他们守时，离定规的比赛时间还有一会儿呢。"浩贝勒爷掏出怀表看了看。

"六爷早来了，在茶棚候着您呢。"老张对浩贝勒爷道。

"嗯，我这位哥哥倒赶我前头了。好，我先看看他去。"浩贝勒爷扭过脸来对鲁爷和海八爷道："你们把马伺候好。"

"是，十四爷。"海八爷和鲁爷、关二应声道。

六爷是浩贝勒爷的六哥。五十出头，比浩贝勒爷大着小二十岁。瘦长脸，宽脑门，大烟熏得脸色有些发暗，脸上的皮肉已经松弛，眼皮耷拉下来，说话烟酒嗓，有些沙哑。

六爷似乎已经玩不动了，每天除了打牌就是听戏。他年轻时当过二品钦差。也曾跟载沣出国考察过军事，但他既不是行武出身，又不懂军事，整个一个外行，出国考察对这位爷来说不过是个摆设和名分。不过他倒不糊涂，利用这个名分，到欧洲周游了一圈儿，开了洋荤。考察半天，也没弄出个子丑寅卯，倒是采买了不少洋货。您想让这种人主持军务，大清国能不玩完吗？进入民国以后，六爷在家里当了悠哉公，把精力用在了一个"玩"字上，坐吃山空，倒腾老祖宗留下的那些家底，以此来壮一下门面。

六爷好热闹，得知十四弟跟洋人赛马，他不能不来。一是让人们知道他这位爷还体面地活着，二是借此机会跟洋人走动走动。

"六哥，您过来的早呀！"浩贝勒爷上前跟他六哥打招呼。

"嗯，我在家呆着也是呆着，早点过来，给你助助阵。"六爷微微一笑道。

　　"那可劳您大驾了。"浩贝勒爷坐下，跟六爷聊了几句闲篇儿。

　　正说着，穿着一身洋装的"马后"钱宝义颠儿颠儿地跑过来，给浩贝勒爷打了个千儿说道："十四爷，一切都照您的吩咐安排好了，单等着史密斯他们来了。"

　　"好，我看他们也快到了。"

　　"是，十四爷，比赛的章程，您用不用再过一下目？""马后"从兜里掏出一张纸，毕恭毕敬地说。

　　"还看什么？不是已经安排好了吗？"浩贝勒爷摆了摆手说。

　　"马后"后退了两步，打了个千儿说："得，二位爷先坐一会儿，我到那边迎他们去。"

　　"去吧，史密斯来了，让他先过来。"浩贝勒爷吩咐道。

　　"是，十四爷。""马后"应了一声，转身走了。

　　"马后"是"马前"的三弟，俩人模样儿差不多，性格上却不一样，"马前"冷峻、豪横、刁钻，"马后"圆滑、乖巧、势利。当然，这哥儿俩干的行当也不一样。"马前"是"雷子"，"马后"是"帮闲"。

　　"帮闲"是老北京特有的现象，有点像古代的幕僚，也有点像现在的经纪人。说白了，就是靠动嘴皮子，耍小聪明，傍着人来混饭吃。

　　"马后"并没正经职业，他爹钱诚信在早是打小鼓儿的，既认识浩贝勒爷这样败了势的清朝遗老遗少，也认识东交民巷使馆区的洋人。清朝的遗老遗少靠他往外倒腾家底儿，洋人是从他手里买那些古董珍玩，他从中过一道手。自然过这道手，他能蹭不少"油水"，赶上甜买卖，能发一笔大财。

　　"马后"从小就爱耍小聪明，他爹把他当了一块坯子，想栽培栽培他，让他进了美国传教士办的教会学校汇文书院。汇文书院设有蒙学、成美（相当于小学）、备学（相当于中学）、博学（相当于高等学校）四馆，教师多是洋人。

　　"马后"从"蒙学"开始学，念到备学，便念不下去了。怎么呢？他跟英国使馆税务官的女儿谈上了恋爱。

　　原来汇文书院的校址在崇文门，这里离着东交民巷比较近。汇文的学生从小接受的是西方文化教育，虽说校规比较严，学生都住校。但老虎也有打

盹儿的时候，加上"马后"爱耍小聪明，贪玩爱闹，家里也有钱，所以接长不短儿地晚上跳后窗户，跑到崇文门里俄国人开的咖啡馆喝咖啡，他在这儿结识了那位税务官的女儿。

"马后"长得不难看，又能说一口流利的英语，出手也大方，再加上会来事，带着她奔戏园子听戏，上天桥看杂耍，去"三海"赏春，很快就让这位洋妞儿着了迷。他呢，自然也对这位洋妞儿动了心。

您想人一谈上恋爱，念书能不分神吗？开始还能对付着把功课给凑合做完，后来，"马后"就丢了魂儿，那位洋妞儿也是急性子，既然双方对上了眼，干脆就结婚吧。

那当儿，"马后"已然二十岁了，一听这话，心里能不出火花吗？两人明知道老家儿会反对，却私下自己订了亲，说起来，也够胆儿大的。

那位洋妞儿似乎很有主意，合计着要跟"马后"私奔去英国。"马后"一听去英国，自然上了满弦，学也不上了，书也不念了，还偷了家里几样古董，拿到古玩店卖了，把钱给了洋妞儿。

哪知道他这是剃头挑子，一头热，好梦刚做了一半，身子就掉井里了。敢情那洋妞儿说的私奔到英国，不过是拿他打哈哈儿。钱给了洋妞儿以后，她便肉包子打狗，一去不回头了。"马后"苦等了半个月，仍没有音信儿，东交民巷的使馆区，在"庚子事变"后设了大铁门，印度大兵把着岗，中国人没有证件进不去。又过了一个月，他才打听到这位洋妞儿早跟着父母回了英国。"马后"一听这个真是洋鬼子看戏，傻了眼。耍了半天小聪明，临了儿让人给涮了。等他缓过神来，黄瓜菜都凉了。这真是聪明反被聪明误。

这头丢了学业，那头儿把老爹也给气病了，"马后"这回真马后了。老爹毕竟是老爹，钱诚信看儿子整天愁眉不展的，带着他进了买卖地儿，本想让他蹚出道儿来，子承父业，可"马后"咧了嘴。您想他到底是受过西方文化教育的人，而且也懂洋文，他觉着让他夹着小包儿下街打小鼓儿，那不是拿顶门杠当牙签儿，大才小用吗？下街跑了几个月，他死活不干了。

大事干不了，小事又不干，吃什么？"马后"又耍起了小聪明，琢磨着他会说洋文，不愁找不着饭碗。那年头，京城会说洋文的中国人不多，凭他多年的关系，他在美国人开的洋庄当了经理。按说这差事不错，可这位爷干什么都眼高手低，没长性。在洋庄呆了没俩月，他便屁股下头长草，坐不住了，买卖地儿混不下去，他只好当了"帮闲"。今儿帮这位爷办点事儿，明儿帮那位爷揽点活儿。仗着他的小聪明，甭管在洋人那儿，还是在政界商界，他混了个脸熟。脸熟，就是一"宝"，他东吃一口，西叼一嘴的，一年下来，比夹着小包下街打小鼓儿可拿的钱多。

"马后"早就认识史密斯，也是浩贝勒府的常客。浩贝勒爷在东交民巷办什么事，常让他跑跑颠颠儿。因为他会洋文，又八面玲珑，认识人多。

这次跟洋人赛马，少不了得让他出面跟洋人交涉。浩贝勒爷拿他挺当回事儿，让他既当翻译，又当裁判。他觉得这是个露脸的机会，场内场外他成了大拿，指手画脚一通儿地张罗。

巡警队的杨胖子挺着将军肚走过来，跟他打招呼："钱爷，我带来的几位兄弟你可给我照顾好喽！"

"杨爷，您放一百个心，亏待不了您。"

"那你就有什么事儿，吩咐他们吧。"

"马后"指了指场子，说道："你让他们赶紧把场子里的人都清出去。甭管谁，都站到圈儿外头看，别跟着起哄架秧子。" "得嘞。"杨胖子答应着。 "马后"凑到他的身边说："跟兄弟们说，把场子的秩序维持得像那么回事，回头浩贝勒爷不会亏待他们。"

"行嘞，钱爷，有您这句话就得，您瞧好儿吧。"杨胖子心领神会地笑了笑。

正说着，场外一阵骚乱。管事的对"马后"说："钱爷，洋人来了。"

"马后"像被什么东西烫了一下，赶紧跟杨胖子打了个招呼，奔了场子门口。

海八爷和关二、鲁爷各牵着一匹马在场子里遛了几圈，然后把马拉到栅栏里。遛完了马，海八爷的活儿算是告一段落，下头的活儿，该看鲁爷和关二的了。

他松了一口气，对关二和鲁爷说："二位爷，离开赛还有一会儿，我先到外头过过风。"

鲁爷哼了一声说："去吧，呆一会儿就麻利儿回来，可别误了卯。"

"是喽。"海八爷应了一声，走出栅栏门。

海八爷干吗这么心急火燎地想出来？他憋着在赛马场能找到秀儿。 来瞧赛马的有几千号人，在乌泱乌泱的人群堆儿里，想找个熟人，如同下河捞针。海八爷围着场子转了一遭儿，碰见不少熟人，却偏偏没见着秀儿。

她来没来呢？要是来了，她应该过来跟我打招呼呀。没来？她怎么能不来呢？海八爷心里犯起嘀咕来。唉，干吗这么气迷心呢？她要是真过来，呆会儿赛马的时候，她还瞧不见我吗？想到这儿，他给自己一个宽心丸，乐乐呵呵地回到了圈马的栅栏里。

其实，秀儿和印月早早儿地到了赛马场。秀儿在两天前就跟印月合计好过来看看。印月本来对赛马不感兴趣，但想到海八爷会出场，她不能不陪秀儿过来。

秀儿心里搁不住事儿，头天夜里躺在炕上，脑子里转悠的都是海八爷和那些骏马。她想象着海八爷骑着马在赛场上奔跑的威风劲儿。

当然，她以为浩贝勒爷跟洋人赛马，海八爷会出场呢。秀儿的心气儿像小孩儿盼过年似的，她把赛马当成了重大节日。

折腾到天快亮了，她才朦朦胧胧地眯瞪了一会儿。一睁眼，天已大亮，她赶紧下炕，梳洗打扮，一切都拾掇利落。她找出过年时穿的蓝地白花的旗袍，这件旗袍穿在她身上非常合体。她站在镜子前，照了半天，看看时候不早了，这才跟母亲打了个招呼出门。

印月在约好的地方等着她。印月的穿着打扮非常随意，她天生丽质。好看的花不用打扮，也那么可人。秀儿在她身边有点儿绿叶衬红花的意思。

俩人见了面，印月问秀儿吃了早点没有。秀儿说起晚了，还没顾上吃。印月说别饿着，空着肚子怎么去看赛马。说着印月拉着秀儿奔了早点摊儿。

俩人要了两碗豆腐脑，两个烧饼，吃完，这才溜达着来到德胜门外的赛马场。刚走到这儿，她俩就远远地看见浩贝勒爷的马队过来了。

秀儿眼尖，一下就发现了跟在浩贝勒爷后头的海八爷。心里一激动，她差点儿没喊出声来。

印月见过大世面，赶紧把她拦住。

"秀儿，这地方可不能乱嚷嚷，没瞧见八爷前头走着的那位爷就是浩贝勒爷吗？回头惊了驾，咱们可就捅娄子啦。"印月故意说得挺邪乎，让秀儿沉了住气。

"他看上去挺神气呀。"秀儿不错眼珠地瞄着海八爷，喃喃道。

"是呀，看他昂首挺胸的，倒像个将军呢。"印月随声附和道。

"要是我爹也过来就就就好了，让他也瞧瞧。"秀儿啧啧道。不知为什么这会儿她想起爹了。

秀儿和印月眼瞧着海八爷随浩贝勒爷进了马场。

"咱们跟过去瞧瞧吧。"秀儿似乎还没看够，拉着印月的胳膊说。

"你干吗这么着急呀？赛马还没开始呢！咱们还是先进场，找个好一点儿的地方，呆会儿赛马的时候，能看得更清楚一些。"印月笑着对她说。

"嗯，印月姐，我……听你的。"秀儿顺着她的话说道。

俩人拉着手随着人流挤进了场子，印月找了个离看台近的地方。她和秀儿还没站稳，就听见看台上有人嘀咕："前边挨着穿旗袍的那个女的，不是'清风阁'的'雪花飘'吗？"

"'雪花飘'？她不是跟一个师长奔了甘肃吗？"

"没错儿，就是她。"

说这话的是京城开银号的赵俊卿的公子赵德才和那位已当了北洋政府司长的乔本舒。

印月没想到自己出门前特意穿了件布衣裳，走道也一直不敢抬脑袋，还是被人认出来。她斜么歪儿地朝看台上望了一眼，发现了正伸着脑袋往她这儿踅摸的乔本舒。

她不由得吃了一惊，小声嘀咕道："他怎么也来了？"

"秀儿，这地方咱们不能呆，赶紧走。"印月脸色陡变，拉着秀儿就走。

秀儿没明白怎么回事，跟着印月挤出人堆。印月头也不回地一直奔场外走，好像身后有人拿刀追着她。

"印月姐，那那……怎怎么了？"秀儿嗑嗑巴巴地问道。

"你先别问，等出去，我再告诉你。"印月拉着秀儿出了大门，走到大柳树下，才松了一口气。

这正是海八爷满场转悠找秀儿的那会儿。您想，这阴错阳差的，他们上哪儿见面去？

东方文化和西方文化从远古时代就是两大不同的体系。这是两条大河，一条流得急，一条流得慢，生把这两条河往一块儿掺和似乎很难。

史密斯是喝泰晤士河水长大的，泰晤士河称不上是条大川，但它离海近。说起来，整个"大不列颠"就是一个岛国，英国人的野心比他们的国土面积要大得多，所以英伦三岛装不下英国人。从很早的时候，英国人便开始向外扩张，他们的冒险精神，透着胆大妄为，有了洋枪洋炮以后，更让他们无所顾忌。从十五世纪开始，英国人不但在欧洲称雄，侵略的步伐也相继踏进非洲、美洲、亚洲。

在英国人以工业革命把历史车轮向前推进的时候，中国的清朝皇上还在打盹儿，及至英法联军的炮舰打到了家门口，中国人才睁开眼睛，大清帝国的皇上没想到偌大的一个国家，会这么不堪一击，英国人跟法国人一起，不但把祖宗留下来的圆明园一把火烧了，而且还直逼宫廷，皇上吓得跑到了热河，热河虽"热"，他的心却凉了。饶是人家找上门来，挨了一顿打，末了儿还得认输认罚，赔了人家几十亿的银子。

英国人的豪横，就是这样无理。没辙，谁让您的国家实力拼不过人家呢？西方文化里渗透着以强凌弱的内涵，他们崇尚阳刚之美，以强制弱，与东方文化的谦和、仁义与中庸截然不同。您从他们喜好的玩意儿里，就能看出他们爱冒险爱玩命，鄙视懦弱胆小的性格。从古罗马的角斗到后来的拳击比赛，从古代的斗狮，到近代的斗牛，一上来就玩命，无不透着拼个你死我活的惨烈。

史密斯虽然在中国生活了几年，号称"中国通"，实际上，他这个"通"，不过是能说几句中国话，至于中国博大精深的文化，他撑死了知道点儿皮毛，如同不会水的愣小子，在河里扎了几个猛子，便以为自己知道了水的深浅。其实这才哪儿到哪儿呀？

不过，史密斯来到京城之后，迷上了京戏，自然这个迷是打引号的。他觉得京戏艺术确实有趣，演员们粉墨登场，穿着花里胡哨的行头，生旦净末，唱念做打，伴着琴弦锣鼓声和咿咿呀呀的唱腔，有板有眼，确实好玩。

他没事便去戏园子听戏，有时还偷着跑到后台，看演员们勾脸化妆，尽管听戏需要具备一定的中国历史知识，他呢，对这些是半瓶子醋，一些剧情，他听不出个所以然来，但他却喜欢听，不为别的，单是咂摸戏味儿。

他从中国的京戏表演中，想到了人生，从京戏舞台想到了人生舞台。他觉着甭管中国人还是英国人，在人生的舞台上，其实都在演戏。每个人都在扮演不同的角色，他自己也是"演员"，所以在主子面前，他尽力扮演奴才的角色，在奴才面前，他在着意过把主子的瘾。 史密斯就是以演员的心态，骑着高头大马，进的赛场。当他看到那些中国的老百姓像瞧耍猴儿的似的瞄着他，心中未免有几分得意。 他的身后是英国大使馆的公使，公使骑在马上拿着劲儿，更透着神气活现，公使的后头是法国、荷兰、比利时、西班牙等几个大使馆的十几个官员，这些洋人的官衔都没有英国使馆的公使高。别瞧他们官位不高，却都是好玩马的主儿，一个个穿着赛马服，足蹬马靴，骑着洋马，摆出一副盛气凌人的架势，步入了赛马场地。 "马后"一溜儿小跑地过来，跟史密斯打招呼："我的爷爷，你们可来了。" 史密斯跳下马来，挤咕了一下蓝眼珠儿，用英语问道："怎么，我们来晚了吗？" "没有，没有，我算计着您会掐着钟点儿来。" 史密斯哼了一声，问道："密斯钱，赛马的王爷到了吗？" "马后"拉了拉脖子上的领带，笑着说："来了。在那边的茶棚候着您呢。噢，这几位爷……噢，他们是不是到茶棚见见浩贝勒爷，歇歇脚，喝杯茶。"

史密斯把自己骑的那匹马交给跟随来的骑师，转了转蓝眼珠儿，嘴边掠过一丝难以捉摸的微笑说："怎么，难道还让我们去朝拜他吗？"

"马后"用商量的口气，笑道："不不，您误会了，咱们是赛马，又不是谈论国事，没这些礼节。我是说，咱总不能一上来就比赛吧，几位爷爷歇一会儿，让骑师们先遛遛马怎么样？"

史密斯回过身，跟公使嘀咕了几句。公使点了点头。

他走到"马后"跟前，说道："好吧，你带我们去见见那位王爷。"

"是是，我说的是呢。几位骑马过来，这一路也累了，还是打个歇儿，再比赛。咱们又不是正规的比赛，以马会友嘛。您说呢？" "马后"嘿然笑道。

史密斯嗯了一声，转过身去，跟那些前来赛马的外交官用洋文嘀咕了几句，那些人纷纷跳下马来，把马交给随行的骑师。

这些骑师都是大使馆专门雇的，有中国人也有外国人，他们听从吩咐，牵着主人的马，开始在场子里遛。其他人则跟着"马后"和史密斯奔罩棚走去。

六爷和十四爷远远地望见"马后"带着洋人走过来，二人相视一笑，六爷本想上前礼迎，但见十四爷没动窝，他拉了拉衣服下摆，又坐下了。

"马后"颠儿颠儿地紧走了几步，来到浩贝勒爷面前，打了个千儿说道："十四爷，他们来了。"

"来了，好呀。"浩贝勒爷拿着大爷劲儿哼了一声。

史密斯等人走进茶棚，浩贝勒爷才站起来。英国府的大使在这些外交官里，职位最高，抢先一步走到浩贝勒爷跟前，伸出右手微微一笑道："阁下，你好。"

他不会说中国话，但这句英语，浩贝勒爷听明白了。

人家是一国的使臣，主动上来握手，浩贝勒爷再拿着那股子爷劲儿，有点儿说不过去，他是去过英国，开过洋荤的人，西方人的礼节，他多少懂一些。

"你好。"他不卑不亢地跟大使握了握手。接着又逐个儿跟那些赛马的外交官握了手。六爷在旁边随着。

"诸位，坐吧。"浩贝勒爷侧过身，用手势让了让，他们分主宾落了座。

英国人虽然在外场都拿着绅士风度，言谈举止之中流露着一股子傲慢的劲头儿，但英国还有王室，尽管英国女王不主政事，但英国人在骨子里对君王有几分尊重。大使当然知道浩贝勒爷和旁边坐着的六爷是皇上的亲戚，所以那股子傲慢劲儿收敛了许多。

六爷觉得自己是哥，没深没浅地先开了口："你们今儿来了多少人呀?"

"嗯，一共十匹马。"公使笑了笑说。

"马后"在一边当翻译，把这话告诉了六爷。

"十匹马，好呀，都一起比赛吗?"六爷怎么实儿地问道。

"当然，既然来了，就要比一比嘛，我们只是娱乐。娱乐懂吗?"公使微微笑着说。

浩贝勒爷知道他六哥喜欢在洋人面前卖弄，生怕他哪句话说得不周，回头再招惹点麻烦。赶紧拦住了他。笑着对英国公使说道："公使大人，赛马规矩，这位钱先生已然跟史密斯先生商量好，想必您一定知道吧?"

"是的，就按定好的赛程和规矩办吧。阁下，近来还好吧? 您还记得吧，当年阁下去欧洲考察，是我送的您。"英国公使跟浩贝勒爷聊起了闲篇儿。

那几个外交官则一边喝着茶，一边议论着赛马场的条件，他们对来了这么多老百姓看赛马感到惊奇。西班牙大使馆的武官瑞尔透着激动。

瑞尔有三十出头，长得剽悍威猛，深眼窝，大鼻子，那双蓝眼睛像一只鹰。他年轻时当过斗牛士，一看就知道是个争强好胜的人。

通常这种人的表现欲望很强，人来疯。人越多，他越来劲儿，看到场子里的人头攒动，许多人围着罩棚看他们，瑞尔跃跃欲试，恨不能立刻飞身上马，跟浩贝勒爷比个高低。

"马后"掏出怀表看了看，开赛的时间快到了。急忙拉着史密斯奔了赛马的场地。他俩是今儿赛马的司仪官和裁判。

"马后"把杨胖子叫过来，吩咐他清理场子，然后又跟史密斯让遛马的骑师把马牵到栅栏门里，开始给参赛的马编号。吩咐举旗的在终点拉好绳子。当一切都安排停当，他们才请浩贝勒爷和英国公使等人上场。

英国公使的马由他的骑师参赛，他和六爷被安排到看台上，其余的洋人则各骑各的马，跟浩贝勒爷角逐。浩贝勒爷参赛的马是"紫燕子"，编号是一，其他人的编号往下排。

"马后"能张罗，还把"汇文"的体育教员张大个儿给叫过来。叫他干吗？他个儿高，往那一戳像尊塔，"马后"让他开发令枪。

这个驯马场的东西宽有两千多米，转遭儿大概其有三四千米，按事先定好的比赛规程，赛马同时出发，绕着场子跑两圈儿，谁先到谁胜。

栅栏门里分出十来条马道，海八爷牵过"紫燕子"，把脸凑到它的脖子跟前，轻轻地拍了拍它。

"好好跑，胜了有奖。"他低声对这匹马说。

浩贝勒爷走到"紫燕子"跟前，也拍了拍，然后一跃而上，跳到马背上。关二在旁边正了正马鞍。

那几位洋人也纷纷跳上马，一个个透着底气十足。

瑞尔拉住马缰，在胸前画了个十字，用西班牙语磨唧了两句。他骑的是一匹来自北欧的高头洋马。此马枣红色，像它的主人，长得十分强健，长鬃、长尾，蹄子有碗口粗，带有几分烈性，在栅栏里来回张望，两只前蹄不停地移动，显得有些耐不住性儿。

瑞尔斜视了一下浩贝勒爷和"紫燕子"。嘴边掠过一丝冷笑，那意思是就您这匹马还比赛呢？

"紫燕子"与瑞尔的高头大马相比小了几圈儿。但它刚性内敛，沉着稳健，此时正侧目静观。浩贝勒爷不单会骑马，也会相马，他朝瑞尔的那匹马看了看，心里有了谱儿。

敢情这马也跟人似的，功夫深浅不在表面上，有的人五大三粗，一身疙瘩肉，但真比功夫，也许不是那些看上去瘦小枯干的个儿。中国武术讲究内练一口气，外练筋骨皮。马也如是，瘦小的马不见得跑不过那些强壮威猛的马。

等着瞧吧，赛马场上见高低。浩贝勒爷心里暗忖，脸上却没流露出任何小瞧谁的神情。

张大个儿好玩枪，洋的土的都好玩。枪法打得也准，正式赛马之前，他先朝天上放了两枪，这两枪实际上是告诉大伙儿赛马就要开始了。场子外面的老百姓听见枪响，顿时喧嚷起来："快瞧嘿，赛马出场了！"

"哪儿呢？我怎么没瞧见呀？"

"等你瞧见就晚了，快点儿过来看吧！"人群中鸡一嘴鸭一嘴哄起来。正当人们伸着脖子跷着脚往场子里张望的时候，张大个儿的发令枪响了，十几个栅栏门顿时打开，十来匹赛马像是安了弹簧，似箭而出。

刹那间，哒哒哒的马蹄声骤响，骑手们手拉缰绳，探着身子，脚蹬马蹬，手里挥动着鞭子。那些马你追我赶，奔腾驰骋，如离弦之箭，身后扬起一路尘烟。

头一圈儿，瑞尔的枣红马一路领先，"紫燕子"紧随其后，与英国公使的那匹马多出一个脑袋。

"贝勒爷快点跑！""嗷嗷！快点跑嘿！""追呀！追呀！快追鬼子那匹马！"人群中发出一阵阵喊声。

海八爷看到"紫燕子"暂时落后，不禁捏了一把汗，急得他一个劲儿跺脚。

浩贝勒爷骑在马上，往前探着身子，紧紧拉着缰绳，一圈儿之后，他猛然以马刺往"紫燕子"身上一扣，嘴里发出一个口令，回手朝马屁股抽了一鞭子。那"紫燕子"似乎心领神会，突然发力，前腿腾跃，后腿紧跟，疾走如飞，很快便追上瑞尔的枣红马，然后奔向终点，把所有的马都远远地甩到后头。

场外的众人欢呼雀跃，叫好儿声响成一片，此刻浩贝勒爷的脸上才露出得意的笑容。

"紫燕子"在终点走了几步，稍稍平息下来，后面的马才陆续赶到。

"马后"高声叫着："浩贝勒爷胜了，第一个到，第一！十四爷第一！"

瑞尔的脸上阴得能拧出水来，他嘴咧得像煮破了的饺子，把"马后"叫过来，七个不服八个不份儿地问道："这就赛完了吗？"

"马后"笑道："是的，按事先跟史密斯先生定的赛程，就赛一场。您获得了第二名。"

瑞尔骑在马上冷笑道："我的马是第二名？哈哈，你真会开玩笑，我的马怎么会是第二名呢？"

"马后"莫名其妙地问道："那依您看，您的马是第几名？"

"那还用说吗？肯定是第一名啦。"

"您瞧，这么多人看得清清楚楚，贝勒爷的马先到的终点，您的马晚得不是一步，差着好几步呢。" 瑞尔傲慢地看着"马后"用英语说道："这场地有问题，我要求重赛。" "重赛？这……那我得跟史密斯先生合计一下。""马后"挤咕了一下眼睛，搞不清这位洋人要出什么幺蛾子。他转身去找史密斯。

第十三章　救惊马海八爷遇险

在众人的欢呼声中，浩贝勒爷跳下马来。海八爷接过缰绳，轻轻拍了拍"紫燕子"，高声说："行呀，'燕子'，今儿你真露脸了！"

那马摇了摇尾巴，把脸贴在了海八爷身上。

"十四爷，行嘿！""好样的，十四爷！"看台上的熟人为浩贝勒爷拍起了巴掌。

浩贝勒爷扬起双臂，向众人致意，脸上的神情无异于跟洋人打了一场胜仗的欣喜劲儿。

英国公使和六爷从看台上走下来，向浩贝勒爷祝贺。公使把比赛当成了一个娱乐，并不像浩贝勒爷看得那么重要。他不在乎输赢，谁的马赢了，他喜欢谁的马。他走到"紫燕子"跟前，拍了拍它，转身对浩贝勒爷说："阁下的这匹马真有韧劲，后发力很强，是匹良马。"

浩贝勒爷道："您也许想不到，这匹马是我在街上捡来的。"

"哦？捡来的？"公使瞪大了眼睛，惊愕地问道。

"是，当初它是匹病马，瘦成了一把骨头。"

"阁下真是养马高手！这匹马是什么种儿？"公使打量"紫燕子"问道。"蒙古马。"浩贝勒爷说。"嗯，不错，真是匹好马。"公使啧啧道。这二位正在品评得胜的"紫燕子"。"马后"气喘吁吁地走过来对浩贝勒爷打千儿道："十四爷，那位洋人对您的马获胜不服。"

"哦？他怎么说？"浩贝勒爷把脸一沉，急忙问道。

"他说这儿场地不平，影响了他的那匹马的速度。他想跟您单练。""马后"拧着眉毛，咽了口气说。

"什么，单练？难道他想单跟我赛一场吗？告诉他，他想怎么赛都成，爷奉陪！"浩贝勒爷的脸上挂着气儿说。

"你们……？"公使没听明白他们说的什么，正要问"马后"，史密斯走了过来，把瑞尔要跟浩贝勒爷单赛的事告诉了公使。

公使本想拦一道，但一看浩贝勒爷点了头，他也不好再说什么，因为在他看来这种比赛本身，就是一种玩玩乐乐的事儿。

想不到瑞尔叫起板来，他对"马后"说："我要跟这位贝勒爷拉出去单赛，不要场子，顺着马路一直跑，看谁的马能一直跑到头。"

"马后"面带难色地说："这恐怕不合适吧，赛马总得讲点儿规矩呀？"

瑞尔拿出斗牛士的架势，气哼哼地说："规矩？现在的这个赛马场规矩吗？既然要比，那就一见高低，比个输赢！"

"马后"试探着问道："您的意思是想赢点儿什么吗？"

瑞尔说："那是，今天我这匹马如果输给他，我甘愿赔他一辆美国'道吉'卧车，这辆汽车就在大使馆。"

浩贝勒爷见他脸红脖子粗地嚷嚷，听不懂他说的是什么，问"马后"："他跟急眼猴儿似的，嘟囔什么呢？"

"马后"笑道："这家伙要跟您赌气。"

"赌气？"浩贝勒爷疑惑地问道："他赌什么气？"

"马后"道："他说他的马要是输给您，他给您一辆卧车。"

"嘿。这小子是想赌气。"浩贝勒爷冷笑道："你告诉他，我要是输给他，嗯，我给他一套宅子，对，一套四合院！"

"马后"吐了一下舌头道："妈爷子，您不是开玩笑吧？"

浩贝勒爷愠怒道："开玩笑？你是怕我拿不出一套宅子来吗？"

"不不。""马后"转过身把这几句话翻译给瑞尔。

他听了嘿然一笑，冲浩贝勒爷竖起了大拇指，叫道："好，不愧是中国的王爷，那咱们就比试一下。"

那几位洋人听了"马后"的翻译，纷纷拍起了巴掌。史密斯笑着对瑞尔说："你要是赢一套四合院，得有我两间房。"

"我都给你。"瑞尔不屑一顾地瞥了他一眼，说道。

"歪嘴吹灯，一股子邪气。这洋鬼子憋什么屁呢？"海八爷在旁边捅了一下关二，悄没声地问道。

关二朝他使了个眼色说："洋人嘛，可不是得邪性。唉，主子的事，咱们少往里掺和，我琢磨着十四爷不会怵他。"

"再赛的话，还让'紫燕子'上场吗？"海八爷问道。

"那得看十四爷的了。咱今儿带来四匹马呢，还愁对付不了他吗？"关二咧了咧嘴说。

依着浩贝勒爷的意思是换马，在原地跟瑞尔重赛。但瑞尔较劲，别的马不行，就得是刚才参赛的"紫燕子"，而且要单找一个开阔的地界赛。"马后"一时感到有点坐蜡。

"开阔的地方？出了这个场子，四外是荒郊野地，上哪儿找能让马撒欢尥蹶儿的地方去？"他对史密斯说。 史密斯倒能对付："又不是正规比赛，何必那么认真呢？离这儿不远不是有条马路吗？他们可以在路上赛嘛。"

那当儿，出德胜门有条官道。这条道，明朝的时候就有，皇上出德胜门到十三陵祭祖，就走这条道。自然，那会儿的道是黄土和碎石子儿铺的，道也不宽。您想，走马车的路，能宽得了吗。

"在马路上赛马？您开什么玩笑？马路上又走车又走人的，哪是赛马的地方？""马后"当即把史密斯给驳回去了。

"那你说到哪儿赛吧？"史密斯把球踢给了"马后"。

"马后"嘬起了牙花子。他看出来今儿浩贝勒爷是碰上洋杠头了。瑞尔非要赢，浩贝勒爷却偏偏不给他面子。双方把他将在这儿了。

他挠了挠头问身边的张大个儿："你别愣着，给出出主意。去哪儿赛？"

张大个儿的老家是清河，清河西边有个大草甸子，那儿挺开阔。他眼珠一转，抖了个机灵，对"马后"说："要找豁亮的地儿，干脆去清河吧。离这儿也不太远。"

"马后"一拍巴掌叫道："好主意，浩贝勒爷对那儿也熟悉，他常上那儿去玩马。"

他扭过脸，把这主意告诉了浩贝勒爷。

"行呀，到哪儿都行。你问问他干不干？"浩贝勒爷用马鞭子指了指瑞尔。

瑞尔不知道清河这地方。但他不管清河还是白河，只要离开这个场子就行。

"走，就到你说的这个地方去。"他用英语对"马后"说。

这些人商量好重新赛马的地方，纷纷上了马。场子里的看客们纳了闷儿。到底是赛完没有呀？没赛完，浩贝勒爷一马当先，跑到了终点，众人欢呼，是哪一出呢？赛完了，这些人干吗不走呢？

许多人没看过赛马，不知道怎么回事。呼啦啦都过来看个究竟，你拥我挤地把这些赛马的人给围了个严严实实。

杨胖子以为赛马已然结束，早早儿地带着他手下的巡警颠儿了，场子里也没了维持秩序的人。一时间，吵吵嚷嚷，乱了营。

海八爷看这阵势，心里咯噔一下：妈爷子，可别出点儿什么事。正犯嘀咕呢，只听浩贝勒爷对他叫道："你这个猴儿崽子愣什么神儿？快，把马给我牵过来。"

海八爷打了个激灵，随口应声道："是，十四爷！"

他连央告带嚷嚷地分开众人，走到栅栏门，解开缰绳，拍了拍"紫燕子"，低声说："老伙计，给爷作脸听见没？"那马摇了摇尾巴，打了个响鼻。

围观的人越拥越多，但众人见海八爷牵着马走过来，还是给他让出一条道来。

"海八爷，这马还赛不赛啦？""海子，洋鬼子是不是要跟浩贝勒爷叫板呀？""海子，说话呀！""这匹马真给咱爷儿们挣脸。"人群中很多熟人冲海八爷嚷道。

海八爷冲他们摆了摆手说："你们没瞧我把马又牵出来了吗？赛，待会儿就赛，这块地不行了，洋鬼子说了，树林子里耍大刀，拉不开场面。"

"在哪儿赛呀？"有人大声问。

"到清河那边的大甸子，想看，你们就跟着去。"海八爷说着，牵着马来到了浩贝勒爷跟前。

浩贝勒爷接过缰绳，身子一纵，跳到马上。"紫燕子"猛然抬起两条前腿，昂起头来，嘶鸣了一声。围观的众人不明白是怎么回事，以为这马要炮蹶子呢，纷纷向后退。

其实，这是"紫燕子"看到主人，一时兴奋的表示。它这儿一声嘶鸣，引起了瑞尔骑的那匹枣红马的共鸣。

这匹马在嘈杂的人声中，早就有些耐不住性了，见"紫燕子"炮了蹦儿，它也扬起前腿，昂头来了一嗓子。两匹马也斗起气来，"紫燕子"侧过脸，眨了眨眼，又叫了一声。

瑞尔拉了拉缰绳，透着不耐烦地对"马后"说："走吧，我们还等什么？"

"马后"向四外的人群扫了一眼，皱着眉头说："走？这么多人怎么出去呀？"

他眼珠一转，又要起了小聪明，把张大个儿叫过来，说道："把你的发令枪拿出来，给两枪。"

张大个儿拔出枪来，嘿然一笑说："怎么，拉不开拴了？让我拿它，您以为这是吓唬小孩呢？"

"马后"说："你哪儿那么多说词，赶紧，放两枪吧。"

张大个儿是"马后"请过来的，自然得听他的。他举起发令枪朝天上"咣咣"放了两枪。

这两枪可放出了娄子。那些围观的人不明白怎么回事，以为浩贝勒爷跟洋人打起来了呢。

不知谁喊了一嗓子："了不得啦，鬼子打枪了。贝勒爷跟鬼子真刀真枪玩了命喽！快跑呗！"

这一喊，让大伙儿毛了爪儿，吓得扭头就跑，顿时场子大乱。

您想，围观的有上千号人，你推我搡，大呼小叫的，像炸了窝。这些人一乱，洋人登时傻了眼。

张大个儿见状慌了神，他想再震震场，"咣咣"又朝天上放了两枪。这两枪如同天上打了两个响雷。"紫燕子"猛然一纵，接着来了声嘶鸣，多亏浩贝勒爷骑术高明，换了尿，这一下，得从马上扔出去。

瑞尔骑的那匹枣红马被这几声枪响，也给惊毛了，突然长嘶一声，挺身跃起。瑞尔手一松，脱了缰绳，愣从马上甩了出去，那匹大洋马奋蹄撒欢，朝奔跑的人群冲去，瑞尔措手不及，失手脱缰被扔了出去，摔倒在地。

众人眼看着脱缰的烈马撞倒数人，连踩带蹬地向前疾驰。一个个不禁大惊失色。公使和史密斯顿时脸色苍白，张口结舌，"马后"和张大个儿也傻了眼，吓得大气不敢出了，就连浩贝勒爷也惊得目瞪口呆。

说时迟，那时快，只见海八爷像兔子似的蹿了出去，狂奔着追赶那匹撒欢炆蹦的洋马。

那匹受惊的烈马，接连撞倒十几个人，冲出场外，朝着一条土路疾奔，大伙看着这个发狂的牲口蹿过来，都慌了手脚，吓得纷纷躲闪，自然也有闪不开的主儿，只好听天由命。

偏巧，路面上有俩菜贩子推着独轮车走过来，那匹烈马冲着这俩推车的奔过去，眼看着烈马把小车撞翻，马蹄子要从那两个菜贩子身上踏过去。

海八爷此刻已赶上这匹马，他不顾一切地猛扑上去，一把拉住了马的缰绳，那匹马猛然抬起两条后腿，炆了个蹦子。海八爷借势，欲飞身上马，但那马又急收后腿，两条前腿向上一跃，海八爷的身体在半空打了一个横，失去了重心，摔在了地上。

那马可不管这一套，接茬儿往前跑，一直把海八爷拖了有十几米远。众人看着不由得倒吸了一口凉气：妈爷子，这位爷的小命可保不齐得交待了。

谁也想不到海八爷会从地上起来。只见他随着马往前冲的时候，带出的惯性，身子一旋，照着马的肚子猛击一掌，那马打了一个愣儿，就在这瞬间，海八爷来了个鹞子翻身，纵身一跃，跳到了马鞍子上，双手一勒缰绳，那马突然跃起，吧唧一甩身子，想把海八爷从鞍子上甩出去，但海八爷的身子紧贴着马背，死死地拉着缰绳，随着马跑出去一里多地。他又不断地拍着马脸和马背，那马跑了一段，才醒过味来，那股子邪气似乎撒完了，毛儿顺溜了一些，放慢了脚步。

等到海八爷将这匹烈马制伏，骑着它回到赛马场，人们才松了一口气，由惊转喜，迎上前去，对他发出欢呼声："海子是条汉子！""爷儿们行嘿！""海八爷，好样儿的！"

海八爷骑在马上却显得神态自若，冲大家抱拳打揖。人们发现他身上的衣服已被扯得七零八落，大腿翻了皮，滴着血。

"海子，你这猴儿崽子今儿给爷作了脸。"浩贝勒爷朝海八爷伸出了大拇指。

那两个被海八爷从马蹄下救出来的菜贩子，"扑通"，给海八爷下了跪，连声道："爷爷欸，多亏了您呀，今儿我们哥儿俩捡了两条命！"

海八爷心里说，这不是烧我吗，浩贝勒爷在边上，您老两位管我叫爷爷。他想跳下马去，搀扶他俩，只觉得大腿像刀剜一样疼。他咬着牙，在马鞍上挪了一下身子。 关二和鲁爷走到马前。 "海子，你还行吗？"关二看着他血丝呼啦的大腿，倒吸了一口凉气。

"我能挺得住。二爷，这小王八羔子，怎么这么狗尿呀？"他拍了拍那匹被驯服的洋马，龇牙咧嘴地骂道。

"嘻，它不是鬼子骑的马嘛。"关二撇了撇嘴说："兄弟，你快下来吧。"

海八爷拧着眉毛咧着嘴说："二爷，搭把手吧，我……哎哟，我怎么让这条腿把我'拿'住了呢？姥姥的！"他觉得腿上的伤口疼得钻心。

关二和鲁爷上前走了两步，把海八爷从马上扶下来。

海八爷只觉得眼前一黑，"咕咚"，玩了个趔趄。他下意识地抬起胳膊，抢了一下，心里骂道：天上掉刀子，这会儿也不能现眼，怎么着也得撑住这个面儿。他把小褂撕成布条，裹住了冒血的伤口。

关二牵着那匹马走到瑞尔跟前，交给他。

瑞尔没想到自己的马，会让他在众人面前栽了面儿，那个跟头摔得不轻，刚才的那股子咄咄逼人的锐气，这会儿早没了踪影儿，他像泄了气的皮球，挂不住脸了。

"马后"颠儿颠儿地走到他面前，说道："瑞尔先生，浩贝勒爷问您，还赛不赛了？"

瑞尔一瘸一拐地拉着马，苦笑了一下说："你看我这样子还能赛吗？告诉那位王爷，以后再说吧。"

"那你今天是认输了？""马后"为了讨好浩贝勒爷，追着问道。

瑞尔不情愿地说："输赢大家不是都看到了吗？"

浩贝勒爷见他服了软，不想让他再难堪，他跳上马，对"马后"说："嗯，我今儿丢了一辆汽车，哈哈。算了吧，他奔拉了脑袋就行了。"

"是，他已然认怂了。""马后"笑着对浩贝勒爷说。

"那好，你怎么把他请来的，再怎么把他送回去吧。"浩贝勒爷笑道，他转身把张总管叫过来，对他吩咐道："回头你带海子去找大夫看看他的大腿，他伤得不轻。"

"是，十四爷，您放心吧，我带他去。"张总管应声道。

浩贝勒爷扭脸对关二和鲁爷说："走，咱们打道回府。"

"是，十四爷！"这二位异口同声地应道。

鲁爷和关二牵过马来，纵身跳上去，众人纷纷让道。浩贝勒爷一扣马刺，挥鞭给了马身一下，"紫燕子"扬蹄而行。在众人的欢呼声中，浩贝勒爷的马队出了赛场的大门，疾驰而去。

瑞尔望着他们的背影和扬起的尘烟，啧啧了两下，回身看着海八爷站在那儿直视着他。

他似乎动了恻隐之心，从身上搜了搜，掏出一把中国的现大洋，一瘸一拐地走到海八爷的面前，说了几句洋文，把银元递给他。

海八爷没听懂他说的是什么意思，瞪了他一眼，摇了摇脑袋。

"马后"凑过来说："瑞尔先生说你很勇敢，他感谢你，这些钱是让你拿去治腿伤的。" 海八爷突然大笑起来："干吗？他打发要饭的呢？跟他说，爷不缺他这俩钱。"

"马后"不知道该怎么把这话翻译给瑞尔。他耍了个小聪明，跟瑞尔嘀咕了几句，转身对海八爷说："人家好歹也是一份心意，你就接着吧。" "好，我接着。"海八爷冷笑了一声，接过那把银元，冲着围观的人群喊了一嗓子："老少爷儿们，今儿不能让你们白来这儿捧场，洋鬼子给咱们钱了，拿去花吧！" 他说着，把手里的银元往半天空抛去。然后，对瑞尔和"马后"一抱拳说："对不住了，咱们后会有期！"

众人一见天上掉银元，不捡白不捡，呼啦啦抢了起来，海八爷趁着这股乱劲儿，挺着胸脯，咬着牙，一瘸一拐地朝赛场门口走去。

"海子，洋车给你备好了，咱们去法国医院。"张总管对他说。

"去什么医院呀？这点儿小毛病，我扛得住。你呀，先拉我到'同义居'大酒缸吧。我现在不想别的，就想喝两口儿！"海八爷嘿然一笑说。

"什么？不去医院，去大酒缸？嘿，海子，可真有你的。"张总管挤咕了一下小眼笑道。

"张爷，你去不去，我不管。我得去，酒虫儿在我肚子里正闹呢！"海八爷笑道。

"好好，听你的，咱们去大酒缸。"张总管挠了挠脑壳，咧了咧嘴说。

第十四章 乔本舒冒坏设暗套

海八爷想去大酒缸，除了想喝酒，还有两个目的，一是想让那些酒友们知道他今儿在洋鬼子面前露了脸，谁要不信，看他大腿上挂的彩。二是想问问夏三爷，秀儿今天到没到赛马场。他心里一直犯着疑性，两只眼睛都快瞪出来了，也没在赛马场瞅见秀儿。

他心里掂算着秀儿十有八九没来。如果来了，他征服了洋人的烈马，大腿挂了彩，疼得龇牙咧嘴的，秀儿能不过来看看他吗？秀儿怎么会没来呢？他想知道是怎么回子事儿。

海八爷哪儿知道秀儿这会儿正为他提拉着心。

敢情海八爷追惊马那一节，秀儿没赶上。她往家走的时候，碰上看赛马回来的邻居李二爷磨叨这事，她听了一耳朵，凑过去打听，邻居李二爷跟她说海八爷救惊马遇了险。

"呦，八爷不会出什么闪失吧？"她爹着胆子问道。

"他出什么闪失？二两酒下肚，什么事儿都没了。这会儿呀，保不齐他正在你们家开的大酒缸喝酒呢。"李二爷笑着说。

"嗯，他他可真真够那什么的。"秀儿脸红了，结结巴巴地说。

秀儿怎么到了赛马场，没看着赛马就回家了呢？敢情她跟印月碰上了乔本舒以后，印月便打发她回了家。

乔本舒在看台上认出了印月，心里便扎了根刺儿，跟一块来的朋友打了声招呼，下了看台，瞄着印月的身影追了过去。

印月瞥见乔本舒，心里一惊，暗自骂道：这真是不是冤家不聚头。倒霉催的碰上他了？她拉着秀儿匆匆忙忙从人堆里挤来挤去，来到了驯马场外头的一棵树下。

秀儿喘着粗气，纳着闷儿问印月："印月姐，你你……那什么，怎怎不想看看看赛马了？咱们还还没见着海八爷呢。"

印月笑道："唉，我刚碰上了一个熟人，这家伙是个坏人，我怕他不怀好意。"

"谁谁呢？"秀儿结结巴巴地问道。

"等以后有空儿我再告诉你。你还想看赛马吗？"

"想想想呀。"秀儿心里有点儿起急，一急，说话更结巴了。

"你要真想看，就自己留下看。秀儿，姐姐今儿对不住你了，必须得马上离开这儿。"印月不假思索地说。

"那那怎么行呢？你你走，我我也也走。"秀儿拉着印月的手说。

印月回过头，往赛马场里看了看说："那就委屈你了。事不迟疑，咱们马上就走。"

"好，印月姐，我我听听你的。"秀儿嗫嚅道。

印月拉着秀儿奔了离赛马场不远的"车口儿"，叫了两辆洋车。俩人一前一后上了车。印月对车夫说："奔寿比胡同，多少钱？"

车夫道："您听好，一辆车二十个大子儿。"

"行，我有急事儿，劳驾，您麻利点儿。"

"得，姑奶奶您坐稳当，咱们这就走。"车夫说着，抬起车把，甩开大步奔了德胜门。

到了"荷花程"的小院门口，印月把车钱付给车夫，拉着秀儿上了台阶，刚要推开家门，猛然发现后边有辆洋车跟着她。

难道是乔本舒？她脑子里打了个闪儿。这家伙可真够贼的，要是他知道我住在这儿可就坏了醋。

她灵机一动，对秀儿大声说："哎哟，我想起来了，家里的炉子上还坐着药锅呢。大妹妹，我今儿不上你家串门了，走吧，跟我回家看看药锅去。"

秀儿没明白她说的是什么意思，支支吾吾地问道："要锅，要要要什么锅呀？

印月捅了她一下，说道："砂锅，煎药的砂锅。走吧，别啰嗦了。"

她拉着秀儿下了台阶，正要去追刚走的那辆洋车，也不怎么这么巧，

"荷花程"推门出来了。印月急得一跺脚，赶紧冲"荷花程"使了个眼色，悄声说："先生，你快点儿进去。快，快！"

"荷花程"被弄得莫名其妙，他原本是想出门奔"同义居"喝两盅儿，没想到一推街门撞上了印月。

"呦，这是怎么啦？"他见印月脸上的神色不对劲，惊疑地问道。

"您就别问了，回头再说，赶紧回去吧。"印月不由分说，把"荷花程"推进了院，随手掩上街门，扭脸拉着秀儿就走。

她俩连跑带颠儿到了胡同口，想叫洋车，一时没有。印月蹙起眉头，想了想对秀儿说："你赶紧回家，哪儿也别去，直接回去，听见没有。"

"印月姐，到底出出了什什么事儿？"秀儿被印月弄得如坠八百里云雾之中，瞪着眼睛问道。

"你不要问，赶紧回家，知道吗？"印月急切地说。

"嗯，知知道了。"秀儿点了点头，转身走了。

印月看她走出了胡同，转身朝相反的方向走去。

她出了胡同，来到了鼓楼东大街，在街口叫了一辆洋车，回头看了看，老远见到乔本舒坐的那辆洋车在后面慢慢悠悠地跟着。

"什刹海的荷花市场。"印月上了车，对车夫说。

"您听好喽，十个大子儿。"车夫是个膀大腰圆的小伙子，看着印月脸上慌张的神色，扭头四外看了看，说道。

"行行，您只要快点儿就行。"印月掏出手帕，擦了擦额头上的汗，说道。

车夫腿脚灵便，绰起车把，甩开大步就往东走。

过了鼓楼，印月回过头去看了看，对他说："劳您驾，走烟袋斜街。绕点儿远，走什刹海北岸，我多给您五个大子儿。"

"得嘞，您擎好呗，您不是要快吗？坐稳喽您呐。"车夫头也不回地说。他两腿紧捌，脚底下像生了风，一溜儿烟似地穿过了烟袋斜街，奔了北岸，又穿过银锭桥，奔了一条胡同，从胡同里出来，印月让他停在一家茶馆门前，付了车钱，四外看了看，没有洋车跟着，她以为已然把乔本舒给甩掉，长长地出了一口气。

印月多了个心眼，一转身进了茶馆。

茶馆不大，三间门脸摆着七八张桌子，上面摆着象棋和大茶壶。这是老北京比较典型的棋茶馆。相比那些大茶馆，这路茶馆比较安静，棋友来此，以棋相会，一边品茗一边下棋。窗外是什刹海的水面，倒也有几分雅韵，不过这个钟点儿快到饭口了，那些泡茶馆的人们大都回家，所以茶馆里透着沉寂。

印月看了看，茶馆里只有迎门的茶座上有两位老者在下棋，茶房迎上前来，笑着问道："您几位？噢，一位，那您请上座。"

印月挑了个临窗的茶桌坐下，要了一壶"龙井"，喝了两碗茶，心里稍稍踏实一些，但她不想久坐，站起来结了账，走出茶馆，沿着后海的河沿，溜达了几步，定了定神，找了个石凳坐下。

那会儿，后海的水面还很宽，河水缓缓流淌，波平如镜。在微风中时时泛起涟漪。靠岸边的荷花已经凋落，浓绿的荷叶在阳光下显得苍翠，柳树的枝条懒懒地摇曳着，暑热在秋风中已然消退，但空气里还流动着燥气，知了还在吱吱地叫着。快到中午了，阳光直射在水面上，波光粼粼，那潋滟的波纹，幻化成一个个耀眼的光片，直刺印月的眼睛。

她似乎在这波光湖影中，看到了自己的命运。虽说四周透着幽静，但此时此刻她的心却静不下来。望着沉静的水面，她的脑子里过起了电影。乔本舒的影子在她的眼面前来来去去地晃悠着。她想起了在"清吟小班"的生活，想起了乔本舒这样的形形色色的嫖客，也想起了她对"荷花程"的一见钟情，还有"荷花程"带给她的消停与和美的日子。

她已然看破红尘，更看破了乔本舒这号人的嘴脸，乔本舒能给她带来什么呢？她是用自己的身子讨得他们这些人的欢心，而留给自己的是永远抹不掉的羞辱。当初她委身于乔本舒，那是出于无奈，他可以花钱买她的身子。没辙，谁让她是冯四奶奶的"女儿"呢。一切都身不由己。现在她已经不是从前的"雪花飘"了，她的身子是自己的，她的日子是自由的，她可以堂堂正正地做一个女人了。

我怕他什么呢？难道乔本舒能把我吃了？印月开始在脑子里给自己解套，不，不，他真把我吃喽倒没什么，我是怕他给程先生惹麻烦。程先生是个好人，也是个老实人，他对付不了乔本舒。印月太了解乔本舒，也太了解"荷花程"了。她不愿意给自己喜欢的程先生添堵。"荷花程"是她心目中的圣坛，她不希望这圣坛落上任何不快的灰尘。当然，她也不想看到有人搅和他们宁静的生活。

还是由我来对付乔本舒吧。我不怵他。嘻，我怵他干吗？印月想到这儿，不禁自我解嘲地笑了起来。

她在后海岸边的石凳上坐到下午才回家。来北京这么多年，她还是头一次独自坐在这里赏景静思。她意外地发现这地方的景致，是这样的让人洗心遣忧。等明年春天荷花开了的时候，一定陪着程先生一起到这儿来写生。她心里头默念着。

"荷花程"在书房里枯坐了几个小时，没敢动窝儿。中午，他让儿子道生到"同义居"打了两壶老白干，就着花生豆和炸小河虾，喝得迷迷糊糊，倒在榻上睡着了。印月到家的时候，他睡得正香。

印月觉得有些饿了，在灶上用小锅做了碗疙瘩汤，吃完了"荷花程"才醒。

"印月，回来了，方才是怎么档子事呀？""荷花程"笑着问道。

印月不想把真相告诉他，打了个谎说："嘻，那什么，我不是跟秀儿去看海八爷他们赛马吗，在赛马场碰上两个土混混，他们想冒坏，我拉着秀儿赶紧跑回家，没成想到了胡同口，那两个青皮在后头跟着呢，我怕给您惹事儿，不想让他们看见您，所以就……"

"唉，我当是出了什么大事呢。这年头，兵荒马乱的，你一个妇道人家，还是少出门。""荷花程"沉吟道。

他并没疑惑印月的话里掺着水。"荷花程"在处事上是一根筋，没有那么多心眼儿。

"是呀，要不是这回浩贝勒爷赛马有海八爷，我不会过去看的。"印月随口说道。

"赢了输了？"

"嘻，我们还没看，就回来了。"

"赛马？嗯，这些没落王爷也就是在这上头抖抖份儿。简直是瞎胡闹，有本事在战场上跟洋人去较量。赛马，赢了输了能说明什么呢？唉。""荷花程"叹了口气。

印月不便跟他多说什么，随便聊了几句家常，把这话茬儿给岔了过去。

自然，"荷花程"也没把这事往心里去。谁能想到几天以后，乔本舒会找上门来呢？

那天，"荷花程"和叶翰林到"同义居"喝酒，俩人喝得挺尽兴。"荷花程"醉么咕咚地出了大酒缸，身子飘飘忽忽地奔家走。刚走到胡同口儿，迎面碰上了乔本舒。

"荷花程"本想闪开他，乔本舒却把他拦住了。

"嘿，程先生怎么眼里没人呀？不认识我了？"乔本舒阴阳怪气地冲他一笑。

"噢，是乔先生呀，您瞧，这酒闹得我眼拙了，对不住，对不住。您这是奔哪儿呀？""荷花程"慌忙跟他打招呼，自己给自己找个台阶儿。

"问我上哪儿？怎么，想知道吗？"乔本舒居高临下地冷笑道。

"嗜，我这不是随口这么一问吗？您是衙门口吃官饭的，我哪敢打探您的去处呢？""荷花程"笑道。

"不想打探？不会吧？哈哈，是不是怕我给你戴'绿帽子'呀？"

"您这是哪儿的话呢？给我戴'绿帽子'？我现时说可是'光脑壳'。""荷花程"醉意朦胧地跟他打了个哈哈儿。

"得了，你别跟我这儿打马虎眼了。别瞧咱们有日子没见了，你肚子有几条蛔虫，我可都给您数着呢。"

"呦，您这是……？"

"算了，程先生，您就别在我面前装大个儿的了。既然今儿你说到这儿，咱们就打开天窗说亮话吧，走，咱找个地方聊聊去。"

"聊聊？我可没工夫陪您。您没瞧我刚喝了酒，脚底下踩着棉花呢么，咱们还是改日吧。""荷花程"推让道。

"怎么，几天没见，长行市了，我请你喝酒都不给面儿？"

"不是不给面儿，我是真……"

"真什么呀，走吧。今儿我做东，请你到'会贤堂'怎么样？""别别，什么堂我也不去。""怎么？又给我来'五乖五合'是不是？"乔本舒不由分说拉着"荷花程"就走，走到街口，叫了两辆洋车，一前一后，奔了什刹海西北岸边的"会贤堂"。

"会贤堂"是那当儿京城有名的大饭庄。说到这儿，得跟您交代两句，老北京的"勤行"没有酒楼一说。即便字号叫楼，也没有"酒"字，讲究一点的大饭庄叫"堂"。那会儿，饭庄、饭馆、饭铺都有严格的区分，敢打堂呀，楼呀，居呀招牌的饭庄，一般要有两三套四合院，几十间房，能同时摆五六十张桌子的席面儿，有的还有戏台，能演大戏。饭馆和饭铺则没这么讲究了。

民国初年，京城的饭庄以鲁菜唱主角，有名的"八大楼"：东兴楼、安福楼、致美楼、正阳楼、新丰楼、泰丰楼、鸿兴楼、春华楼。"八大居"：广和居、同和居、和顺居、泰丰居、万福居、阳春居、恩承居、福兴居，主要经营鲁菜。字号叫"堂"的与"楼"、"居"有所不同，"堂"除了日常为请客的主儿摆席，主要承办红白喜事。老北京有钱的人家贺寿，生小孩，办满月都要到这个"堂"那个"堂"设席摆宴。清末民初的老北京有"八大堂"：地安门大街的庆和堂，什刹海的会贤堂，报子胡同的万寿堂，钱粮胡同的聚寿堂，前门外肉市的天福堂，观音寺街的惠丰堂，锦什坊街的富庆堂，长巷头条的庆丰堂。

这些老字号的楼、居、堂到现在保留下来的已然不多了。单说会贤堂开业于光绪年间，由于店门面朝什刹海，临窗赏景，柳阴风荷，幽雅可人。会贤堂的广亮大门，粉墙画壁，七开间的楼厅，西跨院设有戏台，可供数百人看戏，每个院子都建有高高的铁罩棚，带有大宅门的派头。这里是王公大臣，贵族官僚商贾的聚会之地，像"荷花程"这样的落魄文人平时难得到此。他一时想不明白，为什么乔本舒会舍财买脸拉他到"会贤堂"来。

"会贤堂"的老掌柜叫王承武，因为乔本舒常常到这儿请客，跟他并不生分，见他跟"荷花程"进了院子，忙上前打招呼。

"二楼的雅座有客人吗？"乔本舒笑着问王掌柜。

"您是谁呀？乔爷来了，没有座儿也得有座儿。得，您请吧，座儿给您预备着呢。"王掌柜笑了笑，让伙计把他们带到了楼上。

乔本舒找了个靠窗户的桌子，让"荷花程"坐在了上座儿。

"荷花程"这会儿已然有七八成醉意，坐在哪儿都不在意了。

"乔先生，我可跟您说实话，真，我不能再喝了，只能陪您坐一坐。"他连连对乔本舒摆手说。

"这是哪儿的话呢？既然坐到这儿了，您不喝酒？怎么，瞧不起我是不是？来吧，甭跟我客气了。"看得出来乔本舒今儿是上满弦来的，不把"荷花程"灌倒，他心里不踏实。

他把跑堂的叫来，点了会贤堂看家的四冷菜、四鲜菜、六大件。

伙计笑着问道："今儿乔爷请客是几位呀？"

"两位，噢，花椒、大料，就两位。"乔本舒说。

"两位？您点这么多菜？可够您吃的。"伙计笑了笑。

"你怎这么多嘴多舌呢？我要的就是这个排场，你管这么多干吗？赶紧把你们最好的白干给我烫两壶，端上来。"乔本舒瞪了他一眼。

"是嘞您呐，您候候，酒菜马上就来。"伙计嘿然一笑，唱了个诺，转身下了楼。

酒上了席面，乔本舒亲自给"荷花程"斟了一杯，随手给自己也满上一杯。

"来吧，程先生，由打我们在'清风阁'分手，一晃儿，到现在已然两三年了。喝杯酒叙叙旧吧。"乔本舒端起酒杯，对"荷花程"笑道。

"荷花程"摆了摆手说道："乔先生的盛情我领了，但这酒，我不能再喝了，再喝可就醉卧街头，惹人耻笑了。"

乔本舒笑道："这是哪儿的话呢？您是文人，自古文人墨客哪个跟酒有仇？我知道您的酒量。三杯五盏口不爽，三壶五壶意不醉。来吧，唐朝的诗人白居易有诗曰：'劝君一杯君莫辞，劝君两杯君莫疑，劝君三杯君始知……身后堆金挂北斗，不如生前一杯清。'"

"荷花程"笑道："哦，你的劝酒词令还不少呢，把白居易都搬了出来。"

乔本舒站起来，笑道："喝酒嘛，哪能没有词令呢？我知道程先生是好酒量，喝酒不用劝。来吧，为我们的酒后重逢干一杯。"

话说到这份儿上，"荷花程"只好端起酒杯，跟乔本舒的酒杯碰了一下，一饮而尽。

"果然是名不虚传，画儿画得好，酒量也好。"乔本舒又把杯子斟满了酒，抖了个机灵说："我前些天跟你的一个学生喝酒，她教了我一首《劝酒歌》，嗯，有意思，想听吗？我给你唱唱：劝君酒，须折好花供酒筵。君如惜花不肯折，风吹花落越明年。劝君酒，人生苦乐如浮云，昨日高头骑大马，今朝乞讨宿无门。劝君酒，莫瞧菱花照即悲，但见青丝成白雪，不见白雪照青丝。劝君酒，须趁天好良辰时，阴云易遮当头月，病榻问樽暮已迟。劝君酒，白杨坟冢高嵯峨，昨到平野高处望，今年又觉去年多。"

"荷花程"沉吟道："嗯，这首《劝酒歌》倒是道出了人生的悲凉。您说是我的学生教您的，请问乔先生，您说的是我的哪个学生？"

乔本舒吃了一口菜，诡秘地一笑说："您刚才问我到哪儿去？实不相瞒，我刚跟您的学生喝了酒。"

"哦，您也刚喝了酒？跟我的学生？"

"对对，跟你的学生。"

"说出来吧，谁呢？"

乔本舒哈哈冷笑了两声，不紧不慢地说："谁？'雪花飘'。"

"啊，您跟她刚喝了酒，她还教了您一段《劝酒歌》？""荷花程"腾地站了起来，瞪大眼睛问道。

"你别冲动，程先生，你以为你做出来的事儿，别人不知道吗？纸里能包得住火吗？嗯？明告诉你吧，两年前，你跟'雪花飘'合谋演的那场'双簧'，骗得了别人，骗得了我吗？"

"乔先生，你别诈我，您的话，我不会信。""荷花程"的酒已然醒了一半。

"诈你？哈哈，我诈你干吗？我跟'雪花飘'是什么关系，你不会不知道吧？她早就是我的人了。"

"是你的人了？她会是你的人？""荷花程"简直不敢相信自己的耳朵了。

"姓程的，我一直把你当作一个规规矩矩的老实人。文人嘛，真没想到你会有这么多花花肠子，愣把我给涮了。""我怎么会涮你呢？""当初，你的画儿是帮了我一个忙，可是我也没亏待你。请你到'清风阁'，让'雪花飘'来陪你。怎么样？我够对得住你吧？没想到你居然敢冒坏。哈哈，编排出甘肃督军手下的一个师长，还登了报，好呀，真好！多好的一出戏呀！可你就不想想，'雪花飘'是我的心头肉呀，她能看上你这个穷酸文人吗？你呀，真是错打算盘了。"

"难道说，她……？""荷花程"被他说的一时乱了章儿。

"她能把我忘了吗？走到天上，她也是我的人。实话说吧，她是身在曹营心在汉。这两年，她一直跟我藕断丝连，你以为她会老老实实跟你学画吗？她是在哪儿长起来的，你难道不清楚吗？哈哈，你每天在大酒缸喝酒，我和她每天在什刹海的荷花市场喝酒，同样是酒，却是两个味儿呀。"乔本舒直视着"荷花程"，嘴边掠过一丝冷笑。

"啊？原来是这么回事。""荷花程"猛然想起那天他要出门，印月把他推到门里的碴口儿。

"老牛喜欢吃嫩草。程先生，我知道您喜欢她，本来不想夺人所爱，搅了你们的好梦。成人之美，胜造浮屠。我想还是把她让给你吧，可架不住她对我太痴情，三番五次地找我。没辙，我不能拂了她的意。"乔本舒又紧了一板。

"荷花程"眼直了，他万万没想到印月会背着她，暗地里跟乔本舒有这么一腿。唉，我怎么没看出来呢？他心里怨恨道。

"怎么，程先生吃我的醋了？"乔本舒见"荷花程"坐在那儿，像个泥胎，又烧了他一句。

"吃醋？我吃什么醋？哈哈哈。""荷花程"两眼直勾勾地突然大笑起来。

"程先生，你这是……？"乔本舒被"荷花程"给笑毛了。

"哈哈哈……""荷花程"依然狂笑不止。正上菜的跑堂的也被他的笑声弄得不知所措。

"程先生，别笑了！"乔本舒喊了一嗓子。

"来来来，我们干一杯！""荷花程"把杯里的酒一口干掉，又斟上了一杯，一饮而尽。

"哈哈哈……"他笑得浑身乱颤，身子打着晃儿，哆里哆嗦地举起酒杯，一口喝干。

乔本舒看"荷花程"已经醉意阑珊，上前扶了他一把，回手照着他的脑勺给了一巴掌："你闹什么酒诈？我酒后吐出真言，是不是戳到了你的心尖子上了？"

这一巴掌让"荷花程"的酒劲又醒了过来，他像被什么烫了一下，对乔本舒说："去去去，我不理你。我要写首诗。"他转过身，醉眼迷蒙地对跑堂的说："笔墨伺候，爷要给你们留首诗。" 乔本舒示意伙计取纸笔。"荷花程"借醉意，写了一首七绝："登高取醉散我愁，倒卧城北会贤楼，会贤不解其中味，独入醉乡逍遥游。"

"好好，看来程先生只有喝醉了才能写出妙句。"乔本舒拍着巴掌说道。

"那我再来一首。""荷花程"让伙计铺上纸，又写了一首："月落星稀人来迟，相聚原来是别离，无奈冰弦声已断，道破天机酒醒时。"

"荷花程"写完，看也不看，把笔往地上一摔，也不跟乔本舒打招呼，晃悠着身子下了楼，径直出了"会贤堂"。

乔本舒扶着窗往楼下看着他跌跌撞撞走远的背影，嘿然冷笑了一声："痛快！让他独入醉乡去吧。"

站在旁边的伙计莫名其妙地问道："乔先生，您今儿这是……？"

乔本舒噗哧一笑说："见过耍猴儿没有？"

"耍猴儿？"伙计被他说愣了。

乔本舒突然止住笑，指着桌上的饭菜，对跑堂的说："犯什么愣？拾掇家伙，结账！"

"荷花程"跟跟跄跄走了没多远，酒劲让小风一吹，很快上了头，他再也撑不住了，"咕咚"倒在路边，烂醉如泥。

到什刹海逛荷花市场的人见路边躺着一位爷，纷纷上前围观。

一位古道热肠的老者凑过去想把他搀起来，一闻他身上的酒味，知道这位爷是个醉葫芦。

老者心地挺善良，抬头瞅了瞅，喊过几个身强力壮的小力笨儿："唉，京城的爷儿们谁都有醉倒那一天，来来，他躺在当街也不是事儿，搭把手，把他抬到树底下，让他睡吧。酒醒了，他也知道怎么回家了。"

那几个小力笨儿把"荷花程"抬起来，让他躺在树下接茬儿睡。

正这工夫，洋车夫杨二拉着空车走到这儿，一看醉倒的是"荷花程"，噗哧乐了："呦，程爷别跟我学呀，我喝多了，不管不顾，您可别价。怎么，这是喝了多少呀？就天当房地当床地倒地就睡。"

众人听他说这话，纷纷问道："怎么，您认识他呀？"

杨二挠了挠大脑壳笑道："敢情，你们不知道这位爷是谁吗？他是画荷花的'荷花程'呀！"

"呦，他就是那位'荷花程'？你赶紧把他拉回家去吧，不能让他在这儿躺着呀，留神着凉。"

"是这话，爷儿几个搭把手吧。"杨二说着，跟几个人把"荷花程"抬上洋车。

"谢谢老几位了。"杨二跟大伙儿道了谢，拉着"荷花程"回了家。

第十五章 "会贤堂"印月闹席

俗话说,不怕当面动刀,就怕心里撒盐,由打乔本舒给印月拴了套儿,"荷花程"的心里便添了病。

错来,明眼人一听乔本舒说的那些话,就知道他狗戴嚼子,胡嘞。狗嘴能吐出象牙来吗?但"荷花程"是实在人,给个棒槌就认真(纫针)。他愣没怀疑乔本舒在作局,反倒对印月犯了疑性。

那天,杨二把"荷花程"拉回家,印月见他醉得不省人事,心疼得不得了,现熬了一锅绿豆汤,扶起他来,让他喝了两大碗,接茬儿让他躺下睡了。

"荷花程"迷迷瞪瞪地躺了一天,到了次日晚傍晌儿,酒劲儿才醒过来。

印月一直坐在他的身边,大眼灯似的守着他。见他睁开眼,连忙端过一碗热汤面,笑着说:"先生,你可醒了。来,喝碗热汤吧。"

"荷花程"揉了揉眼,把汤面吃下去,觉得肚子里舒服一些。

"您这是跟谁喝去了,瞧把您给喝成这样了?"印月关切地问道。

"嗯,不碍事儿。唉,酒不醉人人自醉,喝了酒,大面上看我越喝越糊涂,其实呀,我越喝心里越明白。""荷花程"漠然一笑说。

印月没听出他话里有话,噗哧笑了笑说道:"您还明白呢?睡得跟死人似的。让人把您抬走,您都不会知道。"

"荷花程"定了定神,说道:"是呀,我已然老朽了,什么事都知道,我还会跑外头跟人喝酒吗?不但跟人喝酒,我还教人《劝酒歌》呢。"

印月没听出他在烧她,微微一笑说:"瞧您,还教人《劝酒歌》,那人家还不死乞白赖地灌您。"

"荷花程"苦涩地笑了笑说："是呀，教会了人家《劝酒歌》，人家拿酒跟我来说事儿。唉，我这是怎么了，这么多年白活了，怎么会在一个'情'字上栽了跟头呢？"

印月见他说出的话不着三不着两的，以为他的酒劲儿还没过去，并没往心里去。笑了笑说："先生，您别净说点子胡话了，起来，在院子里散散步，冲冲身子，清醒清醒，我回头给您做点可口的饭菜。"

"荷花程"本想再敲打印月几句，见她说出这样温柔善静的话，不好意思再张嘴了。

吃了晚饭，"荷花程"在院里的藤萝架下独自静坐，他的脑子里转悠着乔本舒说的话。他百思不得其解，眼前的印月，跟乔本舒说的"雪花飘"，绝然是两个人呀！他就是长一千只眼睛，也看不出来印月会跟乔本舒藕断丝连，经常在一块儿喝酒。 难道她是在我面前演戏？可是"荷花程"转念一想，她图什么呀？假如真照乔本舒说的印月是他的心上人，干脆把她要走或纳了妾不就结了吗？印月要是真喜欢乔本舒，干吗不跟他明说，跟乔本舒一块过去不就得了吗？她干吗还要死搂着他这棵老藤呢？

难道说印月又想当婊子又想立牌坊？真是这样，她不会离开"清风阁"呀。是她跟乔本舒的旧情难却？可是印月在他面前提起乔本舒，恨得直咬牙呀，况且她要真跟乔本舒有一腿，能对他这么好吗？也难说，她毕竟是从青楼里出来的人，旧习难改，人心叵测。可是她干吗非要演这么一出戏呢？

"荷花程"越琢磨心里越乱，索性不去琢磨她了，可是印月成天在他眼面前晃悠，又问寒又问暖的，百般体贴，千种柔情，弄得他不得不想。越想心里越添病。人就怕心里起疑，越起疑越觉着印月的温柔体贴是在作秀，常言道：是草就有根，是话就有因。弄到后来，"荷花程"对乔本舒说的话深信不疑了。

印月看他整天坐在那儿愁眉不展地想心事，对她也不咸不淡的，她心里犯起了嘀咕，可问"荷花程"什么，他也不吭气儿。问急了，他便出门奔了大酒缸，喝成醉葫芦，回到家闷头就睡。

印月心里起了急。这天，她走进书房，见"荷花程"木呆呆地望着窗外的海棠树长吁短叹，她低头一看，画案上摆着他写的李白诗句："弃我去者昨日之日不可留，乱我心者今日之日多烦忧。"

她不禁心生疑窦，忍不住问道："先生，您这程子怎么啦？干吗总犯愣呀？有什么心事吗？"

"荷花程"转过身来，凝视着她叹了一口气，想说什么，话到嗓子眼，又咽回去。

印月见他如鲠在喉，面带难色，不便深问，想了想说："'何以解忧，惟有杜康'。先生，今天晚上您别去大酒缸了，我炒几个菜，陪您在家喝两盅吧。"

"荷花程"吃了一惊，破颜笑道："好呀，我们有日子没一块儿喝酒了。"

印月炒了几个菜，在藤萝架下摆上小桌，让道生到"同义居"打了两壶酒拿热水烫上，与"荷花程"对酌。

三杯酒下肚，印月的脸粉里透红，像六月的鲜桃。她借着酒劲儿，问道："先生，碰到什么不顺心的事了吗？"

"荷花程"放下手里的酒杯，望着夕阳将尽时天空的暮色，叹息了一声，随口诵了一首诗："醉别复几日，举杯又伤怀；何言诚可信，秋风落尘埃。"

印月微蹙眉头，想了想，马上跟他对了一首："秋色见苍茫，霜欺树叶黄，试问故乡水，与君论短长。"

"荷花程"暗自佩服印月的才气，随口又吟诵了一首诗："与君对酌月光白，无语多情心长苦，我愿长醉在池台，有意无期抱琴来。"

印月见他来了诗兴，随后也吟了一首："孤云欲与白日齐，何谈抱琴无有期，秋草犹闻鸟夜啼，朝来暮去向君低。"

这首诗让"荷花程"大为伤情，他放下筷子，站起来，背着手在院子里踱了几步，沉吟道："唉，好诗呀！可惜'蜡炬成灰泪始干'。我听得懂诗，看不透人呀！"

印月走到他跟前，低声说道："先生，您这话是什么意思呢？"

"荷花程"顿了一下，对印月说道："还记得我给你讲的故事吗？魏晋时代的人好饮酒，身上爱长虱子，扬州有个小官叫顾和，有一天去拜见刺史王导，身上突然痒痒，他把车停在路上，捉起虱子来，这时有个叫周颛的大官走到他的车边，顾和没有理他，仍然低头捉虱子，周颛走过去以后一想不对头，又返回来，指着顾和的心问道：'这里面是什么？'顾和照旧捉虱子，不紧不慢地说：'这里面是最难测量的地方。'这就叫扪虱而谈，心最难测。"

印月抿嘴笑道："先生，您的学问太深，学生我才疏学浅，实在听不懂您说的这个典故是什么意思，您就痛快点儿直截了当地把话说出来，别让我起急了。"

"荷花程"凝视着印月，苦涩地一笑，说道："你也算有文墨的人，有些话还用我点破吗？"

印月说道："我是有点儿文墨，可是到了您这儿，它就变成水了。俗话说，话是开心斧，您就别跟我打闷宫了。"

"荷花程"冷笑道："不是我打闷宫，是有人跟我打闷宫。"

"您说的这个人是谁？"

"谁？哈哈，这还用问吗？"

"先生，我觉得您今儿的神色不对，难道您说的是我吗？"印月听到这儿，才琢磨出点儿味儿来。

"荷花程"撇了撇嘴，走到海棠树下，撅了一个枝子，阴不搭地哼了一声，苦笑道："唉，知人知面不知心呀。"

印月把脸一沉，皱着眉头不吭气了。呆了有一个时辰，她猛然转过身来，对"荷花程"道："先生，我对您一直非常敬重，把您看作我在这个世上惟一的亲人，我把心都交给了您，在您面前，我的心永远敞开着，我怎么能跟您打闷宫呢？我没做过一件瞒着您的事！"

"真是这样吗？""荷花程"的眼睛里射出一道疑惑的目光。

"我可以对天发誓，我没做过一件对不起先生的事。"

"那么，谁陪着乔本舒喝酒来着？""荷花程"突然动了气。

"什么？陪乔本舒喝酒？噢，您是不是见到了乔本舒？"

"我见到他了。""荷花程"冷漠地把这句话甩了出来。

"我说呢。原来是他在背后下了刀子。这个不要脸的东西！"印月听到这儿恍然大悟，她突然明白"荷花程"苦恼烦闷的因由。

"荷花程"拿眼瞄着印月。印月的愠怒，反倒让他印证了乔本舒的话，他觉得印月是在演戏：哼，你装得倒挺像！他心里暗忖道。

"程先生，那个乔本舒跟您都说了什么？"印月气得嘴唇直颤。

"说了什么，还用我再重复吗？重复有什么意思呢？""荷花程"没好气儿地说。

"先生，您怎么能听他的呢？我是跟他见过面，就是我跟秀儿去看赛马那天。您忘了，我怕他见着您，让您……"

"好啦，你不用再跟我描了，越描越黑！""荷花程"朝印月摆了摆手，戳腔道。"不行，我一定要把这事说清楚！先生，您误会啦。""误会？我是误会了，你们一直暗地里勾勾搭搭，在我眼皮底下，我居然没看出来，当然是误会，天大的误会！"

印月被"荷花程"的暴怒惊呆了，她跟"荷花程"生活了两年多，从来没看他发过这么大脾气。"先生，您听我说呀！"她甩着哭腔说。"我懒得再听你们的腌事！""荷花程"一甩手，转身回了书房。"咣当"一声，把门关死。

印月突然感到天塌下半边，她的心被一种从没有过的耻辱给活吞了去。委屈，真是天大的委屈咬着她的心，她忍不住失声痛哭起来。

道生正在西屋练习毛笔字，听到父亲的吵闹和印月的哭声，连忙跑出来，拉着印月的手，嗫嚅道："印月大姐，别哭了，别难过了，我爹他……"

印月一听这话，心里觉得更委屈了，捂着脸抽泣着跑进自己住的南屋，一头扎在被摞上嚎啕大哭。

印月怎么也想不明白程先生会听信乔本舒的一面之词，跟她发这么大的火儿。她不清楚乔本舒跟程先生说了什么。她默默地检点自己，由打"清风阁"出来，跟程先生一起生活，她没做过任何对不住程先生的事儿，尽管从名分儿上说她是学生，程先生是老师，一个独身女子跟一个孤身男子在一起，短不了让人背后戳脊梁骨，说些风言风语。但她跟程先生不是一天两天了，她觉得程先生应该能看出她的真情和忠贞。

她已经死心塌地一辈子跟自己的先生在一起生活。她在这个凄苦的世上，没有别的亲人，她的心里只有程先生。她对程先生温柔体贴，真是一百一。可是怎么乔本舒几句闲言碎语，就把她在程先生心里建起的大厦一下子摧毁了呢？难道在程先生心目中，她还是那个风月场上的"雪花飘"

吗？想到这儿，她的心里一下凉到底了。

印月不是那种自甘沉沦的女性，她有自己的尊严，她知书达理，她懂得人情世故。虽然她处世还做不到练达，她身上还有点儿孩子气，但知识和文化让她洗掉了身份和地位上的自卑感，使她比一般年轻的女子更有主见。

是呀，她心里非常委屈，但她还不至于绝望，虽然程先生对她有这么大的误解，她也不能为此想不开。如果她去寻短见，那不恰恰验证了乔本舒的话，她就再也无法洗去乔本舒泼在她身上的脏水。光哭有什么用，得想办法证明自己的清白。

印月下意识地拧了自己大腿一下，咬了咬牙，站起来，对着镜子，用手帕擦净脸上的泪痕。望着镜子里自己哭肿的眼睛，她径自嘲笑起自己来：你呀，真是个不中用的女人，干吗要心甘情愿地受人欺负，任人摆布呢？

"荷花程"是动了真气，那天晚上，他把自己关在书房里，一直没出来。

印月把泪咽到了肚子里，拾掇完碗筷，又转身安顿道生睡了。然后独自在院子里望着月色发呆，她隐约听到程先生在书房里轻声叹气。

书房黑着灯，印月蹑手蹑脚地走到窗根底下，听了听。屋里没了动响。是不是程先生睡了？她拢神静气又听了一会儿，屋里传来脚步声。

印月心里一动：唉，先生这会儿一准也跟她似的心烦意乱，忍受着情感的煎熬。

她忍不住叩了叩门："程先生，我能进屋陪您待一会儿吗？"她轻声央告着。

屋里又静了下来。唉，人怕伤心，树怕剥皮。这老先生是真生我的气了。印月心里暗忖。她又敲了几下门，"荷花程"还是不搭理她。她觉得心里一酸，忍不住又掉下泪来。

程先生的这种冷漠，让她心快碎了。但印月不是那种容易心碎的女子。既然她的心是真诚的，干吗让它碎呢？

夜风带着寒意吹拂着她的脸颊，月光如水，院子里寂然无声，树影婆娑，一种从没有过的凄楚悲凉袭上心头，像三九天喝了一碗挂着冰碴儿的水。她在书房门前徘徊多时，苦寂和伤感让她无法入眠。她感觉自己是在梦境里行走，越走，程先生离她越近了。

秋风萧瑟。她打了个冷战，悄没声地回到自己屋里，披了件衣服，蓦然看见墙上挂着的箫，这是她从"清风阁"带出来的唯一物件。她从七岁开始学箫学琵琶，这把箫跟了她十多年。当年在"清风阁"当丫头那会儿，每逢苦闷的时候，她便用箫吹支古曲，排遣心中的忧烦。

她随手从墙上摘下这把古箫，推门走到院里的海棠树下，一连吹了两支古曲，那曲调舒缓低沉，哀婉幽怨，如泣如诉。在月光融融，夜深人静的时候，吹这种古曲，仿佛冰珠一点一点地滴落在心头，透着悲怆凄凉。心随曲动，印月触景生情，联想到自己的命运，不禁五内俱热，泪流满面。

她以为这支悲戚的古曲能打动"荷花程"的心，也许能让他出来，跟自己坐一会儿。但是，书房的门始终没有动响。她隐约听见程先生在吸溜鼻子，也许他在暗中流泪。唉，他不会出来的。印月又吹了两支曲子，好像把内心的哀怨和懊悔都跟程先生吐出来，才心灰意冷地回到自己屋里。

"荷花程"确实心里较着劲儿。他不单跟印月别扭着，也在跟自己过不去。人就怕情感上出了裂纹。一件古瓷瓶有了裂纹，可以拿锔子锔上，用胶水粘上，情感上的裂纹，拿什么也粘不上。解铃还须系铃人。情感上的裂纹，只能用情感来弥合。这需要心灵的沟通。

其实，这本来不是什么大不了的事儿。印月并没伤害他，只要把话谈开，弄清楚这是乔本舒从中冒坏，并没有印月的不是，这个碴口儿也就过去了。但"荷花程"毕竟是老派的文人。文人遇到事，比一般人想得多，总想弄个底儿掉，看个明白。这一"明白"反倒容易绕弯儿。错来，这人世间的事，难得糊涂，很多事稀里马虎，闭闭眼也就过去了。何必犯轴，死较真儿呢？

"荷花程"心里越绕圈儿越乱，一时半会儿走进了迷魂阵。心烦，便找酒做伴儿。

第二天一大早儿，他便奔了大酒缸。他觉得酒似乎能把心里头的忧愁冲走。其实，酒入愁肠化作相思泪。抽刀断水水更流，举杯消愁愁更愁。酒，没帮上他的忙。越喝，他心里越烦。

印月看着"荷花程"伤心的劲头，琢磨来琢磨去，觉得自己劝不了他，得去搬救兵。她知道叶翰林跟"荷花程"是莫逆之交，让叶翰林劝劝他，也许能管点事儿。

　　这天，印月正要出门去找叶翰林，一个小伙子敲门进了院，给她递过一张名片说："您是陈小姐吗？这位先生请您到'会贤堂'见面。"

　　印月一看名片，上面印着乔本舒三个字。她顿时气不打一处来。

　　"是他找我，他有什么事？"

　　"您看您问的，他找您有什么事，能告诉我吗？我是'会贤堂'的伙计，这位先生在那儿候着您，让我把洋车都给您雇得了，就在门口呢。"伙计十分客气地解释道。

　　印月没想到乔本舒在"荷花程"那儿冒了坏，扭过脸又来找寻她。

　　找上门来好呀，我倒要知道这个乔本舒安的什么心。她心里嘀咕着，跟着那个小伙计出了门。

　　小伙计扶她上了洋车，车夫也不问，直接把车拉到了"会贤堂"。

　　印月上了二楼的包间，乔本舒见她进来，嬉皮笑脸地迎了过来，阴阳怪气地说道："想不到吧，我们会在这儿见面？谢谢你能给面子。"

　　仇人见面，分外眼红。印月真想过去抽乔本舒一个大嘴巴。但她克制住了自己，心说，我倒要看看他葫芦里卖的是什么药。她大大方方地看了他一眼，淡然一笑说："没想到这么多年了，乔先生还记得我。"

　　"我们也就是两年多没见吧？哪有你说的这么多年？哈哈，真是士别三日，当刮目相看。'雪花飘'小姐是越来越漂亮了。来吧，请上座儿。"乔本舒哈了一下腰，伸手让了让座。

　　印月很不客气地坐下，直视着乔本舒问道："请问乔先生，约我出来，有何贵干呀？"

　　乔本舒的嘴角挤出一个笑纹，说道："贵干？'雪花飘'小姐跟我怎么生分了？你我之间还能用这词儿吗？约你出来吃顿饭，叙叙旧，你不会不高兴吧？"

　　印月瞪了他一眼，说道："那看怎么说了，我现在已经不是'清风阁'的'雪花飘'了。"

　　"呦，你说话的口气可变了。虽说你现在不在'清风阁'了，可咱俩的交情你还不会忘吧？说真的，我还真怪想你的。"

　　"想我？你认识那么多丫头，怎么会单单惦记我呢？"

　　"是呀，你太迷人呗。"乔本舒说。

"你别错翻眼皮了。"印月冷笑了一声说，"我已经是有家有室的人了。"印月跟他打了个马虎眼。

她动了个心眼，心想，对付他得将计就计。

"有家有室？你是说嫁给了那个画画儿的？"

"我嫁他干吗？他是我学画的先生。"

"学画的先生？你真会找辙，倒没说他是你干爹。"乔本舒眯缝着小眼冷笑道。

印月一听这话，突然把脸一绷，站起来戳腔道："你把我当成什么人了？难道你约我到这儿，就是跟我逗咳嗽吗？对不住了，我没有那么多闲工夫。"她说完，转身就要走。

乔本舒赶紧把她拦住："别别，我的姑奶奶，您别动气呀，我不过随口那么一说，您别跟我一般见识。咱们两年多不见了，我不晓得您有什么变化了不是。"

其实，印月是有意拱他的火，她并不想走，既然来了，她总得弄清楚乔本舒在玩什么花活。

"我有什么变化，碍着你哪儿根筋了？你是不是吃河水长大的，管得太宽了？"印月含讥带讽地说道。

她的伶牙俐齿和心里的招术，乔本舒还真不是对手。

"姑奶奶，您就别再数落我了，我还不是关心您吗？"乔本舒殷勤地让印月坐下，皮笑肉不笑地说："我当时只知道你得病，后来又听说你让甘肃督军手下的一个师长赎了身，奔了兰州，以后又让土匪绑了票，我为你的不幸，难过了好些日子，没想到两年以后，会在京城看见了你，你想我能不为你的命运挂虑吗？"

"你是怎么知道我的事的？"印月反问道。

"我是从报上的花边新闻看到的。怎么样，我说的没错儿吧？"乔本舒嘿然一笑说。

印月微蹙眉头，沉了一下，就坡下驴地说道："你说的没错儿，我是嫁给了那个师长，也曾经让土匪给绑过票，但师长是那么好惹吗？他手下有上千人，难道说还对付不了几个土匪？"乔本舒接过话碴儿说道："这么说，后来那个师长又把你给救了？""这还用问吗？""噢，还是你有福气。"

"我的身体不好，在甘肃又水土不服，师长心疼我，让我回京养病，我一边养病，一边跟'荷花程'学画画儿。本来日子过得挺消停，想不到你却蹦出来裹乱，你安的什么心呀？"

印月越说越生气，说到后来，用手一拍桌子，差点儿把桌子上的茶杯给掀翻。

乔本舒是风月场上的老手，别瞧他嘴上随声附和，顺着印月的话说，其实他心里却另有打算。

师长的太太？哼，你蒙三岁小孩呢？他心里暗笑。但他大面上却要装傻充愣，不能让她看出棱缝来。

乔本舒见印月又动了气儿，忙拱手作揖道："我哪句话又把您给得罪了？对不住，对不住，全是我的不是。"

印月道："'荷花程'是我的画画儿先生，我问你，你跟他都说了些什么？"

乔本舒皱了皱眉，说道："嘻，我跟他能说什么？他是文人，我是政客，我们是两股道上跑的车，走的不是一个路数。那天，我在朋友的聚会上，偶然遇到了他，只是随便扯了几句闲篇儿。"

印月知道从猴嘴里掏不出核桃来，他不会跟她说实话，也不再深问。

乔本舒见把印月稳住，张罗着让伙计走菜。凉菜热菜上了一大桌子，印月无心动筷子，拿眼瞄着乔本舒，等待他的下文。她算定今儿乔本舒请她吃这顿饭，是"鸿门宴。"

果然不出她所料，热菜上齐了以后，从外面进来两个人。这两位一胖一瘦，胖的这主儿有五十多岁，方头大脸，大肉泡眼，大蒜头鼻子，大嘴，身上处处都透着一个大字。穿着肥肥大大的马褂，戴着礼帽，挺着将军肚，两只脚是"外八字"，走道一撇一撇的。

见了印月，他点头哈腰地打招呼："'雪花飘'小姐，一向可好呀！今儿有幸相会。"

他高音大嗓，像京剧里的黑头花脸，说话震得窗户纸山响。

印月打了个愣，一时想不起来在哪儿见过他。当年在"清风阁"接客太多，她哪能记得住每一张脸呀。

乔本舒站起来指着胖子，对印月介绍说："这位是景八爷。噢，京师税务局的处长。"

景八爷哈哈笑起来，摘了礼帽，抱拳打揖，满脸跑着眼珠子，说道："我跟'雪花飘'是老相识了。还用得着你介绍吗？是不是，'雪花飘'小姐？哈哈。" 他的笑声跟打雷差不多，印月觉得直震耳朵，她真想不起在哪儿见过这位景处长。 乔本舒指着那个瘦子介绍道："噢，这位是安二爷。" 印月朝这位安二爷看了一眼，他有六十多岁，尖嘴猴腮，头发花白，缩着脖子，精瘦的脸上嵌着一对老鼠眼，脸色苍白，没一点血色，像秋后挂霜的柿饼。眼睛像是刚睡醒，半睁半闭，眼眶子上还趴着眼屎。

乔本舒介绍他的时候，他微微抬起脑袋，左眼闭死，右眼露出一道缝儿，透出一道幽光，瞄了一下印月，嘿儿喽带喘地说道："久仰大名，'雪花飘'，嗯，这名儿有韵味。幸会幸会。"

他的嗓子眼像塞着棉花，那声音如同从一口深井里传出来的，透着那么阴冷苍凉。

印月看着他，想起了北京土语里有个老棺材瓢子的词儿，身上一阵发冷。宫里出来的？他不会是从地宫里出来的吧？她暗忖。

"坐吧，坐吧。都是老朋友，就别拘着面子了。"乔本舒让这二位坐下，招呼伙计给大家斟酒。

印月哪有心思跟他们喝酒，她象征性地动了动筷子，打量着景八爷。心里琢磨着乔本舒让她见这两个人是什么意思。

景八爷倒是外场人，跟乔本舒碰了一下杯，便旁若无人地动筷子照顾他的肚子了。他的胃口透着好，肉丁肉片到了他的嘴里似乎连嚼都不用，便进了肚儿。

那位安二爷伸出柴禾棍儿似的小细胳膊，拿着筷子比划了两下。印月觉得他连拿筷子的气力都没有了。

印月看他动筷子的手颤颤巍巍，有些可怜，帮他搛了一筷子菜。

"哦，谢谢。"他翻了一下眼皮，嗫嚅道。然后掏出一块脏手帕，擦了擦眼角，多看了印月两眼。

饭吃到一半，安二爷的大烟瘾犯了，他打了两个哈欠，放下筷子，先闭上两眼，然后睁开右眼，咳嗽了一声说道："雪姑娘，你慢慢吃，我，哦，我先告辞了。"

乔本舒给景处长使了个眼色，景八爷站起来，对印月道："安二爷规矩大，讲究多，不不，他吃惯了宫里的饭菜，咱们民间的东西他吃不大惯。得了，今儿你们见了面，也算认识了，让他先走一步吧。"

印月心说什么呀，我们就认识了？我认识这老棺材瓢子干吗？但出于礼节，她还是欠了欠身，打了个招呼。

安二爷走后，印月心里纳了闷儿，乔本舒让这位安二爷照这个面，憋的是什么屁呢？

景八爷送走了安二爷，回到席面上，接着吃。吃饱喝足，一抹嘴，他亮着大嗓门说："二位，我还有税务上的事儿，对不住了，得先走一步。哦，'雪花飘'小姐，你看这位安二爷怎么样？嗯，不错，他身子骨结实着呢，心眼儿也好。你们……哈哈，得了，有乔先生在，我就甭多嘴了，依我看，就是他吧，哈哈哈。都民国了，婚姻自由是自由，也得讲个般配。行行，我不多说了。"

他的大嗓门能把谁一口吞了，印月听不懂他说的是什么意思，但影影绰绰地能咂摸出来，他跟乔本舒在玩什么花活儿。她懒怠看这张肥脸。

"行啦，您二位接着聊，咱们回头见。"他大大咧咧地戴上帽子，摆了摆手走了。

印月觉得他和那个瘦老头儿像是戏子，登台亮相，撂下几句不着调的台词，便下了场。她用眼角瞭了乔本舒一眼，漠然一笑说："怎么样？乔先生的戏什么时候收场呀？"

"哦，收场？"乔本舒迟疑了一下，拿起桌上的手巾把儿擦了擦油腻的嘴角，笑道："您说到哪儿去了，好戏还没开锣呢，怎么会收场呢。"

"你说的是什么戏？"印月把脸一沉，问道。

"什么戏？哈哈，这还用问我吗？"

"当然。你把我约到这儿来，我不问你，问谁去？"

"这……看来我是被你给逼得山穷水尽了。不把这层窗户纸捅破，有点对不住你是不是？"

"你对得住我，还是对不住我，你心里比我清楚。有屁放有话说，少啰嗦吧你。"

"那好，恕我直言，'荷花程'到底跟你是什么关系？"

"我不是说了吗？我们是先生和学生之间的关系。"

"哈哈，你别在我面前演戏了。'雪花飘'，你说这世上，还有比我更了解你的人吗？嗯，没有了！什么甘肃督军手下的师长，什么土匪绑票，哈哈，你蒙得了别人，蒙得了我吗？明说了吧，你压根儿就没离开过北京城，一直就在那个画画儿的家里猫着呢。是不是吧？"

印月没想到他突然亮出了杀手锏，她向后退了一步，反身给了他一个回马枪："是又怎么样？你以为我还是你眼里的'雪花飘'吗？"

"对，你不叫'雪花飘'，改叫印月了对不对？我早就打听出来了，你以为人们把当年的'雪花飘'给忘了吗？没有，起码我心里还有你呢。"

"你打算怎么着呢？"

"怎么着？哈哈，你知道我的地位也不是当年的小秘书了。说老实话，对付那个画画儿的，还用我出面吗？我只要动动嘴，他脑袋怎么搬的家，恐怕都不知道。我要冒坏，把你和他的事儿，捅到报馆，当作花边新闻，舌头下边压死人，也够他受的。但我不能这么办，我得给你留面子。谁让咱们相爱过呢。"

"你少跟我甜言蜜语，我什么时候跟你相爱过？你说吧，你打算怎么着？"

乔本舒掏出一盒卷烟，抽出一支，点上，吐出一个烟圈。冷笑道："怎么着？我想把你从迷魂阵里救出来。"

"救我？"

"是呀，你说你长得如花似玉，要才有才，要貌有貌，怎么能一辈子跟着一个穷得叮当响的酸文人呢？"　"那你的意思是……？"　"你沦落到今天这种地步，我当然不能袖手旁观。我打算让你嫁一个好主儿。"

"嫁给谁？你别不好意思，明说。"印月逼视着他问道。

"就是刚才你见到的那位安二爷。"

"什么？你让我嫁给他？"印月眼珠子快要瞪出来。

"对对，安二爷是从宫里出来的，他独身一人，有三套宅子，有老妈子，有的是钱，你跟了他，可以吃香的喝辣的，享一辈子清福。"

到这会儿印月才明白乔本舒唱的是什么戏。她有一万个心眼儿，也想不到乔本舒让她嫁给一个老太监。这个人面兽心的家伙！她心里痛骂道。

"哈哈，乔本舒呀乔本舒！你真是天底下打着灯笼都难找的大善人，大好人呀！"印月突然大笑起来。

乔本舒被她给笑毛了，愣了一下神，他凑到印月面前，笑着说："怎么样？你动心了？"

"我动心了？我动你亲娘祖奶奶的心！"印月猛然挥手，照着乔本舒的脸，狠狠地扇了一个大嘴巴。

"哎哟！"乔本舒没想到会挨这一巴掌，捂着腮帮子，往后退了两步，唬起脸来，叫道："啊？你敢动手打我？"

印月顺手绰起一把椅子，没头没脑地向他砸去，大声骂道："你这个不要脸的家伙，想拐卖人口呀！告诉你，我不是你眼里的青楼的丫头了，我是堂堂正正的人。你呀，错翻了眼皮了，我是有身份有家室的人，你以为甘肃督军手下的师长是我编出来的吗？好，你等着瞧吧，我不信你不怕枪子，不怕军队。别看你穿着官衣，吃着皇粮，他的军队照样灭了你！"

她一边骂，一边又要发威，想绰起椅子砸过去，跑堂的赶紧跑过来，把她拦住。

乔本舒被她的暴跳如雷和这突兀其来的一通儿砸给弄懵了，一时慌了神，张口结舌，躲到犄角捂着脑袋说不出话来。

印月把憋了好几天的窝囊气都发泄出来，挣脱开小伙计，回手绰起桌上的碗向乔本舒掷去。然后，指着他高声叫道："姓乔的，咱们走着瞧！"

说完，她头也不回，从从容容地下了楼，走到门口，叫了辆洋车，回到了"荷花程"的小院。

印月突然觉得自己心里敞亮了，她终于找到了发泄的机会。回到小院，她看了看"荷花程"的书房，里面没有动静。道生告诉她，父亲去大酒缸还没回来。

她让道生出门打了一壶酒。自己就着一把花生豆，痛痛快快地喝干。然后收拾行李，准备离开"荷花程"。

她知道乔本舒不是省油的灯，对她不会善罢甘休，她必须离开程先生。她不想给他惹麻烦，也许暂时离开他，能让他冷静下来，会打消对她的误会。

她把要做的事过了一遍脑子，然后研墨动笔，想给"荷花程"写几句留言。蓦然，她看到了"荷花程"给她画的《荷花图》。她不禁鼻子一酸，眼里涌出热泪。

想起乔本舒对自己的算计和恩师对自己的误会，怎不叫她心生悲戚。她猛然记起宋代周敦颐的《爱莲说》，借着酒后的痛快劲儿，她奋笔写在了纸上：

水陆草木之花，可爱者甚蕃，晋陶渊明独爱菊，自李唐来，世人甚爱牡丹，予独爱莲之出淤泥而不染，濯清涟而不妖，中通外直，不蔓不枝，香远益清，亭亭净植，可远观而不可亵玩焉。予谓菊，花之隐逸者也，牡丹富贵者也。莲，花之君子者也，噫！菊之爱，陶后鲜有闻，莲之爱，同予者何人？牡丹之爱，宜乎众矣。

写完这名篇之后，她在落款处又写道：印月深爱荷花，皆因莲如其人，吾师当细品之，何谓出淤泥而不染，濯清涟而不妖，印月净植之心如镜也。

她又含泪在另一张纸条上留言：先生别问我去何处，我会回来，学生对不住您，让您生气了。但心永远相依，多多保重。

把该带的东西都归置利落，她又下厨房，把晚饭做好，摆好碗筷，往西屋看了一眼，道生正在写字，她不忍打扰他，拎着行李，一步三回头地离开了这个小院。

说真的，她实在舍不得离开"荷花程"，但是没辙呀。她不离开，就会把程先生裹到是非圈子里。到时候，她想往外择都难了。三十六计，走为上，什么事儿都一走了之。她依依不舍地出了院门，一种从没有过的悲凉感，袭上心头。走到胡同，她的眼泪刷地掉了下来。

第十六章 要脸面老太监舍财求婚

　　乔本舒确实没安好心，不过，他打错了主意。其实，他用不着对印月这么动心眼儿。他拍临时大总统姨太太的马屁，混了个司长，按说爵位不低了，但他在官场上并没势力，大总统跟走马灯似的换了好几个。他渐渐明白，这司长甚至部长的位子是虚的，主子一换，你什么也不是，树倒猢狲散，一朝天子一朝臣。官坐得越大，位子越不稳当。

　　有一天，他的顶头上司萧次长请他吃饭，他受宠若惊，如约前往。席间这位萧次长告诉他，今儿喝的是钱行酒。原来，这位次长捞了一笔钱财，准备辞职回老家浙江做实业。乔本舒听了很受刺激。自然，他惦着坐萧次长空出来的位子，没想到萧次长走后，总长把他的亲信安插进来。乔本舒不但没补缺提升，相反，那位新来的次长却处处排挤他。

　　乔本舒自知斗不过他，但仗着这些年在官场上的左右逢源，倒也能维住这个面儿。不过，他看到了自己今后处境的不妙。偏巧此时他的安徽老乡赴京办事，他为老乡把酒接风。老乡崇尚实业救国，自己在上海、苏州都有买卖，劝乔本舒也干实业，戳起几个买卖，官场上再有风吹草动，可以有退身之处。乔本舒听后，动了痒痒筋。

　　说到开买卖，乔本舒底气就不足了。这些年，他在官场上没少捞钱，但应酬太多，加上吃喝嫖赌，并没有多少家底儿。

　　不过，自从动了搞实业的心眼，他便为此动脑子了。他的朋友多，一天，他跟景八爷喝酒聊天，俩人说得挺投脾气，他露出等钱开买卖的心路。景八爷是税务官，手头自然不缺钱，但他不会拿自己的钱让乔本舒折腾。他给乔本舒出了一个招儿。

　　敢情他认识从宫里出来的太监安二爷。这位安二爷什么都不趁，就趁钱。他入股开了两个布庄，两个"六陈铺"，还有一个银号，此外还有三所房子。"六陈铺"也就是粮行，这几个买卖都很来钱。

安二爷什么都不缺，就缺一个体己的女人。虽说他身上的家伙什儿不灵，岁数也大了，不会有七情六欲，但他要的就是一个体面。如果给他张罗个合适的女人，他不会让你白帮忙。而且他的身子骨已经糠了，身边也没亲人，谁如果能嫁了他，等于嫁给一个"钱柜"。耗他几年，他一闭了眼，这笔家资还不是就是谁的。

乔本舒一听这话，心里有了主意。您想他是秦楼楚馆的"花魁"，给老太监找个女人，那不是手到擒来的事儿吗？

他让景八爷带着跟安二爷见了一面。老太监的宅门确实不低，身边只有一个老妈子服侍他。乔本舒仗着自己的伶牙俐齿，几句话便把安二爷说得动了心。

"乔先生，我的事就全交派给您了。"安二爷对他是十二分的信任。

"二爷，您就放心吧，我会尽心给您找个如花似玉的妙龄姑娘的。"乔本舒在安二爷面前拍了胸脯。

安二爷只提出一个条件，姑娘得是良家女子，窑子里的不要。

"没问题，您是宫里出来的爷，我能给您找窑姐吗？"乔本舒满应满许。

虽说乔本舒袖妞儿有一套手腕，但是真找长相漂亮的良家女子嫁给太监，也不是容易的事。他知道老太监眼儿高，大字不识的柴禾妞，他肯定不干。找知书达理的大家闺秀，那是癞蛤蟆想吃天鹅肉，根本不可能。

他动用媒婆，委派妓院的老鸨，找了一个多月，也没挑出个像模像样的女子。乔本舒急得满嘴直起燎泡。想不到正在他求"凰"若渴之时，在赛马场看到了印月，这不是天上掉下一个林妹妹吗？

他之所以到赛马场，并不是看赛马，他对那玩意儿不感兴趣。他是来踩道的。他知道看赛马的人多，备不住能碰上长得顺溜的姑娘，果然他没白来，瞅见了印月。他是王八咬手指头，叼住便不撒嘴了。

乔本舒怎么想怎么觉得把印月给了安二爷合适。他当时没绕开闷儿，怎么在这儿见到了印月？印月跟那位师长跑到甘肃的事，在京城闹得沸沸扬扬，她怎么又回来了呢？事后跟"马后"一打听，才知道她压根儿就没走，一直住在"荷花程"家里。

他那天虽然穷追不舍，也没见到印月，但印月的住处他找着了。他的心眼儿多，先想主意拆散印月和"荷花程"，然后再放钓饵，让印月一点一点上钩。

本来他设计的挺好，想一步一步地来，但安二爷那儿沉不住气了。他跟安二爷把印月夸成了一朵花，当然，把她在"清风阁"那一段给抹了，反正她现在已从了良，即便嫁给了安二爷，她也不会提从前的事儿。

"这可是大家闺秀，金枝玉叶，要才有才，要貌有貌，琴棋书画无所不能，性格也很温柔。配您，那真是天造地设，这回您算有伴儿了。您慢慢品去吧。"

他越把印月说得跟天仙似的，安二爷越动心："什么时候先让我见一面呀。"他恨不能马上能看到印月。

乔本舒被逼得没了辙，只好改了主意，先让安二爷开开眼，这才有印月在"会贤堂"闹席这出戏。

乔本舒挨了印月两巴掌并没把他的心气儿打回去，女人的手再怎么使劲儿，也伤不着他的筋骨。再者说，他的脸皮比城墙还厚，打两下，也不在乎。

别看印月跟他发那么大火儿，他却一点不生气。两年多没见了，她长了点儿脾气，但比以前更水灵了。只要人在，他不信降服不了她。

乔本舒以为把着印月的脉。当天晚上，景八爷拉着他去见安二爷。安二爷刚从烟榻下来。过够了烟瘾，他来了精神头儿。"这丫头不赖，嗯，你没跟我打晃，确实挺可人疼。"安二爷把耷拉的眼皮睁开一道缝儿，笑着说。

乔本舒不会把印月闹席，他挨打的那一节告诉安二爷，但他下意识地揉了揉腮帮子，顺着他的话口儿说道："那是，正儿八经的黄花姑娘，百里挑一呢。"

"是是，小脸那叫一个嫩，小嘴儿那叫一个润，小手那叫一个白，像玉。你说人家是怎么长的，七仙女下凡也不过如此吧。嗯？哈哈。"景八爷高音大嗓地随声附和道。

"她要是中意的话，选个日子定亲吧。"安二爷眼前晃悠着印月白嫩的脸蛋和白玉似的小手，心痒难耐地说。

这老梆壳！他比我还急，说话就要定亲，他是不是没见过女人呀？乔本舒心里骂道。

他端视着这个老朽，此时他眼里的安二爷不是老棺材瓢子，而是"钱柜"。

"钱柜"，他现在是怎么想主意把"钱柜"弄到手里。他似乎从安二爷黯淡的眼神里看到了自己发迹的小火苗。就在这刹那间，他的脑子里猛然蹦出一个让他自己都吃惊的念头：这风烛残年的老梆子还能耗几年呀？如果他跟印月合计好，俩人相好如初，让印月先嫁给他，等他一闭眼，他再要印月，那这老梆子的全部家产不都归了他吗？对，告诉印月，他乔本舒要明媒正娶她。她也许正求之不得呢。好主意！他不禁为冷不丁冒出来的这个念头暗自称奇。

"乔先生，让你费心啦。"安二爷蚊子似的声音，传到他耳朵里，他猛然一惊。

"您这是哪儿的话，给您张罗个心地善良的姑娘，您的生活不是有乐儿了吗？"乔本舒嘴不对心，虚晃了一枪。

"是是，好好好。"说着，安二爷转身从屋里拿出一个缎子裹着的小包儿，递给乔本舒，说道："乔先生，我不能让你白费心，这点儿小意思，不成谢意，等事成之后，我必有重谢。"

"您看，您干吗这么客气呢。"乔本舒嘴上说着推让的话，手却把那个沉甸甸的包儿接过来，就手揣在了怀里。

乔本舒回到家里，打开这个包一看，眼前顿时一亮，敢情是个碧绿的翡翠蛤蟆。这物件价值连城呀！他和夫人把玩了一个晚上。 乔本舒的夫人姓胡，是个小巧玲珑的江南女子，小鼻子小眼，模样并不出众，但她的皮肤白净，有道是，一白遮百丑。所以她的长相还算看得过去，但乔本舒并不真心喜欢她。 他们的婚姻是父母包办，那当儿乔本舒正在京城念书，后来出国留学，以后留在京城，混迹于官场，才把夫人接到北京。

夫人还算本分，为乔本舒生了两个孩子，一儿一女，她静心在家服侍孩子，乔本舒在外头的事，她一概不闻不问。 乔太太长这么大，头一次瞧见这么好的翡翠，自然爱不释手。乔本舒见夫人瞅见翡翠比见着他还喜欢，索性把这翡翠蛤蟆让她收着。想不到由此惹来了一场杀身之祸，这是后话，暂且不提。

　　且说乔本舒收了安二爷的礼，想到印月的翻脸，心里有些不踏实了。虽说他一直以为能"拿"得住印月，但现在的印月毕竟不是在"清风阁"了，她的身子是自由的，万一她死活不入圈套，怎么办呢？他后悔直截了当地捅破那层窗户纸，有些冒失，但现在已然捅破了，没了退身步，只能硬砍实凿了。

　　他想了一宿，打定了主意，事不宜迟，趁热打铁，冷手抓热年糕，烫手也得抓。第二天一大早，他在衙门里点了个卯，腾出身子，便奔了"荷花程"的小院。

　　翻回头再说"荷花程"，在"同义居"从下午一直喝到掌灯时分，已经有几分醉意。

　　夏三爷眼"毒"，看他连着好几天，一个人闷头喝寡酒，寿五爷他们神聊，他也不搭茬儿。便琢磨着他遇到了烦心事。凑过来跟他逗闷子。

　　"程爷，这程子是不是有大进项了？"夏三爷给他添了碟炸小虾，管二大妈叫嫂子，没话搭拉话说。

　　"大进项？嗐，我上哪儿发财去？""荷花程"苦笑道。

　　"我以为您这几天案头上的活多，累呢。"夏三爷打趣道。

　　"怎么，您看出来了？"

　　"是呀，您瞧累得您只顾一人喝闷酒，顾不上跟大伙儿聊闲篇儿了。"

　　"嗐，不是画画儿累，是心累。""荷花程叹了口气道。

　　他的话音刚落，叶翰林进了门，接过话茬儿道："心累？程爷，闲官清，丑妇贞，穷吃素，老看经。您也有累心的事儿？"

　　"呦，翰林来了，您可有日子没露了。快来陪陪程爷吧。"夏三爷一边张罗，一边让伙计给叶翰林上菜上酒。

　　"你这个醉翰林，是不是又喝多了来的？""荷花程"闻到了他身上的酒味儿。

　　"那是，你说我这肚子能亏了酒吗？"叶翰林打了个哈哈儿。

　　叶翰林属于心缝儿宽的人，只要有酒，天大的事儿，到了他这儿也能给化喽。他自嘲是魏晋名士。

　　魏晋时期的文人由于社会动荡，生活处于没着没落的状况，产生了生不逢时，玩世不恭的心理。当时的文人有两大嗜好，一是谈玄炼丹，吃"五石散"求长生不老，这种仙药，吃了以后，身上发热，得"行散"，用冷水浇身，喝热酒。因为穿的衣服不常洗，所以身上的虱子多。二是嗜酒如命，喝了酒任情放纵。叶翰林自比魏晋时期的刘伶，刘伶是"竹林七贤"之一，他常喝醉了酒，脱光了衣服在屋里狂饮，有人笑话他，他却说："我以天地为屋，以房屋为衣服，你们怎么钻到我裤子里来了。"

叶翰林几杯酒下肚，打开了话匣子，说了几个笑话，把"荷花程"给逗乐了。

"您问我怎么有日子没露了？跟您说吧，我教'专馆'呢。谁呀？大买卖家，福建人，当铺、粮行、首饰楼在北京有十几个字号，阔，真阔。男人在外头耍，女人带俩孩子，主内事。俩孩子，一个九岁，一个六岁。请我教他们识字。说好教一天两块现大洋，我一瞧，开价不低，就去了。《三字经》、《百家姓》教了两天，孩子他妈见我教书挺上心，每天留我吃饭，饭菜上了桌，我问有酒吗？有，孩子他妈把家里存的陈年佳酿拿了出来。我一看有好酒，乐了，一杯接一杯地喝，喝成了醉葫芦。孩子他妈说，您呀，今儿别走了，呆会儿我俩姐儿们来打麻将，三缺一，您跟着打两圈儿吧。嘿，她把我又拉到麻将桌上了。打到夜里两点，我一看，别再打了，怎么呢？快把她那俩姐儿们带的钱赢光了。第二天，孩子他妈接茬儿让我陪着上麻将桌，不知为什么，我的手气这么壮，一连打了七八天，我赢了几百块大洋，您瞧，教'专馆'，教到麻将桌上去了，哈哈。"

夏三爷道："你教的那俩学生呢？"

"学生？嗐，《三字经》刚能认下'人之初，性本善'。"

叶翰林说："我别再往下教了，把他们都教会了，我上哪儿喝酒打牌去呀？"

叶翰林把一屋子人都给说乐了。刘炳宸凑过来说："再有这差事，您叫着我也跟着。"

"荷花程"说："翰林，您这不是误人子弟吗？"

"这不是我的意思呀，程兄，什么叫不冤不乐呀？人家有钱烧包儿，我跟着沾光喝汤。"叶翰林说。

"荷花程"跟叶翰林在"同义居"喝到八成醉意，才晃晃悠悠回了家。进了门，儿子道生眼泪汪汪地对他说："爹，印月大姐走了……"

"什么？她她她走了？""荷花程"一听这话，脑子顿时蒙了。

沉了几分钟，他猛然想起了什么，急忙推开印月住的屋门，只见屋里空空荡荡，再看桌上写的《爱莲说》和留言，他大吃一惊，酒醒了一半。

本来经过叶翰林酒桌上的开导，他的脑子从死胡同里绕出来，想着晚上跟印月聊聊，把拴的"扣子"解开。没想到她会不打声招呼，就离开他走了。他突然感到眼前暗了下来。

"荷花程"木呆呆地愣了一会儿，把道生叫过来，问道："她什么时候走的？"

"我也不知道，我在屋里看书，她在厨房做饭，我以为她……等我叫她的时候，人已经不在了。"

"荷花程"颠儿颠儿跑进厨房，一看做好的饭菜都在桌上摆着，他叹了一口气，猛然一跺脚，失魂落魄地跑到街上。

他以为印月是一时赌气出的门，不会走远，便顺着胡同奔街口儿追去。

那会儿北京城的街道晚上没有路灯，而且城门到点儿就关。路面上漆黑一片。"荷花程"深一脚浅一脚地从地安门走到鼓楼，又从鼓楼走到北新桥，从东四牌楼绕回来，也没找到印月的人影。

是不是她跑到乔本舒那儿去了呢？这个念头让他打了个激灵，他像挨了一闷棍，顿时像泄了气的皮球，一下子瘫倒在路边。

巡街的更夫以为他是醉鬼，抓住他的脖领子，把他提拉起来，一看是"荷花程"，巡街的认识。

"呦，你呀！程先生，怎么喝成了这样？"巡街的古道热肠，不能看着不管，把他给背回了家。

"荷花程"躺在炕上，翻了一宿烙饼，翻来覆去地想着印月对他的好儿。人有时候很怪，整天在一起，不觉得感情的金贵，也拿它不当回事儿，一旦分离，才会发现这个人在自己生活里的位置。有时需要刺激一下，才能体现出来。就像艳阳高照的大晴天，人们对脑瓜顶上的阳光不以为然，但是一旦见不到太阳了，人们才感到失去阳光的寒冷和阴暗。离开了印月，"荷花程"突然觉得生活中失去了阳光，他的心里一下黯淡起来。他开始后悔不该跟印月犯性子发脾气。割自己的肉包饺子，他恨自己一时心眼儿犯小，等于把印月推到乔本舒的怀里。

琢磨来琢磨去，他把怨恨和懊悔都转移到乔本舒的头上。这不是骑在头上拉屎吗？他再也不能受这窝囊气。他决定天亮以后就去找乔本舒算账，拼了老命也要把印月找回来。

第二天一大早，"荷花程"来到印月住的南屋，拿起印月写的《爱莲说》，一边看，一边流眼泪。

看到这幅字，像是看到了印月。为什么她要写周敦颐的这篇东西？她舍不得离开我，舍不得离开这个家呀！"荷花程"深深地反省自己。

"印月，我对不住你呀！"他喃喃地自言自语，仿佛印月就站在他旁边，微微地笑着。

回身四顾，屋里空空荡荡，死一般的寂静。他觉得身上发冷，感到没着没落，茫然地望着屋里的每个物件。

印月，你在哪儿呢？他猛然想到了乔本舒。

不行，一定要把印月从他手里找回来。想到这儿，他顾不得刷牙洗脸吃早点，穿上大褂，就要奔叶翰林家。他知道叶翰林跟乔本舒熟，晓得乔家在哪儿，他要亲自到乔本舒家，跟他说道说道。

"荷花程"刚要出门，想不到乔本舒和景八爷找上门来，他一下愣住了。

敢情头天晚上，"荷花程"出门找印月的时候，乔本舒来到他的小院找印月，扑了空，乔本舒算计着"荷花程"带着印月去戏园子看戏。为了稳妥起见，他今儿一早，带着景八爷来堵印月的被窝儿。

"呦嗬，程先生这是奔哪儿呀？"乔本舒拦住了"荷花程"，阴不搭地问道。

"上哪儿？我想上你们家！""荷花程"拿眼死死地盯着他，嘴唇直哆嗦。

"嗬，上我们家？找我吗？"乔本舒冷笑了一声。

"不，我找印月。""荷花程"直视着他说道。

"什么？你上我们家找'雪花飘'嗯？哈哈。"乔本舒跟景八爷相视一笑。

"他是不是跟咱们转影壁呢？"景八爷亮着大嗓门笑道。

"是呀，他怎么……哎，姓程的，'雪花飘'呢？"乔本舒转过身来问道。

"你们说什么？""荷花程"问道。

乔本舒向院子里扫了一眼，冷笑道："我问你'雪花飘'呢？"

"你问我？我还想问你呢？你把她弄哪儿去了？""荷花程"厉声问道。

"呦，你这儿跟我们玩什么呢？'雪花飘'没在你这儿吗？"景八爷沉不住气了，戳腔问道。

"是，她一直住在我这儿，可是她昨儿晚上走了，没打招呼就走了。""荷花程"说道。

"什么？她走了？"乔本舒唬起脸来问道。

"是不是跑到你那儿去了？""荷花程"问道。

"她怎么会跑到我哪儿去呢？"

"你不是告诉我你们一直有一腿吗？""荷花程"挂着气儿说道："你别到我这儿来装着明白使糊涂，她是不是上你那去了，你又跑我这儿炸庙？"

"嘿，我这儿正找她呢，你跟我这儿装什么大个儿的？"乔本舒气急败坏地说。

"没那么多说的，走，进去找！"景八爷的两眼瞪得像小灯笼，在他的胖身子面前，"荷花程"透着矮小。

"干吗？你们想砸明火吗？""荷花程"脸色苍白，拦住了乔本舒。

乔本舒恼羞成怒，把"荷花程"推到一边，跟景八爷奔了北屋，一看没人，转身又奔了南屋。

乔本舒眼尖，一下看到了桌上的《爱莲说》和留言。一边看，一边琢磨，这幅字印证了印月确实离家出走了。

景八爷扫了一眼印月的留言，诡秘地一笑说："这是不是姓程的有意写给咱们看的？"

乔本舒想了想说："嗯，这两个人又在演戏。"

他转身走到院子里，对"荷花程"道："行呀，程先生，当年你学的那点儿学问都用到这儿了。跟我们说实话，'雪花飘'到底藏到哪儿了？"

"荷花程"听他这么一说，气不打一处来，怒道："你跟我找人，我这儿正要跟你要人呢！说，你把印月弄到哪儿去了？"

乔本舒见"荷花程"跟他瞪眼，不禁火冒三丈，本想拿拳头跟他说话，但转念一想，动拳头只能让"荷花程"疼两下，却不能把"雪花飘"弄到手。要找"雪花飘"，还得动心眼儿，得想办法稳住"荷花程"，然后再想辙找"雪花飘"。 他突然收敛起怒容，嘿然冷笑道："你跟我要人？她可是跟你一块搭帮过日子的。"

"你…你你……""荷花程"气得一时竟说不出一句整话来。

景八爷见俩人再拱火会动起手来，喊了一嗓子，把他们的火给压住了："都别急赤白脸了！听我说！" 他转过身对"荷花程"说道："程先生，你我素不相识，别的我就不说了，乔先生确实不知道这位印月丫头上哪儿去了，他呢，也确实要找印月商量事。哦，要商量一件大事！你呢，也别跟我们演戏了，告诉我们哥儿俩印月在哪儿，我们不会跟您过不去！"

"我怎么知道她在哪儿？我怎么知道！""荷花程"突然翻了脸，他这儿炸了起来。

乔本舒的脑子绕了两个弯儿，悻悻地对景八爷道："您别跟他浪费口舌，他不会说出来的。"

他扭过脸对"荷花程"道："这样吧，姓程的，你见到'雪花飘'告诉她，我找她有话要说。让她在你这儿等着我，我今儿晚上还来。见不着人，我拿你是问。"

说完，他拉着景八爷离开了"荷花程"的小院。

您想乔本舒找不着印月能善罢甘休吗？他已然在安二爷那儿许了愿，而且收了他的礼，找不到印月，他怎么跟安二爷交代呀？"荷花程"这儿也是气迷心，他认准了印月跑到乔本舒那儿躲着去了。要找印月，就得找乔本舒。两人是琉璃球子拴麻线，难缠。

乔本舒想了一招"关门计"，花钱雇了个人，天天守在"荷花程"的家门口，盯着印月和"荷花程"的行踪，只要有动静便告诉乔本舒。但等了两天，也没见印月的人影，他只好又来找寻"荷花程"，两人见了面，短不了又是脸红脖子粗地大闹一场。

印月到底上哪儿了呢？其实她并没走远。那天晚上，她离开"荷花程"的小院，便奔了夏三爷家，找秀儿做伴去了。

"荷花程"和乔本舒满处转腰子找她，俩人热窑似的打成一锅粥的时候，印月在夏三爷家，正跟秀儿一边做着针线活，一边闲聊天呢。

第十七章 老驴头半夜遇"撞客"

海八爷在赛马场上露了脸，却也为这次露脸付出了代价：大腿上没了一块肉，流了有一碗血。他暗自庆幸没有伤着骨头，虽然大腿离心脏还有一段距离，但他是靠两条腿吃饭的，腿上掉下一块肉，比心口窝没一块肉，还让他难受。没辙，他在家躺了一个多月。

从赛马场出来，他在"同义居"大酒缸喝了个一醉方休，舍身制伏惊马的义举，让京城的老少爷儿们为他叫好儿，只可惜那马是洋人的，所以大家伙儿在评价他的义举时，多少掺进点儿感叹。

寿五爷不愿掺和赛马的事，据说他们府上原先有两匹高大威猛的伊犁马，八国联军攻打北京城时，那两匹马让洋枪洋炮给打惊了，跑到英国军队的营地炮蹶子，让英国兵开枪打死，后来给炖肉吃了。所以他一提这个马字，心里便堵得慌。

"你这猴儿崽子，多余救它。"寿五爷听了大伙儿的议论，撇了撇嘴，对海八爷说："让浩贝勒爷开枪把它撂在那儿，炖了吃肉不结了。"

"您可不知道，那马当时有多凶呢，要不是海八爷，那两个卖菜的八成早就成馅饼了。"索宝堂替海八爷说了句话。

"没命？嗨，要是海子不是练家子，身上没点功夫，那不又得搭进一条命吗？你们呀，真是窝囊惯了。"寿五爷绷起脸说道："对付洋人没那么多说的，开枪就是了。我就不信那马不怕枪子儿。他们当初怎么对付咱们来着？哼。"

夏三爷见他红了脸，打了个圆场说："对，看来以后得让海八爷练练枪法。"

那天，在大酒缸闹腾到晚傍晌儿。海八爷才志得意满地一瘸一拐地找大夫。在此之前，夏三爷已经在他的伤口上撒了把云南白药面子，止住了血。大夫给他打了一针，抹上药，缠上纱布，打发他回了家。到了家，他才感觉伤口像刀扎一样疼。

浩贝勒爷还算局气，第二天派张总管给海八爷送来一百块现大洋，作为他对海八爷的犒赏。

"拿着吧小子，腿上掉块肉，却捧回一个'金娃娃'，值嘞。"张总管不问海八爷的腿伤，却拿这一百块现大洋说事儿。

"得，我这儿给浩贝勒爷磕头了，谢爷的赏赐之恩。"海八爷下了炕，忍着疼给张总管磕了三个头。

"得了，爷儿们，我把你这三个响头带回府，你呀，踏踏实实养着吧。你让浩贝勒爷露了脸，他不会亏待你的。"张总管把他扶上炕，打了个哈哈儿走了。

那当儿，一百块现大洋正经是个"数"。要不张总管怎么说海八爷抱回家一个"金娃娃"呢。

一百块现大洋，海八爷长这么大也没见过这么多钱呀。他捧着这钱，心里有点儿发烧。这一烧，他忘了腿上伤口的疼痛。躺在炕上想了一宿，他也没想明白用这钱该干点儿什么。

第二天一早，拉洋车的杨二拿着从早点摊儿买的油饼和烧饼来看他。

自打海八爷腿上掉了肉，杨二成了他的"仆人"。杨二跟海八爷是把兄弟，知道他腿疼下不了炕，见天来他这儿照顾他吃喝。看他吃饱喝足了，杨二再去车口儿拉活儿。

杨二端着小锅，给海八爷从摊儿上打来豆浆。

"趁热吃吧，兄弟，药补不如食补，食补不如气补。腿上有伤，咱不能委屈肚子。"杨二笑着说。

海八爷掰开烧饼，卷了个油饼，一边大口嚼着，一边说："有二哥你呢，我这肚子能委屈吗？"

"你呀，少说两句吧，把油饼吃喽，喝口豆浆，溜溜缝儿。"杨二说。

海八爷把烧饼油饼顺进肚，想了想，对杨二说："二哥，今儿你别奔车口儿了。"

"怎么，你有事儿吗？"杨二问道。

"你把桌上那个布包拿过来，看看里头包的什么。"海八爷欠了欠身，指了指屋里的破八仙桌，说道。

杨二走过去，打开包，一看里头的现大洋，笑道："八爷，您这是哪儿发的财呀？"

海八爷让他把钱拿过来，抓了一把，硬塞给杨二："二哥，这是浩贝勒爷赏的，拿着，小弟发了财，不能忘了哥哥。你家里孩子多，我们嫂子身子骨不好，手头儿正用钱。"

杨二笑道："我缺钱花，也不能找你。你这不是打我脸吗？这钱是你拿命换来的，我能动你一个大子吗？绝对不能够哇！"

"你这是哪儿话，兄弟让你拿着，你就拿着，咱们哥儿俩没那么多说的。"

杨二把钱接过来，放到包里，转过身来对海八爷道："八爷，这钱我不能动，你也不能把它吃喽喝喽耍喽。咱一没铺底子，二没家底子，穷人一个，一下儿得到这么多钱不易。真！我看你住的这房子还是租的，眼瞅也是奔三十的人了，还没成家，再者说你这伤腿，还不知道能不能坐下什么病根儿，即便是不落下什么毛病，浩贝勒爷还用不用您，也得两说着，万一您把浩贝勒爷府的饭碗丢了，靠什么养活自己？依我看，您不如拿这钱先置所房子再说。"

"置所房子？"海八爷想了想说道："我光屁股一个人，要房子干吗？"

"嘿，瞧你说的，要房子干吗？留着你娶媳妇呀！没房子，怎么成家呢。"杨二道。

"娶媳妇？嘻，走一步说一步吧。阎王爷玩小鬼，舒坦一会儿是一会儿，咱光棍一条，想不了那么长远，这钱咱得把它花喽。甭管怎么说，这钱得有你的份儿。你听见没有？"

杨二见海八爷执意要给他钱，他一时又推让不了，便抖了个机灵说："得了，八爷，咱哥儿俩也别为这争执了。我呀，拉您到大酒缸，咱们听听夏三爷的主意，你不是最信服他吗？"

海八爷一听去大酒缸，乐了："嘿，这主意不赖，这腿闹得我可有日子没沾酒了。走吧，咱们喝两口儿去。"

杨二拉着海八爷奔了"同义居"。

夏三爷见了海八爷短不了嘘寒问暖："八爷，柜上的事太多，我也腾不出身子去看你。你瞧这事儿闹的，倒让你过来看我来了。"

"三爷，您干吗这么客气，我看您，跟您看我不一样吗。能见着您，我这心里就痛快。"海八爷笑道。

杨二扶着海八爷落了座儿。还不到饭口儿，大酒缸的客人不多。夏三爷张罗着给海八爷上菜端酒。

"馋酒了吧？嗯？今儿你跟杨二喝口儿好的，尝尝我的'汾州白'吧，刚从山西老家运来的。"夏三爷一边给海八爷斟酒，一边笑着说。

酒过三巡，杨二先打开话匣子，露出劝海八爷买房的话口儿。

夏三爷沉了一下，说："这个主意好。常言说，要有财气，买房置地。海八爷应该有所房子。不过嘛……"他说着说着改了口儿："照我看，海八爷不如拿这笔钱当本钱，开个小买卖。你总不能当一辈子遛马倌儿吧。"

海八爷笑道："三爷，您真看得起我，我是那做买卖的人吗？"

"怎么不是呢？真做买卖你比我能干。"夏三爷笑着说。

海八爷接过话茬儿，自我解嘲说："叫花子唱莲花落，您别拿我开心了。我怎比得了您。俗话说，三斤子姜不如一斤老姜。做买卖可跟别的不一样，三年能学出一个手艺人，十年学不出个买卖人。我？做买卖？西瓜皮钉鞋掌，不是那块料。"

杨二说道："这倒也是，门门有道，道道有门。这做买卖，可不是是个人都能干的。"

夏三爷笑道："瞧你们俩说的，把做买卖看得那么玄乎。你瞧人家对门的'马前'，不是也把一个铺子支应起来了吗？"

"三爷，我们可是草民，能跟'马前'比吗？他是衙门口里的人不是。"

这几个人聊来聊去，最后还是依了杨二的主意。

夏三爷说："俗话说，十鸟在树，不如一鸟在手，海子还是拿这一百块现大洋先置所房子吧。"

夏三爷认识拉房纤儿的葛四爷。他把葛四爷约到大酒缸喝了一顿酒。

葛四爷五十出头，无冬历夏总戴着礼帽，瘦脸上留着两撇八字胡，鼻梁子上架着一幅黑框眼镜，其实他眼睛什么毛病也没有。戴这副镜子纯是聋子耳朵，摆设。说是摆设，并不是一点用没有。它能遮掩住葛四爷那对夜猫子似的贼眼，您想拉房纤儿的心眼能太正吗？这头"黑"了买房的，那头又去"黑"卖房的，两头一块蒙。他不遮掩着点儿行吗？

葛四爷吃瓦片儿有二十多年，透着他眼皮子宽。

夏三爷找他的时候，他手头正有一所现成的三合小院，找买主儿。地点在鼓楼东大街，离"同义居"不远。房主是个教书先生，四川人，因为老娘病故，他要回四川赴丧，急于把这小院出手。

杨二拉着海八爷看了看，房子虽说破了点儿，但院子不小，北房三间，两间西厢房，两间半南房加个过道，格局也规矩。海八爷又让夏三爷帮着掌眼，夏三爷挺满意，一口价，把小院买下来。

葛四爷知道海八爷手头并不宽绰，有多少水和多少泥，他搭了个人情，跟房主那儿杀了杀价，按"成三破四"的规矩，要了九十块现大洋，剩下的留给海八爷添家具。

海八爷找了几个泥瓦匠的朋友帮忙，把房子拾掇了一番，头春节，海八爷挑了个吉利日子，搬进了新宅。

为救惊马大腿上掉了块肉，最后落下一所房子，大伙儿都说海八爷值了，对得起他大腿上掉下的那块肉。

海八爷住进新宅，心里却添了病，大腿上的伤口虽然已经愈合，但是走路还有些困难，好在生活能够自理。杨二得去奔嚼谷，不能见天守着他。他一人住着七八间房，透着心里空空荡荡的。心里寂寞下来，他便想起了秀儿。

是啊，他可有日子没见到秀儿了。他在赛马场上出了那么大事儿，秀儿知道不知道呢？她不会不知道。夏三爷能不跟她念叨这事？知道为什么不来看他呢？难道她因为印月的事，生他的气了？

印月，他在大酒缸听大伙儿念叨已经离家出走，为的是哪一出呢？他去大酒缸，一直没碰上"荷花程"。他不便跟别人打听，到底出了什么事呢？他心里犯起嘀咕来。

这天，天降大雪，雪后放晴，天气干冷。海八爷蜷缩在被窝里，正想着他跟秀儿的好事儿，突然有人敲院门。

他答应了一声，穿上衣服，下了地，一瘸一拐地打开院门，一看，站在他眼前的是柱子。

柱子穿着棉袄棉裤，戴着一顶栽绒帽子，捂得严严实实，手里拎着一个木头的大食匣子。

"嗬，刚起呀这是？"柱子瓮声瓮气地问道。

"嗨，这大冷天的，起那么早干吗？你这是……？"

"噢，夏三爷让我给你送点儿吃的，铺子里事儿多，他过不来。"柱子进了院，一边跺着脚一边说。

"呦，三爷还老惦记着我。得，快进屋吧。"海八爷把柱子让进了北屋。

柱子把木头食匣子放下，拿眼四下踅摸了一下，阴不搭地说："行呀，海八爷现如今也是甩了水的萝卜樱儿，扎煞起来了，住上了这么宽绰的房子。"

"嗨，小碗吃饭，靠天（添），我这不是等于白捡的这么个小院吗？"海八爷笑道。

"白捡？你可真会说话，再帮我捡一套试试？"

"大兄弟，您要是瞅着这个院好，干脆搬过来住得了，我绝没二话，另找地儿去。"海八爷见他一个劲儿烧搭人，不冷不热地噎了他一句。

柱子知道递葛，不是海八爷的对手，转了话题，又扯了几句别的闲篇儿，臊目耷眼地走了。

"这不是扯臊吗！"海八爷心里骂道。

他送走柱子，找了把笤帚，溜达到院里，扫了扫积雪，胡同很安静，由远而近听到街上老驴头吆喝："大火烧，新出炉的大火烧！"

海八爷一瘸一拐地把老驴头招呼进小院。

"老爷子，这大雪天的还出来卖您的大火烧呀！"他笑着说。

"唉，不出来谁给咱们喝口粥的钱呀？没辙，家里好几个大活人，张着嘴等着吃喝呢。"

海八爷叹了口气笑道："唉，这年头，咱老百姓都不容易，听见您一吆喝大火烧，我这心里就不冷了。"

"您这是怎么个话儿说呢？"

"您瞧，大火都烧起来了，我这儿还冷吗？屋里的煤球炉子都甭点了。哈哈。"海八爷打了个哈哈儿说。

"嘿，我说八爷呀，你可真会逗闷子，吃喝大火烧就不冷呀？您没瞧把我冻得这样，快成冰核儿了。" 海八爷一看，老驴头身上穿着空心棉袄，腰上煞着一条脏兮兮的布带子，脚底下的棉窝已然开了绽，头上是能盖住耳朵的三块瓦的毡帽。挎着个小篮子，干柴似的手冻得通红。缩着脖子，冷得直打�嗦。 他赶紧把老驴头让进屋："老爷子，您的篮子里还有多少大火烧？我今儿都把它照顾喽。您呀，进屋喝碗水，甭再吃喝了。"

"得，八爷，谢谢您啦。我这儿给您作揖了。"老驴头哆哆嗦嗦地给海八爷打了个揖。

老驴头是老山东，六十出头。头年闹了场大病，没钱上医院，愣扛，在家里猫了几个月，居然挺过来了，但一下苍老了许多，头发已然全白，驴脸上褶皱八囊的，看上去有七老八十的样子。

他十几岁进北京，在"勤行"的白案上学徒，以后自己单干，开了个烧饼铺。三个儿子，两个参加了义和团，八国联军进北京以后，参加义和团的两个儿子，让联军的枪子要了命，联军还把他的烧饼铺给一把火烧了。没辙，他只好在自己住的小院搭灶支炉，烙得了火烧和烧饼，自己拎着篮子走街串巷吃喝卖。活下来的儿子半傻不茶缺心眼儿，一点儿都指不上，一家子孙男弟女的八九口子，全靠老爷子卖火烧和烧饼糊口，那日子真够瞧的。

老驴头是"同义居"的常客，他奔"同义居"不是喝酒，而是卖他的大火烧。他的大火烧烙得地道，那些围大酒缸喝酒的主儿，听到他在外头吃喝"大火烧"，便把他招呼进来，这个要一个，那个要俩，很快就让他的篮子见了底儿。

海八爷有时见他挺可怜，常给他打碗酒，递过去，他还舍不得喝，从怀里掏出个小瓷瓶，把酒灌到瓶里，留着拿回家解馋。

当下，海八爷给他用水汆儿①在炉子上烧了一碗开水，抓了块冰糖放在碗里，给他端过去。"老爷子喝碗冰糖水，暖暖身子吧。"

"哎，谢谢了，谢谢了。还是海八爷，比我亲儿子待我还好。嗯，好人早晚有好报。"

---

① 水汆儿——过去北京人家里常用的烧水工具，用铁皮制成，不大，拿它烧水很快就开，此物现已不用了。

老爷子两手捧着碗，借着热气暖暖手，用苍老的烟酒嗓说道："您瞧，您没挨大累，就混了一所房子，是不是呀？不赖，这房子！老天爷有眼，这是您该得的。"

海八爷笑了，逗了一句："老爷子，您看着好，改天就搬过来住。我说了，这房子，谁住是谁的。"

"嗐，那不是玩笑吗？"老爷子喝了口热水，水烫，他缩了一下舌头，笑道："您这是拿自己身上的肉换来的，我要是住进来，那不赶上咔哧您身上的肉吗？"

海八爷被他这句话给逗乐了："老爷子，您这是想到哪儿去了。快喝吧，我把炉子捅大点火，您再暖暖两只脚。"

"别麻烦了，这就给您添乱了。"老驴头摆了摆手。

"嗐，我这不是想跟您多聊几句嘛。"海八爷猫腰捅了捅炉子，然后直起身来说："您见天在街上转悠，眼皮子比我宽，新近有什么新鲜事儿没有呀？"

老驴头坐在炕沿上，从裤腰带上解下一个磨得变了色儿的烟荷包，打开烟荷包，取出一个小烟袋锅，用手抓了一把烟叶塞到烟袋锅子里，摁了摁。海八爷拿一根笤帚苗儿在炉子上燃着了，替他把烟袋锅子点着。

他巴咂了巴咂，紧抽了几口，从嘴里喷出一股烟来，说道："八爷，您还别说，我前两天还真碰上一档子邪性事儿。"

"您瞧，我说您肚子里有故事吧，您给念叨念叨。"海八爷又烧了一余开水，把他的碗续上了水。

"是这么一档子事。"老驴头抽了口烟，不紧不慢地说："寿五爷的太太，对了，你们在旗人叫奶奶对吧？"

"哦，叫'义而汗'。嗐，这都是在家里的称呼，你就直说吧，寿五爷的媳妇怎么啦？"

"他媳妇爱吃我烙的烧饼。那天晚上，她打牌饿了，让家里的仆人敲我的门，说给她烙十个烧饼送去。寿五爷是我的老照顾主儿，我不能慢怠，我赶紧下了炕，捅开炉子，和面。给她烙得了已然子时了。天道冷呀，出门时，我披上件老羊皮的大衣，拎着马灯，给她送去了。您知道，她们有钱人打麻将是不论钟点儿的，从寿五爷家出来，我估摸着已然是丑时了。"

"是，我知道，您接茬儿说吧。" "那天晚上风大，小风飕脸。我拎着马灯穿胡同走，那灯芯上的火苗被风吹得忽闪忽闪的。走到寿比胡同，灯里的火苗被风吹灭了，天阴，不见星月，胡同里漆黑一片。好在这些胡同，我道儿熟，深一脚浅一脚地往前走，走着走着，就听前边扑通一声。我吃了一惊，心想这是什么声儿呢，还没等我弄清是怎么回事，只觉得前面有个黑影朝我走来，我心里扑通一下，心想是不是碰上撞客了？我这把年纪什么也不在乎啦，再说我这辈子没做过亏心事，见了鬼，他也不敢把我怎么样。我就迎上去了，天太黑，我坐根儿瞅不见那鬼什么样。'嘿'我喊了一嗓子，想震唬他一下。您猜怎么着，我的话音刚落，那鬼就朝我扑来了。妈爷子！我的魂儿差点儿没了。只觉得他照着我的老脸给了几拳，打得我当时就蒙了，等我醒过眛来，鬼已经没了影儿。大冷天的，我不能在当街渗着，麻利儿往家赶。进了家门，赶紧让家里的给我找菜刀，我照着门槛砍了十几刀，这才把鬼魂给砍走。八爷，您说邪性不？"

"是够邪性的，没把您吓出个好歹来？"

"那倒不至于。我这把年纪，快跟鬼当邻居去了。我倒是不怕，我是说这档子事儿。"老驴头撇了撇嘴，他的脸原本就长，再这么一撇嘴，更显得像驴脸了。

海八爷打了个沉儿说道："没听过寿比胡同有冤死鬼呀？"

"是呀，这条胡同，我走了这么多年，以前可没碰上鬼。那天也不怎么回子事儿，我们家里的说，是我穿着那件老羊皮袄招的。我呀，打那天起再也不穿它了。"

"没听说过羊皮袄勾鬼这一说。羊皮袄可是越陈越值钱。您不穿，干脆给我穿得了。"海八爷跟老爷子打了个哈哈儿说。

俩人又聊了会儿别的闲篇儿，老驴头起身告辞。

"得了，我别紧着在您这儿聊了，家里头的还等着我给他们打食儿呢。"老驴头拿烟袋锅在鞋底子上磕了磕，把它装进烟荷包，重新拴到裤腰袋上，然后缂了一下裤裆，煞了煞腰，戴上毡帽，挎上篮子，晃晃悠悠地走了。

老驴头走后，海八爷的脑子不失闲了，寿比胡同牵着他的心。因为夏三爷和秀儿住在那条胡同。闹什么鬼呢？他相信老驴头不是在编故事，他说的有鼻子有眼儿。难道真有鬼吗？不知为什么，海八爷把鬼跟秀儿想到了一块儿。

海八爷不信鬼神，也不怕鬼神。他一天到晚跟牲口打交道，什么也不怵。老驴头的话，让他心里揣了个闷葫芦。他很想跟夏三爷打听打听知道不知道有这档子事儿。

转过天，海八爷找了根桃木杈子当拐棍拄着，一瘸一拐地出了门，想奔大酒缸，刚走出胡同口，杨二拉着空车跑过来。

"呦，我的兄弟哟，您怎么一个人出门了？这是奔哪儿呀？"杨二喘着粗气说。

杨二的打扮让海八爷瞅着可笑，下身穿着缅裆的棉裤，打着绑腿，煞着腰。上身穿着一件本是白布但洗得变成了黄不啦叽的短衫，肩膀头搭着块脏兮兮的毛巾，光秃秃的脑门子冒着汗。冷风四溅的三九天，这身行头，确实挺古怪。"二哥，你不怕冻着。"海八爷打量着他说。"嘻，刚拉了一趟活儿，东四牌楼。身上的汗还没落呢。"杨二把洋车撂下，从车后的箱子里拿出一块毛巾，擦了擦脑门子上的汗。

"麻利儿穿上点儿吧，留神着凉。"海八爷说："我在家憋着心烦意乱的，想到大酒缸坐会儿。"

杨二回过身从洋车后头的箱子里取出一件破棉袄穿上，笑道："甭说了，你呀，一准是又馋酒啦。想出门，你倒是言语一声，兄弟的车还不是现成的吗？别自己扎着出来呀！这冰天雪地的，玩个跟头，您的腿还想要不想要了？"

"嗨，这腿也得活动活动，紧着这么呆着，成木头了。老这么养着，到哪儿算一站呀？"海八爷径自笑了笑。

"你快算了吧，您的伤腿不老老实实养着，打算废了它吗？快上车吧！"杨二煞了煞腰，绰起车把，让海八爷上了车。

海八爷道："您瞧这事闹的，我怎么成了坐车的啦？"

"你要不愿意坐，下来，我坐。"

"嗨，我是说我坐车，二哥拉车，这心里总觉得不是味儿。"

"您现在不是一条腿了吗？你呀，少说两句，踏踏实实坐着吧。"杨二冲他咧嘴笑了笑。

杨二在京城车口有个绰号叫"快腿杨"。别看他整天在吃上酸饹饹辣饼子的穷对付，但他从小练过武，又跟乌八爷玩过跤，腿上有功夫，所以他拉洋车并不费力，跑起来，快步如飞，一会儿的工夫便到了"同义居"。

第十八章　玩幺蛾子寿五爷
怒骂"同仁居"

立冬以后，京城的闲人多起来，因为有些行当得"猫冬"。饭馆、戏园子、澡塘子的生意在冬季透着红火，大酒缸自然也成了"闲人乐"的去处。

夏三爷单雇了一个生火的，他在大酒缸的当中生了个大炉子，生火的每天早早儿地把炉子生着，到上人的时候，屋子里暖暖和和，七八个大酒缸很快就围满了人。那些喝"站酒"的，顾不上撂屁股，找个能放碟子碗的地方，来碗"烧刀子"，嚼把花生豆或铁蚕豆，滋儿咂儿地把酒顺进肚儿，嘘热了身子，接茬儿去干自己的营生。那些喝慢酒的，透着屁股沉，要几碟小菜，再要一壶老酒，小口抿着，张三裤口窄，李四帽檐长，没话找话地聊着闲篇儿，一点儿一点儿地喝渗酒，在大酒缸能泡大半天。这些泡大酒缸的主儿，也就是北京人常说的"酒腻子"。夏三爷虽然心里头并不待见这些"酒腻子"，但他大面儿上对他们却透着热情，他喜欢热闹。这么多年做买卖，他知道生意是靠人气儿托起来的，人越多，他越高兴。因为有人开始"咬"他了。

"马前"在"同义居"的斜对门也开了个大酒缸，字号叫"同仁居"。"同仁"跟"同义"差一个字，您说这不是成心起腻玩吗？

"马前"在警察厅当差，自然不会在大酒缸站柜。他把"宋大麻烦"请过来当了掌柜的。

"宋大麻烦"大号叫宋如意，四十郎当岁，身量不矮，光头，麻子脸，长得精瘦，坑坑洼洼的脸上嵌着一双金鱼眼，因为脸窄下巴大，更透出那眼睛的大来，不过大而无神，那眼睛好像没有眼珠儿，看人的时候总是茫茫然然，您瞅着那俩眼睛在瞪着您，可他心里不知在想着什么事呢，您说什么，他都跟您哈哈哈，其实他一句也没听着，临完跟您打镲玩。他的大眼下面是两个肉袋子，这眼袋永远泛着微红色，里头似乎藏着多少酒气。他见着酒比见着钱还亲。顿顿离不开酒。喝了酒就犯迷瞪，一犯迷瞪就惹麻烦。要不怎么叫宋大麻烦呢？

他原本在瓷器铺学徒，掌柜的看他长俩大眼睛，以为他挺机灵，便让一个老师傅带着他，没想到他老犯糊涂，今儿瓶了盆儿，明儿打了碗，铺子赚的那俩钱都让他给瓶出去了。三年零一节学徒期没满，他就让掌柜的给轰走了。家里穷，总得学门手艺，他爸爸又让他改学剃头，这门手艺比较活泛，整天打着唤头下街，高兴喽就出去抓挠俩钱，不高兴了，就在家眯着。

他吃上了这碗饭，教他的师傅管得严，出徒以后，他的手艺也不错。但有一样，他好喝酒，本来就是糊涂车子，再一喝酒，整天迷迷瞪瞪地脚踩着云。您想他总是让酒"拿"着，给人剃头刮脸，能不闹笑话惹麻烦吗？

世上有些事儿真是歪打正着。"宋大麻烦"居然让"马前"给看上了。说起来，这是个笑话。

那天，"马前"找他剃头，这位爷刚撂下酒杯，眼睛下边那俩肉袋挂着酒气儿，晕晕乎乎地拿起了剃头刀，在"马前"的冬瓜脑袋上刮了一半，他犯了迷瞪，把剃头刀一撂，用刷子给"马前"掸了掸脖子后头的碎头茬儿，解开围裙说："得了。""马前"因为有事，也没照镜子，戴上帽子，抬屁股就走。

您说有乐子不？他愣给"马前"剃了个阴阳头。按说这回他该惹麻烦了吧？可偏偏这个阴阳头救了"马前"。

敢情那天民国政府的官员因为警察厅办事不利，把警察厅的头头脑脑叫去训话。官员正厉言正色，不依不饶的时候，"马前"被传话到场。他见了那几个政府官员一摘帽子，露出了阴阳头，逗得人们哈哈大笑。这么一笑，那些官员的火儿消了。嘿，这个阴阳头等于给警察厅的头们解了围。

事后，警察厅的头，把"马前"夸奖了一番。没过几天，他居然升了一级。"马前"自然心里感激"宋大麻烦"，在"东兴楼"设了个饭局，请"宋大麻烦"喝酒。

这"宋大麻烦"哪儿知道有这么一出儿？"马前"戴着帽子走了以后，他才醒过昧来。一琢磨，哎哟，还有一半头发没给"马前"拾掇呢。他知道"马前"是干什么的，哪儿敢得罪他呀，赶紧跑到街上去追，那上哪儿找人去？他心里提拉起来，心想给"马前"剃了阴阳头，那不是寒碜他吗？这个麻烦可不小。吓得他好几天没敢出门。

这天喝得醉么咕咚地回了家，听老婆说"马前"设宴要请他，他的腿打了软。不去吧，人家把帖子送来了。躲，躲过初一，躲不过十五；去吧，不知道"马前"怎么拾掇他。往最坏的地步想吧，他跟老婆把自己的后事都安排了："你等话收尸吧。"

"宋大麻烦"拿着帖子老着脸到了东兴楼，一见"马前"，咕咚给他跪下了："钱爷，我真不是成心的，那天是喝高了，您知道我好喝两口儿，把您的……您饶过我这一回，闭闭眼就过去了，就只当我是个屁，把我放了吧。"

一番话，逗得"马前"哈哈大笑。"马前"越笑，"宋大麻烦"心里越发毛。

"行啦，快把他拉起来吧。""马前"笑够了，让他手下的兄弟把"宋大麻烦"拽起来。

什么事儿就怕对上了眼，您说"宋大麻烦"爱惹麻烦吧，"马前"还觉得他实在憨厚，开"同仁居"，把他给弄过来。

"你不是爱喝酒吗？我给你找个营生，让你天天守着酒。"

"您这不是抬举我吗？我是拿剃头刀的，哪会经营大酒缸呀？""宋大麻烦"不想改行。

"这叫生手能钓大鱼。我这人就喜欢在热灶上烧火，不愿意在冷灶上添菜。让你干，你就干，挣不挣钱是次要的，我只想有个喝酒聊天的地方。再者说有我在后头戳着，你怕什么？""马前"给他打气说。

常言道：当差的官面上看气，行船的看风向使篷。"宋大麻烦"在不喝酒的时候心里并不糊涂。胳膊拧不过大腿，他赶着鸭子上架，当了"同仁居"的掌柜的。

"宋大麻烦"雇了三个伙计，其中一个叫孙旺。这位爷三十挂零儿，在大饭庄当过跑堂的，还在英国人开的西番馆当过伙计，透着眼皮子宽，爱张罗事。

"宋大麻烦"正愁没人张罗事呢，见孙旺点子多，干脆一推六二五，让他当了大拿。自己见天跟酒做伴儿，当了甩手掌柜的。应名儿他是"同仁居"的掌柜的，其实主事儿的是孙旺。

孙旺的鬼点子确实多，他跟夏三爷的伙计柱子是拉腕儿朋友，到"同义居"喝了几次酒，又把柱子单约出来聊了几次，便以为把夏三爷经营"同义居"的那些心路都掏过来了。

"嗐，这有什么呀？他的那两下子，我闭着眼就干了。"他对柱子说。

柱子求荣卖主，笑了笑说："你干吧。干好了，我就过来。"

孙旺跟"宋大麻烦"放出话去："您照着我的来，就擎着瞧好吧，出不去两年，'同义居'就得让咱们给挤趴下。"

"你行，这叫露天买卖诸人做。没咸不解淡。撒开巴掌干吧。""宋大麻烦"喝得迷迷糊糊，成了大眼灯，眼睛下面又坠上了红布袋。

"您就那么听我的？"孙旺给他拧了一扣。

"不听你的，我请你干吗来？""宋大麻烦"撇撇嘴。他倒省心，老和尚撞钟，得不的一声。

"宋大麻烦"这儿一松心，孙旺还真撒开了巴掌。他把原来的门脸给挑了①，起了个二楼，弄得中不中，洋不洋，门口的幌子是大酒缸，屋子的正中也埋着几个大酒缸，但经营的东西不但有酒，还有茶，有饭菜，既像二荤馆，又像小饭铺，既像茶馆，又像酒馆。姜子牙的坐骑，四不像。孙旺，真应了那句话，敢吃肉就不怕嘴油。

孙旺还有新鲜的，在酒馆里弄了个洋玩意儿：留声机。找了一些洋人歌曲，大喇叭山响，好像专跟食客的耳朵过不去。追求洋味，就索性全来洋的不结了，他又觉得不过瘾，接长不短儿地把那些唱小曲的，唱大鼓的，唱莲花落的给弄来，凑热闹。酒馆成了堂会。

"同义居"的那些老照顾主儿路过他这儿，连看也不看一眼，便奔了斜对门。也有捧臭脚的主儿，到他那儿，喝过几回酒，但末了儿怕对不住自己

---

① 挑了——原意是用条状物或有尖的东西拨开或弄开的意思，如把火给挑开，把手上的刺给挑出来等。北京土话中，则含有拆的意思，如把房顶给挑了等。

的耳朵，又回到了“同义居”。

没辙，包子有肉不在褶上。生意口认货不认人。人们奔大酒缸喝的是酒，不是跑您那儿听曲子听莲花落去了。

“宋大麻烦”眼瞅着“同义居”酒客盈门，他这儿把留声机开得再大，也没人来，光卖嚷嚷了。急得他跟孙旺直跺脚。跺脚？跺墙也招不进人来。

海八爷和杨二走进“同义居”大酒缸的时候，刘炳宸、潘佩衡、索宝堂跟寿五爷正聊“同仁居”的事。

刘炳宸手里拿着当天的《晨报》，打着哈哈儿说：“诸位爷，你们说现在咱北京城缺什么？”

“缺什么？”索宝堂纳着闷儿问。

“咱北京城物华天宝，天子脚下，缺什么？什么也不缺。”寿五爷亮着大嗓门，说道。

刘炳宸指了指报纸说：“我看什么也不缺，就缺德。您瞧瞧吧，斜对门的‘同仁居’上了报纸。”

潘佩衡从刘炳宸手里接过报纸看了看，捋着山羊胡子，撇了撇嘴说：“嘆，荤的都上来了。”

索宝堂说：“我不认识字儿，你给念念吧。”

潘佩衡把报纸还给刘炳宸，淡然一笑，说道：“我念？算了吧，我怕脏嘴，刘爷念吧。”

刘炳宸看了看报纸说：“好，我给大伙儿念念，题目是：《北京社会无奇不有》。北京鼓楼一带，近有一四十岁之男子，每于夕阳西下，即携一半老徐娘，并约破瓜之女郎，在一新开张的大酒缸卖唱淫词，顾曲者如出资五毛，则以半老徐娘应之，如出资七八毛，则以妙龄女郎应之。所唱者，尽皆污淫不堪入耳之词。如顾曲者欲其带唱带做，则唱资加倍。如欲彼唱而顾曲者自做，则三倍唱资。昨记者光临此大酒缸，彼辈在该处卖唱，毫无顾忌，而上所谓妙龄之女郎，正坐在一少年学生膝上，高吭其喉，唱‘十八摸’之词，该少年，得意洋洋，随手乱摸，许多食客嘻嘻而笑，唱完之后……”

“你打住吧，别‘唱完之后’了。还想不想让我把杯里的酒喝喽？”索宝堂拧着眉毛，把刘炳宸拦住了。

“大酒缸改‘十八摸’了，蝎子拉屎，独（毒）一份儿呀！”索宝堂嘬了个牙花子说。

"依我看，干脆改成窑子得了。叫什么大酒缸呀？"潘佩衡嘟囔道。

寿五爷猛地一拍桌子，吼了起来："这是什么玩意儿？老祖宗的脸都让这帮猴儿崽子们给丢尽了！"

"五爷，您别动这么大肝火，武大郎玩夜猫子，什么人玩什么鸟儿。他摸他的，咱喝咱的，眼不见，心为净，咱们犯不上跟他们……"刘炳宸劝道。

"什么？你说什么？"寿五爷像让蝎子蜇了一下，腾地站了起来，瞪着俩眼吼起来，他的这一嗓子如同半空中响了一声雷。

"您……'我的五爷，您这是……？'"刘炳宸被他的这雷声给吓得愣住了。

寿五爷一把将刘炳宸手里的报纸夺过来，怒道："我什么呀我？我他妈的没本事！远了不说，十年前，让这帮猴儿崽子这么散德行？姥姥！我早让人把他们那狗屁酒缸给砸啦！"

他刷刷刷把那张报纸撕得稀烂，往地上一摔。

潘爷站起来应声说道："敢情，五爷当年在四九城也是吐口吐沫是个钉儿的人，在您的眼皮底下，他们敢这么放肆？给他们俩胆儿！不过，那会儿您还穿着官衣，我还梳着辫子。如今这世道变了，您说您要跟世道运气，还有完吗？得了，坐下吧，喝杯酒，压压气儿。"

"唉，这帮猴儿崽子！多规矩的门脸，让他们给改成了四不像的楼，喝了多少年的大酒缸，让他们给改成了窑子馆！我看他们这是造孽，毁这北京城呀！"

夏三爷见寿五爷暴跳如雷，急忙颠儿颠儿地小跑着过来，给他斟上一杯酒，笑道："五爷，您消消气儿，现在不兴改良吗？备不住有一天，'同义居'也给改了良呢。您犯不上生这么大的气，这北京城也不是您一个人的，干吗呀您？"

"夏三爷你这话我可不爱听。没错儿，这北京城不是我们家的，可是我们老祖宗打下来的。我瞅着他们这么由着性儿地糟践它，心里能不起急吗？"

寿五爷的话音刚落，海八爷扎着伤腿凑过来，搭了一句腔："五爷，您又跟谁起急呢？"

寿五爷一看海八爷咧嘴乐了："你这个猴儿崽子，从哪儿蹦出来了？跟谁起急？我跟你起急呢！"

海八爷扑哧一笑，说道："您跟我甭摘心，瞅我哪儿不顺眼，您就绰家伙。甭急，三杯和万事，一醉解千愁。守着大酒缸呢，您急哪门子呀？来吧，我先陪五爷干一杯。"

海八爷给寿五爷的碗里点了一下酒，然后拿起酒壶，斟满一杯，敬了一下，一饮而尽。

寿五爷看他仰脖把酒干了，也拿起酒杯，喝了一口，嚼了个花生豆，瞅着海八爷说道："我跟你过不去干吗？这里头没你的事，你甭瞎掺和。"

"您倒是抬举我，在您这儿，我不是小庙的和尚，没见过大香火吗？"海八爷笑道。

"唉，什么也别说了，应了那句老话：世界愈新愈变局，江湖越老越寒心。海子，你这个猴儿崽子，这程子忙什么呢？怎么在大酒缸见不着你了？"

"五爷，让您惦记着了。您还不知道我这个人属山杏核儿的，苦人（仁），从马上掉下来，大腿差点儿没了。"

"嗯，我听说了。"寿五爷拍着老腔儿说道："你是苦人吗？哈哈，就甭在我这儿卖了①。谁呀？小独院都住上了，嗯？"

海八爷的脸有点儿挂不住了，忙道："这不是托五爷的福吗？"

"托我什么福？我可没给你一套院子。你这猴儿崽子，真是摔了把儿的茶壶，光剩一个嘴儿了，真会说话。"寿五爷打了个哈哈儿说。

"瞧您说的，人受一口气，佛受一炷香，您一个哈哈儿，比赏我五两银子，还让我高兴呢。"海八爷笑道。

这句话把寿五爷给逗乐了，他又跟海八爷喝了一杯酒。

两杯老酒，三句逗闷子的话，让寿五爷很快就把刚才蹦出的那股火儿，给忘到脖子后头去了。

其实海八爷过来跟寿五爷递话儿，是夏三爷的主意。夏三爷见寿五爷因为"同仁居"的话碴儿，蹿了房檐子，他是庙里长草，慌（荒）了神。

---

① 卖——北京土话，自我炫耀的意思。

俗话说，同行是冤家。夏三爷心里清楚"马前"在他斜对门开"同仁居"是冲着他来的，他的一举一动，人家都拿眼瞄着。寿五爷金刚怒目地一通开骂，骂完了，他痛快了。只知路上说话，不知草里有人。万一话传到"马前"耳朵里，吃瓜络儿的是他。虽说这些老照顾主儿不会传这些闲话，但人心隔肚皮，这年头，谁知道谁是什么心呀？

他那儿正提拉着心呢，海八爷和杨二进了门。他俩来的真是时候，夏三爷一见海八爷心里踏实了。他赶紧给海八爷丢过去一个眼色，让他把寿五爷的嘴给"堵上了"。

杨二喝了两碗酒，暖和暖和身子，急忙告辞，出去拉活儿。海八爷跟寿五爷、潘佩衡几个人扯了会子闲篇儿，这才腾出身子跟夏三爷坐下说话。

"海子，你的腿怎么样了？你瞧我这儿的热闹劲儿，实在腾不出空来去看你。"夏三爷找了一把机凳坐下，用关切的语气对海八爷说。

"三爷，您跟我说这话就见外了，我这儿心里还怪不落忍呢。您这儿忙得这样，我这条大腿忒不争气，没法过来给您搭把手。不过，养了这些日子，伤口不差么的愈合了，这条伤腿走动走动也不照原先那么较劲儿了。"海八爷说道。

"嗯，还得静养，先甭急着出去奔命呢。"夏三爷想了想，说道。

"是呀，我自己受点儿罪倒没什么，我怕把人家的事儿给耽误喽。"

"家里缺什么，你就言语。"

"是是是，有您惦记着，我亏不了嘴，您上次送的那个食匣子。我还没动呢。"

"你看你，别省着呀！"夏三爷嗔怪道。

"不是省，我腾不出肚子装它。"

"这会儿是不是肚子有地儿了？你呀，来碗刀削面吧，别空着肚子喝酒了。"夏三爷转过身冲柱子喊道："给海八爷来碗刀削面！"

柱子拿着小桶正在往面汤锅里对开水，抬起脑袋斜么腔儿地看了海八爷一眼，正赶上海八爷拿眼瞄着他。俩人的目光撞到了一块儿，柱子像被什么东西烫了一下，赶紧低下头，应了一声："得嘞，这就给海八爷下面。" 海八爷并没有理会柱子脸上的微妙变化，见身边没人，对夏三爷问道："您这程子好吗？"

"嗜，我这把年岁，还谈得上什么好不好的，凑合着混吧。这年头，兵荒马乱的，谁能说得准谁以后怎么样，走一步说一步吧。反正眼下有这么一个大酒缸，一时半会儿的还不至于饿着咱们爷儿们。"夏三爷苦笑了一下。海八爷拿眼瞄了一下正在往锅里削面的柱子，低声问道："秀儿怎么样？我可有程子没见她啦。" 夏三爷打了个沉儿，说道："她……她还那样儿。你也不过去看看她，她总念叨你呢。" "我想过去，可是……" 海八爷还想说什么，被夏三爷捅了一下。海八爷会意地笑了笑，把到嘴边的话，咽了回去。 夏三爷见柱子开始往碗里捞面，对海八爷说道："海子，有日子没泡澡堂子了吧，饱洗澡，饿剃头。你先让这碗面进了肚，呆会儿陪我泡澡去。" "和尚的房子，妙（庙）！我也干净干净去。"海八爷心照不宣地冲夏三爷笑了笑。

海八爷绰起大海碗，秃噜几口，狼吞虎咽地把面条顺进了肚，又找补了一碗面汤，跟着夏三爷，来到了"汇泉堂"澡堂子。

掌柜的李云亭穿着皮袄，手里拿着个小烟袋锅子，正跟几个人谈事，见了夏三爷和海八爷连忙打招呼："呦，二位爷，今儿闲在呀，快里边请。"

夏三爷笑着打了个揖，道："李爷，瞧你这舒眉展眼的，是不是又碰上了好生意？"

李云亭笑道："有你们这些老照顾主儿，我的生意能差得了吗？您赶紧瞧瞧吧，我刚从东洋进来一口锅炉，嘿，可比头年冬天生大煤球炉子暖和多了。"

夏三爷道："李爷就是新派，改良都改到炉子上了。得，我们先享受享受，您忙您的。咱们回头再聊。"

从浴池里出来两个伙计，笑着把夏三爷和海八爷引到了大堂。

"两位爷的位子还给您留着呢。"伙计操着定兴口音，接过夏三爷的皮袄，笑了笑说道。

"得，谢谢了。"海八爷冲他点了点头。

夏三爷和海八爷走到带柜的小床前，拉开柜门，开始脱衣服。

"三爷，我这腿不能沾水，今儿到这儿来是陪您说几句体己的话，我就不进池子了。"海八爷笑道。

夏三爷光着身子，围了件毛巾被，想了想说："也是，伤腿怕招水。那你擦擦身子，修修脚，我进去涮一下就出来。"

"得，您泡您的，甭管我了。"海八爷笑道。

海八爷修了修脚，泡了壶酽茶，靠在床上，一边喝茶，一边想着心事。

夏三爷在池子里泡舒服了，身上的肉皮通红，围着白布单，从浴池走来。"海子，泡个澡真舒坦，可惜呀，你今儿享不了这个福了。"他笑了笑说道。

"下次再找补吧。"海八爷欠了欠身，指着对面的小床，让夏三爷坐下，俩人聊起来。

"海子，我一直想跟你过过心，总是腾不出身子来。"夏三爷靠在床头，喝了一口茶，沉吟道。

"是呀，我两天不见您，心里就没脉。"海八爷嗯了一声，打了个沉儿问道："您猜怎么着，今儿我听卖大火烧的老驴头说，他在寿比胡同碰上了鬼，我心里犯起了嘀咕。三爷，知道这宗事吗？"

"哦？老驴头碰上了鬼？"夏三爷愣了一下，用手搓了搓脸，淡然一笑说："他也碰上撞客？"

"是呀，他说的有鼻子有眼儿的，不像是没事儿嗑瓜子儿，闲打牙。"

夏三爷欠了欠身子，对海八爷道："海子，有档子事儿，我一直没跟你说。你知道'荷花程'有个学生叫印月吧？"

"知道，印月怎么啦？我听说她跟'荷花程'闹了别扭，离家出走了。"

"噢，这事也传到你耳朵里去了？"

"可不是吗，这事儿在街面儿上都嚷嚷好些日子了。谁不知道呀！程先生为这事儿折跟头摞蹦的，还闹了场大病。人心叵测，程先生待印月不薄，她怎么能说闹矫情就闹矫情，一甩手就走了呢？"

夏三爷笑了笑说："你听说她去哪儿了吗？"

"不知道。有的说她到西山的姑子庵里当了姑子，有的说她去了南方。我还真猜不透她能去哪儿？"海八爷撇了撇嘴说。

夏三爷道："她呀，哪儿也没去，就在北京城呢。"

"您见着她了？"海八爷急忙问道。

"怎么能见不着呢？她就住在我们家了。"

"啊？敢情印月在寿比胡同您的小院猫着呢！"海八爷吃了一惊。

"可说的是呢。那天晚上，印月跟'荷花程'闹僵了，一赌气离开了家。她打了个马虎眼，雇了辆洋车奔了火车站。其实，她没上火车，在火车站绕了两弯儿，蔫不出溜儿地上寿比胡同找蓉秀来了。"

海八爷恍然大悟道："怨不得人们传说她离开北京城了呢。印月的心眼儿可够多的。"

"你想她是谁呀？"夏三爷沉吟道，"我原本不想留她在我们家住。你想她是从'八大胡同'出来的，咱哪知道她因为什么离家出走呀？回头再跟着她吃瓜络儿，犯不上。可是秀儿跟她处得不错。她孤身一人，我也觉得她挺可怜。再者说，她到了我们家，不多说不少道，挺会来事儿，我也就动了慈悲之心，跟她订了君子协议，对谁都不说她的事儿。这么样，她就住在了我那儿。唉，左不是饭桌上多一双筷子的事儿。"

"原来如此。"海八爷道，"印月人不错，依我看不照外人说的那么风流。您收留她，也算是积德行善。只是这么一来，可把'荷花程'给干在那儿了。"

"印月因为什么跟'荷花程'闹别扭，我也从来没打听过。大酒缸就够让我费神了，我没闲心再虑论别人的事儿。反正呀，这里罗罗缸儿的事儿不少，恐怕秀儿都清楚。"

海八爷想了想问道："闹鬼的事儿是不是跟印月有关呢？"

"嘻，这世上哪儿有鬼呀？没影儿的事。我听秀儿她娘跟我念叨过，说她们见着鬼了，吓得晚上不敢出门。我说这是她们娘儿们家疑神疑鬼，我每天从大酒缸回家都挺晚，怎么一次也没碰上鬼呢？甭信这个。北京话，这叫老妈妈论儿。"

"嗯，这倒也是。"海八爷点了点头。他见夏三爷脸色阴沉，不好再说什么。

夏三爷顿了一下，说道："海子，你知道我现在的心病是什么吗？"

"您有心病？我没看出来。"海八爷笑了笑。

"唉，实话跟你说吧，我现在发愁的是'同义居'的买卖"。夏三爷叹了口气，说道。

海八爷让茶房往壶里续了点儿水，说道："'同义居'的买卖不错呀，几天没来，今儿我一瞅，人气多旺呀！您呀，甭杞人忧天。是不是'同仁居'开到咱家门口，您坐不住了？"

夏三爷打了个沉儿说道："你呀，只看其一，看不到其二。'马前'憋的是什么屁，你还没看出来吗？"

"他能怎么样呢？那小子是董二娘的后脚跟，坏肉一块，这谁都知道。可是咱不招他，他敢把咱怎么着？"

"是这话，他开他的'窑子馆'，咱踏踏实实开咱的大酒缸，他不会把咱怎么样，那可是个雷呀，指不定什么时候就响呢。海子，我这程子心里一直琢磨着一档子事儿。""什么事儿，您直说。"夏三爷喝了一口茶，不错眼珠儿地看着海八爷，不紧不慢地说："我想搬你这尊神。""啊，您想让我……"海八爷愣住了。"对，我想让你来顶'同义居'的门户。""我？三爷，我，行吗？"海八爷吃惊道。

"我看你行。海子，我岁数大了，脑袋瓜也陈了。真，现在的时局一会儿一变，我有点跟不上趟儿了。"

"您的脑袋瓜儿可不老。三爷，您在生意口儿上混了这么多年，要说在买卖地上斗法，十个'马前'和孙胖子绑到一块儿，也不是您的对手。哼，云再高也在太阳底下。"海八爷不服气地说。

"海子，现在做买卖可靠的不是本事。没错儿。我是从银号里出来的，讲生意口儿的精明，我不承认自己脑子笨，可是现在做买卖，光有脑子还不灵，得有势力。累，忒累！海子，我是忒累心呀！"

"您……"

"我早就想明白了，再这么干下去，我得趴下。我都这把岁数了，跟'马前'他们这小么大的斗法，我犯不上呀！海子，你对大酒缸的买卖熟门熟路，场面上比我能张罗，人品正，口碑和人缘也好，你来当掌柜的，错不了。真，我对我的眼力还是信服的。"

"三爷，您听我说……"

"我的话还没说完呢，你先绷绷儿。我合计着你的腿受伤以后，再去遛马也不大跟劲了，干脆，腿好了以后就过来吧。你说呢？"夏三爷咽了口气，直视着海八爷。

海八爷像个木桩子，被钉在了那儿。沉默了一会儿，他突然直起身来，用感激的目光看着夏三爷，说道："三爷，您让我干什么都行，我绝无二话，但让我顶'同义居'的门户，我万万不能应。真的，您太高抬我了。我……"

"你说说为什么？"

"三爷，'同义居'人气旺，是因为那些老照顾主儿冲着您去的。我？唉，我算干什么的？我当掌柜的，名不正，言不顺呀。知道的是您看得起我，没把我当外人。不知道的以为我姓海的跑这儿馇行呢。真。三爷，我真挑不起这大梁。您要让我给您帮忙，打个下手，跑跑龙套还对付，真让我顶门户，万一把买卖做砸了，我对不住您呀！""买卖？你甭虑论那么多。一个大酒缸，也不是什么大买卖，真赔的话，能赔多少呢？"

"那我也不能把它赔个底儿掉呀。这买卖可是您的。"

夏三爷见海八爷执意推辞，也不好再多说什么。心想，他太要面儿，硬拉着他上台，这戏也唱不好，还是先后退一步吧。

他缓了一闸，笑道："你说的也有道理，干什么总得有个名分儿，也许现在火候还不到，但我想先让你知道我心里的算盘。我看你眼下最要紧的事儿是把腿伤养好。什么时候好利落了，到'同义居'帮我照应一下，这你不会再拨拉脑袋了吧？"

"嗯，您这话对我的心路。在您眼皮底下，我干什么都行。"海八爷笑道。

"是吗？我看你不是光冲着我吧？是不是心里还想着一个人呢？"夏三爷打了个马虎眼说。

"您看出来了？"这句话碰到了海八爷的痒痒筋。

夏三爷嘿然一笑，说道："海子，你那点儿心眼儿还能瞒得了我吗？哼，你一咳嗽，我就知道你吐什么痰。哈哈。"

"那您就……"

"我什么？你那么机灵的一个人，这事儿还用我教吗？只要你把门打开，我还不让你进吗？你别等着我点头，自己得说话。"夏三爷心照不宣地说。

"三爷，我明白了。"海八爷心领神会地说。

俩人穿上衣服，走出'汇泉堂'的时候，海八爷用商量的语气对夏三爷笑了笑说："您说，我是不是该看看她去？"

夏三爷笑道："你说呢？这还用问我吗？嗯？"这句话像一把小锤敲在海八爷的心口窝，让他心里有底了。但他却不知道秀儿是怎么想的。老爷子这关好过，秀儿那儿却总让他云里雾里地呆着，让他心里不踏实。

第十九章 鬼上门秀儿午夜惊魂

　　海八爷是真想看看秀儿，但他心里又总犯嘀咕，为什么秀儿不过来瞧瞧他呢？难道秀儿不知道他的大腿受伤吗？知道，为什么不过来跟他说说话儿呢？她是不是心里又有了别人？真让人心里没底。他这儿是不是剃头挑子，一头热呀？想到这儿，海八爷又犹豫起来。

　　其实，海八爷不知道秀儿这头儿也拉不开栓了。她已然顾不上想自己的事了。印月的突然到来，打乱了她平静的生活。

　　印月确实不是省油灯，眼珠一转，就是一个心眼儿。她在离开"荷花程"的小院之前，心里就掂算好去哪儿了。去外地，她舍不得离开北京城，因为这儿有"荷花程"。再者说，去外埠，她投奔谁去呀？不离开北京城，她只能找秀儿。秀儿是她唯一信得过的人。

　　她为了掩人耳目，特意让洋车夫拉她到前门火车站，在车站转了一圈，耗到天擦了黑，她才奔秀儿家。

　　印月敲门的时候，秀儿已钻了被窝儿，母亲也早早睡了。夏三爷在大酒缸忙着，还没回家。她披上衣服，打开街门，一看是印月，愣住了："印月姐，你你……？"

　　印月捂住她的嘴，压低嗓门说："有什么话，咱们屋里说。"

　　秀儿把印月让到自己屋里，挑了挑灯芯儿，转回身，打量着印月，诧异地问道："姐，你你这是怎怎么回事？这这么晚了，还还出来？"

　　印月把手里的行李放下，喘了口气说："我回头再跟你细说，今儿我就不走了？"

　　"不不走了？你你……？"秀儿纳着闷儿问道。

　　"嗯，不走了，就住在你这儿啦。我渴得要命，你赶紧给我烧点儿水喝吧。"

"行行，你你先歇着，我把火捅捅开。"

秀儿捅开炉子，拿水氽儿给印月烧了一氽儿开水，沏上茶，又给她下了一小锅干面条，让她吃了喝了，俩人聊了起来。

印月把离开"荷花程"的因由说了一遍。末了儿，跟秀儿说想在她家住些日子，等乔本舒那头儿的事儿消停了，再回"荷花程"那儿。

秀儿听了又忧又喜，忧的是乔本舒不会放过"荷花程"，当然也不会轻易放过印月。喜的是印月住在她这儿，她有了做伴儿的，可以天天跟印月在一块儿，能学到很多东西。

印月给秀儿吃了一个定神丸，劝秀儿别为她和"荷花程"的事费神。只要乔本舒找不着她，老太监的事儿自然会'黄'。找不着她，乔本舒拿程先生也没辙。这事用不了多少日子就会过去。

秀儿听她这么一说，心里吃了凉柿子。她本来对印月就百依百顺，她觉得凭印月的本事能把这件事摆平。对付乔本舒，印月一定会有主意的。

俩人躺在床上，聊了一宿。第二天，印月又把自己的想法跟夏三爷老公母俩合盘托出。夏三爷夫妇对印月的命运十分同情，自然也愿意她住下。就这样，印月在秀儿这儿"猫"了起来，外边的人谁都不知道。

印月会来事儿，她住在夏三爷家也不吃白食。虽说不敢出门，却一点儿不失闲儿。白天帮着老太太剁馅包饺子，干家务活，晚上教印月画画儿，跟她聊天儿，解闷儿，外面的事儿一概不打听。日子过得倒也平静。

俗话说，咽喉深似海，日月快如梭，一晃儿，两个多月过去了。这期间，印月没断了跟夏三爷打探"荷花程"的消息，她人在曹营心在汉。虽然大面上跟秀儿整天有说有笑，心里却牵挂着"荷花程"。

自然，夏三爷也明白她的心事，很想知道"荷花程"的近况，但偏偏那一段时间，"荷花程"没在大酒缸露面。他影影绰绰地听说"荷花程"让人给打了一顿，到底怎么回事儿，他也不便跟别人深问。当然"荷花程"挨打的事儿，他不会告诉印月。

好事儿，他可以跟印月说，这事告诉印月，不是给她心里添堵吗？所以每到印月问他"荷花程"的消息，他总是嘿然一笑，说句报平安的话，打个马虎眼，就过去了。弄得印月心里一阵一阵犯嘀咕，十五个水桶打水，七上八下的。

日子一长，印月有点儿沉不住气了。这天，她把秀儿叫到身边，让秀儿借上门找她的机会，看看"荷花程"的动静。

秀儿熟门熟路，在果子市上买了几斤新下来的柿饼，来到了"荷花程"的小院。

正赶上"荷花程"跟两个大学生模样的青年，在书房里聊天。她脸憋得通红，结结巴巴地问"荷花程"印月在家吗？"荷花程"告诉她印月回老家了，过些日子就回来。因为有人在旁边，秀儿没多呆，撂下柿饼儿就回去了。

回到家，秀儿把跟"荷花程"见面的经过告诉了印月。

"他没问你见过我没有？"印月问道。

"没有，我瞅着先生的性情变变了，话也不多。"秀儿嗫嚅道。

"那两个年轻人你不认识吧？"印月想了想，问道。

"嗯，以以前没没见过他们。"秀儿迟疑了一下说。

"嗯，我明白了。"印月点了点头。

虽然秀儿跑了一趟，没打探出个子丑寅卯，但印月起码知道"荷花程"太平无事，她心里踏实了。

进入腊月，北京人便开始张罗着过年的事了。老北京有个民谣："老太太别心烦，过了腊八就是年，腊八粥，喝几天，哩哩拉拉二十三。"腊月二十三是小年，按老北京的说法，到了腊月二十三就算过年了。虽然还不到腊八，秀儿和她母亲就开始准备各样熬粥的豆子了。

北京人对腊八比较当回事儿。腊八喝粥是民间的一种祭祀。祭祀谁呢？有几种说法，一种说祭神农，一种说祭八神，还有说祭岳飞。但一般的说法是纪念佛祖释迦牟尼。

相传，佛祖是古印度北部迦毗罗卫国净饭王的儿子乔达摩·悉达多。他痛感人间生老病死的苦恼，而寻求解脱之道。为了这个宏愿，他把王位给舍了，遍游印度的名山大川，访问贤明。

您想哪个人间的贤明能帮他解脱呀？游了六够，访了无数贤明，他也没弄出个所以然。十二月初八这天，他走到比哈尔邦的尼连河边，又累又饿，"咕咚"一下昏倒在地。被一个牧羊女发现了，她把随身带着的杂粮，加了一些采摘的野果，用泉水煮成了粥，一口一口地喂他。这粥对于多日不见水米的释迦牟尼来说，如同美味甘露。他喝了以后，顿时神清气爽，就在尼连河里洗了个澡，然后面向东方，盘腿坐在毕钵罗树下，苦思解脱之道，并且发誓：如果证不到无上大觉，宁可粉身碎骨，也不起座。终于获得了彻底觉悟，成了佛陀。因为佛祖成佛跟喝粥有关，所以佛教徒们便将腊八这一天，称为佛的成道节。

由打佛教传入中国以后，每年农历的腊八，各佛教寺院都用香谷和干果熬粥供佛，北京的老百姓腊八熬粥，除了供佛祭祖以外，还把它作为邻里之间互相送的礼物。

夏三爷乐善好施，从开大酒缸那年起，就立下规矩，每年的腊八向老顾客和附近的穷人舍粥。腊七晚上，他在大酒缸门口支锅搭灶，把粥熬好，盛到大木桶里，备着上百个小碗和勺儿，谁愿意喝就来一碗，一律白喝。

"同义居"熬的腊八粥非常讲究，那是地道的北京"腊八米"，有红小豆、绿豆、芸豆、豌豆、豇豆、大米、小米、高粱米，加上小枣、栗子等干果。熬成粥之后，再加上红糖、白糖。甭喝，瞅着就那么诱人。附近的穷人，没钱买米熬粥，腊八这天，空着肚子跑到"同义居"，喝粥来。

每到腊八的头几天，夏三爷一家子便一起上阵，预备熬粥。今年这阵势让印月赶上了，她自然也跟着一块儿忙乎。挑豆、筛米，此外还要剥蒜。北京人讲究在腊八这天泡腊八蒜，夏三爷每年的这一天，都要用米醋泡几坛子蒜，然后封上口，放在暖和地界，到除夕拿到大酒缸，让食客们吃饺子的时候受用。那蒜泡出来湛青碧绿的，如同翡翠一般那么招人喜欢。

每到腊月，是夏三爷一家人最赶落的时候，一直到年根儿底下，天天不失闲儿。

腊月初三这天，印月和秀儿忙了一天，身子有些乏，吃了晚饭，聊了一会儿天，小姐儿俩洗洗涮涮，早早儿熄了灯，钻了被窝儿。

那天夜里，天起了风，吹得窗户纸哗哗直响，秀儿睡得迷迷瞪瞪，隐隐约约听到院子里有脚步声。那声音越来越近，突然像是碰倒了泡腊八蒜的坛子，哗啦一声。她被这声吓了一激灵。

已经睡着了的印月也被这声音给惊醒了，隔着床，问道："秀儿，没事吧？"

"印月姐，我我好害怕呀，是不是鬼鬼又来了？"秀儿打了个冷战，慌慌张张下了地，钻进印月的被窝儿，紧紧搂着她。

"别怕，有我呢。"印月把她搂到怀里，安慰道。

其实，这会儿她心里也有点儿发毛，自打她躲到秀儿家，院子里经常闹鬼，弄得大伙儿一到晚上就不敢出门。秀儿娘张氏迷信，为此还到朝阳门外的东岳庙请过神。张氏的远房哥哥张进才在朝阳门外开了个"天祥楼"香蜡铺。张进才是火居道士，应张氏的央告，专门到夏三爷的小院焚香打鬼。但是那鬼却不怕"打"，头天打完，第二天夜里又来折腾。

夏三爷没辙了，请算命先生占了一卦。算命先生说，这个小院原先住着一个有钱人家。老爷有个小妾跟正房夫人不和，后来那个小妾上吊了，成了冤死鬼，现在来的就是这个冤死鬼。怎么让这冤死鬼走呢？最好买只鸟，买两条活鱼，放生。夏三爷回家让张氏和秀儿照着办了，鸟儿也放到天上去了，鱼也撒到河里了，那鬼照样夜里来闹腾。

夏三爷最后把常去大酒缸喝酒的孙老道请来。孙老道说这院里有妖气，念了一天咒，又在院门口挂了一把"七星宝剑"，在房门口贴了不少神符镇宅，可还是没用。那鬼好像对这个院的人有深仇大恨，非缠着带走一个人下地狱不可。

"印月姐，这这可怎怎么办呀？"秀儿被鬼吓得浑身直哆嗦。

"不碍的，咱们白天没做亏心事，不怕半夜鬼敲门。你等等我，我下地把灯点上。"印月强壮着胆子对秀儿说。

"别别，你别动，别走，我我怕，怕。"秀儿紧紧搂着印月，不让她动弹。

窗外又传来稀奇古怪的声音，那天夜里阴天，院里漆黑一片，加上西北风刮得呜呜乱响，确实有点儿瘆人。

"别怕，别怕，我不会离开你。秀儿，你看姐姐就在你身边呢。"

"我我……"秀儿吓得大气儿都不敢喘了。

"秀儿，你等等我，我把灯点着，鬼就怕亮儿，点着灯，鬼就会走的。"印月推开秀儿，出了被窝，下了地。

她摸黑走到桌子前，正要伸手摸洋火，突然窗外传来沙沙声。她划着火柴，猛然屋门被撞开，一股寒风扑进来，把火柴吹灭，就在这刹那间，印月和秀儿看见一个鬼影闪现出来。那鬼的脑袋大得像个木桶，青面獠牙，一身皂黑，狰狞可怖。

"啊！"秀儿吓得失声大叫，顿时背过气去。印月也头发根儿竖起来，喊了一声，失身摔倒在地上。

这声喊叫，惊动了正房熟睡的夏三爷和张氏。

"谁呀？嗯？"夏三爷在屋里疾声嚷了一嗓子。鬼影似乎怕人喊叫，在黑暗中晃了晃，出了秀儿的屋了。

很快，夏三爷的屋里点亮了煤油灯。印月睁开眼，看见鬼在灯影里忽地闪到院里的枣树后头。

夏三爷一手拎着马灯，一手拎着一根桃木棍子走出屋门。

"鬼！鬼！我看你往哪儿跑？"他站在台阶上，连喊带叫地嚷嚷着。院子里沉寂下来，只能听见寒风吹打树枝的沙沙声。 沉了一会儿，夏三爷才壮着胆子，拎着马灯走到院子里，印月也跑了出来。

"鬼呢？鬼呢？"印月战战兢兢地走到夏三爷跟前，大声问道。

夏三爷举着马灯在院子里照了一圈儿，什么也没发现。

"跑了？鬼跑了吗？"

"我瞧得真真儿的，那鬼吓死人啦。"印月喃喃道。

"嗯，我也听到了动静。"夏三爷自言自语地看着印月。

"哎呀，不知秀儿怎么样？"印月突然喊了一声，转身回了屋。她摸着黑，找到洋火，点着油灯，回身一看，秀儿已然被吓得昏死过去。

"夏三伯，不好了，秀儿被吓得背过气了！"印月喊道。

"啊？"夏三爷扔下手里的桃木棍子，拎着马灯，进了秀儿的屋子，一看秀儿已人事不醒，顿时急了。

"呦，二姑奶奶这是怎么啦？嗯？"张氏闻声从屋里跑出来。

过来一看秀儿的小脸煞白，两眼紧闭，有出气，没进气。

"秀儿，秀儿！"张氏喊了几声，不见动静，急得抱着秀儿放声大哭："我那娘耶！我的闺女招谁惹谁啦？怎么让鬼把魂儿给勾了去？娘呀！这可怎么好呀！娘呀，这可咋办呦！"

印月也慌了神，甩着哭腔对夏三爷说："夏三伯，秀儿的魂儿真让鬼给勾走了吗？"

夏三爷说叹了口气说："这不是造孽吗？挺好的孩子怎么啦这是？"

印月倒是方寸没乱，愣了一下，对夏三爷说："三伯，别这么渗着啦，是不是找个大夫来看看，别把秀儿给耽误了。"

夏三爷猛然醒过昧来，一跺脚对张氏说："你先别嚎了，这大黑天的，你嚎什么丧？赶紧找大夫去！哎，谁去？还得我去！"

夏三爷嘬了个牙花子，预备回屋去穿衣服。

印月扭过脸对夏三爷说："这大黑天的，路不好走，您又上了岁数，我去吧。您告诉我找哪个大夫？"

夏三爷犹豫了一下，说："你怎么能出门呢？你忘了现在你的处境了？还是我去吧。"

印月一想现在还不能暴露自己，便叹了口气，让夏三爷去了。

夏三爷拎着马灯，来到地安门老中医李世崇家，把老爷子从被窝儿里叫起来。

李世崇是京城有名的中医大夫，祖孙三代在太医院当御医，他的针灸是一绝，特别是治中风口歪眼斜，惊风不语，一针下去，几分钟就能让昏厥过去的人睁眼说话，人送外号"神针李"。

"神针李"当时小六十了，身体发了福，方头大脸，大眼大鼻子大嘴，大身子。浑身上下透着一个大字。就连说话也是大嗓门，别瞧他名气不小，架子却不大，谦和豪爽。

"是夏三爷呀，等等我穿上衣服。"他一听夏三爷的女儿让鬼给吓得背过气去，二话不说，出了门，随夏三爷到了寿比胡同小院。

"哪儿就那么容易碰上鬼了？妇道人家，是不是犯疑性呀？""神针李"见秀儿一动不动地躺在床上，张氏在一边哭天抹泪的，嘿然一笑说："没事，这孩子是让鬼给吓了一下，嘻，不碍事。再凶的鬼，一见我的神针也得跑。"

印月见"神针李"进了屋，赶紧躲到一边，不敢露面。夏三爷给他搬过一把椅子。

"神针李"坐下，一搭胳膊，给秀儿把了把脉，然后从大棉袍的口袋里摸出一个皮囊。皮囊里除了装着"九针"：锐针、圆针、锃针、锋针、铍针、圆利针、毫针、长针、大针以外，还有纯金制的毫针、三棱针。"神针李"取出一根三棱针，用酒精棉团擦了擦，取秀儿的腧穴，一针下去，一捻而进，接着进、退、捻、捣、留，只过了五六分钟，秀儿就睁开了眼睛。

"哈哈，怎么样？我说鬼怕我的针吧。""神针李"嘿然一笑，接着把针退出来，又照着一个腧穴捻进一针，然后拔出来，照着秀儿的后脑勺猛地拍了一巴掌。秀儿像从梦中惊醒，哇地哭出了声。

"神针李"把针收起来，对秀儿说："丫头，没事了，下地站起来走走。"

张氏扶着秀儿下了地，秀儿愣愣怔怔地看着夏三爷和张氏，又瞧了瞧"神针李"，嗫嚅道："爹娘这这是怎怎么啦？我我这是在哪儿呀？"一句话，把大伙儿都逗笑了。张氏把她搂在怀里，说道："在哪儿？在你自己的屋里呢。"

"李二爷，您可真是神针呀！"夏三爷抱拳向"神针李"打揖道。

张氏拉着秀儿说："快给你李二爷磕个头，谢谢他吧，是他救了你呀！"

"神针李"赶紧把秀儿搀起来，说道："谢什么呀，快上床吧，别着了凉。得了，静心养两天，什么事儿都没有了。"

他要过一张纸，给秀儿开了个安神的药方。然后，穿上皮外氅，跟夏三爷摆了摆手，笑道："得，天都快亮了，你们还得眯一觉儿。我也得回去睡一会儿，咱们回见吧。有什么不舒服的地方，再找我。"

夏三爷拎着马灯又把他送回家，临分手塞给他一份谢仪。"神针李"推让半天才收下。

夏三爷回到家，已是五更时分，鬼闹得一家人一宿没睡个安生觉。

秀儿虽然让"神针李"一针下去还了阳，但吓这一下，神经还是有些紧张。第二天，心里还一个劲儿地发毛，战战兢兢地嘴里时不时地说点子胡话。

印月也被弄得心神不安，精疲力竭。她对鬼有些将信将疑。影影绰绰地觉得像是有人在玩什么阴谋，自然这是冲着她来的。会不会是乔本舒呢？她的脑子一下想到了他那儿。

可是她一琢磨，又觉得不会是他。以她对乔本舒的了解，他如果知道自己藏在秀儿家，早就直接找上门来，用不着装神弄鬼地吓唬人。

难道真的是鬼？印月从小就到了北京，她是在"清风阁"长大的，小的时候也听说过闹鬼的故事。那年，"清风阁"有个花名叫"晚香玉"的姐妹，因为跟一个嫖客使气儿，在"清风阁"二楼的水房上了吊，听站院子的茶房们说，"晚香玉"成了冤死鬼，每天夜里都来闹腾，冯四奶奶怕耽误生意，吓跑了客人，对外不让说。后来找了白云观的道士，念了几天咒，才消停下来。难道这个鬼也是冤死的？印月越想越糊涂。

虽说深更半夜家里闹鬼，但白天张氏不敢懈怠，因为有上百斤的豆子等着她挑拣。照夏三爷的意思，只要"同义居"不关张，每年的腊八粥不能不舍。院子里摆满了大缸小盆。

夏三爷心里不踏实，中午的饭口儿过去，他特地溜达着回了家。

张氏一边挑豆子，一边心里犯嘀咕，见夏三爷回了家，把他叫到屋里，关上门，对他说："我说老头子，你别再渗着了，赶紧让印月走吧。我看没她，家里招不来鬼。这小院，我们住了这么长时间，什么时候碰见过鬼？由打她来了，一天也没消停过。"

夏三爷叹了口气说："这事，我不是没想过。可她在北京没个亲人，你让她走，她上哪儿去？"

张氏瞪起眼睛说："那就让她这么样呆下去吗？耗到哪天是个头呢？你打算把秀儿的小命搭进去吗？昨儿夜里多悬呀，那命跟白捡来似的。你抹不开面子，我去跟她说。"

夏三爷怕印月听见，赶紧捂住她的嘴说："你小点儿声，回头再让她听见。"

"听见了倒好了，省得我跟她张嘴了。"

"你这是……你今儿犯什么魔症了？"夏三爷有点儿恼火。

张氏怒道："我犯魔症？她是什么人你不知道吗？"

"她是什么人呀？"

"她是从窑子里出来的脏身子，她脏了咱的房，脏了咱的院儿。你难道没看出来吗？她为什么跑到咱们家来躲着，这里备不住有什么故事由儿。好人能这么四处藏头藏脸的吗？刚来，我以为她只住几天，也就不说什么了。谁想到她腻上咱们了，现在把鬼都招来了，你还这么由着她的性儿？莫非这个小狐狸精把你给迷住了是怎么着？"

夏三爷的脸气得铁青，把手里的茶壶往地上一摔，吼了一嗓子："混账，你说什么胡话呢！"

这老两口儿由打结婚，没红过脸，这是张氏头一次看夏三爷发这么大的火儿，吓得不敢再吱声了。

印月在秀儿的屋里，刚伺候她喝过安神的中药，看着她安静睡着。听到夏三爷和张氏嚷嚷起来，她悄没声地出了屋。张氏说的那些带刺儿的话，一点儿没糟践，都让印月听了去。

印月觉得张氏在拿鞭子抽她。她心里的伤口流了血。她强忍着心里的伤痛回了屋，眼里涌出泪水。但心被戳了一刀，她无法克制自己的情绪，转身又出了屋，犹豫了一下，推开了夏三爷住的正房的屋门。

夏三爷和张氏正急赤白脸地翻扯，没想到印月进来了，老两口儿不禁面面相觑，谁也不言声了。

屋里一下沉寂下来，沉默了片刻，夏三爷强颜作笑，对印月说："呦，印月姑娘来了。中午没歇一会儿？"他突然转了话口儿。

印月背过脸，把脸上的泪痕擦去，回过身，咽了一口气，想了想问道："夏三伯和夏三娘都在这儿，我有句话得跟您二老摆到桌面上。"

夏三爷怔了一下，说道："不碍的，有什么话，你只管说。"

印月道："二老在上，既然让我说，我就打开天窗说亮话。我印月本本分分做事，清清白白做人，在您家住了这些日子，给二老添了不少麻烦，我心里实在过意不去。有朝一日，我的日子混出个模样儿，我一定会报答您二老。我在您家住，您家吃，但有一样儿，我没做任何对不住二老的事儿。闹鬼的事儿，是我没想到的。您二老要是认为是我的不是，把鬼给招来了，我今儿就走……"

"印月姑娘，别说这话呀？你想到哪儿去了？你能住到我这贫家寒舍，是瞧得起我，你整天陪着秀儿念书画画儿，还帮着秀儿她娘干这干那，没吃一天闲饭。你三大娘也把你当亲闺女看待，你怎么能走呢？"夏三爷宽和地笑着说，极力遮掩刚才闹的心里不痛快。

"夏三伯，都怨我的不是，您瞧您家原来挺安静，我一来，把您家的房子给弄脏了，还把鬼给招了来。"印月用伤感的语气说道，一边说一边斜么饧儿地看了张氏一眼。夏三爷听出她话里有话，赶紧解释道："你看你怎么能说这话呢？闹鬼跟你也没关系呀。那鬼还认人吗？"

印月说道："我要不在这儿，鬼可能不会来。"

夏三爷劝慰道："印月，别虑论那么多了，把心放在肚子里，踏踏实实在我这儿住着吧。听见没有？有你夏三伯在，你就放一百个心，谁也不敢把你怎么着。这个家，我顶着天呢。"

印月本想再说什么，但是见张氏的脸耷拉得快赶上驴脸了，而且阴得能拧出水来，她把要说的话咽进了肚。

回到了秀儿住的南屋，印月越琢磨越觉得心里不是滋味，想到自己的命运，她不禁潸然泪下。既然张氏已说出了那路羞辱人的话，她怎么再在秀儿这儿住下去呢？她思来想去，还是决定一走了之。

她从缸里舀了一瓢水，咕咚咕咚喝下去，坐在椅子上稳了稳神，听见夏三爷推开院门出去，她站起身，开始收拾自己的行李。

印月收拾好自己的东西，看了看熟睡的秀儿，又伤心地掉起泪来。

秀儿大概是受了昨儿晚上的惊吓，一直没睡踏实觉，刚才喝过安神的中药，睡得挺香。

印月喃喃自语道："秀儿，你印月姐走了，你安安静静养着吧。也许我一走，鬼就不会来了。过些天，一切就都消停了，到那时，我再来看你。"说完，她转身拿起桌上的毛笔，蹙眉凝眸，沉思一下，想起唐代罗隐的一首诗《绵谷回寄蔡氏昆仲》，研墨铺纸，写了下来："一年两度锦江游，前值东风后值秋。芳草有情皆碍马，好云无处不遮楼。山牵别恨和肠断，水带离声入梦流。今日因君试回首，淡烟乔木隔绵州。"

写好以后，她又看了看睡梦中的秀儿，自语道："但愿你看了这首诗，能理解姐姐的心。秀儿，我走了。"

她朝窗外探了探头，看到院里没人，拎着自己的皮箱，头也不抬地走出院门。

其实，印月出门的时候，张氏听到脚步声，隔着门缝儿偷偷向外张望了一下。估摸着她出了门，张氏扭着"三寸金莲"追出院门外头，站在台阶上，看印月拎着皮箱走远，她才松了一口气。

张氏转身进了秀儿的屋子，看秀儿正睡着，又看了看印月写的那首唐诗。她大字不识，哪知道那写的是什么。琢磨了一下，以为印月写的是辞别的话。

老太太多了个心眼儿，把印月写的诗卷巴卷巴正要往怀里揣，她的远房哥哥张进才推开街门，进了院。

"老妹妹，我来看您来啦！"张进才手里拎着两棵刚出缸的酸菜，亮着大嗓门笑道。

张氏把印月写的字揣在怀里，推开屋门，跟张进才打招呼："她四舅，你小点声儿，秀儿正睡着。来，到我的屋里坐。"

"呦，二丫头是怎么啦？大白天睡觉？"张进才纳着闷儿进了屋。

张氏道："嘁，还不是让鬼给闹的。您没瞅见昨儿夜里呢，可把我们娘儿们吓坏了。"

"什么？鬼又来了？"张进才把酸白菜放在水缸旁边，拧着眉毛问道。

张氏把头天夜里发生的事说了一遍，临完说道："她舅，你来的正是时候，你不来，我还要找你去呢。"

"找我？哈哈，我能帮你们什么忙呢？"张进才笑着问道。

"你入了道，本事大，鬼怕你呀。鬼来了，你能对付。"张氏说。

"嗯，可别这么说，你们碰上的这个鬼，可真够邪性的。他怎么不跑呢？"张进才嘿然笑道。

"我呀，琢磨着咱惹不起，躲得起。她四舅，我想让秀儿上你那儿住几天，一来是躲鬼，二来是让她养养精神。昨儿把这丫头吓得不善。我和她爹都这岁数了，鬼来了，也不敢把我们怎么着，我最担心秀儿。"

"嗯，她是你的贴心小棉袄嘛。行，腊月里的萝卜，动（冻）个心，那就先让她到我那儿住两天，只要你舍得就行。"

甭瞅张氏没文化，心眼儿却不少，她跟秀儿编了个瞎话，说印月也让鬼给吓着了，到她远房的一个二姨家住去了。张进才又看了看秀儿住的南屋，说这三间房阴气太重，让她先避一避。

秀儿的神情还没缓过来，被张氏连哄带劝地住到了朝阳门外她四舅张进才家。

说来也怪邪性的，由打印月和秀儿走了以后，夏三爷的小院安静了。那鬼好像是专门来魔这两个年轻女性的。

夏三爷心里明白印月是让自己的媳妇给逼走的，他觉得十分不落忍。

但是，毕竟张氏跟印月还没撕破脸。他又觉得印月走了，去掉了自己一块心病。

眼瞅就到腊八了，他顾不上虑论这些事儿，怕误了熬粥，现从德胜门外的人市上，雇了两个小工，帮着张氏打下手。

在夏三爷看来，每年的舍腊八粥是他的一件大事。这事万万不能耽误。

第二十章 探谜底海八爷 "打鬼"

秀儿住到四舅张进才家以后，心缝儿没宽，反倒变窄了。虽说在四舅家没碰上鬼，她心里却闹起了鬼。她想不明白跟她朝夕相处的印月为什么会说走，一拍屁股就走，走的时候连个招呼都不打。这里会不会有什么碴口儿？

以她对印月的了解，印月知书达理，很重情，如果没有什么碴儿，她不会突然离开她。虽然母亲一个劲儿说印月让鬼给吓毛了，到她二姨家躲着去了。印月是怕秀儿舍不得离开她，所以才没跟她打招呼。但她对母亲的话将信将疑。

她跟印月相处这么长时间，没听她说过北京有个二姨呀？难道印月是让家里人给轰走的吗？秀儿不敢往下想了。印月的命运，让她揪起心来。

张进才十几岁进京，在一家山西人开的杂货铺学徒，后来自己开了个香蜡铺。因为离东岳庙不远，跟着沾了光。东岳庙是道教张天师正一派在华北的第一大庙，香火很盛，所以张进才开的 "天祥楼" 香蜡铺生意一直不错。张进才在西城还开了一个当铺，买卖不是很大，家境却也殷实，他在朝阳门外置了一个小四合院。

张进才比夏三爷大两岁。他有两个儿子，三个闺女。长子树森三十出头，替他在 "天祥楼" 照应门面。次子树林二十大几，替他照应那个当铺。仨闺女，有两个出了阁，家里只剩下一个老疙瘩淑媛，正在一所洋学堂念中学。他落得一身清闲，当了火居道士。

淑媛那年十六岁，小的时候，长得黑，家里外头都叫她小黑丫头。谁知叫着叫着，她越长越白，小黑丫头长成了小白丫头。

她长得像父亲，长脸，双眼皮大眼睛，高鼻梁，梳着齐肩的短发，五官之中只有那张嘴长得欠点儿意思，嘴唇不厚，但上牙床却十分突出，那薄嘴唇永远也包不住那把门的两颗虎牙。她似乎知道自己模样儿上的这个短处，所以一般很少笑，怕人们拿她的牙太当回事。说话也是细声细气，不竖起耳朵，听不真她说什么。

秀儿来她们家时，正赶上淑媛放寒假，所以能见天陪着秀儿一起玩。

淑媛比秀儿小三岁，所以管秀儿叫二姐。淑媛见二姐整天愁眉不展，闷闷不乐地两眼发直想心事，以为她被鬼吓得那劲儿还没过来，为了哄她高兴，平时变着方地给她讲街面儿上的见闻，讲一些小笑话，有时还带着她逛庙会。这天，天气晴和，淑媛换了一件碎花的小棉袄，拉着秀儿到什刹海散心。

冬至以后，什刹海成了溜冰场。京城一些赶时髦的青年男女结伴儿到这儿溜冰。小孩们也不失时机地在冰上游戏打闹，玩拖冰床。

冰床实际上是用木板钉的，板子下面有两根铁条，一个人或两个人坐在上面，前面一个拉着在冰上走，也有在后头推的。

溜冰算是那会儿刚时兴的玩意儿，冰鞋多为国外产品，有钱的富家子弟穿上冰鞋在冰上来往穿梭，身轻体健的主儿，还时不时的在冰面上玩飘儿，来个蜻蜓点水，或紫燕穿波，引来人们注目赞叹。

冰场也是京城爱俏的女子展示服装的场所，在冬日的阳光下，冰面刺目晃眼，映衬出花花绿绿的冬装，以及溜冰者轻盈的身姿和拖冰床的孩子们的嬉笑，倒也是寒冬里的京城一景儿。

秀儿无心看这些人在冰上折腾，她心里牵挂着印月。

"走吧，淑媛。我看着这这这些眼晕。"她拉着淑媛的手，想回家。

"我们租个冰床子玩玩吧，我拉着你，可好玩啦。"淑媛天真地笑着说。

"不不不，我不想玩。唉，我哪儿有心玩呀！"秀儿摇了摇头说。

"好吧，我听你的。咱们回家。"淑媛有些扫兴，快快不乐地说。

回家的路上，淑媛在小摊儿上，买了两串冰糖葫芦，递给秀儿一串。冰糖葫芦也哄不乐秀儿，她拿了一路，一口也没动。

淑媛性格开朗活泼，接受的又是新文化教育，思想比较开明。回到家，她动情动容，有说有笑，撬开了秀儿的嘴。秀儿把自己的心事一五一十地告诉了她。

"这个姐姐命够苦的。"淑媛听秀儿讲完，凝神沉思道。

"是呀，我怀疑她她她不会去什么二姨家。"秀儿嗫嚅道。

"那她会上哪儿去呢？你觉得谁还知道她的底细呢？"淑媛想了想问道。秀儿沉吟道："也许他他他能知道。"

"谁呢？"

"海八爷，我爹的一个朋友，他他……我可有日子没没见他了。"

"海八爷？他一定是一个很有意思的人吧？二姐，我陪你去找他一趟怎么样？你别总这么提拉着心，总得想个办法呀！"淑媛开导她说。

"我我怕他他……"

"怕什么？你不是跟他也熟吗？有什么可怕的。不碍的，你不好意思说，我替你说。"

"别别别，还是我我跟他直接说吧。"秀儿给自己打了打气说。

海八爷一大早儿就奔了杨二家。头天，他给杨二的小儿子二秃子做了两个捡煤核儿用的小挠子。

二秃子刚七岁，就开始给家里拾煤核儿了。杨二家里冬天生火取暖，全靠孩子们捡的煤核儿。

杨二有两个儿子，一个闺女。家里穷，孩子都十几岁了，也没个大号。大儿子小名叫狗子，小儿子小名叫二秃子。闺女刚会走，小名儿叫小不点儿。

他家住在炒豆胡同的一个大杂院，这个院子，原来是一个王爷府的马厩。院子很大，住着二三十户，都是穷苦人家。有拉车的、做小买卖的、摆卦摊儿的、拉冰的、教书的、扛大个儿的。

杨二家住在院子东头的两间南房，家里没两件像样的家具。民国以后，京城许多人家都把土炕刨了，改用木床铁床，他家还烧着土炕。屋子不大，一间屋子半间炕，挨着窗户，摆着一个断了腿又接上的八仙桌。为了挡风，门口挂着一个破棉门帘子。

杨二一大早儿就出去拉车。狗子和二秃子出去上教会开的粥棚打粥去了，"小不点儿"趴在炕上玩羊拐，杨二的媳妇坐在炕沿儿，正低头缝一条破裤子。

海八爷掀开棉门帘进了屋。杨二媳妇见海八爷进来，忙张罗着给他腾出个撅屁股的地方。

"别忙乎了，二嫂子，我坐不住。"海八爷把手里的小挠子，递给杨二的媳妇。

"呦，您瞧瞧，一个捡煤核儿的挠子，还麻烦您跑一趟。听狗子他爹说，您的腿伤着了，怎么样？好点儿不？"杨二的媳妇关切地问道。

"嗨，大腿上擦了点儿皮，好啦，早没事儿了。"海八爷大大咧咧地笑道。

"往后可得留神，您说呢？"

"是是，让您惦记了。"

正说着话，二秃子穿着一件满是补丁的破棉袄，端着一盆稀粥，冷风溜气地进了屋。他的小脸冻得通红，鼻子底下挂着鼻涕妞儿，小手黑乎乎的，手背上痈得都是皴。

海八爷忙接过粥盆，心疼地用手焐了焐他的小脸，笑着说："二秃子，冷不冷呀？"

"嗯，冷。真冷！"二秃子扬起脑壳，看了看他。

"你哥呢？"海八爷问道。

"我哥在后门桥头拉小襻儿呢。"

"这孩子，这么大就知道给家挣小钱了。"海八爷叹息道。

杨二的媳妇把粥倒进一个铁锅里，放在炉子上热一热，随手从炉台上拿起一个干窝窝头，递给二秃子，说道："这孩子一早起就出去打粥，这会儿还空着肚子。"

二秃子用袖口擦了擦嘴唇上的鼻涕，接过窝头，冲海八爷嘿嘿一笑："叔，您吃了吗？"

"我吃过了，你麻利儿吃吧。"

"嗯。"二秃子"咣唧"咬了一口窝头，有滋有味儿地吃起来。

杨二不在家，海八爷不好意思多坐，跟杨二媳妇随便扯了几句闲篇儿，起身告辞。

临走，他把身上带的钱都掏出来，递给杨二媳妇，说道："二嫂，快过年了，到布庄扯块布，给孩子做身衣服吧。"

"呦，您这是干吗呀？您挣这点儿钱也不容易，还是留着娶媳妇吧。"

杨二媳妇推让着说。

"嘻,娶媳妇早着呢,我现在光屁股一个人,一人吃饱了全家不饿,挺好。拿着吧,甭客气了。"

海八爷把钱塞到杨二媳妇手里。晃晃悠悠出了胡同。

快到家门口,海八爷打老远看见两个穿着花棉袄的姑娘缩着脖子,在槐树底下站着。他定睛细瞅,认出其中一个姑娘是秀儿。

他感到有些意外,紧走了几步,迎了上去。

"秀儿,你这是……?"海八爷心里一热,一时竟不知说什么好啦。

"海子哥,我我……那么。"秀儿见了海八爷也脸憋得通红。她越着急,说话越结巴,吭吭哧哧地半天也没说出一句整话。

站在秀儿旁边的淑媛倒透着大方,打量着海八爷,细声细语地说:"您就是我二姐说的那位海八爷吧?""对,我是海……你是……?""我是蓉秀姐的表妹,我们一大早就过来了,您不在家。我们姐儿俩站在这儿等您半天了,还不快开门,让我们进去,这大冷天的,快把我们冻成冰棍了。"

"哎呀,真对不住二位,快进屋暖和暖和吧。"海八爷笑着推开了院门,把她俩带进了小院。

秀儿在院里转了转,用惊羡的眼神看着海八爷说道:"海子哥,几天不见,你你出息了,这这小院是是你买的吗?"

海八爷点了点头,笑道:"这算什么出息?我要干的事儿多着呢。"

说这句话的时候,他多看了秀儿几眼,注意到她眼里流露出愉悦的神情,心里未免有些得意。

沉了一下,他对秀儿说:"外边冷,来,快进屋里坐吧。"

海八爷把她俩让进了屋,张罗着给她们沏上茶。

"我说今儿一下炕,怎么连打了几个喷嚏呢,敢情有贵人要来。平时,这小院一点儿人气儿也没有,我真憋闷得慌。"海八爷显得很兴奋。

"瞧你说的,我怎么成贵人了?"秀儿抿嘴笑道。

"你老不来,可不成贵人了吗?"海八爷逗了一句。

"海八爷真会说话。"淑媛掩嘴咯咯笑起来。

"你的腿好好了吗?"秀儿垂下眼帘,低声问道。

"好啦。不过,走长道儿还不行,有点儿疼。"

"不会落下什么毛病吧？"

"不会，腿这东西越磕碰越结实。"海八爷笑了笑。

"我一直想想想来看你。海子哥，可是，唉，碰上倒倒霉的事了，怕怕给你添堵，就就没过过来，你会不会怪罪我吧？"秀儿嗫嚅道。

"我怎么能怪罪你呢？今儿你不是来了吗？来了就好。见到你，我真高兴，比见到白面馒头还乐呢。"

淑媛笑道："海八爷，你说话真有意思。那你就天天见我二姐吧，不用吃饭了。"

"那敢情好！"海八爷哈哈大笑起来。

表面看，海八爷言谈举止还挺随意、自如，其实心里却敲着小鼓，他一时猜不出来秀儿为什么上门来找他。

淑媛心直口快，主动替秀儿说出了她想说的话："我二姐总念叨你，她心里惦记着你呢。"

"是吗？我也心里惦记着你二姐呢。"海八爷笑道。他心想秀儿还那么脸皮儿薄，怎么连说惦记着我的话都要让她表妹说呢？多亏带来一个表妹，要是她自己，怕是还不好意思单见我呢。

东拉西扯，聊了几句闲篇儿。秀儿才开门见山，切入正题："海子哥，知道我找找你，是是什么事儿吗？"

"知道，当然是好事儿了。"海八爷不假思索地说。

"你倒眼会说话，眉能识人呢。"秀儿瞥了他一眼。

"那可不是，你又不是外人。找我有什么好事儿呀，说说吧。"海八爷笑道。

"印月姐走走走了。跟我我连声招呼都没打。"秀儿的脸阴了下来。

"印月？她不是在你家藏着呢么？怎么又走了？"

"嗯，她她走了，我我心里不踏实。"秀儿说。

淑媛插了一句："海八爷，知道不知道我二姐家闹鬼呢？我表姨说，印月是让鬼给吓走的。"

海八爷愣了一下说："嗯，看来老驴头没跟我编故事由儿。不瞒你们说，我早就知道寿比胡同闹鬼呢。你们说说到底是怎么回事儿？"

秀儿把印月到她们家以后闹鬼的前前后后说了一遍。

"没听说印月有个二姨呀？她会不会又回到程先生那儿了呢？"海八爷听完秀儿讲的那些事以后，想了想说道。

"没没有，我跟淑媛到过程先生家，程先生说他他还在找找印月姐呢。"秀儿说。

海八爷琢磨了一下，说道："依我看，咱们得先打鬼，然后再找印月。我琢磨着你们家闹了鬼，你们老太太疑惑是印月把鬼给招了来，备不住说她什么了。印月跟咱们不一样，她是有文墨的人，脸皮儿薄，一赌气走了。"

秀儿说："打鬼？海子哥，那鬼太吓人了，听我舅说这是个冤死鬼，从十八层地狱里出来的。"

海八爷笑道："我长这么大，就不怕鬼，他不是冤死鬼吗？我倒要看看他怎么个冤情。"

"别别，海子哥，你可千万别跟鬼较劲儿，回头再再让鬼给抓了去。"秀儿急了。

"哈哈，他把我抓了去，好哇，省得我在人间受穷了。"海八爷笑了笑，说道："秀儿，我跟你合计合计，你先回家住一晚上，要是胆儿小，就让你这个表妹陪着你。"

秀儿连忙说道："别别，我可不不敢再再回去了。"

"是呀，你怎么出这主意呢？我二姐刚缓过神来，你让她回去，那不是吓她吗？再说，你让我陪，我可不敢。"淑媛瞪起眼睛，急切地说。

海八爷看出秀儿让鬼给吓出了毛病，不敢再提这个话茬儿了。他想了想，对秀儿说："眼瞅到年根儿了，你爹在大酒缸忙买卖，肯定顾不上闹鬼打鬼这路事，我现在是个大闲人，还是我来对付这个鬼吧。"

"你你对付？"

"嗯，你先在你舅舅家踏踏实实住着。我去打鬼，打完鬼，再想办法找印月。鬼这东西，你不打他，他永远不会让你安生。快过年了，他还会出来闹腾呢。"

"海八爷，你真敢打鬼吗？"淑媛问道。

"怎么不敢？鬼欺负的是怕鬼的人，鬼最怕不怕他的人。"

"你是道士吗？"淑媛问道。

"嗯，我是道士。"海八爷笑道。

　　秀儿吃惊地问道："你什么时候成了道士啦？"

　　海八爷嘿嘿一笑，说："我是'同义居'大酒缸里泡出来的道士。你忘了那句话，魔高三尺，道高一丈。"

　　"你呀，就会打打哈哈儿。"秀儿笑道。

　　"你们小姐儿俩甭为我提拉心。咱们等着瞧，看是鬼打了我，还是我打了鬼。"海八爷笑着说。

　　秀儿觉得跟海八爷在一块儿很开心。打不打鬼还在其次，能见到海八爷，她的心缝儿就打开了。海八爷的话像是一阵阵爽人的清风，吹走了压在她心头的阴云。多少天了，她心里都没像今天这么敞亮。

　　海八爷性子急，当天下午，他就来到"同义居"大酒缸，跟夏三爷商量夜里打鬼的事儿。

　　当时中午的饭口儿刚过去，晚傍晌儿的饭口儿还没到，柱子和几个伙计回家打歇，大酒缸显得比较清静。

　　夏三爷听了海八爷的想法，沉吟道："鬼是腻歪人，可现在打鬼不是时候，快到腊八了，咱得一门心思准备熬粥的事儿呀。再者说，你行吗？你的腿还没全好利落，那鬼你能对付得了？"

　　"三爷，我的腿早就没事儿了，这您甭虑论。我可有几年没跟人动胳膊根儿了，这手早就痒痒了，不跟人打架，我跟鬼打一场，让我也痛快一回。您就让我过过瘾吧。"海八爷央告道。

　　"你打算怎么个打法呢？"夏三爷问道。

　　"我想借您的院子，那鬼不是盯上您的院子了吗？"

　　"借我的院子？"夏三爷没明白他说的是什么意思。

　　海八爷挤咕了一下眼睛，把心里盘算好的计策说了出来。

　　"您就瞧好吧。"他说。

　　夏三爷本不想折腾他，听他说的那么上心，又不便拦着他。

　　他闭上眼，沉了一下，抬起眼皮，哼了一声说："行呀，只要你别嘬雷就得。快过年了，咱们处事可要加点儿小心。"

　　"是，您就放心吧，我打的是鬼，余外的事儿，我走不了褶儿。"

　　当天晚上，夏三爷在大酒缸放出了风儿，说他们二闺女要回家过腊八。众人议论起寿比胡同闹鬼的事儿。夏三爷留神看了看柱子的表情，发现他脸色不大对头。他装作没在意。海八爷在快到饭口儿的时候，去找一块玩跤的二德子，俩人在一家二荤馆，喝了几碗烧酒，又一人吃了两碗面条，回到他的小院，合计半天夜里怎么打鬼。

二德子是前门火车站货场扛大个儿的[1]，二十出头，长得又黑又壮，虎背熊腰，一米八几的大个儿。虽说身大力不亏，但摔跤却没有海八爷灵便。在跤场上，人送外号"大黑熊"。

海八爷为什么要找他当帮手呢？因为二德子平时只知道干活儿吃饭，多一句话也不说，嘴像封了口的瓶子那么严实。让他干什么事儿，只要你嘱咐他别往外说，就是拿刀子也撬不开他的嘴。

海八爷和二德子歇了一会儿，喝了几杯茶，看看快到子时了，俩人拿着桃木棒子，奔了寿比胡同。

到了夏三爷家的院门口，海八爷把身上的羊皮袄脱下来，让二德子披上。悄声对他说："你就藏在这棵老槐树下面，别动。什么时候，我在院子里有了动静，你再跟我接应。"

"嗯。"二德子吭了一声。　海八爷四外看了看，胡同里黑咕隆咚。那天夜里阴天，天上不见星辰，夜色透着黑，伸手不见五指。

他没走大门，运足了气，纵身一跃，爬上了墙头，翻身进了夏三爷的小院。

此时，夏三爷和张氏已经睡了，院子里阗然无声。海八爷蹲在窗根儿听了听，隐约传来夏三爷的鼾声。他踩着云步，来到了秀儿住的南屋。

门是虚掩着的，他一推门，进了屋。摸着黑找到了油灯，用洋火把油灯点着，有意招鬼。约摸有一个时辰，院子里听不着任何动静，他吹灭了灯，躺在秀儿的床上，就手拉过被子盖在身上，把桃木棒子放在了枕头边儿。

屋子里没拢火，透着阴冷阴冷的。但此时此刻，海八爷躺在秀儿的床上，却身上有点儿发热。

他心里琢磨着要是秀儿这会儿在他身边，那是什么劲头儿呀！他做梦都想着有这么一天，今儿终于能在秀儿的床上躺着了。可是，一想躺在床上却是等鬼，他未免心头抹上一层阴影，平添几许凄凉。什么时候能名正言顺地

---

① 扛大个儿的——北京土话，即搞装卸卖力气的工人。

躺在这儿呢？他想起北京人爱说的一句俏皮话：阎王爷玩小鬼，舒坦一会儿是一会儿。

可是他这会儿哪儿找舒坦去？虽说他不怵鬼，但他长这么大没见过鬼，也不知道这鬼长的什么样。他只在画儿上看过鬼，都是青面獠牙的模样儿，来无影去无踪。他也听老人说过《聊斋》，知道鬼有的是狐狸精，有的是黄鼠狼变的，有的是冤魂附体。

想到这儿，他心里不由得也发起毛来。不过，他转念一想，鬼有什么可怕的呢？自己做人做事光明磊落，没害过人，没亏过人，只要正气在，什么邪气都近不了身。人有三分怕鬼，鬼有七分怕人。爱谁谁吧，鬼算什么？这么一想他的胆气又来了。

他竖着耳朵听了听，窗外什么动静也没有，静得出奇。是不是我往这儿一躺，把鬼给吓跑了？那鬼专门跟大姑娘过不去呀？他越琢磨心里越发空。突然想到了二德子，唉，今儿可苦了这小子啦，外头多冷呀！

海八爷翻过来调过去地在床上想了会子，仍听不见院里有什么响动。他闭上眼睛，迷迷瞪瞪地快要睡着了。

就在他神情恍惚，要往梦乡里溜达的时候，猛然听到窗外传来"砰"的一声响，像是有人从墙头跳下来。妈爷子，鬼真的来了！海八爷打了个激灵，立刻竖起了耳朵，只听一阵"嚓嚓嚓"的脚步声，在院子里来回转悠。

他凝神侧耳，那脚步由远而近，像是到了窗根儿底下。他疑疑惑惑，动了个心眼儿，翻了个身，把被子蒙在头上，假装打鼾。沉默了有一个时辰，只听"吱扭儿"一声，鬼推开了屋门，把外头的冷风带进来，那风确实有点儿阴森可怖。海八爷暗示自己千万别动，到了儿看看这鬼要干什么。他接着装睡，发出均匀的鼾声。

那鬼进了屋，顺手掩上了门，静候了一会儿，悄然地来到床边。海八爷的心一下提拉起来，妈的，他要干什么？难道他手里拿着刀，要剜我的心肝肺？想到这儿，他不禁身上毛骨悚然。但他依然没动，等着鬼动手再说。

等了有一个时辰，那鬼突然凑过来，说了话："秀儿，秀儿。"

啊？这声音怎么那么熟？海八爷心里猛然一惊。

"秀儿，秀儿！"这鬼又压低嗓门说了几声。

啊？这不是柱子吗？海八爷如同挨了一个霹雳。敢情这鬼真的是他！

海八爷恍然大悟，心里骂道：果然不出我所料，这兔崽子跑这儿装神弄鬼来了，好，我倒要看看他想干什么，今儿我打"鬼"打定了。

没等海八爷多想，柱子越来挨着他越近，他已经能听到柱子的喘气声。他蒙在被子里一动也不动。刹那间，柱子突然扑到了他的被子上，海八爷顺势抱住了他。

"秀儿，你可把我给憋死了。你知道吗，我天天晚上做梦，梦见的都是你呀！"

海八爷心里骂道：你这王八蛋，真是癞蛤蟆想吃天鹅肉，我让你想，呆会儿看我怎么收拾你吧！

他突然冒了坏，学着秀儿的说话声，嗯了一声："你快上来吧。"

屋子里漆黑，柱子死活也想不到此时此刻，海八爷会躺在秀儿的床上。慌乱之中，他以为真是秀儿说了话。

"你等等我，我这就上床。"柱子应声道。

海八爷在床上挪了挪身子，只听见柱子在解裤腰带。没容他多想什么，只觉得柱子的身子向他压过来，那胯下之物，硬邦邦的像个小铁棍，愣头愣脑地杵向他的后腰。

"兔崽子，你想操谁呀！"海八爷大声骂道，劈手就是一拳。

这一拳正中柱子的脸上，他"啊"的一声，翻身滚在了地上。海八爷掀开被子，猛地抬腿踢了一脚，这一脚正踢在柱子的后脑壳上。他连滚带爬地出溜到屋门口。

屋里太黑，什么都看不见。海八爷以为柱子还在地上趴着，绰起桃木棒子，扑了上去，没想到这一下扑了个空，他来了个趔趄。就在这刹那间，柱子已提上裤子，推门到了院里。

海八爷紧追了两步，柱子像条泥鳅，滋溜到了街门口。

"打鬼呀！别让鬼跑喽！"海八爷喊了一声。

他这一嗓子，实际上是喊给院门口的二德子听的。

二德子在槐树下，冻得直打寒战，听到这声喊，立马来了精神。柱子推开街门，正想撒丫子就跑，跟二德子正撞了个满怀。二德子举起桃木棒子，照着柱子的脑袋就是一下。

柱子惨叫了一声，"咕咚"瘫倒在地上。

"哎哟妈耶，别打啦！"他央求道。

"不打你打谁呀！"二德子举起棒子抡圆了，照着柱子没头没脑地打下去。因为天黑，这一下落了空，二德子用力过猛，自己险些来个跟头。

柱子忍着疼，猛地从地上一跃，飞起一脚，踢在二德子的后腰上，扭头就跑。这时，海八爷冲出门外，一下扑到柱子身上，"咣咣"两拳，把柱子打躺下了，紧接着一回身，照着他的面门踢了两脚，这两脚正踢在柱子的脸上，顿时鼻子喷了血。

"八爷，饶命，别打了，别打了！"柱子跪在地上哀求道。

"你是人还是鬼？"海八爷大怒道。

"我是人，不不不，我他妈的不是人。"柱子甩着哭腔说。

"不是人，那你就是鬼啦。"海八爷照着他的脸又是两拳。柱子的脸已经成了花瓜，不是鬼，也成了鬼样了。

二德子从后面冲过来，又给柱子两脚，举起棒子又要打，只听身后夏三爷喊了一声："住手！别再打了，再打就出人命了。"他拎着马灯走过来，后边跟着张氏。"三爷，'鬼'让我们给捉住了。"海八爷和二德子把柱子从地上提拉起来，反剪着柱子的双手，对夏三爷道。

夏三爷举起马灯在柱子面前晃了晃，冷笑道："敢情这'鬼'闹了这些日子，是你呀！"

柱子"扑通"一下给夏三爷跪下来，哭泣道："师傅，我……我该死，我真该死。"

夏三爷回过头对张氏说："瞧见'鬼'了吧，真，不到西天不识佛呀！"

张氏气得浑身直哆嗦，一下走到柱子跟前，指着他的鼻子说道："你你你……你这个挨千刀的。你师傅对你那么好，你怎么会干出这种没德性的事儿来呢？"

还是夏三爷大度，他对海八爷道："脚上的泡，都是自己走的。已然知道'鬼'是谁了，杀人不过头点地，放了他吧。让他回去吧。"

海八爷觉得心火已出，再怎么着也得给他一条活路，把柱子从地上拽起来，厉声说："小子，今儿算饶了你，咱们没有第二次！滚吧！"

柱子"咣咣"给众人磕了几个响头，站起身，耷拉着脑袋消失在夜色中。

　　海八爷把刚才柱子在屋里的那副德性，跟夏三爷说了一遍。

　　"妈的，这兔崽子，还想脱了裤子，玩我呢。"他咧子轰轰地骂道。

　　夏三爷叹了口气说："谁能想到他是'鬼'呢？唉，真是知人知面不知心。好啦，天不早了，海子，你回去吧。"

　　回到家，海八爷哪儿睡得着觉呀，他从炕沿下面，找出喝剩下的半坛老酒，又从柜子里翻出一把铁蚕豆，跟二德子一直喝到天亮。

第二十一章 夏三爷发善心腊八舍粥

夏三爷心里撒了盐，熬头。他活了大半辈子，没碰上过这么让他熬头的事儿。他觉得自己的老脸让柱子给丢净了。

他做梦也想不到柱子会装神弄鬼地来勾搭自己的闺女，他对自己的眼力感到懊恼。柱子在他眼皮底下干了这么多年，他怎么没瞅出来柱子是什么人呢？以前，他曾经怀疑过柱子的品行，比如他跟海八爷犯小，背后使绊子，下家伙。他总觉得那是一种嫉妒心。人在世上，都有俗念，总会有气人有笑人无的时候，牙跟舌头有时还能咬到一块儿呢。他并没多想。

他怎么也想不到柱子会拿熟儿，在他身上冒坏。唉，人心难测，海水难量。绊人的桩子不在高。谁都有眼里插棒槌的时候，诸葛亮那么神机妙算，还有信任马谡失街亭的时候呢，何况我一个开大酒缸的草民呢？想到这儿他给自己吃了一个宽心丸。

人有脸，树有皮。夏三爷算计着柱子不会再在"同义居"呆下去了，即便他不张嘴，柱子也没脸再跟他一块混了。

不过，摘瓜总要有藤牵。虽然心里不待见柱子了，但夏三爷一时半会儿还不想让他走。因为柱子跟"同仁居"的孙旺走得很近，柱子离开他这儿，十有八九会奔"同仁居"，这等于给"同义居"送过去一个对手。再者说，把柱子给辞喽，柱子他爹那儿，他也不好交待。他不能得罪柱子他爹。他还指着老家的人给"同义居"供"汾州白"呢。

柱子有两天没照面，夏三爷心里犯起嘀咕来。

那天，海八爷和杨二到大酒缸喝酒，夏三爷把海八爷叫过来，合计这事儿。

海八爷笑了："三爷，怎么打鬼打出心病来了？您放心，柱子不会走。"

"何以见得呢？"夏三爷道。

"有您这棵大树，他好乘凉，没您这棵大树，他就没了根。您别以为他跟您会怎么样，他是冲着我来的。跟秀儿起腻冒坏，您说是不是就是跟我较劲儿呢？您说我对付他那还不容易吗？那天夜里要不是冲着您的面子，我不打断他的狗腿。他知道有您在，我不敢把他怎么样。"

夏三爷心领神会地点了点头，说道："那你打算怎么办呢"

海八爷说道："俗话说，人不要脸，王法难治。您说柱子要脸吗？他不要脸。您以为他有了装鬼挨打这一出儿，就没脸在这儿呆着了？放心，换个人会这么想，柱子不会。"

"你以为他不会走？"夏三爷惑然不解地问道。

"不会。不信，您就走着瞧。"

"不过，他不走，咱们对他也得留个心眼儿。"夏三爷沉吟道。

这话还真让海八爷言中了。当天晚上，被打得乌眼青的柱子，脑袋上顶着大帽子，一瘸一拐地来到夏三爷家的小院，一进门就给夏三爷和张氏跪下了。

"三爷，您饶过我这一回吧，我是心里真喜欢秀儿，要不然也不会……您不看僧面看佛面，看在我爷爷的面上，饶恕我吧。"柱子一把鼻涕一把泪地说。

他爷爷跟夏三爷的父亲绕着弯儿的沾点亲，又一块儿在老家念过私塾。

夏三爷哼了一声，说："念叨你爷爷，你对得住他吗？"

张氏哓起褶皱巴囊的老脸，瞪着俩小火炭的眼珠子，数落道："你跟你师傅拐着弯儿还是亲戚哩，说起来你该管他叫三大爷，你怎么能惦记上我们家的秀儿啦？你缺德不缺德呀？"

"我缺德，我真该死！我对不住您二老！"柱子叭叭给了自己俩嘴巴，他的脸已然快成烂酸梨了。

"你呀，良心都让狗叼走了，你三大爷对你像亲生儿子，你说说，他哪点儿对不住你了？你说呀？"

"他哪点儿都对得住我，我是对不起他，也对不住您。"

"哼，你呀，拿着好心当狗肺，良心都哪去了？你踩在我们家人的头上拉屎，跑这儿装鬼来了。哼，你真成了鬼也是恶鬼！吓坏了秀儿不说，还让我把印月姑娘给得罪了。你说说，你害了多少人吧。"张氏破口大骂，那劲头，恨不能把柱子撕巴喽。

柱子好像就是来挨骂的，你怎么数落他，他都受着。

夏三爷心想，这鸟东西真是没囊没气，脸比城墙还厚，我要是他，早找个地缝儿钻进去了。看看数落得也差不多了，叹了口气说："你这是丢谁的人？嗯？丢我的人，知道吗？"

"知道，我对不住您，三爷。"柱子吭吭叽叽地说。

"算了，大人不计小人过，我这次暂且饶了你，咱们没有下一回了。起来吧。"

"谢谢三大伯。往后我一准好好干，不敢再有非分之想了。"柱子从地上爬起来，耷拉着脑袋说。

夏三爷说道："你甭想再惦记秀儿，她已然有了主儿，知道吗？"

"嗯，知道。"柱子应声道。

"好啦，往后你好自为之吧。家丑不可外扬。你干了对不起祖宗的事，我只能在家里说你，在外人面前，我还得给你兜着脸。"

"谢谢三爷。您的恩典，我我记一辈子。"柱子吭哧说。

张氏的火儿还没灭，想再数落他几句，被夏三爷给拦住了。

"你回去吧，明儿腊月初七，店里就要熬粥了。人手紧，今儿好好歇一晚上，明儿一早就过去。"夏三爷缓和了一下气氛，换了一种语气对柱子说。

"嗯，我知道了。"柱子臊目耷眼地走了。

张氏见柱子出了门，挤咕了一下眼睛，问夏三爷："你怎么还打算留着他？"

夏三爷哼了一声，沉着脸说："你懂什么？铺子里的事儿，你少掺和。明儿把秀儿接回家，一起张罗熬腊八粥。"

张氏是得理不饶人的主儿，但是她在夏三爷面前不敢乍翅，有礼数管着，她对夏三爷永远得敬三分。见夏三爷说出这话，她不敢再多嘴了。

老北京人熬腊八粥讲儿很多。说是腊八粥，但熬粥都是在腊月初七的晚上，洗豆淘米，上锅熬制，熬到天亮，也就是腊八了。这时粥已稀烂，热热乎乎，再与人分享。这腊八粥送人也好，自己喝也好，不能过午。

　　夏三爷把西城的"炉灶曹"请来了，临时在大酒缸门口盘上两个炉灶，又让海八爷跟旁边的饭庄借了两口大铁锅。腊月初七的晚上，大酒缸的客人散了以后，夏三爷点上几盏灯，开始带着人上手熬粥。

　　张氏在家坐镇，不出门。夏三爷临时雇了四个帮工，但人手还是不够，老爷子只好亲自披挂上阵，秀儿和淑媛也过来帮他打下手。

　　夏三爷吩咐海八爷打外场，因为次日凌晨就要舍粥，附近的穷人天不亮就有人在这儿等着来打粥了，所以桌子椅子，盆碗得提前预备好了。海八爷爱热闹，里里外外张罗着。

　　熬粥的热乎气儿驱走了严冬的寒气。熬腊八粥这一佛家的礼仪，到了民间，变成了一种风俗。此时此刻，全北京城家家户户都忙着洗豆熬粥，仿佛把对生活的美好希望都寄托在粥里。"同义居"大酒缸门口尤其透着热闹。

　　门口的两口大锅还不够，大酒缸下面条的那口大锅也得用上。柱子的脸上挂着彩，他不敢再见秀儿，夏三爷安排他在屋里独守一摊儿，盯着熬粥。

　　熬粥最怕粘锅，所以开锅以后，得拿把大铁勺子来回勤搅和，这一宿谁也甭打算合眼。

　　淑媛年轻，熬到凌晨两点多钟，便哈欠连天，再也睁不开眼了。她对秀儿说："二姐，我可熬不下去了。"

　　海八爷在一边，听她说出这话，笑道："这哪儿是熬粥，简直是在熬鹰呢。"

　　夏三爷走过来，对淑媛说："得了，这会儿只剩下看锅了，你和秀儿回家睡一觉，明儿，嗐，哪还有明儿了，今儿吧，如果天亮能起得来，就过来帮着分粥，如果起不来，也就别来了。"

　　"行，我送淑媛回去，眯瞪一会儿。我也困了，也打个盹儿，天亮我一准来。"秀儿的眼皮打着架，强打着精神说。

　　"海子，你腾出手来，送她们回去吧。"夏三爷不放心地对海八爷说。

　　"得，我一准把二位小姐平平安安地送回府。"海八爷逗了一句。

　　在送秀儿和淑媛回家的路上，海八爷透着话多。

　　借这个机会，他跟小姐儿俩讲起了那天夜里打鬼的事。说到打鬼，秀儿和淑媛睡意顿消，一下来了精神。

　　秀儿听海八爷绘声绘色地讲完，说道："我回到家，听听听我娘都跟我说了，真没想到这这这鬼会是柱子。他怎么能干出这种缺德的事呢？"

"都是你给勾引的吧？"海八爷跟秀儿开了句玩笑。

"去去你的吧，我我才不待见他呢，他尿头瓮脑的样儿，让让我恶心。平时见见到他，我总躲躲着，没没想到他会会憋坏。"

"是呀，我刚才到大酒缸里多看了他几眼，他怎么长得那么寒碜呀！跟肉蛆似的，哪儿有海八爷是样儿呀！"淑媛掩着嘴笑道。

"嗯，我这个大妹子嘴真甜。"海八爷笑道。

"我看他是鬼鬼鬼迷心窍了。"秀儿说。

"什么叫癞蛤蟆想吃天鹅肉呀。没辙，一癞生百邪。他什么事儿都干得出来。"海八爷笑道。

秀儿想了想问道："海子哥，我想问问问你，那天夜里，我我我跟印月见到的那个鬼，可是青面獠牙的，吓吓死人了，怎么不是柱子呀？"

海八爷听了哈哈笑起来，说道："那是他戴的假面具，这小子用硬纸壳巴画了一个鬼模样，戴在了他的狗脑袋瓜上，存心吓唬你的。"

"这家伙真不是个东西！"秀儿骂了一句。

街上很黑，海八爷拎着马灯，晃来晃去，像是鬼影幢幢。说来也怪，秀儿跟淑媛一点儿不觉得害怕。

快到家门口了，海八爷笑着问道："我讲了一路打鬼的事，这会儿，你们不害怕吗？"

淑媛嘴快，笑着说："有打鬼的好汉海八爷在身边，鬼还敢来吗？"这句话逗得海八爷和秀儿笑起来。

腊月里夜长，城门楼上的钟敲了六下，天还没大亮，空气里弥漫着带着寒意的雾气，夹杂着四九城各家各户烟筒里冒出的浓重的烟气，显得朦朦胧胧，烟雾缭绕。

夏三爷看粥熬得差不多了，沏上一壶酽茶，招呼海八爷喝了一碗，打打精神。然后开始搭桌支摊儿，老爷子想得周到，怕呆会儿打粥的人多，碰在锅上烫着，特地支了个摊儿。

海八爷刚把桌子摆好。打更的更夫老罗头，缩着脖子溜达过来，"呦，海八爷在这儿忙呢？"

老罗头，吸溜着鼻子，伸出黑得像老鸹爪子的手，在炉子边上烤着，那手冻得裂出一道道口子。

他瞅了瞅冒着热气儿的粥锅说："这粥可真是味儿，闻着都让我流哈喇子。"

海八爷瞅着他说："你倒不拉空儿呀，老罗头，赶上喝头一碗了。"

"敢情！"老罗头巴咂巴咂嘴，吐了吐舌头，咧着嘴，说道："不瞒您说，这粥我想了一年啦。"

海八爷拿起勺子说："没想出毛病来呀？得了，别想（响）了，再想锣就破了。带着盆碗呢么？"

"要盆儿碗干吗？我带着肚子呢。"老罗头嘿嘿笑道。

海八爷挑了个大海碗，盛了一碗热粥。老罗头以为是给他盛的，伸手要接。海八爷笑道："干吗？这第一碗粥你敢喝吗？这是敬佛祖的。"

"呦呦，那我可不敢喝。您麻利儿先给佛祖端过去吧。"

大酒缸内现摆着一个供桌。按照老礼儿，腊八的头一碗粥，要敬给佛祖。

海八爷把粥摆到供桌上的佛像前，然后给佛磕了三个头，才回到粥锅前。盛了一碗粥，给老罗头递过去，说道："喝吧，今儿敞开喽喝，夏三爷管你饱。"

"得，我先谢谢佛祖，再谢夏三爷，最后谢谢你了。"老罗头端起碗，伸嘴就喝，把舌头烫了一下。

他撇了撇嘴，回过头问海八爷："有咸菜吗？"

"嘿，白喝，您要得还挺全。"海八爷笑道："这粥已然放了白糖和红糖。"

"嗨，我不是口重吗？"

"好好，今儿您是爷，我给您找咸菜去。"海八爷返身回屋，不一会儿端出一大碗腌萝卜丝来。

正这工夫，粥锅前已经来了十几号打粥的。海八爷一边吆喝着，一边给他们盛粥。他倒是公平，甭管谁来都是一碗。有爱小便宜的，带着小锅来的，拿起一碗，放到小锅里，抹回头再要一碗。海八爷装作没看见，照给不误。

夏三爷看天已大亮，打腊八粥的人越来越多，便招呼伙计齐上阵，有盛粥的，有照应摊儿的，有圆场的，很快一锅粥便见了底。

在盛第二锅粥的时候，打粥的有上百人了，有拿着盆碗打回家喝的，有没带着碗，像老罗头儿似的当街迎着风喝的。平时"同义居"的那些酒友们这时候不会露面，一来好面子，怕人笑话。二来在他们眼里酒比粥要好喝。家里人想喝粥，他们便打发孩子来打一碗，自然这不过是应个节令。老北京人似乎不在乎粥，平常日子只有穷人才见天喝粥呢。

海八爷在打粥的人群中见到了二秃子。他伸出黑乎乎的小手，举着一个碰破了边儿的小瓷盆，嘻嘻笑着说："八叔，能多给我一勺子吗？"

海八爷笑了："行，把我的那份也给你。"

这一天，是夏三爷一年当中最露脸的时候。看到人们为一碗腊八粥，脸上的喜悦，他感到由衷的快意，仿佛人们喝的不是粥，而是在品他这个人。

夏三爷信佛，但他不是居士，平时不吃素念经，也很少到庙里烧香磕头。他信一条，烧千炷香，念万次经，不如一辈子的积德行善。恶有恶报，善有善报，他坚信这是真理。其实，他算不上富人，开这么一个大酒缸，在京城买卖地儿上，属于小本经营的生意。但是，夏三爷觉得是买卖就有利，赚多赚少，反正是赚着钱了。这钱都进了自己的腰包，老天爷那儿不会容他，佛祖那儿也不会让他这么办。他必得拿出一些钱施舍出去，这叫积阴德。于是他想到了舍腊八粥。自然，他是安分守己的本分人，虽说是做买卖，他并不得了房子想炕，平时也常做善事。到年根底下，花钱舍粥给那些穷苦人，他过年心里都踏实。

"茄子李"挑着菜挑子，见到粥摊儿，把挑子撂下，要了一碗粥。一边喝着，一边对夏三爷说："三爷，您熬的这腊八粥真够稠的。人过有脚印，鸟过有落毛。您甭看这一碗粥，多少年以后，人们都得念您的好儿。"

夏三爷给他递过一碟咸菜丝儿，感慨道："李爷，我这舍的不完全是粥，舍得是个人情。都是老照顾主儿和老街旧邻的，能为一碗粥，见到大家伙儿一个笑脸，这辈子活得不冤。"

"嗯，这世上都照您这么想，也就没那么多穷人，也没那么多罗罗缸儿的事儿和乱子啦。""茄子李"啧啧道。

太阳出来的时候，又一锅粥见了底儿，只剩下柱子在灶上熬的那锅粥了。夏三爷让海八爷和几个伙计，用食匣，装上一大碗腊八粥，分别给寿五爷、"荷花程"、刘炳宸、潘佩衡、叶翰林等人挨家挨户送去。

这些人都是大酒缸的常客，送粥之外，每户还捎带着两棵大白菜，这些大白菜都是秋后在窖里放着的。腊八这天，给亲朋好友送粥送大白菜是京城的老礼儿。"菜之美恶，可卜其家之兴衰。"民国以后，很多人已不讲这些礼了。但夏三爷念旧，这些老礼，他丢不了。

秀儿和淑媛睡醒一觉，又跑过来帮忙。她坚持要给"荷花程"家送粥。夏三爷知道她的心计，便答应了。当然秀儿去，得由淑媛陪着。

给寿五爷家送粥得由海八爷亲自去。夏三爷知道寿五爷的"旗谱儿"大，规矩多，海八爷也在旗，懂得旗人家的规矩。

海八爷一送粥，才知道五爷走了"月白运"。敢情寿五爷在腊月初七的晚上沾上了晦气，他的家里来了贼。

当天晚上，寿五爷到他四哥家打了一宿牌。寿四爷好设牌局，而且手气一直沾着财运，到他家赴牌局的主儿，多少得让他赢点银元。

那天晚上，财政厅的一个厅长和"顺天祥"绸布庄的东家到四爷家赴局。麻将桌上"三缺一"，四爷让人把五爷给请过来凑桌。

其实，寿五爷对麻将并不感兴趣，但四爷请他，他碍着面子，不能不圆这个场。没想到他的手气很壮，连打了五圈儿都和了。这么一来，他可就从牌桌上下不来了。

首先说，四爷就不会让他走。那两位当然也不能让他舒舒服服把钱都赢了去。打吧，一圈儿一圈儿的，一直打到快天亮了，才收局。

寿五爷数了数，一个晚上，赢了二百多块现大洋。自然心里高兴。他对输赢并不在乎，在乎的是牌桌上的手气，预示着来年的财运。

寿五爷喜气洋洋地回了家，一进院，老管家谢安咧着嘴告诉他："五爷，您晚来一步，府上招贼了。"

寿五爷进了正房的卧室，夫人正坐在那儿抹眼泪。一问，夫人指着桌上的一张纸条让他看。

寿五爷把纸条拿起来，只见上面用毛笔写着一行小字："快过年了，借府上一点儿钱花，给您作揖。"

寿五爷顿时明白是怎么回事了。头年腊月，大概其也是这个日子，北城的几个大户，夜里让飞贼卷走几包细软。他在大酒缸听潘佩衡和刘炳宸说，这是醉鬼张三干的。这位醉鬼张三每到年根儿，专吃大户，想不到今年吃到他的头上了。

他问夫人："到底是怎么档子事？看家护院的好几个，难道这些猴儿崽子们没长眼睛？"

夫人见寿五爷的脸上挂着火儿，连大气儿也不敢出了，低声说："您奔四爷那儿，走了以后，我便上床安歇了，一夜没听见动静。我早晨起来，才看到桌上留的字条儿，赶紧看了看屋里的东西，这才发现首饰盒和几件皮衣没了。"

站在一边的谢安接过话茬儿说："那贼也到了我的屋里，把抽屉里的银元全卷跑了去。不过，倒是没多少。"

寿五爷看了看窗户门，纳着闷儿问道："门户这么紧，贼是从哪儿进来的呢？难道你们一点儿也没听见动静？"

谢安耷拉着脑袋，不敢抬头，吭哧道："回五爷的话，护院的张着神呢，可是真是一点儿动静也没听到。这贼真不是一般人。"

"好啦，东西没了就没了吧，人没事不是吗？这就是造化。你们都出去吧。"寿五爷淡然一笑说。

谢安迟疑了一下问道："那什么，这事要不要经官？"

"经官动府？哈哈哈，你是不是闲着没事想找麻烦？现在的官府还顾得上管你这种事？当大官的忙着争地盘，动枪动炮，当小官的忙着往自己兜里撅搂钱，你宅子里遇上贼算什么？他们能管你这事？唉，你快让我消停消停吧。"寿五爷咧了咧嘴说。

"那这口气咱们算咽啦？"谢安梗梗着脖子说。

"不咽怎么办？莫非你还想饶世界找贼去？往后你们这些猴儿崽子多长几只眼睛就是了。好啦，好啦，破财免灾吧，你们该干什么干什么去吧。"寿五爷一摆手，让谢安出去了。

寿五爷的家道已然中落。他心里明白，贼来了，也偷不走什么，不过这事儿让他心里添堵。快过年了，谁家遇上贼，心里能不腻歪？他想起牌桌上赢的钱，原本以为是好兆头，没想到"好兆头"在这儿等着他呢！

他不禁感慨道："看来人永远不能两全，赌场得意，家里就有失意的事儿。"

想到这儿他把从牌桌上赢的钱拿出来都给了夫人："得了，别为这事儿熬头了。钱这东西谁花不是花呀？你的首饰让贼偷了去，回头拿这钱再添几件去吧。"

说完，他找烟袋想抽锅子烟，这时才发现烟袋也让贼给偷了去。

这让他有些恼火，因为这烟袋杆儿上的烟嘴是翡翠的。这可是夏三爷赔他的，怎么能把它便宜了那个贼呢？

寿五爷正坐在屋里运气，海八爷拎着食匣进了院。

"五爷，我这儿给您老人家请安了。"海八爷在浩贝勒爷眼皮底下调训的，安请的既稳重又大方。

他俯首疾行两步走到寿五爷跟前，两手扶膝，前脚实，后腿虚，一趋一停，话到安到，从容并腿，挺腰敛胸，左手和右手向后一拢，然后两脚并齐，这个安透着那么得体、规范。

寿五爷看到海八爷这个安，气儿消了一半。

"得了，起来吧。"寿五爷朝他摆了摆手，问道："你今儿怎么这么早班呀？"

海八爷道："回五爷的话，夏三爷让我给您送腊八粥来了。"

他把食匣放在迎门的八仙桌上。

"哦，今儿腊八呢，我怎么把这个节令给忘了呢？"寿五爷嘿然笑了笑，说道。

"您忘了，夏三爷替您想着呢。这粥是刚出锅的，您和家人趁热喝吧。"海八爷道。

"好好，你替我回去谢谢夏三爷。"

"您这话可就见外了。要说谢，夏三爷得谢您赏脸，品尝了大酒缸的腊八粥。"海八爷笑道。

"嗯，你这猴儿崽子真会说话。"寿五爷把谢安叫过来，让他给海八爷打了一个包。

因为家里刚失窃，谢安搜了半天，找出五块大洋，放在了包里，塞给了海八爷。

这钱，海八爷推辞不得，他悄悄揣在了怀里。一转身，他看见了院里树杈上挂着鸟笼子，笼子已经起了罩，笼里的百灵正欢蹦乱跳。海八爷跟寿五爷聊起了百灵。

寿五爷一看见百灵，心里的晦气全没了。海八爷陪着他逗了一会儿鸟儿，他似乎把家里闹贼的事儿已然忘在了脑后。

连打了几个哈欠，跟海八爷打了个招呼，揉了揉眼皮，回屋睡觉去了。缺什么不能缺觉。他得把头天夜里丢的那个觉，给找补回来。

海八爷临出寿五爷家的大门，才从谢安嘴里知道头天夜里五爷家里遇上了贼。回到大酒缸，见夏三爷正跟潘佩衡、刘炳宸聊天儿，他把这事告诉了夏三爷。

"贼怎么这么不开面儿，偷到他头上了，寿府已然是着了水的西瓜，早就娄了。"夏三爷沉吟道。

"是呀，驴粪蛋子，表面光。"潘佩衡捋着胡子，笑道。

"他家有什么可偷的呢？"海八爷说。

潘佩衡笑了笑说："您可别这么说，瘦死的骆驼比马大。您别看家败了，寿五爷的爷劲儿可一点儿没减。他要是不端着这架子，说话口气不那么大，哪儿至于家里招贼呢？"

"这倒也是，他的那张嘴，永远是云雾缭绕，谁也不知道他有多少家底儿。"夏三爷笑了笑说道。

刘炳宸在一边正看当天的《晨报》。他突然抬起脑袋，拿着手里的报纸，对众人说："又是那个醉鬼张三！你们看看报纸吧，张三这几天夜里一直没闲着，连着盗了七八个大宅门。" 海八爷不识字，把报纸接过来，递给潘佩衡，说道："张三爷？哈哈，他又让穷人过年有饺子吃了。这几年，他年年来这一手。潘爷，这下您的古玩铺子可有买卖做了。" 潘佩衡笑道："他手里的物件是真便宜，可是，您说我敢接手吗？"

醉鬼张三是老北京有名的"飞贼"。他自幼习武，武艺超群，在镖局走过镖，在大宅门护过院。后来看破红尘，闯荡江湖，当了大侠。

张三轻功是一绝，不但能飞檐走壁，而且能缩身，半尺宽的铁栅栏，他运用气功一缩身子，能过去，他甚至能体轻如燕，在水面上行走。不过有一样，这位爷好喝酒，见天在大酒缸"泡"着，所以人送外号"醉鬼"。

有一次他夜里盗了一家大户人家，白天在大酒缸喝酒，让警察给逮住了，把他关到"号里"。第二天早晨狱卒来"号"里提人，人早就没了。原来"号"里有个不到一尺见方的窗户，张三爷从这个窗户跑了，警察拿他一点儿没辙。

醉鬼张三独往独来，跟江湖上的人很少一块儿掺和。他是穷苦人出身，效仿古代的侠客，杀富济贫，专"吃"大户。他平时爱打抱不平，替穷人伸张正义，但不行窃，只是每到年根儿底下，他才出手，瞄着有钱有势的大宅门，窃走一些金银珠宝细软，然后让打小鼓儿的拿到古玩铺把它卖了。卖得的银元，他一文不要，在腊月二十三祭灶王爷①。

那天的晚上，把这些银元交给城隍庙，由庙里的和尚施舍给穷人，同时还在城门附近，一摞一摞地码上银元，让那些无家可归的叫花子们，拿着这些钱过个年。

自然那些失窃的主儿，有的跑到警察局报案，那些警察也怕得罪灶王爷，明知是张三所为，却装傻充愣，打哈哈儿："得了，今儿灶王爷上天，您就只当让他带点儿路费得了，让灶王爷在玉皇那儿多说几句好话，可以免灾。"

警察说这话，并非无根无据。老北京家家都供灶王爷，敢情供的这位灶王爷姓张，叫张单，字子郭。民国初年，京城市面上有本劝人行善的《善书》，里头有段顺口溜儿："灶王留下一卷经，念与善男信女听，我神姓张名子郭，玉皇封我掌厨中，来到人间查善恶，未从做事我先清。"民间也有"灶王爷本姓张，一碗凉水三炷香"的说法。

张三不但跟灶王爷一个姓，而且张单的谐音也是张三。所以警察以为张三是灶王爷的化身。

是不是这么回事？警察也不去理论。当然碰上官位高的家里被盗，他们则不敢光拿灶王爷当说辞，但也是象征性地去街上转两圈儿，说是捉张三呢，其实是应付差事。这些当警察的不是不敢惹张三，而是不愿找麻烦。

张三打家劫舍，施舍穷人，觉得心安理得。他认为钱是祸水，有钱的人家，理当从身上拔几根毛，分给穷人。有钱的人抠门儿，谁肯轻易把钱施舍

---

① 灶王爷——有关灶王爷的说法很多，《五经异义》里说，灶王爷姓苏，名吉利。《酉阳杂俎》里说，灶神名隗，貌如美女。北京的老百姓则认为灶王爷姓张，此说取自于《酉阳杂俎》。

给穷人呀？张三喝醉了酒，爱说实话："他们不施舍，我替他们施舍，这叫替富人'消业'、'免灾'。"所以他头天夜里当"飞贼"，第二天到大酒缸照样当他的"醉鬼"。

自然，张三不是神鬼，也有走眼的时候。京城有钱的人，并不都摆在明面上，有些人怕招贼，不露富。有些人呢，不富却爱人前显富，所以张三常有失手的时候。这次光顾寿五爷家，他便没顺走什么值钱的物件。

当然，贼不走空。张三翻腾半天，也没见到什么值钱的东西，正要出门，一回头看见桌子上的那个翡翠烟嘴，抹回头，把它掖到了怀罩。

第二十二章 夏三爷古寺会印月

中国的老百姓说到纪年，有阴历阳历一说。阴历也叫夏历、农历、旧历。辛亥革命以前，一律以阴历纪年，民国以后，才有了阳历，也就是公元。

阳历一年的头一天，也叫元旦。但民俗这事一时半会儿且改不过来呢。民国以后，老百姓过年仍以阴历为准，每年的正月初一为元旦，北京人也管这一天叫"年禧"。

"年禧"的头天晚上，叫除夕，也就是大年三十。这一天，京城的买卖地所有的店铺都歇业，一直到正月初五。"同义居"大酒缸也不例外。腊月二十九这天，夏三爷跟大伙儿喝了顿歇业酒。

夏三爷一年到头难得有这么几天休息。柱子在腊月二十三，夏三爷跟他说了"官话"以后，就回老家探亲去了。几个伙计也回家过年走了。

海八爷上边有七个哥哥，他跟五哥走得最近，每年过年都在这位五哥家过。腊月二十四这天，浩贝勒府的张总管给他送来几十块大洋的过年钱。

无功不受禄。海八爷接过这笔钱，心里有些不踏实。他留神看了看张总管脸上的神情，觉乎着他有什么话要说。

张总管是浩贝勒府的大管家，府里的一切收支，人吃马嚼，都在他手里掌握着，自然，他手里也攥着海八爷的"饭碗"。

老北京的买卖地，有年根底下说"官话"一说。什么叫"官话"呢？也就是给人当伙计，干了一年啦，年终岁尾，掌柜的对你干的是好是坏，得给一个评价。干得好，多给你一些报酬，红包儿重一点儿，而且来年还要加薪。干得不好，对不住了，他也给你一个红包，但让您明年另找地方。那年头，受雇于人，最怕年根儿底下说"官话"，因为谁心里也没底。

海八爷心里打着鼓，表面上却显得挺沉得住气，对张总管笑道："您猜怎么着，张爷，人跟马真通着灵性。我在家里猫了这些天，时不时地做梦，梦见'紫燕子'和'画眉眼'。我估摸着那马是不是也想我啦？给我托梦呢。"

"嗯，你真会说话。马还能给人托梦吗？"张总管的胖脸上阴不搭地说。

"我是说我的腿已然好利落了，过了年，是不是该……？"海八爷笑了笑说。

"该什么？你还想回浩贝勒府遛马吗？"张总管打断他的话。

"是呀，这些日子在家里呆得我心里长了草。真。不瞒您说，我早就想回到浩贝勒府跟马就伴儿了。"

"哈哈，你可真是三句话不离本行。从我进门到现在，你说话没离开这个'马'字。"

"是，张爷，您不知道我是多么喜欢马。您想我从十几岁就给浩贝勒爷遛马，到现在这是多少年了。"

"嗯，这回你是童养媳拜天地，熬出来了。"张总管淡然一笑。

这句话让海八爷心里一惊，他给张总管的茶碗里续了点儿水，缓了一闸，故意装作没听出他的话里有话，笑了笑说："是呀，在家憋闷了这么多日子，这回总算熬出来了。"

张总管耸了耸大肉鼻子，用手搓了搓脸，咽了口气说："海子，你真没听出我的意思吗？常言道，不当家不知柴米贵，不出门不知行路难。你知道我拿着浩贝勒府上的钥匙。府上的吃喝挑费都在我手心把着。难呀！真。海子，不瞒你说，大清国倒台以后，虽说浩贝勒爷因为跟逊帝沾着亲，还到宫里应差，但是俸禄可是跟过去没法比了。府里的花费，吃的都是原来的家底儿，坐吃山空呀！甭瞧浩贝勒爷的威势没减，府里的排场也照样，但这是虚张声势，小鸡吃豌豆，强努，浩贝勒府的内瓤已然空了。"

"您是说……？"海八爷已然明白他下面要说的话。

"我是说没有人比我更知道浩贝勒府的家底儿。知道吗？府里现在是靠卖古玩卖字画，撑着面儿呢。保不齐两年以后，就得卖房卖地啦。没辙，现在只能先撤人。我跟浩贝勒爷合计了一下，门岗全撤，护院的十个人，撤掉一半，马号六个人，撤掉四个，你和关爷就对不住了。"

"嗯，您别往下说了，我明白了。"海八爷觉得心里发堵。

"海子，说起来，浩贝勒爷还算对得起你，好赖的你还落下一所房子。有了这所房子，你脚底下算有了根。我呢，唉，轮到我走的那天，也许连棺材板钱都给不了我呢。"张总管苦笑了一下。

他已然奔六十了，在浩贝勒府干了三十多年。自然浩贝勒爷不会亏待他。他的家底儿早就很厚实了。

海八爷明白他这话的意思。虽然他知道早晚有离开浩贝勒府的那天，但他没想到这事儿来得这么快。不给浩贝勒爷遛马，往后吃什么？他仿佛挨了一闷棍，顿时觉得脑袋有些发懵。

把张总管送到胡同口，他竟一时找不到要说的话了。

"海子，你回去吧，天下没有不散的筵席。人是地行仙，离开谁也能活，到哪儿都饿不着咱爷儿们，是不是？好自为之吧。"张总管语气沉重地对他说。

"得，我谢谢您这么多年对我的关照，谢谢啦！"海八爷抱拳给他打了个揖。直起身来，他想了想说："张爷，我是真舍不得那几匹马。改天我还得到府里看看它们。"海八爷的眼圈儿红了，又朝他拱手打揖道。

张总管走出胡同，海八爷眼里的泪水夺眶而出。他并不为离开浩贝勒爷而难过，而是为自己的命运自怜。

突然之间，他觉得自己成了断奶的孩子。奔三十的人了，一旦离开了马，他真不知道该干什么了。

送走了张总管，他从炕边找出一坛酒，手里拎着，奔了杨二家。

街上到处充满了年气儿，年货摊儿一个挨一个，有卖年画的画棚子，有卖对联的对子摊，有卖挂钱的，有卖道有（道西）的，有卖元宝的，有卖供花的，有卖绒花、绢花、纸花的，有卖松木枝、芝麻秸的，有卖灯笼的，有卖关东糖的，有卖杂拌儿的，有卖花炮的，有卖香烛、风筝的。这些五颜六色的年货摊儿，把京城的大街小巷装点得喜气洋洋。

由于被浩贝勒府给辞了，海八爷过年的心气儿减少了几分，但再怎么着也得过年。他在肉市上称了十几斤猪肉，又在摊儿上买了俩灯笼，又买了一幅对子，称了一斤关东糖，买了一堆花炮。狗子和二秃子见海八爷送来这么多年货，乐得直蹦高。　杨二出车还没回来。海八爷把年货撂下，拿起一挂鞭和几个二踢脚"，拉着二秃子说："秃儿，走，陪着我听听响儿，崩崩一年的晦气。"

海八爷跟几个孩子在门口放了一会儿爆竹，杨二拉车回来了。

"过年了，咱哥儿俩得好好喝两口儿！"杨二笑着对海八爷说。他让杨二嫂炒了两个菜，俩人喝了个一醉方休。

海八爷没跟杨二提他被浩贝勒府给辞了的事儿。当然，杨二大大咧咧的，也没瞅出海八爷的脸上挂出什么心事。

要过年了，北京人都希望来年有个好兆头，说话的忌讳很多。人们见面多说的是吉利话，正月初五之前，任何不吉利的话都不挂在嘴边。

海八爷的五哥家住在海淀镇，正月初一，他特地拎着点心匣子，进城到夏三爷家给他拜年。中午，他在夏三爷家吃了顿团圆饭，下午拎着一个果篮，去"荷花程"家拜年。

敲开院门，一个老太太扠着"三寸金莲"走出来。

"您过年好！"老太太操着京东的乡音，先给海八爷拜年，然后问道："您找谁呢？"

海八爷给老太太还了礼，告诉他找程先生。

"程先生？您是找那个画画儿的先生吧？"老太太说。

"对对，他在家吗？"

"您横是有日子没见他了吧？"

"是呀，有程子啦。"

"他搬家了。"

"啊？他搬家了？"海八爷吃了一惊。急忙问道："他搬哪儿去了？"

"我可不知道，您等等，我把谢先生请出来，您问问他吧。"老太太说。

不一会儿，从院里走出一位瘦高个儿，戴着眼镜的四十多岁先生。他打量着海八爷问道："您找'荷花程'吗？他搬走了。"

"哦，您能告诉我，他搬哪儿去了吗？"

"不远，好像是西四牌楼那边吧。"那位谢先生想了想说。

这位谢先生在盐业银行做事。"荷花程"搬走以后，他把这所小院买了下来。

谢先生很客气，笑着请海八爷到家里坐一坐，这自然是客套话。海八爷抱拳打了揖，说了两句客气话，转身告辞。

街面儿上人们都拎着大包小包，忙着拜年。大年下的，海八爷一时无心去找"荷花程"的新家。过了年再说吧。他心里嘀咕着，抹回头奔了杨二家。

夏三爷过年的一件大事，是到广安门外的五显财神庙拜财神。他是买卖地上的人，别的神可以怠慢，财神却不能不拜。

老北京的商家铺户，常年供奉的财神爷有三位，一位是关公，又叫武财神和关圣帝。因为《三国》里的关公武艺高强，民间把他视为保护商人的一位神。关公重义，在老百姓心中，他是义的化身，而做买卖的人都标榜自己"以义为利"，所以视他为首位财神爷。另一位是比干丞相，也叫文财神。还有一位武财神是赵玄坛，赵公元帅。

一般老百姓家里供的财神是头戴乌纱帽的比干，通常管他叫"增福财神"，供他是祈求生活中能有财运。

通常大一点儿的商家铺户是常年供奉财神，在铺子里设神像和牌位，每日进香。夏三爷开的大酒缸没地方设神龛，所以他总觉得对财神爷欠着情，每年正月初二民间祭财神这天，他必得给财神爷磕仨头。

除夕，老爷子便到香蜡铺，请来一份"财神码儿"。所谓"财神码儿"就是用木刻版，水彩印的"增福积宝财神"。正月初二这天，在家里设一供桌，摆上供品，磕几个头，焚几炷香，然后把"财神码儿"和千张、纸元宝等敬神的钱粮，拿到院里摆着的"钱粮盆"跟松木枝、芝麻秸一块焚化，接着放两挂鞭炮，这就算祭了财神爷。

祭罢财神，他和全家人吃一顿羊肉馅的馄饨。这馄饨有讲儿，到这儿不叫馄饨，改叫"元宝汤"了。取个吉利。为什么要吃羊肉馅的呢？因为传说赵公元帅是回民。吃过饭，夏三爷便奔了五显财神庙。

老北京的财神庙有好几个，最有名的香火最旺的是广安门外六里桥西南的五显财神庙。传说，"五显财神"是明代都天威猛大元帅曹显聪，横天都部大元帅刘显明，丹天降魔大元帅李显德，飞天风火大元帅葛显真，通天金目大元帅张显正，这哥儿五个，生前都非常有钱，但侠肝义胆，仗义疏财。

他们死后，被明英宗敕封为"五显元帅"，建庙奉祀。以后明神宗万历和清高宗乾隆对庙宇又进行大规模的重建。

五显财神庙坐北朝南，有山门一间，戏台三间，正殿、后殿、东西配殿加起来有几十间。大殿、山门、戏台均为大式悬山顶，筒瓦，调大脊，建筑完整，占地广阔，香火极盛。《天咫偶闻》记载："广安门外财神庙，报赛最盛，正月初二，九月十七日，倾城往祀，商贾及勾栏尤伙，庙貌巍焕，甲于京师，庙祝更神其说，借神前纸锭怀归，俟得财则十倍酬神，故信从者益多，而庙祝之利甚溥。"这种盛况到北京解放初期还能见到，五显财神庙后来被小学占用，在1987年修京石高速公路立交桥时给拆了。这是后话不提。

且说夏三爷在广安门的门脸雇了一辆骡车，颠儿颠儿地到了五显财神庙。只见庙里庙外香客如云，摩肩接踵。很多人挤不进大殿，干脆就在院内焚香，然后把香投入香池子里。有的连院子也挤不进去，只好在山门外焚炷香，磕个头，也算是给财神拜过了。

夏三爷见这阵势，也只好用"心到神知"的想法安慰自己，在香摊儿上买了几炷香，在山门外焚了，又朝大殿跪下磕了仨头。算是了了自己的一桩心愿。

夏三爷从地上爬起来。刚要转身，一扭头瞧见了"汇泉堂"掌柜的李云亭。

"呦，李爷也来拜财神？"夏三爷给他打了揖笑道。

"是呀，您瞧，这儿快赶上人粥了。人多也得见财神呀，一年就来这么一次。"李云亭手里拿着几炷香，朝夏三爷拱拱手，笑了笑。

"怎么，你还想进去？"

"是，来了嘛，能不到里边看看。"李云亭笑道。

他像是突然想起什么，拉了一下夏三爷，低声问道："您来拜财神，有没有什么……啊？听说'马前'在'同义居'对面开了个'同仁居'？您是不是……？"

夏三爷道："您怎么哪壶不开提拉哪壶呀？这儿是谈这个话的地方吗？"

"得，我改天到大酒缸跟您坐一会儿。"李云亭会意一笑。

"得了，您快进去跟财神爷聊去吧。"夏三爷跟他打了招呼，转身走了。

庙会上有许多卖纸元宝、蝙蝠、福字、用布缝的金马驹的小摊儿。夏三爷挤进人堆，在摊儿上买了两个金马驹。这种民间工艺品，摆在家里透着喜兴。

因为人太多，他不想多呆，雇了辆骡车往回返。

夏三爷坐上了骡车，对赶车的说道："回广安门。"

赶骡车的老乡跟夏三爷的岁数差不多，回过身，咧嘴冲他笑道："这位爷，直接奔广安门的路面上人多，车也多，咱们绕两步道儿行不？"

"行，你只要把我拉到地方就行。怎么走，你看着办吧。"夏三爷嗯了一声。

赶车的牵着骡马，在人与车之间挤来挤去，折腾半天才走出人堆。他上了车，给骡子一鞭，骡车这才颠儿颠儿跑起来。

六里桥到广安门往东是一条直道，说起来并不太远。赶车的这位爷想多挣点儿钱，却往北下去了，走到了莲花池。当年莲花池一带比较荒凉，周围古树参天，杂草丛生，有很多坟圈子。

夏三爷一看走到了莲花池，离广安门越来越远，感觉到赶车的是想敲他的竹杠，把他当成了冤大头。他坐在车上，不好跟他翻扯，心里直运气。

正闹心呢，一抬头，看到离道边不远，古柏深处，有一座小庙。他心里琢磨着是不是刚才没见着五显财神，把老哥儿五个给得罪了，才碰上这位要"宰"我的赶车的？这个庙倒是挺清净，我干脆进去给佛爷烧炷香，把刚才怠慢财神爷的"罪过"给遮过去吧。

"哎，停车。老伙计，停车！"他冲赶车的喊了一嗓子。

"怎么茬儿您？咱还没到地方呢。"赶车的拉住缰绳，让骡子站住，从车上跳下来，纳着闷儿对夏三爷问道。

"谁说我到地方了？"

"您不是说，去广安门吗？"

"是啊，我到广安门，您怎么给我拉到这儿来了？广安门在哪儿呢？"

"嘻，我这不是怕路上堵吗？哎，我不是跟您说了吗，多绕几步路。"

夏三爷看他急赤白脸地瞪起了眼珠子，笑道："您甭跟我卖嚷嚷，车钱我一个大子儿也不会少您的。大年下的，只有多给您。您先在这儿等等我，我到那个庙里去烧炷香。"

赶车的朝那个庙看了一眼说道："您到这儿烧香。爷，它是姑子庵。"

"啊，姑子庵呀？"夏三爷愣了一下，脸上抹不丢地笑了笑说："得，那我还是上车吧。"

夏三爷正要抬腿上车，只听身后传来一阵银玲般的笑声："呦，这不是夏三伯吗？"

这声音，夏三爷听着那么耳熟。他急忙回过身来，定睛细瞧，愣住了。敢情站在他眼前的是印月。

印月穿着一身青褐色袈裟，剃着光头，衬出她白净细嫩的圆脸。她的神色恬静，清秀的眉眼之间流露着一种祥和的禅气。

她手里拿着念珠，微笑着望着夏三爷，说道："您不认识了？我是印月呀！"

夏三爷冷丁一看，简直认不出她了。

"你……你是印月。"夏三爷一时不知所措，找不到合适的话了。

印月却显得沉静大方，微微一笑说："是呀，这大年下的，您怎么跑到这儿来了？"

"噢，我，我是到财神庙进香，绕道儿走到这儿了。怎么也想不到，在这儿能碰上你了。"

"这就是缘分吧。我跟净惠弟子出去化缘回来，走到这儿，听见说话的声像您，一看真是。哎呀，太巧了，夏三伯，既然见到您，您就到我的禅房坐一坐吧。"印月指着那个姑子庵说道。

"好好，咱们有日子不见了，我们好好儿聊聊。"夏三爷点了点头。转过身对那个赶车的说："你能不能在这儿多等我一会儿。"

"等您？我瞎忙乎一年，可就靠这两天拉脚挣银子呢。"赶车的咧着嘴说。

夏三爷明白他说的是什么意思，从棉大褂里摸出两块银元，递给他。

这两块银元，他赶五趟车也挣不出来。他乐不滋儿地把钱揣到怀里，说道："谢谢您啦，您忙去吧，天黑了，我都在这儿候着您。"

印月对夏三爷笑了笑道："夏三伯，咱们走吧。"

夏三爷随着印月进了山门。这个庵不大，一重正殿，左右有几间配殿。正殿后面是一道围墙，有个月亮门，里面有十几间禅房。庵里有十几个尼姑，倒显得很清净。

　　夏三爷让印月陪他在庵里转了转，最后走到正殿，给佛祖焚了几炷香，磕了三个头。

　　"走，到我的屋里坐吧。"印月说。

　　"好，好。"夏三爷应着。

　　印月把夏三爷引到自己的禅房，让他坐下后，给他沏了杯香茶。笑着递过去，说道："夏三伯，您是我的禅房来的第一个客人。哎呀，一晃日子没见您了，我这心里还真是怪想您的。您和三娘、秀儿都好吧？"

　　"好好，托您的福，还过得去。"

　　夏三爷拿眼扫了一下禅房，沉吟道："印月，你夏三伯对不住你呀，让你……唉。你是几时出的家？"

　　印月坐下，手捻佛珠，想了想说："嗯，离开您家的第二天吧。"

　　夏三爷叹息道："唉，这都是我的罪过。"

　　印月淡然一笑道："夏三伯，您可别这么说，出家是我自己的主意。"

　　"你怎么想到走这一步了呢？"

　　"我觉得现在过得挺好，这儿是佛家的一方净土。'谈经香满座，语箓月当窗，有僧情散淡，无俗意和昌'。红尘不到钟磬虚，静土留云舍卫光。在这儿心静如潭，这正是我现在求之不得的。三伯，我皈依佛门，不是看破红尘。出家，也并不是对人生绝望，而是想心静下来，我的心里忒不干净了，在这儿吃素把斋，念念经，可以洗净心里的脏东西。"

　　"你现在还画画儿吗？"

　　"画，我离开您家的时候，把画笔都留给了秀儿，后来，我又买了笔纸，画画儿不能撂下，我走到哪儿都是程先生的学生。现在别的都不想了，每天除了看看古诗，画画儿，只想打坐念经，洗去我心里的罪恶。"

　　"你哪有什么罪恶？你是好人呀！印月，秀儿她娘误会了你，你猜怎么着，那鬼是我的徒弟柱子。"夏三爷把海八爷打鬼的事儿告诉了印月。

　　印月听了，漠然一笑，说道："这都是过去的事了，还提它干什么。不管是活鬼还是死鬼，都是罪孽的化身。人活在世上，本身就是在受罪，所以要经历'四苦'、'八难'。"

　　夏三爷发现她说的都是佛家弟子的话。他是俗人，搞不清佛门的规矩，不便深说。

沉了一下，他问道："印月，你在这儿，吃的用的需要点儿什么吗？"

印月笑道："谢谢您的好意，我在这儿生活得挺好，什么也不需要，您甭惦记着我。回头您见到秀儿，替我带个好儿，告诉她我一直没忘了她，让她用心学画儿。她很聪明，只要下工夫，会有出息的。您告诉她不要来看我。我暂时不想见任何外人。"

"嗯，我会跟她说的。"夏三爷点了点头儿。

印月又问海八爷和叶翰林的近况。夏三爷一一给她报了平安。

夏三爷心里纳闷儿，印月问了这个，又问了那个，怎么不问"荷花程"呢？

沉默了一会儿，他试探着说道："印月姑娘，程先生可是一直在想你，你……你们毕竟师生一场，难道……"

印月怔了一下，垂下眼帘，低声道："其实，我也很想他，但是您也许不知道我们之间究竟发生了什么变故。'横坐云游出世尘，兼无瓶钵可随身。逢人不说人间事，便是人间无事人。'我本不想跟外人多说，既然您今儿提起来，我就把实情都跟您说了吧。反正现在我已然出家了，什么都是过去的事儿了。"

她把她跟乔本舒的关系，她怎么认识的"荷花程"，后来又怎么遇到了乔本舒，乔本舒怎么想算计她，她为什么离开"荷花程"的来龙去脉，前因后果，给夏三爷说了一遍。

夏三爷听了，嗟然长叹道："唉，这么多年你可真不容易啊。看来你跟程先生之间，也是一场误会。你说的这些，他不见得都知道。"

"我想他早晚有一天会理解我的。"印月感叹道。

"程先生是文人，他的脾气轴。换了我们这些人，也许没那么多想法。唉，事已至此，他也该明白了吧？"

印月想了想，说道："夏三伯，人生一世，有一个知己足矣，程先生是我今生今世唯一的知己，我是非常敬重程先生的，为了他，我宁愿赴汤蹈火，也在所不辞，不管他对我怎么样，我宁愿守他一辈子。"

这番话，让夏三爷听了感动不已，他不禁对眼前的印月高看一头。心里暗忖，这真是个难得的烈女。不过，这位"荷花程"也忒一根筋了，人家这么好的女子，对他如此忠心耿耿，把他当作知己，反过头来看，他怎么能这样对待印月呢？俗话说：心诚，石头都能开花。这个"荷花程"，脑袋瓜儿怎么比石头还硬呢？想到这儿，他有点儿怜香惜玉，觉得印月看错了人。

"嗯，宁为玉碎，不为瓦全。印月，看来你对程先生真是忠贞呀。"夏三爷沉了一下，说道："但愿程先生能悟到你的心性。"

"我想他会的。"印月喃喃道。

"那什么，你用不用我替你，在程先生那儿捎个话儿？"

"不用了，谢谢您，三伯。我现在并不想让人知道我在什么地方。"

"你出家，是不是也有这个因由？"夏三爷猛然醒悟道。

"也许是吧"印月点了点头。

两人在禅房一直聊到夕阳西下，暮色临窗，寺里的尼姑叫印月去吃斋饭，夏三爷才起身告辞。

暮色之中的寺庙，异常寂静，庙里的香烟与暮霭交融在一起，使这座空静的古庙，透出一种虚无缥缈的幻境。寒风袭人，几只寒鸦在高大的树上呱呱地舔噪，让人陡生一种苍凉的寒意。

夏三爷不由得对印月的命运生出一丝悲意。人如果不是逼到一定的份儿上，谁会跑这儿来孤守寂寞？他心里嘀咕着，不由得撞倒了"五味瓶"。

印月一直把他送到山门外，分手作别时，她有些依依不舍，弄得老爷子心里挺难受。

那位赶车的倒是很守信用，一直在路边候着夏三爷。天冷，他猫在了车棚子里，见夏三爷出了山门，他连忙从车上跳下来。

夏三爷走到骡车跟前，转过身跟印月打招呼告辞。突然，印月迟疑了一下，冲他说道："夏三伯，您等我一下再走。"

夏三爷还没明白是怎么回事，印月已扭脸返身进了山门。

不大一会儿，印月从山门里闪出来，紧走了几步，到了夏三爷的跟前。

"夏三伯，如果您对机会，把这封信交给程先生。"印月犹豫着，把一封信递给了夏三爷。

夏三爷能体会到她此刻的心境，点了点头，说："放心吧，我会交给他的。"

印月向他深深地施了个礼，然后双手合十，轻声说："谢谢夏三伯。再见吧！"

"回头见！"夏三爷上了车，跟印月挥手告别。

第二十三章　乔本舒买女骗太监

夏三爷心里搁得住事儿，虽说在尼姑庵巧遇印月，是档子新奇的事儿，但他记住了印月的话，一直没对外人露。

一晃儿，到了清明节，他到城外的义地，给他父亲上坟扫墓，在回家的路上，碰上了"荷花程"，他猛然想起手里还拿着印月给"荷花程"的一封信。

由打印月离家出走，"荷花程"搬了家，他住的地方离"同义居"远了，始终没在大酒缸照面。见到夏三爷，他显得格外亲热。

"三爷，大酒缸的生意如何？""荷花程"笑着问。

"您不过来，生意能好得了吗？"夏三爷跟他打着哈哈儿。

"荷花程"看上去比从前老了许多，头发白了不少，脸色也有些憔悴，带着几分倦容。

"我这程子忙。实在话，我还真馋您的'汾州白'了。""荷花程"微微一笑说。

"忙也不能忘了喝酒呀！没有酒，您的画儿能有灵气吗？是不是呀？"夏三爷笑道。

"我明天一定去，说什么也得去。"

"您先别来了，还是我去看您吧。"夏三爷想起印月的那封信，心里掂算着得当面给他，顺便跟他聊聊。

"别价呀，我哪能劳您大驾？"

"瞧您说的，您搬了新家，我还没给您暖房呢。贺乔迁之喜是晚了点儿。可怎么着也得让我认认门呀！"夏三爷说道。

"好好，您来，我欢迎，我这儿还给您预备一张画儿呢。"

"为您这张画儿，我也得到您府上走一遭。"夏三爷笑道。

转过天，夏三爷拎着两坛子"汾州白"，奔了"荷花程"的新家。

夏三爷哪儿知道"荷花程"又碰上了坎儿。

"荷花程"万没想到自己会裹进罗罗缸儿。他自认为跳出了宦海，远离了官场，躲进小院，不问政事，赋闲在家，静心画画儿，已然算是"跳出三界外，不在五行中"的人了。没成想是非之事，你不找它，它却变着方儿找寻你。

他怎么也没料到印月隐姓埋名两年以后，会在赛马场上碰到乔本舒。他太清楚乔本舒的为人了，这是一贴狗皮膏药，只要粘上它，没好儿。

自然，他知道凭自己的本事，斗不过乔本舒。何况以他的心气儿，也不愿粘他，懒怠跟他过招儿。

几次跟乔本舒交手之后，"荷花程"确信印月是自己离家出走的，乔本舒也不知道她的去向。

他心生悔意。觉得自己错怪了印月。他把印月写的《爱莲说》装裱起来，挂在书房里。每天看着印月的墨迹，想着她的音容笑貌，常常不由自主地掉下眼泪。他懊悔不该误会印月的一片真心，但是转念想到了乔本舒，他觉得印月的出走，也是被逼无奈。

人海茫茫，他无处去寻找印月，只能悄然地把思念的伤感自己吞咽下去。他常常望着院里的海棠树发呆，有时耳边隐约能听到印月的笑声，回头寻找，方知是自己的幻觉，孤独地站在小院，茫然四顾，他不禁潸然泪下。

这个小院，常让他触景伤情，而且乔本舒接长不短儿地来跟他找麻烦。这家伙贼心不死，正在四处打探印月的消息。

"荷花程"翻来覆去地想了两个晚上，最后跟叶翰林合计了一下，决定搬出这个小院。

叶翰林比"荷花程"要世故一些，他的脑袋瓜儿也活泛，虽说城府很深，但多少有时也把心计挂在脸上。

他跟"荷花程"算是能过心的朋友，自然眼里不揉沙子，早就看出这位"荷花程"跟印月并非一般关系，只是碍着情面，不愿捅破这层窗户纸。

得知印月离家出走，他在跟"荷花程"喝酒时，着实把他奚落了一番。

"你呀，拿着芍药不当花，站在井边喊口渴。凤凰都飞到家门口了，却让她飞啦。让我怎么夸你呢？"叶翰林的嘴咧得像蒸破了的包子。

"荷花程"已然吃了后悔药，任叶翰林怎么踩咕他，他只是默然苦笑。

"唉，早知灯是火，天亮已多时。再说什么也晚了。也许我这草窝，藏不住凤凰吧。""荷花程"的脸上露出非常复杂的神情。

说归说，该帮忙还得帮忙。叶翰林赞成"荷花程"搬家。

"人挪活，树挪死。你还是换个地方好。"他对"荷花程"说。

转过天，叶翰林去找拉房纤儿的葛四爷。

葛四爷住在鼓楼大街灵官庙胡同的一个大杂院里。房子不大，两间南屋，也没有好好拾掇，屋子里非常零乱。

这是他的精明之处。其实葛四爷在北城有所挺大的四合院。您想他是拉房纤儿的，能没好房住？但他知道住好房惹眼，他怕遭人算计。所以那所大宅子，让他的两个儿子葛二葛三住着。他跟老婆住在大杂院里，一来掩人耳目，二来在大杂院住，耳朵根子杂，能多打听点儿市面上的消息。

"怎么着，想把黑芝麻胡同的院子卖喽，另找一套小院，是不是这意思？"葛四爷听叶翰林把想买房的事儿说完，耸了耸腮帮子，眼镜从鼻梁子上出溜下一点儿，翻着夜猫子似的眼珠子，瞄着叶翰林，问道。

"是这话，四爷多费心吧。"

"好说，'荷花程'，京城的大画家。他的事儿，我自然得上心。"葛四爷咧了咧嘴，干不龇咧地笑了笑。

"您是不是得看看那房子？"

"甭看，北城的房子都在我脑子里装着。不是住黑芝麻胡同吗？他的小院是不是离奎俊府不远？那是个挺规矩的四合院，就是进身太小，而且有奎俊府压着，财气不旺，风水上差点儿意思。"

拉房纤儿的都是这样，先把卖主的房子贬损一番，然后再压价。过到他手里以后，等他再往外卖的时候，这房子就什么毛病都没有了。

"这是程家的祖产。"叶翰林说道。

他算是服了这位葛四爷。心里说，这老家伙怎么哪儿的房子都摸底呀？

"是祖产，这还用说吗？四九城的房子，谁住的不是老辈人留下来的？"葛四爷瞪了叶翰林一眼，说道："卖房子倒是不发愁，找现房难点儿，您告诉'荷花程'，听我的话儿吧。"

葛四爷耗了十几天，才找"荷花程"。其实，他手头就有几套现成的四合院，完全可以马上就交易，但他必得沉那么几天，等卖房的主儿等得心急火燎了，他才揭锅。杀价，要看火候。

"荷花程"不愿为这事儿多走脑子，稀里糊涂地上了葛四爷的"套儿"。

黑芝麻胡同的房子很便宜地到了葛四爷的手里，正好在盐业银行做事的谢先生要买东城的房子。葛四爷把"荷花程"的小院吹乎一通儿，谢先生还真相中了这个院子。

葛四爷不失时机地抬了个高价。一千块现大洋从"荷花程"手里买的，他卖了一千五百块。

"荷花程"哪知道这里的猫腻。把一千块钱又交给葛四爷，让他另买一所房子。

葛四爷手里有套现成的三合房，在西四牌楼太平仓胡同，这是他从别人手里花八百块现大洋买的，一转手给了"荷花程"。

这个小院比"荷花程"原来的院子小了许多，而且是三合房。他里外里让葛四爷扒了两层皮。

搬到这个小院以后，"荷花程"心里踏实一些。虽然没断了对印月的思念，但乔本舒不来找寻他了。

乔本舒没遇到过这么熬头的事儿。聪明反被聪明误。他万没想到印月会给他来了个烧鸡大窝脖儿。

"姥姥的，她怎么会跑了呢？她这一跑，打乱了我的全盘计划。"乔本舒学着老北京人的话，气得直蹦高。

吃柿子找软的捏。他把肚子里的那股子邪气，都撒在了"荷花程"身上，跟"荷花程"鼻子不是鼻子，脸不是脸的兴师问罪。

"荷花程"是横竖不吃他这一套。一见面，乔本舒对他又瞪眼，又跺脚。他呢，乔本舒把眼珠子瞪出来，也只当没瞧见，任凭乔本舒怎么骂，他是笨木匠，就一句（锯），"印月上哪儿去了，我不知道，你爱咋着就咋着。"让乔本舒急不得恼不得。

乔本舒逼急了，很想拿"荷花程"扎筏子①。景八爷把他劝住了。

"兄弟，干吗那么沉不住气，'荷花程'好赖也算是京师的名人，你把

————————————————

① 扎筏子——北京土话，拿人出气的意思。

他伤着，当然也能跟着出名，但这个名声可不好听。何况你现在还吃着'皇粮'，往后在府里混不混了？做事不能莽撞，一着不慎，满盘皆输。留得青山在，不怕没柴烧。我不信那个印月不会回来找他。"

乔本舒虽说是"官混子"，但毕竟不是粗鲁之人。一想，景八爷说的也有道理，暂时留着"荷花程"这根桩子，不信套不着驴。

"对这个酸文人，真是急不得恼不得。妈的，一锥子扎不出血来，五锥子也没用。走着瞧，我早晚会收拾他。"乔本舒咬着后槽牙说。

放过"荷花程"这一马，乔本舒总得想主意，对付那个老棺材瓢子安二爷。他已然收了人家的礼，何况他还想利用他干事呢。

乔本舒是京城"花界"的翘楚，找个年轻貌美的姑娘，对他来说不是什么难事儿。他带着景八爷奔了"八大胡同"的"清风阁"。

冯四奶奶见了乔本舒，心说他又给我"送"钱来了，自然面带喜色，把"清风阁"挂头牌的丫头紫玉叫过来，陪着乔本舒。当然，冯四奶奶不能让景八爷在"清风阁"要单儿，也给他找了个顺眼的丫头。

紫玉长得妖媚动人，比印月小几岁。印月在的时候，显不出她来，她一直挂二牌三牌。自从印月走了以后，紫玉成了"清风阁"当家的丫头，不但挂了头牌，而且红得发紫，真成了紫玉。

乔本舒早就跟紫玉挨过身子了。那天，尽管紫玉对他百般献殷勤，愣没把他哄乐。

他的脑子并没在紫玉身上，而是琢磨着由谁来替代印月，给安二爷当小妾。紫玉的姿色和聪明伶俐劲儿当然最合适，但冯四奶奶怎么能轻易放了这棵"摇钱树"呢？

乔本舒太了解冯四奶奶了这个老鸨了，靠着养的这些丫头，她早就发了大财。给安二爷选妾，"清风阁"的丫头干脆甭想，哪个丫头从良，冯四奶奶也敢要你五百八百现大洋。像紫玉这样出众的丫头，甭想把她挖走。

话又说回来，即便把这里的丫头买走，她们也未准儿心甘情愿跟一个老棺材瓢子成亲。

乔本舒掂算来掂算去，想到了人贩子马五。这是他实在没辙的下策。

按乔本舒原来的想法，给安二爷找妾，是算计他的家产，憋着在他身边安"簧"，把老棺材瓢子给折腾死，乔本舒再把他的家产给搂过去。印月出走以后，他只能另打主意，临时抱佛脚。

乔本舒知道"清风阁"的"茶壶"侯七跟马五关系非同一般，便把侯七叫过来，让他改天约马五见面。

马五绰号"泥鳅"。方头大脸，光头，胖身子，一说话，满脸跑眼珠子。他的贼鬼溜滑从脸上能挂出相儿来。

跟乔本舒见了面，没说两句话，拿眼一"量"，马五就知道乔本舒求他找女人。

"乔爷，你甭多描了，说要哪道'汤'吧？是'没过水的'，还是开了苞的'二茬韭菜'。"

马五一张嘴，说的都是江湖上的黑话。"没过水的"，就是二八妙龄少女，"二茬韭菜"，是死了丈夫的寡妇。

乔本舒晓得这里头的行市，也知道这里头的水深水浅。就他的本意来说，给安二爷找个"没过水的"比较稳当。但他知道"没过水的"价码儿低不了。何况安二爷是老太监，他找小妾，纯是面儿上的事，弄家里一个花瓶，当摆设。年轻貌美的姑娘在这老棺材瓢子身边呆不住。所以，不如捡便宜的开口。

"您费心给挑个'二茬儿'就得，不过模样儿得能看得过去。"乔本舒冲马五诡秘地一笑。

马五笑道："我手里可没'白菜帮子'。想要'拉秧的'，我还没地儿找去。"

"是是，有您替我掌眼，我一百个放心。"乔本舒说道。

马五贩人如同贩货，也有江湖上的规矩。找人就是找人，他不问你干什么，也不打听给谁找。当下，乔本舒给了他二十块现大洋的定钱。

转过天，马五给乔本舒递过话来，让他到大茶馆"相货"。

乔本舒叫上景八爷来到"祥泰和"大茶馆，见到了这个"二茬子韭菜"。

这个"二茬韭菜"小名叫玉兰，二十五六岁，是京西门头沟人，丈夫是煤窑的"窑花子"，头年得痨病死了。身边有俩孩子，因为受不了婆婆的气，她抛下俩孩子，只身来北京当老妈子。没成想小叔子接长不短儿地来北京找寻她。敢情小叔子憋着要娶了她。

雇主怕惹麻烦，把玉兰给辞了。她正走投无路呢，让马五手下的一个"眼"给收了，预备着把她捌饬捌饬卖到河南，乔本舒的买卖来了。

乔本舒和景八爷端详了一下玉兰，模样儿还算周正，只是满脸菜色，清瘦的小脸没有水气儿，像个干巴巴的摞了几天的窝头。

"你今年多大啦？"景八爷问玉兰。

玉兰又往小了说了两岁："我今年二十一，属虎的。"

景八爷心说，二十一？你倒没说十八岁！就你这模样儿，快赶上四十一的了。他知道这路女人，嘴里没实话。

"知道吗？给你找个好主儿。"景八爷朝乔本舒递过一个眼神，扭脸问玉兰。

"知道，马爷跟我说了。那男的是干什么的？"

"是做大买卖的，知道前门外有个大栅栏吧？"

"嗯，听说过，那不是养骆驼的地方吗？"

"嗐，大栅栏怎么成了养骆驼的地方啦？"

景八爷差点儿没笑掉腮帮子，他一听这话，就知道玉兰是个没见过世面的雏儿。

"跟你说，大栅栏是做买卖的地方。"景八爷笑道。

"噢，那儿都有什么呀？"

"那有好多大买卖家。大栅栏里最大的一家字号，就是你要跟的这位爷开的。""那他一定很有钱吧？""当然，你这么漂亮的人，能给你找个穷主儿吗？真是的。""他多大岁数啦？""岁数不大，跟你岁数差不多，就是长得老点儿，反正配你正合适。到了那儿，你得听话，手脚勤快点儿知道吗？"

"知道，我就不怕干活儿。"玉兰倒是傻实在，一听这男的有钱，饿不着肚子，又能躲开一直找寻她的小叔子，很乐意被卖到这家。

景八爷问乔本舒："怎么样，您觉得？"

"嗐，能怎么样呀，好赖就是她吧。"

乔本舒点了点头。讨价还价，又给了马五二十块现大洋。

虽说花四十块现大洋买了一个"二茬韭菜"，乔本舒觉得吃了亏，但这种"二茬韭菜"，真让他现找，也不容易，他只好认头了。

买的女人跟保媒拉纤儿介绍的女人是两回事儿，买的女人给了谁，就是谁的人，自己没有人身自由。及至玉兰见到安二爷，才知道自己要跟的是个老棺材瓤子。她身不由己，只能认命。

景八爷有主意，临见安二爷之前，给玉兰买了身衣裳，脸上又化了妆，涂了一层白粉。那粉涂得忒厚了，玉兰一笑，脸上直掉面儿。

玉兰说："我快成了演戏的了。"

景八爷心说，这可不是演戏吗。

安二爷一见玉兰，当时就对乔本舒瞪了眼珠子："这是怎么话儿说的？人怎么换了？这不是我在'会贤堂'见的那个丫头呀？"

乔本舒把早就预备好的话道出来："那个女的模样儿是比这个好，可您猜怎么着，临完一打听，敢情她有痨病。"

"噢，她有痨病呀？我说那天见面儿，她怎么不敢正脸看我呢。"安二爷想起那天在'会贤堂'见印月时，她脸上的表情。

乔本舒顺水推舟说："可不是吗，您这把岁数了，我总不能蒙您吧。给您找个病秧子，是她侍候您呀，还是您侍候她呀？"

"哦，那倒是，还是乔爷为我着想！"安二爷哼了一声。

"可不是吗？开始也没细打听，得让您先过眼呀。及至您这儿点了头，我再一扫听，她得的痨病还不轻，已然在家养了一年多。您没瞧出她的脸色儿吗？"

"嗯，那脸是挺白的。这个呢？"

"这个当然不错了，身子骨结实着呢。就是饭量大点儿，一顿饭，能吃四个馒头。也就是您，老爷子能养得起她。"

安二爷一听这话乐了，他喜欢身子骨儿结实的。

他挤咕了一下老鼠眼，瞄了瞄坐在椅子上的玉兰，咽了口气，巴咂了一下嘴，对乔本舒说："她的脚，倒是中我的意。"

敢情安二爷找女人，不在乎脸上的眉眼，而在乎脚大脚小。

在宫里呆了几十年，他给皇后洗过脚。每次洗脚时，他总是细细地端详一番。皇后的脚没裹过，那是女子从娘胎里带出来的天然脚，跟他小时候看他娘的"三寸金莲"不大一样，他看着不舒服。

"三寸金莲"走起道儿来，一步三晃，如风摆荷叶，他看着那么可心。

那会儿他还没进宫，是全须全尾的孩子，他曾幻想着有一天找媳妇，就找脚小的。进宫以后，他自然断了娶媳妇的梦。不过依然喜欢看那"三寸金莲"。

辛亥革命以后，中国妇女开始放弃了缠足。不过，一般老百姓生了女孩儿，还是照样缠足。玉兰的脚自然也是"三寸金莲"。

"好好，一顿四个馒头我供得起。"安二爷对玉兰的脚是十二分的如意。自然，给了乔本舒一份很厚的谢仪。

乔本舒总算松了一口气，他跟景八爷临时割了捆"二茬韭菜"，算是给安二爷圆了场。安二爷把玉兰接到家以后，才知道自己被乔本舒算计了。当然，这是后话了。

第二十四章 生悔意“荷花程”
赋诗作画

"荷花程"搬家是为了躲清静，但是他跟"清静"这俩字没缘。刚搬到西四牌楼不久，他的两个湖北公安的同乡便找上门来。

这俩同乡，论起来是"荷花程"的晚辈，一个叫章庭诗，一个叫袁文举。章庭诗跟"荷花程"拐着弯儿沾点儿亲，是他母亲的舅舅的孙子，见了面儿也管他叫舅舅。袁文举自称是袁中郎的十五世外孙。

这两人在湖北公安都属望族子弟，袁文举考入了北京大学。章庭诗的家族已然中落，生活拮据，来北京以后，考入了免费入学的东城北总部胡同的俄文专修馆。二人均在北京念书，因为是同乡，成了总角之好的朋友。

他俩是在湖北会馆的一次同乡聚会上，知道"荷花程"的。其实，"荷花程"为了躲清静，像这种同乡聚会，一概不参加。但他已然在同乡之中有了点儿名气，自然也就成了一面招牌，常被同乡捧出来炫耀。

常言道：老乡见老乡，两眼泪汪汪。头一次见面，"荷花程"在自己的小院热情款待了二位一番。他让吴妈下厨炒了几个菜，跟两个晚辈人喝了几盅酒。

印月走了以后，家务事没人管了。没辙，"荷花程"只好雇了一个老妈子。

吴妈是京东三河人，五十多岁，性情和善，手脚勤快不说，还能下厨烹饪，做出的饭菜挺对"荷花程"的口儿。每次家里来了客人，"荷花程"便让她掌灶。

不知是头一次到"荷花程"家，他的热情，让这俩年轻人觉得他和蔼可亲，信得过，还是这俩年轻人认为"荷花程"知识渊博，谈吐深沉，跟他在一起长学问。总之，自从"荷花程"跟这俩年轻人相识之后，他俩隔三差五地来"荷花程"的小院。

最初，他们是谈天说地，聊些家乡的事儿和来北京的见闻。"荷花程"觉得跟他们在一起扯闲篇儿，一来解闷，二来也了解一些社会现象，可以排遣由思念印月引来的苦闷和孤独，倒没觉出什么来。可是后来，聊着聊着这俩年轻人便谈到了政局和"主义"与"共和"。到这会儿，"荷花程"才明白这两位大学生敢情是孙文的追随者，而且加入了革命党。这让"荷花程"胆儿小了。

"荷花程"并非反对"共和"，也不是不忧国忧民。他是怕招惹是非。既然已退隐江湖，他不想再过问政事。但年轻人血气方刚，年少气盛，他又不便阻拦，把二位拒之门外。这让他这个读书人又陷入两难的境地。

有道是，世事洞明皆学问，人情练达即文章。"荷花程"属于局外观棋，虽说他不愿跟年轻人谈论政事，但他不是白吃咸盐的，脑袋瓜儿没闲着。从戊戌变法到庚子事变，从辛亥革命到大清国的玩完，从有皇上的年代到民国政府的成立，这些年，时事风云变幻莫测，政局不稳，内战频仍，他都一一经历。

所以他什么事都看得很明白了。木秀于林，风必摧之。他算计着这两位老乡早晚会出事儿。尽管心里为他俩捏把汗，但他对外人不愿暴露他们的身份，即便是对好友叶翰林，他也守口如瓶。

叶翰林在"荷花程"家，碰到过袁文举和章庭诗。言谈话语之中，叶翰林挺佩服文举的文才。但他并不知道这二位是革命党人。

俗话说，越渴越吃盐，越冷越招风。"荷花程"虽然见了面就劝这俩老乡多加小心，但是这二位还是出了事儿。

民国十二年，京城的学子闹起了学潮，先是北京大学的学生起来反对民国政府教育总长彭允彝的风潮，北大的一千多号学生到北京政府请愿，被军警打伤三百多人，学生们愤然游行讲演，闹得满城风雨，警察四处捉人。紧接着京汉铁路工人大罢工，长辛店的铁路工人积极响应，直系军阀吴佩孚派军队镇压，造成震惊中外的"二七惨案"，北京的工人、学生上万人举行示威游行。这一风波未平，元宵节大学生又举行提灯游行，电请孙中山北上，又把北洋政府激恼，出警镇压。学运风潮一个接着一个，弄得人心惶惶，草木皆兵。

那天夜里，"荷花程"刚上床躺下，猛然听到一阵急促的敲门声。他赶紧起来开门，一看是袁文举和章庭诗。

"程先生，实在对不住，我们……"章庭诗喘着粗气说。

"有什么话进屋说。""荷花程"赶紧让他俩进了院，随手关上了街门。

仨人进了屋，章庭诗对"荷花程"说："我们十个人正秘密开会，商量游行的事儿，被警察发现了。"

"荷花程"明白了他的意思，对他说："得了，你别往下说了。今儿晚上，你们俩哪儿也别去了，就在南屋住下吧。"

他叫醒吴妈，给他俩找了点吃的，又安排了睡觉的地方。刚安顿好，就听见门外"咚咚"地敲门。

"荷花程"一听敲门的动静，就知道这二位把军警给招来了。

"怎么办？程先生，你快拿主意吧。"吴妈毛了，吓得两腿直打颤。章庭诗说："我们走吧，别连累您，给您找麻烦。""荷花程"哪忍心在自己家让军警把两个同乡给捉走。他灵机一动，让吴妈带着章庭诗和袁文举进了厨房。

"你们在这儿藏好，我去对付他们。"他对章庭诗和袁文举说。

"程先生，您……"袁文举握着"荷花程"的手，一时不知说什么好了。

"去，听话。""荷花程"朝他们挥了挥手，转身出了屋，去开街门。

打开街门，"荷花程"愣在那儿了。他万万没想到站在眼前的是"马前"，他身后是七八个荷枪实弹的军警。

"哈哈，程先生，有日子没到大酒缸喝酒了是吧？""马前"阴不搭地干笑了两声。

"你……啾，我不是搬了家吗。""荷花程"稳了稳神，说道。

"嗯，搬了家也不言语一声，我还没给您道乔迁之喜呢。"

"您这是？您找我有何贵干？""荷花程"有意装作没看出事来的样子。纳着闷儿问道。

　　"马前"冷笑了一声："别鼻子插葱，装相（象）了。'跪干'？还没到时候呢？"

　　"我不明白您这是什么意思？"

　　"关老爷赴会，单刀直入吧，都是熟人了，我不跟你多费吐沫儿，今儿也算认认门。""马前"朝身后的军警一摆手："哥儿几个，进院子吧。"

　　"你们想干什么？""荷花程"用手拦住了他，问道。

　　"干什么，还用我明说吗？你不是抓把黄土当朱砂，做糊涂事儿的主儿。别以为你这儿大门一关，外面就没有眼睛盯着。"

　　"马前"不由分说，一把推开"荷花程"，带着军警进了院。

　　"说吧，刚才那两个学生藏在哪儿？"他逼着"荷花程"问道。

　　"什么学生？我怎么不知道呀？你应该了解我呀，外面的事儿我从不过问。""荷花程"遮掩道。

　　"我说了，咱们是熟人，我不会把你怎么着。不过，跑你这儿的学生，你得给我交出来。你别跟我这儿淘米水洗脸，粘粘糊糊地打哑谜玩。"

　　"我真不知道。真！我正在被窝里，哪儿见着什么学生啦？""荷花程"从容不迫地应付说。

　　"好，好，程先生，你说话怎么含糊了，钟馗打饱嗝，肚里有鬼吧？甭费话了。哥儿几个给我搜！""马前"对一个军警小头目递过一个眼色。

　　吴妈已然提前让章庭诗和袁文举藏到了大立柜里。这帮人在屋里屋外搜了半天，没有找到人。

　　"人呢？程先生，你把人给藏到哪儿了？说吧。""马前"突然绷起了脸，对"荷花程"问道。

　　"不知道。你们这是干什么？欺负人吗？""荷花程"急赤白脸地嚷道。

　　"明明看见那两个学生跑到这个院了，你会不知道？"军警小头目厉声问"荷花程"。

　　"不知道，就是不知道！""荷花程"毫不示弱地说。

　　"妈的，你还嘴硬！"小头目气急败坏地上去，照"荷花程"的脸就是一巴掌。

　　这一巴掌把"荷花程"给打蒙了。他突然像一只暴怒的狮子，冲向那个小头目吼道："畜生，你这个畜生敢动手打人？还有没有王法啦？"

"马前"没想到这个文弱的画家，发起脾气来会这么冲。那个小头目后退了两步，猛地掏出了手枪。站在一边的吴妈见状冲了上来，护住了"荷花程"。

"你们可不能开枪呀！他是好人！"吴妈甩着哭音说。

小头目冷笑了一声，对手下的军警喊道："把他带走！"

只见他身后的军警一拥而上，把"荷花程"给绑上了。

"马前"凑到"荷花程"身边说："程先生，这叫敬酒不吃，吃罚酒。你不把人交出来，那就对不住了，跟我们走一趟吧！"

军警押着"荷花程"正要走出院，袁文举和章庭诗在立柜里沉不住气了，推开柜门，冲到屋外，大声说："我们在这儿呢，没有程先生什么事儿，你们要捉，就捉我们好啦！"

"马前"一回身，冷笑道："好呀，我这叫一石三鸟。"他冲军警说："还不动手。"

上来几个军警把章庭诗和袁文举也给绑上了。

"荷花程"在炮局关了两天，被放了出来。在审他的时候，上了刑，身子骨儿受了不少委屈。他回到家，歇了一个多月才还了阳。

那两个同乡章庭诗和袁文举在里头吃了不少苦，过了三个月才被北京大学的师生们请愿，释放出来。

怕"荷花程"再跟他们吃瓜络儿，章庭诗和袁文举不再找他了。但是"荷花程"有了这么一出儿，自然成了"马前"他们暗中监视的对象。他们之所以放了"荷花程"，也是想放长线，钓大鱼。

"荷花程"自然明白自己的处境，他见到夏三爷说是搬了家，因为道儿远，不去大酒缸了，实际上是因为自己刚出了事儿，去"同义居"大酒缸，怕给夏三爷他们惹麻烦。

夏三爷哪儿知道"荷花程"惹出这么一场祸来，见到"荷花程"的第二天，他便揣着印月给他的那封信，拎着"汾州白"来看他。

"荷花程"是胳膊折了往袖口揣的人，甭瞧他外表看是文墨人，一脸儒气，其实他骨头挺硬。

他跟夏三爷只字不提因为两个学生被捕的事儿，好像走着道，不留神扑通掉暗沟里了，爬起来，掸掸身上的土，又接茬儿往前走，到了地方，早把掉暗沟的事忘了似的。

他跟夏三爷谈笑风生，看不出来受过什么委屈。

"怎么样，程先生这崩子①可好呀？"夏三爷跟他寒暄道。

"挺好，我搬到这儿来挺清静。""荷花程"淡然一笑，让吴妈给夏三爷沏茶。随口说道："真想'同义居'的'汾州白'啦。三爷，那些老酒友们还常去吧？"

"去，去。'同义居'全仗着这些老照顾主儿给撑着面儿呢。"夏三爷说道。

"还得说您的酒好，小菜也地道。不瞒您说，您做的那几样小菜，还真馋人，我在家里试着让吴妈做了几回，怎么也做不出来您那儿的味儿。怪了。"

"程先生，现如今做买卖也不照老年间了，东西好是一回事，还得有人捧场。我不说您也知道'同义居'的斜对门又开了家'同仁居'，他们那酒和下酒菜如何，我不便褒贬。但是，他们衙门口里有人，生意照样做起来了。"

"您甭看一时一事，北京人喝酒还是认口儿，喝顺了口儿，谁也没辙。他的酒再好也没用。"

"这话我爱听。"夏三爷笑道："我就知道您好长时间没泡大酒缸，想'汾州白'了。今儿特地给您拎了两坛。这是我徒弟新从老家拿来的陈酿。"

"知我者，三爷也。""荷花程"站起来，给夏三爷打了个揖，说道："我谢谢您啦。不过，您可别笑我嘴急，没出息。既然拎来了，我得先喝一盅。"

说着话，他让吴妈拿来酒盅，倒了一杯酒。

"三爷，我可就不让了。嗯？哈哈哈。""荷花程"说完一饮而尽。

"好酒，真是好酒。""荷花程"巴咂巴咂嘴，意犹未尽地诵了两句诗："花门楼前见秋草，岂能贫贱相看老。一生大笑能几回，斗酒相逢须醉倒。"

这是唐代诗人岑参的诗。

———————————

① 崩子——北京土话，这一段时间的意思。

夏三爷不大懂诗，一听他说“须醉倒”，急了，忙道：“程先生，您留着这酒慢慢喝，别一上来就醉倒了，我还有话跟您说呢。”

“荷花程”笑了笑，说道：“是呀，一杯酒哪儿就能把我醉倒了呢？啊？三爷，我这是见了好酒高兴，酒不醉人人自醉。是不是呀？哈哈。”

“荷花程”让吴妈把酒坛子收起来，又跟夏三爷扯了会子闲篇儿，夏三爷这才说到正题上。他把印月离开“荷花程”住到他家，怎么遇到鬼，又怎么二次出走，最后他怎么在姑子庵见了她的前前后后都告诉了“荷花程”。

“荷花程”一边听，一边叹息，末了儿说了一句话：“唉，茅草去后才觉香。都怪我呀！早知现在，何必当初呢。”

夏三爷陪他叹了口气，说道：“事已到此，您也就别紧溜儿埋怨自个儿了。”

“但愿她能理解我现在的心情。”“荷花程”迟疑了一下说。

夏三爷从怀里掏出印月的那封信，对“荷花程”说道：“我看她对您可是没有一句挂气儿的话，她一再说离开您是没辙的事儿，她躲的是那个姓乔的。您看，这是她让我带的那封信。”

“嗯，三爷，谢谢您代劳了。”

“荷花程”接过那封信，打开一看，敢情是印月写的一首诗：

> 月白离情幽处切，冰清凝愁静中深。
>
> 眼随寒风荷花落，眉转枝头乔木淋。
>
> 晨钟轻响犹慰意，暮垂鸟啼却伤心。
>
> 古寺临窗思春酒，来日池边有绿阴。

“这首诗写得太好了，三爷，印月真是难得的才女呀！”“荷花程”沉吟道。

“敢情，您不想想她是谁的学生呀！”夏三爷随口搭音道。

“不不，她要比我有才，扪心自问，我应名儿是她的老师，但是人品和文品却不如她呀！”

“您这是自谦。”夏三爷笑道。

“不，我这是真话。”“荷花程”把印月的诗收好，沉吟半晌，对夏三爷道：“三爷，我得麻烦您一趟了。”

夏三爷笑道：“让她还俗是不是？这趟差我去，一准去。”

"三爷，我真是给您添乱了。"

"您干吗这么客气呢？"

"我琢磨着这事只有您去合适。印月信服您。"

"可您让我拿什么请她回来呢？她信服我是面儿，信服您可是心呀。我总不能光带着舌头去吧？"夏三爷笑了笑说。

"荷花程"笑道："那是那是。您等等我。"说着，他铺纸研墨，挥毫在纸上画了一幅《荷花图》，这幅画上的荷叶很大，叶子上点了几个露珠，两朵并蒂的荷花含苞待放，一只蜻蜓在上面逗弄着这两朵荷花。

他画完之后，换了一管毛笔，在画上题了两句诗："映日清荷一点红，今年谁此凭栏杆。"

"妙笔呀！您的这幅画，胜过千言万语！"夏三爷在一旁赞叹道。

转过天，夏三爷让柱子照应门面，他带着"荷花程"画的《荷花图》，坐着杨二拉的洋车，出了家门。

"那尼姑庵在什么地方？"杨二问夏三爷。

"唉，那天那个赶车的东绕西绕的，把我搞得晕头转向，我只记得有个马官营，离莲花池不远。"

杨二笑了笑说："这位印月姑娘倒是有学问，出家都会找地方，莲花池。她到哪儿都离不开荷花。"

"让你这么一解释，还真是。八成是巧合吧。"夏三爷笑道。

杨二把夏三爷拉到西便门。夏三爷本想改坐骡车，杨二不干。

"嗐，已然到这儿了，还是我拉着您去吧。正好我也出城踏踏青。"

"行呀，完了事儿，今儿我在大酒缸，请你喝'汾州白'。"夏三爷笑道。

杨二在城门边上的修车铺，给车打足了气，紧了紧绑腿，煞了煞腰，拉起洋车出城，上了路。

清明一过，北京的春天算是来了。阳光明媚，清风和暖，远处西山的纹路已隐现出绿影，田野上的草，开始返青，河边的柳条吐出嫩芽，在微风中，轻摇着自己柔弱的身姿。杏树、桃树、海棠树已然有了花骨朵。

夏三爷坐在车上，想着印月见到"荷花程"的画会是什么心情。嗯，她会感动得落泪吧？也许用不了几天，她便会还俗，回到"荷花程"的身边。

成全他们的一桩好事，也算是把头年秀儿她娘把印月赶出家门，留下的遗憾给找回来了。

他不清楚佛家对出家和还俗有什么规矩，影影绰绰地觉乎着印月跑到这儿当尼姑，是万不得已的事。

夏三爷和杨二一路上边走边聊，临近晌午，找到了那座尼姑庵。

夏三爷让杨二跟他一块进去。

杨二开玩笑说："三爷，我六根不净，进尼姑庵犯忌，回头再让住持给我打出来。还是您一个人去吧，我在外边歇会儿。"

夏三爷推开寺院的门，走了进去。院里异常清寂，一个小尼姑迈着小碎步，从正殿走出来，双手合十，笑着问道："施主是来进香还愿吗？"

夏三爷向她施了一礼，说道："不，我是来找印月的。"

"哦，您找韵月？请施主等一下。"这个尼姑微微一笑，轻声说了一句，然后转身进了后院禅房，叫过一个年纪有四十多岁的尼姑来。

她款款地走到夏三爷身边，双手合十，施了一礼："在下韵月，给施主施礼了。"

夏三爷一听她叫韵月，愣住了，笑了笑说道："我找的是印月。"

"呦，您找印月呀，对不住，我听错了。"叫人的那个小尼姑不好意思地笑了。

韵月对夏三爷道："施主找印月有什么事儿吗？"

"嗯，有点事儿。"

"她已经离开本庵，到外地云游去了。"韵月淡然一笑说。

夏三爷吃了一惊，说道："啊，她走了？什么时候走的？"

"已经有两个月了吧。"韵月说道。

"您瞧这事闹的。她怎么又走了？嗯，我来晚了一步。得，打扰你们了。"夏三爷把脸阴下来，悻悻地说着，转身出了山门。

小尼姑把夏三爷送到门外，看看身后没人，悄声对夏三爷说："施主，您是印月什么人？"

"我是她的家人。"夏三爷打了谎说。

小尼姑凑近夏三爷，低声道："既然是这样，我就告诉你实话吧。刚才您见到的那位韵月，是我们这个庵的监院。我们这个庵有十多个尼姑，哪儿来的都有，在这儿出家都两年以上了，只有印月是新来的。因为我们这个庵，比较小，香火不旺，平时吃喝全靠我们到外面四处化缘。印月来了以后，每天除了念经做佛事，就是读诗作画。您知道她很有文才。"

"对对，她是才女。"夏三爷插了一句。

"可我们这儿不是读诗作画的地方呀。您刚才见到的那个韵月，见她成天在庵里舞文弄墨，不出去化缘，跟她念秧儿，有时还跟她摔咧子。说她如果再不出去化缘，就让她另投山门。印月常常一个人晚上暗自落泪。我总劝她，让她出去走走，哪怕化不来缘呢，也不能让韵月总数落她。但她的性情很轴，宁肯离开这儿，也不出去。两个月以前，有个中年妇女，到我们庵来进香。她是京西门头沟那边的大户人家，家里有个女孩得病死了，到这儿来还愿。不知怎么回事，印月跟她很谈得来，那女的后来又到我们这儿来过两次，最后一次，印月跟她走了。临走的时候，她对我说要还俗，在家当居士。我问她去哪儿，她说到门头沟去教专馆，那个进香的女子家里有两个十几岁的孩子。"

夏三爷叹息了一声，问道："你知道那个女子家住在什么村吗？"

"不知道，香客一般都不留住址。"

"印月走的时候也没跟你再说什么？"

"没有。她连还俗的事儿都让我不要跟韵月说。只是说她到外面云游去了。"

"唔，我明白了，谢谢你把实情告诉我。"夏三爷说了一番感谢的话，跟这位小尼姑告辞。

夏三爷回到城里，天已擦黑，他不能让杨二白跑腿，给了他几块现大洋。杨二执意不要，俩人推让了半天，杨二才收下。

夏三爷吃过晚饭，去找"荷花程"，把印月离开尼姑庵的事告诉他。

"您这幅画，我原物奉还。"夏三爷把画递给"荷花程"。

"她能还俗，说明她俗心未泯。我想她的才学，有朝一日能发挥出来。如果真能这样，我原来的那片苦心也算不枉费了。""荷花程"沉吟道。

"可她离您是越来越远了。"夏三爷道。

"唉，只要心在，再远也觉得近。两情若是长久时，又岂在朝朝暮暮。我想她早晚会回来。""荷花程"聊以自慰地笑了笑。

他把那幅《荷花图》展开，研磨挥毫，在题的那首诗的后边，又写了两句诗："蜻蜓有心还惜别，藕断丝连到天边。"

"嗯，这两句诗填得妙呀！"夏三爷虽然不懂诗，但却从这前后写的四句诗里，品出了"荷花程"的心性。

第二十五章 醉鬼张三夜还烟嘴

开春以后，夏三爷的心里出现了空档儿。原因是海八爷离开了北京城。

海八爷长这么大没离开过北京城，他怎么突然出了北京的城圈儿呢？说来也是寸劲儿。

年前，张总管跟海八爷摊了牌，他知道自己被浩贝勒府给辞了，心里一直惦记着侍候过的那几匹马。心说，我不跟贝勒爷道声别，也得跟那几匹马说声再见。不在浩贝勒府干了，往后再见它们可就难了。

正月初五这天，他在五哥家吃了"破五"饺子，便回到了城里。下午，他在"同义居"大酒缸喝了几碗闷酒。

夏三爷看出他脸上挂出阴影，问他："海子，是不是有什么心事儿？"

他摇了摇头，打了个马虎眼："没事儿，三爷，我能有什么心事儿？"

喝酒的人都知道，酒逢知己千杯少，酒入愁肠化作相思泪。人就怕喝闷酒，酒量再大，喝闷酒，三杯两碗也能醉。

海八爷带着几分醉意晃晃悠悠地出了"同义居"。路上，他在小摊儿上，买了一斤蔗糖做的三角形的"粽子"糖，醉么咕咚地奔了浩贝勒府的马号。

看马的鲁爷见他走道儿打着晃儿，再闻他身上的酒气，就知道他没少喝。

"八爷，你今儿怎么过来了？"鲁爷把他让到马号的南屋。

这是平时驯马师住的地方。房子不大，盘着土炕，有一小方桌，两把椅子，屋里零乱不堪。

"啊，我过来看看'紫燕子'和'画眉眼'。听说了吧，我被辞了。"

"是，我知道，关爷也走了。马号就留下了我和一个喂马的。"

"嗯，以后就让你们多受累了。"

"我还真舍不得你走。"鲁爷瓮气瓮气地说。

"是，我来跟你道个别，也来跟它们道个别。"海八爷指了指马号里的马，说出这话，他不由得鼻子有些发酸，眼泪在眼眶子里打转儿。

"你去吧，我刚喂完它们。"鲁爷不便多说什么，拉开栅栏门，让海八爷进去了。

海八爷见了这几匹曾经朝夕相伴的马，透着那么亲，摸摸这匹马的头，又摩挲摩挲那匹马的身子，嘴里不停地叨唠着："'紫燕子'，想我没有？嗯，我走了以后，你调皮没有？ '画眉眼'呀，你怎么瞅着我犯愣呀？不认识我了吗？我不在的时候，谁每天带你遛弯儿呀？嗯？"

那几匹马见了海八爷也显得那么亲切，好像它们知道海八爷是来话别的，一匹匹都变得那么乖，温顺地摇着尾巴，接受海八爷的爱抚。

海八爷从兜里掏出"粽子糖"，一块一块地塞到马的嘴里，那马有滋有味地蠕动着长颚嚼着。

"怎么样，甜吗？"海八爷轻轻地拍着"紫燕子"的脖子，像问一个孩子似的说："嗯，糖是甜的，我的心是苦的。'紫燕子'，我刚喝了酒，你没闻到我身上的酒味吗？"

"紫燕子"好像听懂了他的话，打了一个响鼻，摇了摇尾巴，把脸贴在了他的身上。

他似乎有一肚子话，要跟这几匹马说，唠唠叨叨地说到掌灯时分，他还没说完。

鲁爷提着马灯走进来问道："八爷，都什么钟点儿了。你不打算走了？"

海八爷笑道："我舍不得离开它们，今儿不走了。"

"不走，你睡哪儿呀？"

"我就睡在马号里了。"

"什么？你打算跟马睡一块儿吗？"

"嗯，我跟它们睡一宿。"

"八爷，你是不是喝高了？"鲁爷诧异地看着海八爷，纳着闷儿问道。

"我喝高了？哈哈。我还有喝多了的时候吗？不不，我没醉，我是见了它们舍不得走。鲁爷，你说我不在浩贝勒爷这儿干了，还能见得着它们吗？"

"怎么见不着。想见，你天天来呀。我在这儿呢，还能拦着你见它们？"

"不不，往后我见它们可就难了。不行，我得跟它们好好呆一宿。"

鲁爷见他说话有点儿呓儿八症①的，不便拦着他，说道："你要愿意，那你就跟它们一块儿睡，我把马灯放这儿了，有什么事儿，你叫我。"

海八爷那天真睡在马号里，陪着这些马呆了一宿。

第二天早晨，鲁爷跟着浩贝勒爷进马号看马，只见海八爷躺在马食槽子里，呼呼睡着，"紫燕子"和"画眉眼"正拿舌头舔着他的脸。

"这小猴儿崽子，倒真会享福，瞧见没，这些马跟他多亲热。哈哈。"浩贝勒爷不禁大笑起来。

这档子事让浩贝勒爷挺受感动，也让他把海八爷送出了关外。

敢情奉系军阀一个姓唐的司令，看上了浩贝勒爷的这匹"紫燕子"，提出要拿一辆德国卧车跟浩贝勒爷换这匹马。

军阀混战时期，司令满天飞。这位唐司令是养马出身，后来当了土匪。拉出一杆子人马，当了司令，以后，被张作霖的奉军收编，因为他好马，张作霖把一个骑兵旅交给了他。所以他说是司令，其实是个骑兵旅的旅长。

浩贝勒爷本来舍不得出手"紫燕子"，但这位司令爱马如命，托人弄饯地死乞白赖要这匹马。最后由他五哥说和，浩贝勒爷忍痛割爱，要了这位司令两千块现大洋，把"紫燕子"卖给了他。

在卖马的时候，浩贝勒爷无意之中说起了这匹马如何通人性，海八爷跟它怎么有交情的事儿。让这位司令动了心。

"这位马倌儿，我也要了！"唐司令又多给了浩贝勒爷一千块现大洋，要海八爷也跟着马一块过来，专一给他侍候这匹马。

浩贝勒爷也是出于好心，他觉得海八爷不在他那儿干了，正愁没饭辙呢，给他找个差事，不是挺合适吗？于是就随口答应了。

海八爷哪儿舍得离开北京城呀？可是浩贝勒爷已然应了人家，他不能折

① 呓儿八症——北京土话，迷迷糊糊，胡言乱语的状态。

浩贝勒爷的面子。再说他离开浩贝勒府，一时也没有现成的差事，而且出关也不是干别的，是侍候"紫燕子"。想来想去，他想不出更好的理由回绝这份差事。就这么样，他跟着这位奉军的唐司令走了。

临走之前，夏三爷为他饯行。

"掏心窝子话。我舍不得让你走，'同义居'缺你这么一把好手啊。"夏三爷脸色凝重地吧息道。

"三爷，我撑死了在那边呆一年，就回来，浩贝勒爷待我不薄，我怎么着也得给他撑个面儿。"海八爷说。

"是呀，他已然答应了人家，话已然收不回来了。不过，你出去闯荡几年也好，开阔一下眼界。"夏三爷沉吟道。

海八爷看出夏三爷心里不好受，叹了一口气说："大酒缸让您一个人操持，我也不落忍。不过，您什么都能对付。三爷，等我回来吧。"

"是，你回来，我也该交班了。"

"您多保重。留神家贼。"

"我明白。"

这一老一少说了一宿体己的话。

海八爷跟秀儿分手时，掉了眼泪。

秀儿感到这事儿很意外，她舍不得让海八爷走，当着他的面哭了鼻子。

海八爷劝了她半天，说他顶多一年就回来。

"真的吗？"

"当然是真的，冲着你，我在那边也呆不住"。

"你在那边，孤孤单单的一个人，可要多保重自己。"

"放心吧，我心里装着你呢。"

"想我的时候，你就让人捎信，我给你的那手帕，你还带着吧？"

"带着呢。"海八爷掏出来，让秀儿看了看。

俩人信誓旦旦，难舍难离地分了手。

海八爷走了以后，"同义居"大酒缸的酒友当中，缺了一个能挑气氛的活泛人，大伙儿平时喝酒，便由寿五爷唱主角。

寿五爷每次到大酒缸，身边必有刘炳宸和索宝堂陪着。他还是那么好聊。拎着鸟笼子进了大酒缸，夏三爷赶紧迎上前去，接过他手里的鸟笼子，放到挨着墙的大条案上，转身招呼伙计给寿五爷上酒上菜。

寿五爷的酒量不大，一壶酒能喝半天。他之所以喜欢到"同义居"，一来是感受大酒缸的这种热闹气氛，开心解闷儿。二来是领受众人对他的敬重。想当年，他在内务府当差，上边下边多少人哈着他呀，现在他只能在大酒缸的这些酒友们面前，找回这种失落的威仪了。

因为刘炳宸和索宝堂对他毕恭毕敬，他说一句话，甭管受听不受听，这两位便顺着他哼哈："还是五爷说的对，五爷就是爷。"有时叶翰林吹捧他比这两位还肉麻。他感受着这种奉承，比喝酒还过瘾。

"泡大酒缸的大清国遗老遗少，要想重温旧梦，别的地界还找不着。"寿五爷常常暗自琢磨。所以他只要一腾出工夫，便奔大酒缸。

这天，寿五爷在大酒缸跟叶翰林、刘炳宸、索宝堂聊起镖局走镖的事儿。

在早，寿五爷府上有个护院的叫张虎，因为脸上有麻子，外号叫"麻虎"。"麻虎"最早在"天顺"镖局当镖师，武艺出众，是八卦掌董海川的徒弟。

有一年，山东巡抚有一批货要进贡给皇上，但是怕半道儿遇上劫匪，找"天顺"镖局护镖。"麻虎"去了，这一路，他一人连着打跑了五拨劫匪，在江湖上名声大振。

"麻虎"好喝酒，酒一沾唇，便乱了章儿。后来，他给寿五爷看家护院，得罪了人，让人在酒里投了毒，给毒死了。刘炳宸由"麻虎"说到了醉鬼张三。

寿五爷想起了丢的那个翡翠烟嘴，感慨道："'麻虎'要是活着，张三恐怕不敢到我这儿来。"

"是这话，五爷说的对。"索宝堂奉承道。

谁能想到，说曹操，曹操就到。索宝堂的话音刚落，杨二带着一位爷进了大酒缸。

这位爷，有四十出头，身材瘦长，脸色因长年喝酒，黄中发紫，额头暴着青筋，眼皮微肿，眼眶下坠着红肉袋子，粗黑的眉毛下面，一双细小的眼睛，在深眼窝里闪射着两道光亮，像黑夜里的小火炭，唇下是一堆乱蓬蓬的胡子。穿着粗布大褂，这大褂又脏又破，似乎十多年没洗过，上面酒迹麻花。

众人一愣，这位爷不就是醉鬼张三吗？

夏三爷迟疑了一下，赶紧迎了上去，笑着打揖道："呦，张三爷，您可是稀客呀。"

张三对夏三爷抱拳打揖，笑了笑，说道："今儿碰上了'大头'。他说您这儿刚进来一批'汾州白'，我过来尝口儿。"

"谢您赏脸。得，快里边坐。"夏三爷张罗着给张三找座儿。

张三定了定神，拿眼扫了一下大酒缸喝酒的人们，跟谁也没打招呼，找了个没人的大酒缸，在边上坐下了。

杨二陪着他，坐在了他的对面。伙计把酒菜端上来以后，两人对斟起来。

自从海八爷奔了关外，杨二心里有些寂寞。海八爷临走时，让杨二一家搬到了他的小院。杨二拉车之余，除了到大酒缸喝酒，便奔跤场玩跤。

有一天，杨二拉晚儿回家，在东四牌楼那儿碰上一位喝醉了的主儿，倒在路边，开始他以为是个"倒卧"①，也没理会。那当儿，京城的街头"倒卧"很多，已经司空见惯了。

车已然走了过去，他猛然听到躺在地上的人哼了两声，他心善，回过头来，把车撂下，凑过去看了一眼，发现躺着的是醉鬼张三。

他跟张三以前认识，仰慕他的大号。他赶紧把张三挽到车上，送他回了家。到了家，张三的酒也醒了。

自然，张三对杨二万分感激，两人由这儿走得近了，杨二腾出空儿来，便拉着张三出去喝酒。

张三家住东单牌楼的羊肉胡同，平时喝酒都奔东单牌楼左近的大酒缸，很少到北城来。

不过"同义居"大酒缸的名气大。他来这儿喝过酒，但不是常客。所以跟"同义居"的这帮老酒友不熟，寿五爷也是头一次见他的真容。

寿五爷见醉鬼张三进来以后，众人不吭声了。他嚼了个花生豆，瞥了张三一眼，对刘炳宸问道："怎么，他就是那位醉鬼张三吗？"

"是，就是这位爷。"刘炳宸点了点头。

————————————

① 倒卧——老北京无家可归，冻饿而死在路口的人，称为倒卧。

寿五爷撇了撇嘴，不以为然地笑了笑。

"杨二，你这猴儿崽子给我过来。"他摆了摆手，把杨二叫到身边。

"呦，五爷。您喝得高兴了？有什么吩咐您呐？"杨二笑着问道。

"海子这小猴儿崽子有信没有？"寿五爷问道。不知怎么，他想起了这茬儿。

"回五爷的话，他头几天让人捎过话，在那边混得不错，就是挺想大家伙儿。瞧，他还让五爷惦记着。"

"嗯，混得下去，就行。海子这小子能干。到哪儿都不会给咱京城的爷儿们丢脸。"寿五爷拍着老腔说。

"是这话，承蒙您夸他。"杨二唯唯诺诺道。他知道寿五爷这是四扇屏里卷灶神，话（画）里有话（画）。但在张三面前得给寿五爷维个面儿。

"嗯，庙里的佛爷，只有一张脸。海子这猴儿崽子有眼，他知道我寿五爷在京城也是爷，不照有的人似的犯彪，不长眼睛，贼到爷爷我头上来了。我有什么呀？老祖宗的家底儿都让我给玩得差不多了，值钱的玩意儿也就是那个翡翠烟嘴了。"寿五爷有意戳腔道。

猪八戒吃人参果，不是滋味儿。杨二一听这话，心里打了闪，连忙说："五爷，谁敢跟您犯彪呀？您是谁呀？"

"嘿，单有不开面的嘛！"寿五爷立愣起眼睛说道。

众人明白他这是指桑骂槐，成心骂咧子让醉鬼张三听呢。

叶翰林担心醉鬼张三会沉不住气，翻了车，会跟寿五爷撕破脸，赶紧拦了他一道："五爷，您喝酒呀，您的为人谁不知道？就别提那些陈芝麻烂谷子的事儿了。"

夏三爷也跑过来遮说道："五爷，我再给您添道小菜，您今儿得多喝两口儿。"

杨二没想到寿五爷还记着头年腊八的那茬儿，后悔不该带醉鬼张三来"同义居"。他生怕寿五爷的大爷劲儿上来，跟张三蹭了脸。连忙说道："五爷，江湖上的事儿，您就多担待，谁都有失手的时候不是。"

"是呀，五爷，您是海量，肚子里能行船，大人不记小人过吗？"刘炳宸恭维道。

"是这话，哈哈。五爷我在皇上眼皮底下呆过，什么事儿没见过呀！还在乎一个烟嘴吗？我是说这事儿，在江湖上闯荡得长眼睛懂吗？杨二。"寿五爷斜么戗儿地看了醉鬼张三一眼，沉着脸对杨二说。

"是，五爷说的对。"杨二应声道。

"这叫龙游浅水遭虾戏，虎落平阳被犬欺。知道吗？"寿五爷甩了个高音说。

"您别说这话呀？江湖上的人谁敢欺负您呀。"杨二说道。

这边说得这么热闹，醉鬼张三那儿却像什么话也没听着，眯着一对小眼，神闲气定地喝着酒。

"嗯，好酒呀！夏三爷再给我来一碗。"张三一连喝了三大碗，好像还没过瘾，又要了一碗。

夏三爷招呼让伙计上酒，他凑过去，笑着说道："喝顺了口儿，您就常来。"

"好，好。我是得常来，不然跟北城的这些老少爷儿们都生分了。"张三用袖口擦了擦嘴角，嘿然一笑道。

杨二把寿五爷摩挲顺溜了，转身走过来，陪着张三喝了一碗酒。

一连三碗酒进了肚，张三用袖口抹抹嘴，旁若无人地对杨二道："'大头'，咱们走吧！"说完，站起来结账。夏三爷推辞了半天，张三还是撂下二十文钱。

夏三爷把张三和杨二送到大门口。

"张三爷，往后您得常照顾我买卖，我这儿可有好酒。"夏三爷笑着说。

"哈哈，我一定得来。"张三突然似醉非醉地朗声大笑。

"您这是……"夏三爷被他这几声笑，给弄得莫名其妙。

张三猛然转过身，拿眼瞄了一下寿五爷。那对小眼，如同冬夜里的寒星。

"诸位爷，我耳朵不聋，五爷的话，我都听着了。俗话说，凡事留一线，日后好相见。诸位爷，他说的翡翠烟嘴没丢。不信，明儿这时候，他会拿给你们看。得，诸位爷，我告辞了。后会有期。"

张三说完，由杨二搀着晃晃悠悠出了大酒缸。众人听了面面相觑。

寿五爷扫了一眼张三的背影，哼了一声："这小猴儿崽子，跟爷玩什么幺蛾子呢？那玩意儿没丢，我会拿舌头卷你，嘁。"

寿五爷喝得醉么咕咚地回到家，早把醉鬼张三那茬儿忘在了脑袋瓜后头。

第二天早晨，寿五爷起来漱口，抬眼一瞅迎门桌子上摆着那个翡翠烟嘴，他一下傻了眼。他把护院的和看门的叫过来，一问，他们说压根儿没听见一点儿动静。

张三是怎么进来的呢？寿五爷实在解不开这个闷儿，真是太邪性了。

他拿着翡翠烟嘴奔了大酒缸，把这事儿跟众人一说，大家伙都说神了。寿五爷不能不佩服醉鬼张三。他把杨二叫过来，说道："这个猴儿崽子，赶上'锦毛鼠'白玉堂了。杨二，去，这个翡翠烟嘴，我送给他了。"

杨二笑道："人家把东西还给您，您又送给他，他能要吗？"

寿五爷笑了笑，说道："倒也是。得，改天，我单独请他一顿吧，这个烟嘴我还收着，这是夏三爷给我的念物，对不对。"他转身对夏三爷说。

"是是，这东西早就是您的了。老话说，东西是谁的，谁也拿不走。嗯，这话在理。"夏三爷应声笑道。

醉鬼张三跟寿五爷因为这个烟嘴，落下了一个话把儿。那些日子，寿五爷一到大酒缸，便跟众人聊宫里的奇闻轶事。

叶翰林曾挂过腰牌进过几次宫里，虽说有寿五爷坐在这儿，他不敢卖关子，但他喜欢打听宫里的事儿。

"宫里可不照咱们这儿自由。那儿的禁忌太多。"叶翰林一边喝着酒，一边对刘炳宸说。

"那是什么地方？皇上呆的地方！咱们这些草民能跟皇上比吗？"刘炳宸撇了撇嘴说。

寿五爷咳嗽一声，咽了口气道："您以为现在忌讳就不多吗？别忘喽，皇上还在里头住着呢。甭瞧他现在不主政了，可皇上还是皇上呀。"

"敢情！"索宝堂看了寿五爷一眼，拉着长音，感叹道。

"是这话。五爷，您猜怎么着，头一次进宫，敬事房的老太监就教我打'斥'。我哪儿明白什么叫打'斥'呀？敢情在宫里，一般人等见了皇上、皇太后得马上背过脸去，不能看，等他们过去了，才能回头。打'斥'是皇上出来，太监们喊的暗号。'斥'有讲儿，皇上来了，是什么'斥'，皇后来了是什么'斥'，都有说词。"叶翰林说。

"你这叫生瓜蛋子说的话了。"寿五爷接过他的话茬儿，嚼了个花生豆，啜了一口酒，笑道："在宫里呆着，谁不知道这个呢？"

叶翰林随着他喝了口酒，说道："五爷是内务府的五品，自然宫里的事知道的多。"

索宝堂在一边搭茬儿道："敢情，五爷是谁呀！"

叶翰林迟愣了一下，问道："五爷，我到了儿没明白，宫里的'喊巡'是什么意思？"

"这个你还不懂吗？嘻，也难怪，你才进过几回宫呀？'喊巡'，说白喽就是晚傍响儿，宫里的各处太监呼应着喊一嗓子：'灯火小心，下钱粮喽！'然后各宫开始掌灯的掌灯，灭灯的灭灯，这叫'灯火管制'。"

"对对，'灯火管制'。"索宝堂似懂非懂地搭着话茬儿。

"这'下钱粮'是怎么档子事呢？"叶翰林问道。

"这话说起来就长了。"寿五爷点着大烟袋锅，咳嗽了一声，拉着长音，说道："宫里有'殿神'，你们听说过吗？"

"'殿神'？还真没听说过。"刘炳宸搭腔道。

"我当年在内务府当差的时候，一个老太监告诉我，他见过'殿神'，它个子不高，长得胖胖乎乎的，慈眉善目，穿着黄马褂，头上戴着盔头，还扎着红缨子，身上挎着宝剑。'殿神'在夜里出来四处巡游，倒也不伤人害人。老太监说他跟'殿神'走了一个对脸，'殿神'还跟他打了个招呼。"

"它是不是'夜游神'呀？"叶翰林神秘兮兮地问道。

"不是，它是玉皇大帝从天上派下来，专门守着宫里这几个大殿的神。"寿五爷越说越玄。

大酒缸里喝酒的人都把耳朵伸过来。连柱子也放下手里的活儿，凑过来听寿五爷神侃。

寿五爷见众人都安静下来，听他讲宫里的典故，似乎来了精神头儿。

他喝了一口酒，像说书的似的，把酒杯往酒缸盖上一磕，说道："'殿神'，一般人瞅不见它，它能瞅见人。宫里有规矩，谁也不能乱泼水，浇到'殿神'身上可了不得。人要往院子外头倒水，也得先喊一嗓子，'倒水啦！'干吗喊这一声？就是怕泼到'殿神'身上。叶翰林进过宫，我不知道你去过钦安殿没有，钦安殿的东北角的石头上有一个很大的脚印，这就是'殿神'留下的。嘉庆二年冬天，乾清宫着了一把大火，那火烧得整个乾清宫快让大火给吞了。可是钦安殿却没事，敢情'殿神'在东北角这儿保着驾呢，要不怎么留下这么个脚印呢。"

"看来这'殿神'法力不小。"叶翰林搭茬儿道。"敢情！"索宝堂又跟上一句。

"五爷碰上过'殿神'吗？"刘炳宸不失时机地问道。

"没见过我说？我跟他还聊过天呢。哈哈。"寿五爷打了个哈哈儿，径自地笑起来。

他万万想不到这句哈哈儿，给他埋下了祸根。

"敢情，五爷什么没见过？"索宝堂又递过一个"科儿"。

"宫里不但有'殿神'，还有小'殿神'。"寿五爷意犹未尽地接着说："这小'殿神'也叫'二五眼'，它的眼神不好，听宫里太监们说，它是专门保护太监和下人的。一进神武门，再走两步是花颐门，在它的斜对面的东边有块挺显眼的石头山，宫里的太监管它叫'堆秀'。每到初二和十六，太监们都轮拨到这儿磕头祭拜。拜谁呢？'堆秀'上有一个小庙，里头供着一尊神，它就是那位'二五眼'小'殿神'。庙里摆着一把宝剑，它是专门震着宫里的黄鼠狼、刺猬、蛇、蜈蚣这些妖魔的。听一个老太监说，乾清宫着那把大火之前，有条黄鼠狼跑到太监住的地方，让一个不长眼的小太监把它打死了，结果着了火。"

"五爷，您在宫里的时候，没碰上过黄鼠狼吗？"柱子愣磕磕地问道。

"真碰上，我也就没今天了。嗐，碰上也不碍事，躲着点儿它不结了。"寿五爷陵了他一眼。

"五爷，听您讲这些事儿，真挺上瘾，赶上到书茶馆听书了。"索宝堂说道。

寿五爷笑道："说书的？你问问说书的知道这些事情吗？"

"他们哪有您知道的多呀！"索宝堂道。

寿五爷撂下烟袋锅子，喝了一口酒，说道："你们想听，我改天再接着说，我肚子里的东西多啦。"

"敢情！"索宝堂又来了一句，侧过身，拿起寿五爷的大烟袋锅磕了磕里头的烟灰。

第二十六章 天降大祸 "同义居" 遭封门

民国十二年六月，北京城简直乱了营。北洋政府起了内讧，先是黎元洪把大总统徐世昌赶下台，屁股还没坐稳，直系军阀曹锟便制造了一次逼宫式政变，把黎元洪赶跑了。曹锟不敢直截了当地坐大总统的宝座，玩了个花活，电令冯玉祥进京维持秩序。街道上满是军警，老百姓弄不清这是哪一拨儿的军队，更不知道那些当官的在玩什么幺蛾子，只看到军警和穿着灰皮的军队士兵端着枪四处转悠，到处捕人。这些年，京城的百姓经历的这种时局政变太多了。虽说已然处乱不惊，但出门的时候仍然加着小心。

市面上再怎么乱，夏三爷的大酒缸也不能关门歇业，他还指着这个大酒缸吃饭呢。

那些老酒友大都见过世面。天下再乱，也不能耽误喝酒，照旧来泡大酒缸，只不过聊天说话的时候多留个心眼儿，因为不断有当兵的奔大酒缸喝酒。

这些当兵的像心里长了草似的，进大酒缸，吆三喝四地乱嚷嚷一通儿，拿眼四下里逛摸一下，绰起酒碗就喝，喝了就走，喝酒也不给钱。一个个酒量都不小，喝酒跟喝白开水似的。

"同义居" 对面的 "同仁居" 平时冷冷清清，这下生意可倒 "火" 了。不过这些当兵的到 "同仁居"，也照样不给钱。"同仁居" 嘛，他们倒一视 "同仁"。

"宋大麻烦" 一看这些兵们把他们开的大酒缸当成了大食堂，心里起了急，跟孙旺要主意。

孙旺有什么主意呀？这些兵一个个都带着枪呢，谁敢招他们呀？孙旺不傻，也知道枪里的子弹能要人命，他可不想为一碗酒，把小命搭进去。

孙旺琢磨半天，把这事跟"马前"说了。"马前"早就憋着算计夏三爷呢。一看这种局面，认为收拾夏三爷的机会来了。

他把孙旺叫到身边，面授机宜。孙旺心领神会，吩咐那几个伙计，只要大兵来"同仁居"喝酒，就说斜对门的"同义居"的酒好，不喝白不喝。把人都支到了"同义居"。

这下"同义居"可就热闹了，一拨儿接一拨的大兵全奔了这儿，把夏三爷和几个伙计忙得团团转。饶是这样，当官的来了，还把他臭骂一顿，因为当兵的喝了酒，不但误事儿，还闹事儿。当官的抻掇夏三爷，全是他卖酒的过。

夏三爷不知道怎么办好了。当兵的要喝酒，不能不给。当兵的喝了酒，当官的又骂他。弄得他白白搭进去不少酒，还弄了个猪八戒照镜子，里外不是人。急得他满嘴直起燎泡。

这时候夏三爷，想起了海八爷，心里话，要是海八爷在，他何至于着这么大急呀？海八爷一个人就能把这场面全都支应了。

潘佩衡见夏三爷急得直嘬牙花子，抖了个机灵，给夏三爷出了个主意，让他打一缸井水，对上一点儿酒。大兵来了，就让他们喝这个。

"潘爷，您这不是让我做假酒吗？"夏三爷不想昧自己的良心。

潘爷笑道："您把那些好酒，都让这些兵们喝了，往后我们老少爷儿们来了喝什么？"

夏三爷道："我倒不是心疼这酒，我是怕这些兵们喝多了，到街上闹事儿。"

潘佩衡说道："是呀，你不心疼酒、心疼这些兵吗？你心疼别人，谁心疼你呀？给他们酒喝，你挨骂，不给他们酒喝，你也挨骂，没好人活路了。听我的吧，您只能这么办。这样办，当官的不会说您。当兵的也算喝了酒，反正这种'酒'也是酒。喝多少也醉不了人。当然也死不了人。您怕什么？"

夏三爷犹豫道："潘爷，我卖了一辈子酒，可从来没卖过掺水的酒。您这不是让我打自己的脸吗？"

"您呀，听我的没错儿，您不打自己的脸，到时候那些当官的也会打你的脸。"潘佩衡说道。

　　夏三爷为这事琢磨了一宿，思来想去，没有更好的招儿来对付这些兵。只好照着潘爷的主意让柱子打了一缸水，兑上了几斤"烧刀子"。兵来了，就盛一碗端过去。

　　那些当兵的喝的都是急酒，只要有酒味就行，品不出来兑没兑水。眼瞅一缸兑水的酒就喝完了，谁也没想到出了大娄子。

　　这天，"荷花程"让叶翰林拉着，来到了"同义居"。巧劲儿，正赶上寿五爷和刘炳宸、索宝堂也来大酒缸喝酒，老几位碰到了一块儿，自然挺高兴。

　　夏三爷道："在这兵荒马乱的年头儿，老少爷儿们能聚到一块儿，还真挺不易的。得了，今儿咱们也乐嗬乐嗬，我给你们拿坛子二十年的陈酒喝。"

　　"嗯，还是三爷，到了您这儿总有好酒喝。""荷花程"笑道。

　　"程先生，有程子没见了，怎么样呀，还画呢？"寿五爷跟"荷花程"寒暄道。

　　"托五爷的福，我活得还算马虎。""荷花程"冲他微微一笑。

　　"马虎就马虎吧。"寿五爷说道："这年头，谁不是马马虎虎活着呢？活得明白倒累人。"

　　"可不是吗？您瞧这大总统，一个月的工夫换了仨，跟走马灯似的。""荷花程"笑了笑说。

　　"总统？谁是总统，你问我，我还真说不上来，我就知道宫里的宣统皇上。"寿五爷撇了撇嘴说。

　　"是呀，总统总统，总是饭桶。""荷花程"含讥带讽地说。

　　夏三爷听他们撂下屁股就谈政局，赶紧跑过来说："老几位，莫谈国事，莫谈国事。您没见我这墙上贴着告示吗？"

　　他指了指正在柜上端着碗喝酒的两个大兵，小声示意道："瞧见没有，人家可是带着耳朵进来的。"

　　"荷花程"朝那两个兵的背影瞥了一眼，叹了口气说："民国民国，人民的国，都不让老百姓说话了，这叫什么民国呀？"

　　叶翰林梗了梗脖子，捅了一下"荷花程"低声说道："得嘞，程先生，您不怕枪子儿呀？"

索宝堂不失时机地跟了一句："敢情，谁不怕呀。"

夏三爷故意甩了个高腔道："得，酒菜来了，老几位慢慢儿喝着。"

"谢您啦，您忙您的，我们喝我们的。"刘炳宸说道。

这几位爷围着大酒缸一边聊着闲篇儿，一边喝着酒。这时，从外边进来一个军官，看模样有三十多岁，肥大的身量，磁实个儿，穿着军服，蹬着长统皮靴，挺着肚子，肉泡眼，直鼻梁，鼻子下面留着两撇小胡子。后边跟着一个马弁。

"呦，高团长来了，您快里边坐。"夏三爷迎上前去，跟他打招呼。

此人姓高，叫高德贵，是直系军阀曹锟手下的一个团长。总统府出事以后，他被调来维持社会秩序。前两天来过"同义居"小酌，所以夏三爷认识他。

"我来喝杯酒，歇歇脚。"高德贵操着河北腔，冲夏三爷摆了摆手说道："掌柜的，你忙你的，我想一个人坐一会儿。"

夏三爷不敢得罪他，但见他说这话，再看他面沉似水，琢磨着八成他心里有什么别扭事儿，赶紧转过身去。

夏三爷心想，瞅他的"帘子脸"，别跟他多说话了，一不留神，哪句话招翻了他，他再摔了把子。便吩咐柱子给他上菜上酒，他扭脸跑到寿五爷坐的酒缸跟前去扯闲篇儿。

该着那天出事。柱子不知是成心还是有意，冒了傻气，把平时给大兵喝的酒盛了一壶，给这位高团长端了过去，又上了几道小菜。

"有咸鸭蛋吗？给我来俩。"高团长是挨着白洋淀长大的，好这一口儿。

"有哇，您候一下，我这就给您上。"柱子应了一声，转身到柜上给他拿了四个咸鸭蛋。高德贵剥开一个咸鸭蛋，自斟自饮起来。喝了两口，高德贵咂摸咂摸觉得这酒不是味儿。您想他能当上团长，除了在战场上拼杀，还得在酒场上较量，可谓"酒精"考验过的。自然什么酒，到他嘴里能品出贵贱高低来。

高德贵放下酒杯抖了机灵，转身来到了寿五爷喝酒的酒缸前。此时夏三爷正跟老几位对酌。

高德贵等他们把杯里的酒干掉，冷着脸说："你们喝得蛮痛快。来，我也跟你们干一杯。"

"那敢情好！高团长赏光，我们几位不胜荣幸。"索宝堂笑着给高德贵斟满一杯酒。

这位索爷的势利眼劲儿不光是迎合寿五爷，对有势力的人都哈着。

寿五爷却不给高德贵这个面子，撇了撇嘴，站起来说："你们喝吧，我的鸟儿该喂食了。"

他转身摆弄起他的鸟笼子，给了高德贵一个后脑勺儿。

高德贵瞥了他一眼，没吭气儿，举起了酒杯。

"喝，您尝尝夏三爷的'汾州白'如何，管保您喝了这顿，还想下顿儿。"索宝堂透着话多。众人举杯碰了一下，纷纷把酒喝干。高德贵喝的这杯酒，并没有真接往肚子咽，酒在他的舌头根那儿绕了两圈儿，到了嗓子眼又停了一下，才咽下去。他巴唧了一下嘴，咂摸了几下，突然瞪起肉泡眼，脸色陡变，"叭"地一声，把手里的酒杯往地上一摔，哈哈大笑起来。众人大吃一惊。

高德贵笑了几声，他绷着脸，逼视着夏三爷，怒道："他娘的，你这个掌柜的要弄谁呢？嗯。你过来，尝尝这酒。"

说着话，高德贵一把揪住夏三爷的脖领子，把夏三爷揪到他喝酒的大酒缸前，倒了一杯酒，逼着夏三爷喝下去。

夏三爷哆哆嗦嗦喝了一口，知道是凉水兑的酒，脸色顿时苍白。

"你这家伙，敢欺骗老子？你他娘的安得什么心？"高德贵大声吼道。

"我我这是是……"夏三爷被高德贵吓得竟一时说不出话来。

高德贵越骂越来气，突然绰起酒杯，把酒泼在夏三爷的脸上，骂道："你他娘的竟卖假酒，谋财害命。"

"我我不是卖假酒，您别别……"夏三爷争辩道。

"嗐，你还敢顶嘴！"高德贵劈手照着夏三爷的脸就是一个大嘴巴。

这一巴掌那叫一个脆，打在夏三爷的脸上，也打在了大酒缸这些老酒友们的心上。

寿五爷腾地站了起来冲着高德贵喊道："干吗？想造反呀！大白天的敢打人，反了你啦！"

他气得眉毛乱抖，不由分说，随手绰起一个酒杯，向高德贵砸去，不偏不倚，正中高德贵的脸上。

"干什么？你们想干什么？"高德贵没想到寿五爷的手这么快，他一手捂着脸，一手掏出了手枪。

"干什么？爷正要问你呢！"寿五爷一点儿不怵，横着膀子走了过去。

刘炳宸和叶翰林愣在那里。柱子知道是自己惹的祸，趁着乱劲儿，跑了。

"你们要干什么？"高德贵把手里的枪举了起来，跟他一块儿来的马弁也拉开了枪栓。

"荷花程"倒是挺沉着，走到高德贵身边，不紧不慢地说："我说高团长，咱们有话好好说，您干吗发这么大火儿呢？"

"干吗？你是不是也想找不自在呀？"高德贵正在气头上，陵着眼睛冲"荷花程"嚷道。

"嘎，你拿枪吓唬谁呢？爷爷我见过，八国联军的洋枪我都不怵，怵你？有本事你冲我这儿开一枪！"寿五爷的嘴气得直哆嗦。他的眼珠子快要瞪出来，火苗子在他脑瓜顶上直蹿。他真想跟高德贵豁了老命。

"怎么？你以为你的命那么值钱吗？开枪？老子崩了你还用费事吗？"高德贵用咄咄逼人的口气吼道。

"嗬，你这小猴儿崽子！真敢放份儿呀。想当年，皇上跟我说话也客客气气的，你敢在我面前这么放肆？哼，爷爷我戴顶戴花翎的时候，你还穿开裆裤呢！"寿五爷指着高德贵的鼻子骂道。

您还别说，寿五爷这儿一盛气凌人，还真把这位高德贵给唬住了。他一时丈二和尚，摸不着头脑了，以为寿五爷不是王爷也是个贝勒爷。

他骨子里吃软怕硬，鲁莽之中，也有一些城府，知道招惹了王爷，不好收场。扭脸一看"荷花程"儒雅文弱，好捏鼓，火气泄到他的头上："去，你跑这儿添什么乱！"他推了一把"荷花程"。

"甭跟他多费吐沫。秀才遇上兵，有理讲不清。大酒缸就这酒，不想喝就走人！"寿五爷拧着眉毛说道。

"走人？哈哈，我能这么走吗？"高德贵朝旁边的马弁递了个眼色说道："去，把这个卖假酒的奸商带到警察局去！"

马弁应了一声，掏出绳子，上前就要绑夏三爷。

夏三爷已然被这阵势弄懵了，连连后退。

"哪个敢动他一下！"寿五爷绰起了板凳，大吼一声。

"怎么，你敢抗拒军法吗？"高德贵吼了起来。

"军法？我操他姥姥！我看你们谁敢动他！"寿五爷上前，一把拦住了那个马弁。

"动手，还愣着什么？"高德贵冲那个马弁嚷道。

马弁举起枪托子照着寿五爷就是一下："去你妈了巴子的吧！"

他骂了一声，端着枪朝夏三爷扑去。

寿五爷哪儿受过这气，绰起板凳向那个马弁砸去："我操你姥姥的，你敢打爷爷我？"

那个马弁是二十多岁小伙儿，挨了这一板凳被打懵了，转身就要跟寿五爷动枪。"荷花程"冲上前去抱住了他。

高德贵见双方要大打出手，他怕马弁吃亏，举起手枪朝屋顶开了一枪。

这声枪响，把大酒缸内剩下的几个人吓毛了。刘炳宸滋溜一下闪到了墙根的柜子后头。索宝堂吓得钻到了桌子底下。

夏三爷以为这一枪打中了寿五爷，只觉眼前一黑，喊了一声，栽倒在地。"荷花程"急忙上前，护住了他。

"哈哈哈，你他妈吓唬谁呢？朝我这儿开枪呀！"寿五爷突然狂笑起来，拍着胸脯，冲高德贵喊道。

高德贵晃动着手枪，还要发威。这时，从外边进来五六个拎着枪的军人。为首的是个瘦高个儿排长，走到高德贵面前，"刷"地一立正，敬了个礼，亮着粗嗓门说道："报告团长，旅长有紧急命令，让您马上到军部去。"

高德贵冲他摆了摆手，皱着眉头，看了看寿五爷，咧着嘴说道："先放了你们，咱们回头再算账！"

那个马弁恶狠狠地帮腔道："哼，你们等着瞧吧，让你们他妈的有好果子吃！"

高德贵晃晃悠悠地走到柜台前，拿起一碗对水的酒，闻了闻，摔在地上，忿忿地骂道："黑了心的奸商，卖假酒，还犯横。哼，真是反了你！把他的酒馆先给我封上！"他转过脸，对那个排长吩咐道。

"是，团长。"那个排长打了个立正。

高德贵转身冲寿五爷恶狠狠地说："先搁着你们。等我腾出手来，哼，咱们再说！

说完，他一挥手，带着马弁气冲冲地走了。

诸位爷的心一下凉了半截，在大酒缸喝几年的酒，谁也没想到"同义居"会落得个被封门的结局。

那个排长有高德贵的命令，不由分说，开始砸家伙儿，往外赶人。

"荷花程"怕寿五爷再跟这些兵们叫板，吃大亏，忙让叶翰林和刘炳宸护着他打道回府。

夏三爷这儿已然背过气去。"荷花程"找柱子，柱子早不知跑哪儿去了。他看了看，大酒缸的人只剩下两个伙计。大兵们正不管不顾，要封门，一个劲儿地往外轰人。"荷花程"实在没辙，只好让那两个伙计抬着夏三爷出了大酒缸。

在大兵们关"同义居"大门，贴封条的时候，夏三爷睁开了眼，看到自己辛辛苦苦经营的大酒缸，让这些当兵的给封了，他忍不住老泪纵横。

"冤枉呀！老天爷呀，封了我的大酒缸，老少爷儿们上哪儿去喝酒呀！天呀，我以后还怎么见人呀！"他撕心裂肺地喊道，一口气没上来，又昏了过去。

"荷花程"见状，赶紧让伙计到车口，把杨二给找来。

杨二一见大酒缸突遭劫难，让大兵们给封了门，大吃一惊。

"程先生，这……这是怎么回事儿？他睁大眼睛，疑惑不解地对"荷花程"问道。

"你先别问了，回头再说吧，先救人要紧。""荷花程"对他说。

"是是。"杨二一边应着，一边跟伙计一起把夏三爷抬上洋车，直接把他拉回了家。

张氏和秀儿见夏三爷人事不省，让人抬着进了门，又听说大酒缸惹了祸，让当兵的给封了门，不禁失声痛哭。

"秀儿她爹，你这是怎么啦？妈爷子！你倒是醒醒呀！"张氏突然觉得天塌地陷，嚎啕痛哭。

"爹，你醒醒，爹！爹！"秀儿拉着夏三爷的手，哭成了泪人。

"荷花程"劝慰道："唉，事儿已然这样了，你们哭有什么用，还是救人要紧。"

杨二道："是呀，大酒缸封了，咱们再开一个，人没事就念佛了。怎么还是先救夏三爷吧。"

"荷花程"想了想说："杨二呀，你麻利儿去请'神针李'，我看得动用他的神针了。"

"得，你们等着我，我去请大夫。"杨二应了一声，出了院门，拉起车就跑。

不大一会儿工夫，杨二把"神针李"请来了。

"神针李"给夏三爷把了把脉，沉吟道："这是跟谁赌气呀？唉，赌气，赌气，气堵到哪儿，哪儿就得出毛病。"

"您看，他的气能顺过来吗？"杨二问道。

"怎么不能呢？他这口气窝心口上了。唉，老爷子这是生了真气。你们知道《三国》里的周瑜是怎么死的吗？别以为那是编故事。"

"神针李"一边唠叨着，一边从针囊里取出针来。大伙儿还没明白是怎么回事儿呢，他手里的针已照着夏三爷的穴位扎下去了。

第一针下去，夏三爷的四肢开始抽动。第二针下去，他微微睁开了眼。

"爹，爹！哎呀，你你你醒了！你你……"秀儿冲着夏三爷大声叫道。

夏三爷的两只眼睛毫无神意，茫然地看着大伙儿，像是在梦里似的，喃喃道："我这是在哪儿呀？"

"您是在自己家里呢！"杨二冲着他高声说。

"在我自己个儿家里？不可能。真，不可能。我是在大酒缸呀！"夏三爷梦呓般说着胡话。

"嗯，他这是气走迷津了。过一会儿，他就明白了。""神针李"对"荷花程"说道。

"您的针真灵，到底是'神针李'呀！他不会有什么大事儿吧？""荷花程"问道。

"那口气儿已然过来了，还有什么事呀？"，

"李爷，谢谢您了，我这儿替夏三爷给您作揖了！"杨二对"神针李"打揖道。

"神针李"站起来说道："行了，他没事了，我也该回去了。家里还有

个病号等着呢。"

"荷花程"问道："还用不用下个方子？"

"不用，他没病没灾的，开什么方子？他呀，就是心里堵了一口气。没事儿，你们好好劝劝他，让他想开点儿。这年头，让人有气的事多了，想生气，那还有完呀。"

"神针李"说完，起身告辞。杨二拉车把他送回了家。

杨二从"神针李"那儿回到夏三爷家，夏三爷还在说胡话："假酒？我卖了这么多年酒，什么时候卖过假酒？你们说我冤不冤？"

"荷花程"在一边紧自安慰他："三爷，您干吗这么想不开？那些当兵的猴儿嘴里能吐出枣核儿来吗？他们说您造假酒，您就假酒呀？您听他们的干吗？"

"封了！他们把我的大酒缸给封了！封了！我积德行善一辈子，这是招谁惹谁了？我冤枉呀！"夏三爷浑身颤抖着，大声说。

杨二急得直跺脚，悄声对"荷花程"说："程先生，大酒缸封了，三爷会不会也疯了？"

"荷花程"沉吟道："这是什么世道呀！好人也能让他们给逼疯了！"

夏三爷整整说了一天一宿的胡话。杨二怕他想不开，去寻短见，一步也不敢离开他。

第二十七章 寿五爷蒙辱坐大牢

俗话说，福无双至，祸不单行。当天夜里，京城又出了一档子大事，紫禁城的建福宫着起了大火。

说来这又是一个谜。按阳历说，那天是六月二十六日。有位爷拿到宫里一部外国电影的拷贝。晚上八九点钟，退了位的小皇上溥仪正在建福宫里看电影，电影快放完了，猛然听到外面一阵骚动。

他赶紧出了建福宫，只见紧挨着建福宫的宫殿火光冲天，浓烟滚滚。宫里的太监和侍卫们乱作一团。景仁宫外人声嘈杂："不好了，建福宫'走水'了！建福宫'走水'喽！"人们大呼小叫地乱了营。

溥仪大吃一惊："这是怎么搞的？"他大声问旁边的侍卫。

侍卫哪儿知道怎么回事？因为火势越来越猛，眼瞅大火烧到了建福宫，侍卫忙劝溥仪离开。

溥仪刚出建福宫，瑾妃、瑜妃和后宫的宫眷慌慌张张跑过来，一个个吓得脸都变了色，跟着溥仪到了养心殿。溥仪叫人赶快去找浩贝勒爷，接着他又让人去找婉容。因为婉容住的储秀宫紧挨着建福宫。浩贝勒来了以后，赶紧张罗着太监们救火，全城的消防车全部出动，外国使馆区的消防车也来了。警车也前来护驾。军警怕出大乱子，也赶过来。

宫里大乱，宫外也乱了营，大火映红了半边天，老百姓不知道怎么回事，开始以为军队在内城交了火，吓得不敢出门。后来听了听没有枪炮声，这才明白是火灾，纷纷跑出来看热闹。

宫里一着火，亲娘死了哥哥，没救（舅）。您想宫里的建筑都是砖木结构，而且紫禁城是禁地，宫殿多，高台阶多，消防车进不去，宫里的消防设施又不灵。火神爷一发脾气，那还不可着劲儿招呼？

大火烧了六个多小时，快到天亮，才被扑灭，不过，几个宫殿也烧得差不多了。

刘炳宸的二少爷刘凤山在东华门附近开了个花儿店，大火闹得一家人一宿没敢睡觉。转过天，刘凤山去看刘炳宸。他知道他们老爷子爱看报纸，从街头报贩子那儿买了一张当天的《北京日报》[①]。

刘炳宸看报，爱给人们念，以显示自己能识字。那会儿，北京的平民百姓能看懂报纸的不多。

"爹，这上头是不是有宫里着火的事儿，您给我们念一段吧。"刘凤山说。

"嗯，这把火可真不小。报上说宣统皇上发现建福宫着火，先报的警。"

"对，宫里有电话呀。"二少爷搭茬儿说。

刘炳宸看着报说："可是宫里的卫队不让中外救火车进宫，怕他们趁乱抢了宝贝，耽误了火情。最后没辙了，才让救火车进去，砍了不少大树，拆了不少房子，这才没把整个紫禁城都烧了。"

"报上还说了什么了？"二少爷问道。

刘炳宸说："你先别嚷嚷，听我给你念一段：'此次大火，损失甚巨，事后由绍英报告，计焚去建福宫计九间，鸾仪亭计东西配殿九间，德日新计七间，延春阁计大小七十二间，广盛楼计七间，静宜轩计七间，东西廊子各七间，门楼一座，中正殿后佛楼计十间，中正殿计五间，香云阁计东西殿各五间，宝华殿后檐烧毁，以上各处共焚去一百三十二间。所藏宝物，如历代御像等稀世珍品尽付之一炬。'唉，老祖宗留下的家底儿，都让这些后人快给折腾干净了。"刘炳宸感慨道。

"谁点的这把火呢？"二少爷纳着闷儿问道。

刘炳宸瞪了儿子一眼，说道："谁点火？你问我呢？我还不知问谁去呢？"

是呀，别说刘炳宸了，这把大火连宫里的逊位皇上溥仪也闹不清怎么着起来的。此事至今仍是一个疑案。

---

① 《北京日报》——这是当时京城的一份民办的报纸。

当时京城众说纷纭，有的说是太监盗了宝，怕事情败露点的火。有的说是宫里的电闸忘拉了，电线跑了电。有的说是太监得罪了'殿神'，'殿神'发了怒。总之，七说不一。溥仪对宫里的太监起了疑，末了儿，借着这个碴儿，把大批太监赶出了宫。

那些日子，正是直系军阀曹锟在北洋政府主政的时候，各系军阀相互角逐。曹锟怕北京的局面大乱，派军队和警察四处捉人，弄得人心惶惶。

紫禁城的大火之后，维持治安的团长高德贵在警察局，碰上了"马前"。

"马前"跟高德贵扯了几句闲篇儿，笑着对他说："高团长改日到我的'同仁居'去喝酒。"

"'同仁居'？也是酒馆吗？"高德贵的肉泡眼挤咕了一下，问道。

"是是，店小，但有好酒。""马前"奉承道。

高德贵想起"同义居"大酒缸那个碴口儿，皱了皱眉头，问道："有个'同义居'大酒缸你知道不知道？"

"马前"笑道："我太知道了。它就在我的'同仁居'斜对门呀。"

"在你的酒馆斜对门？怎么我不知道你的'同仁居'呢？"高德贵的胖脸上滑过一道阴影。

"那是您公务忙。没留神看街面上的铺面房。哎，您怎么提起'同义居'来了？""马前"问道。

"我在那儿喝过酒，这个大酒缸掌柜的你熟吗？"

"熟。落地的柿子，忒熟了。不瞒您说，这是我们布的一个'点'，这个大酒缸是革命党常去的地方。""马前"不失时机地在背合戳了夏三爷一刀。

他觉得让"同义居"淹浸的机会来了。把夏三爷置于死地，灭了自己的后患，又不用自己动手，这是千载难逢的时候。

"什么？'同义居'还去革命党吗？"高德贵愣了一下。

他前天刚在军部开过紧急会，对革命党要严加防范，见一个提一个，不能手软。

"马前"觉得火势还不够，又加了一把干柴："高团长，您说的那个掌柜的姓夏，跟革命党都勾着呢。"

"好，连锅端一个也不剩！"高德贵瞪着那双肉泡眼，诡秘地冷笑了一声。伸出肥厚的大手，拍了拍"马前"的肩膀，说道："等着瞧好戏吧。"

柱子是头一个被大兵们捉走的。大酒缸出事的时候，他是最先溜号的。

他在北京除了夏三爷，没有别的亲戚可投。想回老家，又怕人们问起夏三爷，他无颜以对。在街头逛荡了一天，思来想去，他奔了"同仁居"。

孙旺见"同义居"被封了门，柱子投到"同仁居"的门下，自然求之不得。第二天，就搭锅开火，让他上了灶。

柱子像走投无路的饿狗，他的良心早就没了，只要谁给口吃的，他就给谁干活儿，并不考虑脸面。

那天，他正在"同仁居"的灶上削面下锅，从外面进来七八个端着长枪的大兵。

"谁是斜对门'同义居'的伙计？"

柱子打了个愣儿，哆嗦着说："我我是。"

"你是呀，走吧，跟我们走一趟。"当兵的没容他多说话，便把他反剪着双手，给押走了。

柱子没等着军警给他上刑，腿就软了。两腿一软，一过堂，嘴就秃噜了。问他什么，他说什么，不问他什么，他也胡抡一气。

什么叫落井下石呀？他这几年暗藏在心中的对夏三爷和海八爷的积怨，可找着了发泄的机会。

"说吧，把你知道的都招出来吧！"审他的军警戳腔问他。高德贵坐在一边抽着纸烟，冷冷地看着他。

"您让我说什么？"柱子嘴唇哆嗦着问道。

"你们掌柜的是不是跟革命党有勾结？"

"革命党？对对，他是跟革命党有关系。"

"招吧，都跟哪些革命党接触过？啊？"

"多了。有海八爷、'荷花程'、叶翰林、刘炳宸、潘佩衡……"

凡是大酒缸的常客，都让柱子给归到革命党里头了。

"你说他们的姓名，什么八爷五爷的？"

"我不知他们的大号，他们住在哪儿，我大概其知道。"

"他们常去'同义居'大酒缸？"

"嘻，天天泡在那儿。"

"都说些什么？"

"什么都说。对了，有个叫寿五爷的，整天说宫里的事儿。"

"说宫里的事儿？宫里什么事儿？"

"什么'殿神'了，黄鼠狼夜猫子了，还说什么着火了……"

"着火？昨儿宫里着的那把火不会是他放的吧？"高德贵站在一边，插了一句。

这本是随口一说，带有点儿开玩笑的意思，没想到柱子却说："我看是他放的火，他原来是宫里内务府的官儿，跟宫里的太监走得很近，保不齐是他点的火。"

说到最后，连高德贵心里都犯起嘀咕来：这小子是不是让端着枪的军警给吓糊涂了？怎么逮谁咬谁呀？寿五爷会放火烧宫？他说的是不是太离谱儿了？

不过高德贵巴不得找这么一条狗。他没忘寿五爷照他脸上砍的那一酒杯。脸上留下的一块紫痕，到现在也没下去。他也还记着寿五爷骂他的那个碴儿。

他下意识地摸了摸自己的脸，心里说：拾掇他的时候到了。

该着寿五爷倒霉。紫禁城着的那把火，把曹锟惊出一身冷汗，他生怕皖系和奉系以此为借口兴师问罪。此时南方各省对他虎视眈眈，他不能不对此作点儿姿态，下令军部调查此事。军部哪弄得清宫里的事儿？从高德贵那儿得知有人招供寿五爷勾结宫里的太监放的这把火。他们对这个供词如获至宝，当天便派人把寿五爷五花大绑收了监。

捕捉寿五爷的时候，他正在院子里喂他的百灵。

"同义居"被封和建福宫的那把大火，让他这两天心里烦得要命，偏偏早晨起来管家告诉他头天夜里，院子里发现了黄鼠狼，让护院的给打跑了。

"打跑了？你们这些猴儿崽子，怎么敢招惹它呀！"寿五爷把管家和护院的臭骂了一顿。

他心里添了腻歪，怎么这个时候，家里招黄鼠狼呀？他越琢磨心里越烦，抬腿出了家门，奔了"同义居"大酒缸。

走到半路上，他才想起大酒缸已然被封了门。他认准了"同义居"，别的大酒缸不去。

"唉。这叫什么世道，挺好的大酒缸愣给封了！"他骂了一句咧子，一跺脚回了家。

稀奇古怪的事儿都凑到了一块儿，寿五爷心烦意乱。回到院里，一抬脑袋，猛然瞅见树杈子上挂的鸟笼子，他的心里开了一道缝儿。

唉，还是跟它过过心吧。他走过去，摘下鸟笼子，起了罩，又挂在树杈子上，逗弄起笼子里的百灵。

正这工夫，听到院子外头一阵嘈杂声，他打了个愣儿。怕这些声音脏了百灵的口儿，他摘下鸟笼子，落了罩子。

"怎么回子事儿呀？外头这是闹什么营呢？"寿五爷扯着嗓子冲着院子喊道。

话音未落，只见老管家神色慌张地小跑进来。

"五爷，五爷，不好啦，军警，军警……"管家面色如土，话都说不利落了。

"怎么回事？"

管家的舌头打着卷儿说道："五爷，军警，军警把咱们的院子都包围了。"

"包围了？军警敢跑到我的头上动土？"

"是呀，您看怎么办呀？五爷，看这劲头儿是冲着您来的。您是不是先藏起来呀？"管家急切地说道。

这时，两个护院的也慌里慌张地跑进来。一个护院的一惊一乍地说道："五爷，军警捕您来了，您赶紧跑，跑吧。"

另一个说："是呀，从后院的小门走，快点吧，他们马上就进来了。"

"干吗这么一惊一乍的？跑？跑什么？跑了和尚，跑不了庙。"寿五爷突然绷起脸，哈哈大笑道："这是我的宅子，我跑什么？你们这些人怎么犯起戾来？我寿五爷堂堂正正做人，没贪赃，没枉法。没招着谁，没惹着谁，我怕什么？别说军警？洋警来了，我都不怵他们。你们都踏踏实实地给我照顾好了院子，天塌下来，我擎着呢！"

寿五爷是话刚说完，院门被撞开，呼啦啦，二三十个端着枪的士兵闯了进来。

那两个护院的腿脚麻利，"噌"地一转身，从墙根底下的刀枪架子上绰起刀枪，摆出了以死相拼，舍身护主的架势。

一个军官模样的人打了个愣儿，冷笑了一声，说道："怎么，还想拒捕呀？你们的家伙再快，也追不上枪子儿，知道吗？"

寿五爷扭过脸，冲两个护院的高声说道："把家伙放下，对他们犯不上拿刀动仗的。"

那个军官走到寿五爷面前，问道："你就是寿铭山，对吧？"

寿五爷瞥了他一眼，挺了挺胸脯，用居高临下的口气说："你这是跟爷说话呢？二更梆子敲两下，没错儿，五爷我就是寿铭山。"

那个军官突然把脸一绷，朝端着枪的士兵喊道："把他给我绑起来！"

五六个大兵一拥而上，上手就要绑寿五爷。

"别动！你们想干吗？"寿五爷猛地一挣绷，把这些兵推到一边，勃然大怒道："有话说话，你们放心，我跑不了。不用你们动手！说吧，你们想带我上哪儿去？"

那个军官驴脸呱嗒地说道："我们在执行上头的命令，上哪儿去，回头你就知道了。甭啰嗦，你跟我们走吧！"

"走，我也不能这么出去呀？我在皇上眼皮底下干了那么多年，哈哈，每次出门不是坐着绿呢蓝顶的轿子，就是骑着高头大马。什么时候让这么多人架着出去过？嗯？走？上哪儿去我都奉陪，不用你们动手动脚，我还走得动。"

"那你就跟我们走！"那个军官板着脸，说道。

"走，我也不能抬屁股就走呀，就是上菜市口的法场，也得容我把家里的事安顿一下，是不是？"寿五爷镇定自若地说。

那个军官被寿五爷的盛气给震住了，打了个愣儿，无奈地摇了摇头说："我们可等不了那么长时间。"

寿五爷不管那一套，让管家把夫人叫过来，说了几句体己的话。

"他们这是想干吗？拿枪动刀地把人带走，这可不行！"夫人被这场面吓得直哆嗦，眼泪汪汪地瞅着寿五爷，不忍心看着他这样被人带走。

"哭什么？把心放宽，他们不敢把五爷我怎么样。先看好门户，说不定，我晚上就回来。"寿五爷宽慰她说。"你沉住气，别跟他们动气。"夫人低声说。"你就放心吧，我出不了什么事儿。"寿五爷转过身对管家说："我的这只百灵，你得替我伺候好喽，你不能让它脏了口儿。"

"是，五爷，您放心吧。"管家听了这话，哭的心都有。

可是再看寿五爷，他却依然那么神闲心定，从容不迫，好像要出门到戏园子听戏，临走叮嘱他把该办的事都办了。

到了这会儿那些兵们已经不耐烦了。那个当官的走到寿五爷面前，说道："现在你该跟我们走了吧？"

"走？我刚沏的茶还没喝呢，那可是五块现大洋一斤的'香片'，我琢磨着到了你们那儿，喝不着这一口儿吧？"寿五爷卖了个山音，不慌不忙地进了屋。

喝了两杯茶，又抽了一锅子烟，寿五爷才大大方方地哼着"二黄"，跟着这些兵们走出了家门。这些兵们真是从寿五爷身上，领教了北京大爷的派头。

寿五爷往出迈的是云步，晃着膀子，移动着身子，看上去那么悠闲自在。他哪儿知道，这一脚迈进了"鬼门关"，高德贵那儿早把坑给他挖好了。

大酒缸的那些常客无一幸免。"荷花程"、叶翰林、潘佩衡、刘炳宸、索宝堂、杨二，就连卖火烧的老驴头也饶上了。凡是柱子能想得起来的人，这小子都咬了一口。

他的那张破屁股嘴像是一张蜘蛛网，谁粘上谁倒霉。

老驴头才叫冤呢，一过堂，他说是卖大火烧的。军警让他吆喝两声。老驴头没明白什么意思，扯着嗓子吆喝起来："大火烧！大火烧！"

得，这下麻烦了，军警愣说建福官那把大火是他放的，把老爷子暴打一顿，下到了死牢里。

其他几位爷也被下了狱。只有海八爷躲过了这一劫，因为他在奉军养马，谁也不敢动他。

这倒好，大酒缸的这些老酒友们，在看守所的号里聚了齐儿。

人们的命运实在是难以预料。究根儿的话，成也萧何，败也萧何。当初夏三爷不是心慈面软，留下柱子，也不会有此后患。唉，当断不断，必有后患。一失足成千古恨，谁也别怨了。

第二十八章 悲惨辞世夏三爷沉冤大酒缸

夏三爷是在病榻上，让军警给提拉走的。他已然几天粒米未进了，军警捕他的时候，秀儿正给他在炉子上煎药。

"你你们要要干什么呀？真真是欺人太甚了！"秀儿不顾一切地哭喊着，抱着夏三爷，不让军警把他带走。张氏已然连气带吓地背过气去。

军警那儿可没有"同情心"仨字。"咣"，照秀儿后脑勺就是一枪托子，紧接着两个军警拽住了她的胳膊。秀儿眼睁睁地看着夏三爷被军警带上了车。

柱子嘴里的那张"网"越张越大，到后来，柱子连乔本舒都想了起来，乔本舒也成了"革命党"。

"马前"知道乔本舒已投到曹锟的门下，正在为他搞假竞选，在众议院张罗选票，如果把他得罪了，自己吃不了得兜着走。

妈的，这个傻柱子，他不是搅局吗？"马前"心里骂道。

"马前"可不糊涂，他心说，柱子真是条疯狗，再让他这么咬下去，备不住哪天我也成了"革命党"。该给柱子这条疯狗败败火了。

败火是意思就是上刑。"马前"心想，疯狗不打，它就会乱叫。

他"拿"着时候，找到了高德贵，劝他该封柱子的嘴了。高德贵心里明白柱子嘴里的"革命党"是味儿事。

二十多号人，一过堂，不是做买卖的商人，就是拉洋车的，卖菜卖火烧的小贩，这些人怎么可能是"革命党"呢？高德贵心里含糊了，上头知道了"革命党"没抓着，却拿这些人充数，那不是找挨剋吗？

他转起了腰子，担心一下捕了这么多人，最后收不了场。其实，他心里忌恨的是跟他斗气儿的夏三爷、"荷花程"和寿五爷，其他人都是垫背的。

高德贵心眼活泛了。他照着"马前"出的主意，给柱子上了刑，说他招的那些"革命党"都是假的，再胡说八道就把他拉出去枪毙。

柱子挨了一顿暴打，身上皮开肉绽，末了儿还说要毙了他，借他十个胆儿，他也不敢再乱说了。

"马前"见柱子这头，已然把他的狗嘴给封上了，那头，还得想办法让高德贵放人。

俗话说，是姜就有几分辣气。"马前"心里明白，得给自己留条后路。他跟高德贵可以说是刘海金蟾垫香炉，各抱一腿。高德贵是军人，军人四处征战，兔子他娘，跑家儿。今儿在北京驻防，明儿不定跑哪儿去了呢。他则不然，他是北京地面上的虫儿，往后还得在这块地上刨食，把人都得罪了，他怎么混呀？ 思来想去，他琢磨出一个鬼点子。 他把高德贵请到"同仁居"，一边喝着酒，一边跟他说："您想不想捞笔大财？"

"发财？谁跟现大洋有仇呀？"高德贵满腹狐疑地问道："怎么，你有什么财路？"

"马前"挤咕着小眼，冲他诡秘地一笑说："这条路就在您脚底下呢。您一下捉了那么多人，总不会一个不留都拉出去毙了吧？"

"那倒是，我正发愁怎么处理呢。"

"是呀，捉进来了，找不出证据，一时半会儿定不了罪。放人，您说就这么不明不白地把他们放了，那不等于说咱们捉错了人。乱捉人，上边知道了，咱们可得吃不了兜着走。"

"你不要往下说了，这里的事，我比你明白。你说你有什么主意吧？"高德贵揣摸不透"马前"葫芦里卖的是什么药。

"马前"笑道："您要是听我的，那咱们发财的机会就来了。"

"哎呀，你别白唬了，快说吧。"高德贵露出不耐烦的神色说。

"我琢磨着这事得这么办，在把这些人送法庭之前，咱们可以用保释的主意，把他们放喽。"

"噢，保释。我明白了，这个主意高，还是你这个地头蛇厉害。行，就照你的主意办！"高德贵眼珠儿一转，一拍大腿说。

"马前"玩了个花屁股，先让人放出风去，被捉起来的人可以保释，然后找一个"冤大头"先下手，敲竹杠。

他琢磨了半天，选中了潘佩衡，他瞄上了潘爷的古玩店。

潘佩衡被军警捉走以后，家里人一下麻了爪。夫人哭天抹泪，店里的伙计急得抓耳挠腮，倒是二少爷潘久如能沉得住气。

潘久如在教会学校汇文中学念过高中，跟"马前"的弟弟"马后"是同学。自然这几年中学没白念，对法律上的事儿多少明白一点。

他对母亲说："您别难过，我爹不会有什么大事儿，他一不过问政事，二没杀人放火。不过是在大酒缸喝酒，吃上了瓜络儿，警察局不会把他怎么着。"

"他可是让军警给捕去的，那些兵们哪管什么法不法的。"久如的母亲擦着眼泪说。

"那些当兵的也不能不讲理，乱来。您先别急。我回头打听打听，知道我爹因为什么被捉，再合计怎么救他。"他安慰母亲说。

潘久如知道此时得动用自己的社会关系，他琢磨了一下，想到了"马后"。他知道"马后"有个哥哥在警察局当侦探。

"马后"爱张罗事儿，听潘久如说他们老爷子受"同义居"的牵连，吃了瓜络儿，心想：我的买卖又来了。他假模假式先"布"了一道门槛："二爷，你爹要是沾上革命党，那可就不好办了。"

"他是做买卖的商人，跟革命党哪儿扯得上呀？"

"马后"故作深沉地说："真没跟政治沾边？"

"没有。"

"马后"笑道："那这事就好办了，我先跟我哥那儿打听打听，甭管怎么说，先别让你们家老爷子在牢里受委屈。"

"马后"把这事大包大揽下来。

"马后"找到"马前"，把潘佩衡被捉，二少爷潘久如想把他保出来的事一说，正中"马前"的下怀。

"哦，你跟那个潘久如是同窗，这事儿就好办了，让他准备保金吧。"

"你能帮忙把潘佩衡保出来吗？他可是让军队给捉走的。""马后"对他哥哥的话，心里有点儿犯疑。

"军队？哈哈，你还不知道你哥哥手眼通天。这年头，有钱能使鬼推磨，只要他肯出钱，我什么事都能办。你告诉他吧，把钱准备齐了，找我。

放人，那是我一句话的事儿。"

"马后"有他哥哥这句话，心里吃了凉柿子，扭脸去找潘久如，让他赶紧准备钱。

久如的母亲一听拿钱可以保人，自然不会心疼钱，她对二少爷说："多少钱，咱们也出，哪怕借债呢。咱们不能让你爹在狱里受罪。"

潘久如理解母亲的心情，为了把他们老爷子保出来，他也豁出去了，把古玩店的家底都拿出来，又让伙计到老照顾主儿那儿押了几件值钱的古玩、字画，凑了五百多现大洋。

他拿出四百块作为保金，剩下的一百多块现大洋分成两份儿，作为"马前"和"马后"兄弟的谢仪。

"马后"没想到潘久如为保老爷子，会这么舍本。五百现大洋够开一个古玩铺了。拿到这笔钱以后，他起了贪心。

"马后"把久如给他哥哥的那份谢仪，也揣到自己腰包里，带着四百块现大洋去找"马前"。

"马前"见钱眼开，拿着这四百块现大洋，舍不得出手了，他心里犯了合计。心说潘佩衡是开古玩店的，有钱。剩下的那些人可就一下拿不出这么多钱了，都给了高德贵，再放人，他会琢磨我在这里头玩猫腻了。干脆，给他来个"猫打镲"吧，四百块大洋，给他一百块，这就能让他拿着烫手了。

"马前"留下三百块，把一百块现大洋，给了高德贵。

高德贵见到这一百快现大洋，用手掂了掂，心想一个大活人，这一捉一放，自己就能干落一百块现大洋，这钱来得也忒容易了。他心里美不叽儿的，但脸上却没挂出笑模样。

他打了一个沉儿，对"马前"说："老弟，这件事只有你我两个人知道，你可别往外露。"

"马前"笑道："高团长，我能那么傻吗？这档子事，是天知地知你知我知，第三个人都不会知道。"

"好，我当然也不会亏待你。我吃肉，你也不能光喝汤。"

高德贵从一百块现大洋里，数出十块现大洋，塞给了"马前"。

当天晚上，潘佩衡就被放了出来。自然，全家人都万分感激"马前"、"马后"这哥儿俩。

潘久如对潘爷说："甭瞧'马前'人缘不济，裉节儿上还算仗义。没有他，您现在还得在狱里受罪呢。"

潘爷听了半天没吭气，琢磨了一会儿说："你还不如让我在那里头呆着呢。人出来了，一个铺子快没了。'马前'仗义？唉，他是忒仗义了！仗义得'同义居'大酒缸的老少爷儿们都坐了牢。哼，我到死都不会忘了他的'仗义'！"

姜还是老的辣。潘爷虽然没明说，但他已然看出这里头"抽筋扒皮"的事儿来。不过，事到如今，他只能认倒霉。谁让自己犯在人家手里了呢？再者说，儿子破财，也是为了他这条老命。他对这些真是有口难言。

大酒缸的那些酒友们，被捉以后，家里人都乱了章儿，得知潘佩衡被"马前"保了出来，这些家人也都活泛了心眼，有的端出了家底儿，有的把家里值钱的东西送到了当铺，有的向人借债，纷纷带着保金，舍脸搭人情地找"马前"帮忙保人。

"马前"对这些人谁家里有钱没钱都知根知底，有的收一百二百的，有的收三十五十的，凡是能出得起钱的，他跟高德贵一捏鼓，都撒手把人放了出去。

末了儿，像杨二、老驴头、"茄子李"这样的穷人，他俩也觉得实在榨不出油水，也把他们放了，最后只剩下夏三爷、"荷花程"、寿五爷这三位"主犯"了。

当然，对柱子，他们给予了特殊"关照"，"马前"怕他出去再乱咬人，把自己也饶到里头，给他安了个替"革命党"通风报信的罪名，下到了死牢。

寿五爷被带到牢里，才知道这些兵给他定的罪名，是放火烧紫禁城的建福宫。他顿时火冒三丈，破口大骂："你们这些猴儿崽子，爷爷也是内务府的五品官，享受了半辈子皇恩，我能烧皇宫吗？你们血口喷人也不挑个别的名目，我烧皇宫？我他妈烧你们亲娘祖奶奶！"

他的嗓门高，震得大牢的屋顶子直掉土。

骂完了，他吼起来："人呢？人都死绝了吗？把你们的官儿找来，我要问问他：凭什么把大爷关在这儿？凭什么？我操他祖宗的！"

看牢的狱卒见他骂起来没完没了，赶紧向上头要主意。

高德贵听了，冷笑道："不要理他，让他骂去吧。他不是爷吗，我倒看看他这个爷怎么折腾。"

这些狱卒干脆把寿五爷给晾在牢里了。任他怎么骂，怎么折腾，就是不露面。

寿五爷后来气得开始用脚端铁门，拿拳头敲窗户。多亏牢里只有一堆乱草，没任何东西，否则他会见什么砸什么。

闹腾了一天一宿，寿五爷已精疲力竭。第二天早晨，一个穿着军装的大兵，打开了牢门，给他送过两个干窝头和一罐子水来。

寿五爷看了看那干窝头，怒道："兔崽子，就让爷吃这个？你这儿喂牲口呢？"

那个当兵的斜视着他说："你想吃什么？喝什么？"

寿五爷舔了舔干裂的嘴唇，说道："我想喝口茶，去给爷爷我端碗茶来。"

当兵的冷笑道："你倒没让我给你端酒端菜来。凑合吃吧，这是牢房，不是饭庄子。"

"什么？你说什么？"寿五爷二目圆睁，像只困兽，死死地盯着那个当兵的。

"我说……"那个当兵的刚要张嘴，寿五爷绰起那个干窝头向他脸上砸过去："我操你姥姥！把你们头儿给我叫来！"他一下抓住了这个兵的胳膊。

"你要干吗？疯了你？"当兵的连忙向后闪。

寿五爷像饿狼一般朝他扑过去。"咣唧"一口咬住了他的耳朵。

那个当兵的"哎哟"了一声，向后一挣绷，耳朵被寿五爷咬下去一块。他的半边脸顿时血丝呼啦的，一边喊叫着，一边跑出了牢房。过来几个当兵的，又把牢门"咣当"给关上了。

寿五爷接茬儿破口大骂，直到嗓子嘶哑，骂不出声，才停下来。

一连七八天，没人搭理寿五爷。那些当兵的不敢再见寿五爷了，已然有一个被咬掉了半个耳朵，谁都怕他再把自己鼻子咬下来，一直没人给寿五爷送吃送喝。

开始几天，还能断断续续听到寿五爷的叫骂，后来他呆的那个牢里便没了声息。

高德贵把那些交了保金的人放出去以后，突然想起了寿五爷。琢磨着想跟这位沦为阶下囚的爷逗逗闷子，让人去牢里带他过堂。

当兵的到牢里提寿五爷时，发现他一动不动地倒在了铁门的边上，当兵的踢了他一脚，仍然没动，低身一看，人已咽了气，身上都凉了。给他翻身的时候，看到他脑袋下边是一摊血。血已然凝固，变了色。

一身爷劲儿的寿五爷，就这么不明不白地死在了大牢里。

寿五爷的死因跟紫禁城建福宫的那把大火一样，至今仍是一个谜。人们搞不清是他自己用脑袋撞铁门，把脑袋撞破了咽的气，还是暴怒引起的脑血管破裂而亡。弄不清他是被饿死的，还是被气死的。

其实寿五爷也是该着走这一步，他要是再挺一两天，也就从牢里放出去了。

您想寿五爷虽然已经败了势，但他毕竟不是一般草民。这位爷的血管里有皇族的血脉，再者说，他们家跟皇室还沾着亲。

寿五爷被高德贵捉走以后，管家心急火燎地找寿四爷。寿四爷虽说已不在官场，但他好交际，官面上认识不少朋友。兄弟被军警给捉去了，他能站干岸吗？

寿四爷一连托了几个朋友帮忙疏通，最后找到了浩贝勒爷。浩贝勒爷一听这事儿，自然也不能袖手旁观。可是他当时正忙着替溥仪处理建福宫火灾以后的事儿，把寿五爷的事儿托付给京师警察厅总监。总监也正为紫禁城这把大火的善后弄得团团转，耽误了几天。等他腾出身子管这事儿的时候，寿五爷已然"走"了。

高德贵也没料到盛气凌人的寿五爷会这么不禁折腾，还没怎么着呢，就咽了气。他找"马前"要主意。

"马前"跟他交了实底儿。寿五爷虽然"旗谱儿"不小，但毕竟早就败了势。当年朝廷的五品官，在京城大把抓。何况大清国倒了台，他早已革职为民了。

高德贵一听这个，心里有了数儿。但人毕竟死在了大牢里，跟他的家人总得有个交代。

俩人合计了一宿。第二天，高德贵派人把寿五爷的眷属叫来领尸。他让

兵们把寿五爷的尸体抬到团部驻地，摆在一个客厅里，"哐哐"砸了几块玻璃，

寿五爷的眷属和管家、护院的来了十好几个人。到了客厅以后，高德贵把头天夜里跟"马前"编好的一套词儿，跟寿四爷和寿五爷的两个儿子说了出来："有人供出寿五爷跟宫里的太监合谋烧的皇宫。军部不敢不把这当回事，所以把寿五爷请到军部，好吃好喝好招待，以便让他说出实情。没想到他的大爷劲儿上来了，不但把窗户给砸了，打了士兵，还把一个士兵的耳朵给咬下半边儿去。最后他一头撞到墙上，就这么'回去'了。"

高德贵说完，派人去叫来了掉了半只耳朵的士兵。这个兵挺会做戏，哭着把他被寿五爷咬掉耳朵的经过说了一遍。

寿四爷一听这话，一时也没了词儿。不管怎么着，先叫车把死人抬走，不能在这儿晾着。走到半道上，寿四爷抖了个机灵，他满腹狐疑地让人把寿五爷的尸体，拉到了德国医院。

他有个朋友，在德国医院当大夫。他请那个朋友帮忙验尸，结果一验，寿五爷的身体完好无损，没有被上刑的痕迹。那个朋友说，寿五爷也不像服毒而死。如果再进一步验证，只能解剖。

寿五爷的夫人和儿子一听这话，打了退堂鼓。夫人说，人已经死了，再开膛破肚，连个整尸首也落不下，那不是更冤吗？

寿四爷没了辙，只好认了头，张罗着给寿五爷办后事。

寿五爷的儿子和管家并不甘心，在办寿五爷的丧事之前，又到了一趟军部，找到高德贵，问他是谁说寿五爷与太监合谋放火烧了皇宫？高德贵把柱子说了出来。最后寿五爷的这笔账，又记在了柱子头上。

说起来，最倒霉的是夏三爷和"荷花程"。

他俩最后被高德贵移交到了京师警察厅。"荷花程"因有掩护进步学生，纵容他们闹事的"前科"，视为政治犯。夏三爷的"罪名"是私造假酒，聚众造谣惑众，掩护"革命党"。两人被当作要犯，分别被下到了死牢。

潘佩衡和叶翰林还算重情义。俩人被保释出来后，便开始四处托人，想主意把夏三爷和"荷花程"保出来。可是人一旦被移交到了警察厅，没有在官面上说话占地方的人相保，放出来很难。这两位爷在大狱里吃尽了苦头。

光阴似箭，说话之间，到了民国十二年的十月。曹锟以五千银元一票的代价，贿买国会议员，当了"大总统"。国内一片哗然，孙中山先生首先反对，在广东通电全国声讨曹锟。曹锟自知江山坐得不稳，为讨民心，下令监狱赦了一批"罪犯"。此时，高德贵的部队已奉调离京，奔了热河。警察厅对关押的"要犯"过了一遍筛子，觉得夏三爷和"荷花程"并不像高德贵他们说得那么邪乎，抬了抬手，夏三爷和"荷花程"就这么稀里糊涂地被放了出来。

人是出了狱，但已然被折腾得快没气儿了。夏三爷是让杨二和张进才抬着出的狱，回到家里，便再也没起来。

夏三爷瘦成了皮包骨，人已脱了形，如果不是抬着进来的，人们简直不敢相信这就是原先那个神清气朗的夏三爷。

张氏和秀儿看着自己的亲人给熬苦成这样，不禁失声痛哭。

张进才劝道："人已然回到家，这就好办了。让老爷子慢慢养着吧。你们别哭了，看见你们掉泪，他不是心里更难受吗？"

杨二见秀儿哭成了泪人，眼圈也跟着红了。他把泪流到了肚子里，对秀儿说："你们别难过了，还是先给他找大夫看看吧。"

"这倒是，杨二，劳您大驾，赶紧让大夫来给他把把脉吧。"张进才对杨二说。

杨二又把"神针李"给请来。"神针李"过来一看夏三爷骨瘦如柴，身似蒲柳，不禁大吃一惊。

他给夏三爷号了号脉，脸阴沉下来，对张进才和杨二说道："唉，没想到几个月不见，夏三爷已然这样了，这回我的针再神，恐怕也……"下面的话，到了嘴边，让他又咽回去。

"李伯伯，我爹他……"秀儿从"神针李"的眼神里，已然看出不祥之兆。

"神针李"沉了一下，叹了一口气说："唉，人要是拿不住病，病就得拿人。我的针已使不上劲了，先开个方子，你们试试吧。" 他要过纸笔，给夏三爷开了药方。 张进才和杨二把"神针李"送到门口。杨二压低了声音问道："李爷，您看三爷他还能还阳吗？"

"还阳？" "神针李"摇了摇头，低声说："三爷的大限已到，我看你们得给他张罗后事了。"

杨二听了黯然神伤，一下抓住"神针李"的胳膊，甩着哭音道："李爷，您说什么？他……他真的没救了吗？"

"神针李"叹了口气，说道："我把要说的已然跟你们说了。唉，人活一世，做人容易，做人也难呐。夏三爷，多本分多善静的一个人呀！出殡的时候，别忘了告我一声。"

杨二听了这话，真想找个地方大哭一场，可是当着张氏和秀儿，他不敢掉泪，他得强颜作笑。

其实，不用"神针李"说，大伙儿一看，也知道夏三爷快不行了。夏三爷从牢里出来，已如风中蜡烛。回到家以后，他躺在床上，嘴一直在抽搐着，脸上没有一点儿血色，隐露着缕缕青筋，俩眼睛的眼窝已经陷了进去，那双已然失去神色的眼睛茫然地望着窗外，那黯淡的目光，如同快要熄灭的火炭，一天一天地暗下来。

潘佩衡和叶翰林来看他，他的眼睛死死地盯着他俩，嘴唇颤抖着，却半天也说不出话来。潘爷望着夏三爷，流了泪。他潸然长叹："唉，三爷，你卖了一辈子好酒，临了儿背了个造假酒的罪名，都是我出的主意，害了你呀。三爷！"

夏三爷好像听懂了他的话，合上眼睛。半天又睁开，看了看他，惨白的唇边掠过一丝笑意。潘爷没明白这笑意里含着什么。他不忍再看夏三爷的痛苦样子，眼含热泪，跟叶翰林走了。

两天以后，夏三爷撒手人寰咽了气。

临终的时候，他费了半天劲，勉强睁开眼，看着"同义居"的那些老酒友、张氏和秀儿。他的嘴唇蠕动了几下，用微弱的声音说："大酒缸……'同义居'的字号不能没有，大酒缸还得开，开……把海八爷叫回来，拜托诸位。'同义居'的门户得由海八爷挑起来，大酒缸倒不了……"

夏三爷死后的第二天，杨二从奉天把海八爷叫回了北京。

给夏三爷"接三"那天，海八爷主祭，他全身披麻戴孝，痛苦万状。他的泪水里含着对夏三爷不幸遭遇的感叹也含着自己的悔意。他默默地说，要是自己不离开北京，是不是夏三爷不至于此？唉。人的命运真是难以预料。

秀儿已然把海八爷当成了家里人。张氏也把一切大事都交给他。在这种时候，海八爷挑起了夏家的大梁。连秀儿的姐姐和姐夫也觉得他应该出来应付场面。

海八爷操持着把夏三爷的后事办了。夏三爷出殡那天，天降大雨。许多人为他送葬。我们在大酒缸见到的那些老熟人，"荷花程"、刘宝宸、叶翰林、杨二、"茄子李"、老驴头等等，走在了送葬队伍的前头，他们眼里含着泪，默默地为夏三爷送行，场面凄切而悲壮，人们忘不了这位心慈面善的大酒缸主人，连老天爷也为他掉了眼泪。

2003年11月15日一稿于如一斋